品读经典　传承文明

历代经典美文
百篇赏析

李雪芹　　徐　潜

选注译

中华工商联合出版社

图书在版编目（CIP）数据

历代经典美文百篇赏析 / 李雪芹，徐潜选注译. --
北京：中华工商联合出版社，2017.4
ISBN 978-7-5158-1986-0

Ⅰ. ①历… Ⅱ. ①李… ②徐… Ⅲ. ①古典文学—文
学欣赏—中国 Ⅳ. ①I106

中国版本图书馆 CIP 数据核字（2017）第 063466 号

历代经典美文百篇赏析

作　者：	李雪芹　徐　潜
出 品 人：	徐　潜
策划编辑：	魏鸿鸣
责任编辑：	林　立　崔红亮
封面设计：	周　源
营销总监：	曹　庆
营销推广：	王　静　万春生
责任审读：	于建廷
责任印制：	迈致红
出版发行：	中华工商联合出版社有限责任公司
印　刷：	廊坊市印艺阁数字科技有限公司
版　次：	2017 年 5 月第 1 版
印　次：	2022 年 6 月第 2 次印刷
开　本：	710mm×1020mm　1/16
字　数：	190 千字
印　张：	15.75
书　号：	ISBN 978-7-5158-1986-0
定　价：	52.00 元

服务热线：010－58301130
销售热线：010－58302813
地址邮编：北京市西城区西环广场 A 座
　　　　　　19－20 层，100044
http://www.chgslcbs.cn
E-mail：cicap1202@sina.com（营销中心）
E-mail：gslzbs@sina.com（总编室）

工商联版图书

凡本社图书出现印装质量
问题，请与印务部联系。
联系电话：010－58302915

前　言

本书所选辑的均是经过历史的大浪淘涤，留存至今的优秀文艺性散文，也就是大家现在常说的美文小品，堪称和唐诗、宋词、元曲、明清小说比肩而立的文学奇葩。汉语文言文是人类有史以来少有的以文体优美简洁、意蕴丰富深刻为特征的文字。我们现在说话或行文中，有许多都是古人使用的语言文字，它的"永恒的魅力"使当代人的言语或文章显得典雅、精辟、简洁、深刻。从这个角度说，美文小品是古代汉语言中经典中的经典，对普通爱好者和初学者来说，是学习古代语言文字的奠基石。它们构思精巧、简洁凝练、意蕴深远、典雅优美，是任何一个想在语言表达和文字表述上卓越非凡的人，都离不开的必读典范。

其实，从先秦开始，美文小品臻于成熟，只不过当时文史哲尚未清晰地分家，因此，现在意义上的文艺性散文很少独立存在。尤其在先秦诸子和历代散文中，往往像美玉藏在璞石中，常常表现为长篇中的段落，但表述上独立成章，可以表达一个或几个完整的意思，完全可以当成一篇美文来享受。汉以后，美文小品脱颖而出，几乎所有的散文大家，除小说外，都写过精彩绝伦流传后世的精短文言文，唐宋八大家亦如此。

这里值得一提的是明清美文小品，这一时期的美文小品可以说成为一种独立的文体，蔚为壮观。各种文学体裁都进入了自己的晚年，似乎只有小品文，迎来了自己的盛年，焕发出耀眼的青春。但是，直到这个时候，小品文这个名词尚未从文体学的角度被使用，人们还只是把佛经译本中语言精辟、篇幅短小的简本称为"小品"。因此，人们用自觉的审美眼光来关注小品文的艺术特征并从理论上给予总结，是更晚的事情了。从这一点来看，小品文还真是中华文坛上资深的后起之秀。这一时期，无论在创作数量和风格上都自成一体，形成潮流，开创了美文小品的新纪元。这些美文小品时代感强、形式灵活、语言简劲、意蕴深刻，对后世、特别是中国现代文学散文产生了直接而深刻的影响。

　　进入现代社会以来，尤其是信息化社会和知识经济时代的到来，语言艺术的阅读时尚也在悄然变化，随着生活节奏的加速，传统休闲阅读从长篇宏论的大部头趋向于短小精辟的小品文，尤其是明清小品文，灵活的形式、自由的精神契合当代生活的个性化追求，而简劲典雅的古典语言，正可以弥合当代人由于语言贫乏而带来的尴尬处境。这一切都使明清小品文倍受欢迎，成为现时代人们阅读时尚中的"古典明星"。

　　我们这本"历代经典美文"共选注、白话、赏析了历代美文小品一百篇，注释力求简单通俗；译文追求信、达、雅，赏析除了分析文章语言及立意的精巧之外，也尽可能发掘其历史及当今的文化价值；使青少年读者能与我们共同享受中国古代美文小品的隽美和精彩。

　　本书所选百篇美文小品，在选篇上参考了诸多这方面的选本；在撰写上，有编者与文友多年积累的一些创作，也选入了若干以前多年交往过的专家的创作，有的甚至辗转过多个版本，在此一并表示谢意！没有这些朋友和专家的帮助，我是没有能力编集出这个成熟的美文小品来的。再次致谢！

编注者

目 录

历代经典美文
百篇赏析

女娲补天

《淮南子》①

往古之时，四极废②，九州裂③，天下兼覆④，地不周载⑤，火爁焱而不灭⑥，水浩洋而不息⑦，猛兽食颛民⑧，鸷鸟攫老弱⑨。于是，女娲炼五色石以补苍天⑩，断鳌足以立四极⑪，杀黑龙以济冀州⑫，积芦灰以止淫水⑬。苍天补，四极正，淫水涸⑭，冀州平，狡虫死⑮，颛民生。

注释 ①《淮南子》：也称《淮南鸿烈》，杂家著作。西汉刘安主编，二十一卷。杂采先秦诸子之说而成，以阴阳五行和道家天道自然之论立说，杂糅儒、法、刑、名，所集思想资料较为庞杂，保留先秦原始资料甚为丰富，也是包含原生态神话素材较多的典籍之一。　②四极：四方支天的梁柱。极：栋梁。这里指天柱。废：毁坏，坠毁。　③九州：九州大地。古时分天下为冀、兖（yǎn）、青、徐、扬、荆、豫、梁、雍九州。裂：塌陷崩裂。　④兼覆：完全覆盖（大地）。兼：一并，完全。　⑤周载：（把万物）完全承载。周：全，普遍。　⑥爁焱（làn yàn）：大火燃烧蔓延的样子。　⑦浩洋：浩荡汪洋，洪水盛大的样子。　⑧颛（zhuān）民：善良的人们。　⑨鸷鸟：猛禽，如鹰、雕、鹫等。攫（jué）：鸟兽用爪抓取东西。　⑩女娲（wā）：神话中女神名。与传说中的伏羲、神农合称"三皇"。　⑪鳌（áo）：神话中的巨龟。这句说女娲用龟足做支天的柱子。　⑫黑龙：神话中的洪水神。济：救助。　⑬芦灰：芦苇烧成的灰。淫水：大水。指洪水。⑭涸（hé）：干枯，水枯竭。　⑮狡虫：指害人的凶兽猛禽。

今译 古代的时候，支撑天空的四根梁柱折断了，九州大地塌陷崩裂，天不能完全覆盖大地，地不能把万物完全承载，大火燃烧蔓延而不熄灭，洪水浩浩荡荡而不止息，猛兽吃掉了善良的人们，猛禽抓走了老人和弱者。于是，女娲冶炼五色石来修补苍天，斩断巨型神龟的腿做支撑天的梁柱，杀了洪水神黑龙来解救冀州，堆积芦苇烧成的灰来止息洪水。苍天修补好了，四方的支天的梁柱扶正了，洪水干涸了，冀州安定了，害人的凶禽猛兽杀死了，善良的人们能够生息了。

赏析 本文选自《淮南子·览冥训》。这是一篇反映人与自然的关系的上古神话。它奇丽的幻想记述并颂扬了人类女祖女娲氏的丰功伟绩。她炼石补天，熄灭大火，消除洪水，杀掉凶禽猛兽，保护了人类。这则美丽的神话的产生，大约同远古时期可能发生过的严重的自然灾变（如地震）及先民们的重建家园的活动有关。作品艺术地表现出女性在远古社会劳动中的重要地位，歌颂了人们理想中的拯救人类的英雄女神。值得注意的是，这则神话的语言铿锵有力，句式灵活多变且相对整齐，连续使用的三言句、四言句、五言句、六言句，不仅整齐划一，而且语法结构、修辞手法也取一致，这当是神话在长期流传过程中，被先民不断润色加工的结果。

臧僖伯谏观鱼

《左传》①

春，公将如棠观鱼者②。

臧僖伯谏曰③："凡物不足以讲大事④，其材不足以备器用⑤，则君不举焉⑥。君将纳民于轨物者也⑦。故讲事以度轨量⑧，谓之'轨'；取材以章物采⑨，谓之'物'。不轨不物，谓之乱政。乱政亟行⑩，所以败也⑪。故春蒐⑫，夏苗，秋狝，冬狩，皆于农隙以讲事也。三年而治兵⑬，入而振旅⑭，归而饮至⑮，以数军实⑯。昭文章⑰，明贵贱，辨等列，顺少长，习威仪也⑱。鸟兽之肉不登于俎⑲，皮革、齿牙、骨角、毛羽不登于器，则君不射，古之制也。若夫山林川泽之实⑳，器用之资，皂隶之事㉑，官司之守㉒，非君所及也㉓。"

公曰："吾将略地焉㉔。"遂往，陈鱼而观之㉕。僖伯称疾不从。

书曰："公矢鱼于棠㉖。"非礼也，且言远地也。

注释 ①《左传》：全称《春秋左氏传》。相传是春秋末年鲁国史官左丘明根据鲁国国史《春秋》编成，既是史学名著，也是文学名著。　②春：指鲁隐公五年（前718年）春天。公：指鲁隐公，公元前722年至公元前712年在位。如：往，去。棠：地名，也写作"唐"，在今山东鱼台东北。鱼：通"渔"，捕鱼。用作动词，者：语尾助词。　③臧僖伯：鲁国公子姬驱（kōu），字子臧，封于臧，谥号"僖"，鲁孝公之子。　④物：物品，指下文所说的鸟兽之类。讲：讲习。大事：指祭祀与兵戎。　⑤材：材料，指下文所说的皮革、齿牙、骨角、毛羽之类。器用：指祭祀与兵戎所用的物资。　⑥举：举措，办理。　⑦纳民于轨物：把民纳入轨物。轨物，指法度和准则。　⑧度（duó）：衡量。用作动词。轨量：法度、规矩。　⑨章：表明，彰明。　⑩亟（qì）：屡次。　⑪所以：表示原因。　⑫蒐（sōu）：与下文的"苗"、"狝"（xiǎn）、"狩"，都是田猎的称谓，因季节不同而名各异。 ⑬三年：指每隔三年，即每三年一次。治兵：与下文的“振旅”，都是整顿部队的意思。 ⑭入：指在郊外演习结束后，进入首都。 ⑮饮至：古代的一种典礼。诸侯朝拜、会盟、征伐后，至宗庙饮酒庆贺。 ⑯数（shǔ）：清点数目。军实：指军用器械及俘获物。 ⑰昭：表明。文章：这里指各种车服旌旗。 ⑱习：讲习。 ⑲登：上，装入。俎（zǔ）：祭祀时盛祭品的礼器。 ⑳实：指山林川泽所出产的物品。 ㉑皂隶：贱役。 ㉒官司：有关官吏。守：职责，职守。 ㉓及：涉及，过问。 ㉔略地：巡视边境。 ㉕陈鱼：陈设捕鱼用具。 ㉖矢：通“施”，陈设。

今译 隐公五年春季，鲁隐公打算到棠邑去观看捕鱼。

臧僖伯进谏说：“大凡物品，如果不能用于讲习祭祀和军事，它的材质不能用于制造军用器物，那么君主就不必去理会。国君所要做的事情就是使人民的行为符合法度与礼制的规定。所以，用演习大事来检验法度的差等，就称为‘轨’；择取材料来表明器物的文采，就称为‘物’。既不合乎‘轨’又不合乎‘物’，这就称为乱政。乱政多次出现，这是导致衰败的原因。因此春蒐、夏苗、秋狝、冬狩，都是在农闲时间安排的用以讲习军事的田猎活动。每隔三年，要整治军队，举行大规模演习，演习完毕，整治队伍回到宗庙饮宴祭祖，清点军用器物。表明军队车服旌旗的纹饰色彩，分清贵贱的区别，辨明等级伦次，安排少长次序，这都是为了演习威仪的礼制。不能用于祭祀的鸟兽之肉，不能制造军用器物的皮革齿牙、骨角毛羽，国君就不必亲自去猎取，这是自古以来的制度。至于那些山林河湖的物产，只能用作日用器物的东西，都是贱役的小事，有关官吏的职责，不是国君要亲自过问的。”

鲁隐公说：“我要去巡视边境。”于是前往棠邑，在那里陈设渔具，观赏捕鱼。

臧僖伯托病没有随从前往。

史官记载说：“鲁隐公在棠邑陈设捕鱼器具。”意思是说，鲁隐公这一举动不合礼法，并且讥讽他跑到远离国都的棠邑去。

赏析 这是一篇以记述臣子谏辞为主要内容的短文。古代国君权力至高无上，因此常常为所欲为。“开明”的君主尚能从谏如流，而淫乐的君主则往往我行我素，置传统的礼法于不顾，执意“观鱼”的鲁隐公就是一个不肯从谏的典型。

臧僖伯从维护礼法的原则出发，劝说鲁隐公不要为了个人玩乐而远离国都前去看人捕鱼，而要为臣下与民众做出表率。他的谏辞使我们看到了古代礼法的一个侧面，具有宝贵的文献价值。臧僖伯陈述田猎、习武等国家大事，言之凿凿，句句在理，不仅可从中看出他善于辞令，还可看出他的文化底蕴。

臣下苦口婆心，国君置若罔闻，于是在《春秋》一书中留下了鲁隐公"矢鱼于棠"的"非礼"行为的记载。

介之推不言禄

《左传》

晋侯赏从亡者①，介之推不言禄②；禄亦弗及③。

推曰："献公之子九人，惟君在矣。惠、怀无亲④，外内弃之。天未绝晋，必将有主。主晋祀者，非君而谁？天实置之⑤，而二三子以为己力⑥，不亦诬乎⑦？窃人之财，犹谓之盗，况贪天之功以为己力乎？下义其罪⑧，上赏其奸；上下相蒙，难与处矣。"其母曰："盍亦求之？以死，谁怼⑨？"对曰："尤而效之⑩，罪又甚焉。且出怨言，不食其食。"其母曰："亦使知之，若何？"对曰："言，身之文也；身将隐，焉用文之？是求显也。"其母曰："能如是乎？与汝偕隐。"遂隐而死。

晋侯求之不获，以绵上为之田⑪，曰："以志吾过⑫，且旌善人⑬。"

注释 ①晋侯：指晋文公，公元前637年至公元前628年在位。从亡者：跟从晋侯一起逃亡的人。 ②介之推：也叫介子推、介推，晋国贵族，曾随晋文公流亡。禄：古代官吏的俸给，通常折算成粮食支付。这里指赏赐。 ③及：到。这里指给予。 ④惠：晋惠公，即夷吾。怀：晋怀公，惠公之子，名圉。 ⑤置：立。 ⑥二三子：犹言"那几个人"，指"从亡者"。 ⑦诬：欺骗。 ⑧义：把……视为正义。用作动词。 ⑨怼（duì）：怨恨。 ⑩尤：过错，罪过。效：效法，仿效。 ⑪绵上：晋国地名，在今山西介休东南。为之田：作为他的祭田。 ⑫志：记下。 ⑬旌：表彰。

今译 晋文公赏赐曾随他一起流亡国外的人。介之推没有谈论禄赏，禄赏也就真的没有颁给他。

介之推说："献公的九个儿子中，现在只剩晋文公一个了。惠公、怀公没有什么亲近的人，国内外都厌弃他们。上天还没有断绝晋国的世系，晋国一定会有一位君主的。继承晋国王位的，不是晋文公还能是谁呢？这实际上是上天要立他，但那些跟从他流亡的人却认为是自己的功劳，这不是胡说吗？偷别人的钱财，还被叫作盗贼，更何况是贪图上天的功劳把那看作是自己的呢？居于下位的人认为他们的罪过是正义的行为，国君却又赏赐这种奸诈的行为，这样上下互相蒙蔽，我很难与他们相处。"

介之推的母亲说："你为什么不也去求赏呢？否则就是死了也会怨恨的。"介之推回答说："责怪他们，自己却又仿效他们，罪过就更大了。况且我已说了抱怨的话，就决不接受他的赏赐。"他母亲说："那也要让他知道你的想法，你看怎么样？"介之推回答说："语言它不过是自身的文饰，我自己都要隐居了，还用这文饰做什么呢？这是求显达的做法。"他母亲说："你真能做到这一点吗？那么我和你一起归隐。"于是母子二人隐居山林直至死去。

晋侯寻访他们没有找到，就把绵上作为介之推的祭田，说："用这来记住我的过错，并且表彰那些有德行的人。"

【赏析】晋文公当年流亡在外时，身边有许多随从。在秦穆公的帮助下回国即位后，晋文公开始论功行赏，正当众臣纷纷争名逐利、恃宠邀赏时，介之推却超脱于利禄之外，与母亲一起隐居于深山之中。这篇短文颂扬了介之推母子不图名、不求禄的品行。文中有两个环节值得仔细品味，其一是介之推自道的拒绝名禄的理由——晋文公的即位主晋，乃是天意（"天实置之"），而"二三子"却贪天之功，于是"上赏其奸，上下相蒙"，跟这样的人是难以相处共事的；其二是介之推母子的对话，母亲三番设问，其实是逐步深入地试探儿子内心的隐秘，即考验儿子拒绝名禄的坚定程度。立意新颖，笔法奇特，可谓一石双鸟，巧关两面，母子二人的情操和人格，相互映衬，相得益彰。

蹇叔哭师

《左传》

杞子自郑使告于秦曰①："郑人使我掌其北门之管②，若潜师以来③，国可得也。"穆公访诸蹇叔④，蹇叔曰："劳师以袭远⑤，非所闻也。师劳力竭，远主备之，无乃不可乎⑥？师之所为，郑必知之；勤而无所⑦，必有悖心⑧；且行千里，其谁不知？"公辞焉⑨。召孟明、西乞、白乙⑩，使出师于东门之外。

蹇叔哭之，曰："孟子⑪！吾见师之出，而不见其入也！"公使谓之曰："尔何知？中寿⑫，尔墓之木拱矣⑬！"

蹇叔之子与师⑭，哭而送之，曰："晋人御师必于郩⑮。郩有二陵焉⑯：其南陵，夏后皋之墓也⑰；其北陵，文王之所辟风雨也⑱。必死是间⑲，余收尔骨焉！"秦师遂东。

注释 ①杞子，秦国大夫。鲁僖公三十年，秦军伐郑，秦穆公与郑人订立盟约后，派杞子等三人驻在郑国，监视郑国动向。使：派人。 ②管：钥匙。 ③潜师：暗中发兵。 ④蹇（jiǎn）叔：秦国老臣。 ⑤劳：使……疲劳。 ⑥无乃：恐怕，大概。表示委婉的语气。 ⑦无所：无所得。 ⑧悖（bèi）：怨恨。 ⑨辞：拒绝，不接受。 ⑩孟明：秦国将领，即百里视，秦国元老百里奚之子，这次军事行动的主帅。西乞：秦国将领，名术。白乙：秦国将领，名丙。 ⑪孟子：即孟明。 ⑫中寿：约六十岁的年纪称"中寿"。蹇叔已七八十岁，过了中寿之年。 ⑬木：树。拱：两手合抱那么粗。这句是秦穆公骂蹇叔的话，意谓你若中寿而死，现在坟墓上的树都该有两手合抱那么粗了。 ⑭与（yù）：参加，在……之中。 ⑮郩（xiáo）：也作"崤"，山名，在今河南洛宁西北，地势险要。 ⑯二陵：指南陵与北陵，相距三十五里。陵，大山。 ⑰夏后皋（gāo）：夏代国君，夏桀的祖父。后，君主。 ⑱文王：周文王姬昌。所辟风雨：躲避风雨的地方。辟，同"避"。 ⑲是间：此间，这中间。

今译 杞子从郑国派人报告秦穆公说："郑国人派我管理北门，如果偷偷地派军队来，就能得到郑国。"秦穆公去向蹇叔询问这件事，蹇叔说："兴师动众地去攻打远处的国家，这我从来没听说过。军队劳累，力气衰竭，远方的郑国也有了准备，恐怕不行吧？我们军队的行动，郑国一定会知道。辛苦一番又没什么收获，士兵一定会产生怨恨的情绪。况且走这么远的路，谁会不知道呢？"

秦穆公没有听从蹇叔的意见。召集孟明、西乞、白乙，派他们从东门外出兵。蹇叔哭着说："孟明啊，我只能看到这支军队出发却见不到它回来了。"秦穆公派人对蹇叔说："你知道什么！你如果六十岁左右就死了的话，现在坟墓上的树都有双手合抱那么粗了。"

蹇叔的儿子也参了军，蹇叔哭着送他说："晋国的军队一定会在郩山一带阻击我军。郩地有两座大山：南面的是南陵，是夏朝帝王皋的坟墓；北面的是北陵，是当年文王躲避风雨的地方。你一定会死在那里，我会去那里收你的尸骨。"秦军于是就向东进发了。

赏析 本文是春秋时期著名战役"郩之战"战前的一个颇有戏剧性的插曲。秦国的一位富有军事经验的老臣蹇叔，预见到秦军"劳师以袭远"必然招致失败。他力劝秦穆公不要冒险袭郑，而秦穆公不听劝谏，反而辱骂、嘲讽他。结果不出蹇叔所料，秦军大败。

文章的主要情节由杞子密报、蹇叔谏阻和蹇叔哭师等几部分组成，侧重以人物语言反映事件进程，并刻画人物的精神风貌，以至于反映人物之间的性格冲突。蹇叔劝谏秦穆公的一段话，说理充分，逻辑严谨，语句整饬，层次分明。因预言秦军失败的结局而遭羞辱嘲戏，蹇叔悲愤难抑又无可奈何的情状也是借助人物语言表现出来的。他的儿子参加了出征的部队，蹇叔送子是"哭而送之"，并表示要到南、北二陵之间去收拾儿子的尸骨，读来令人痛彻心脾。不难看出，作者正是通过人物性格化的语言，表现了蹇叔的忠介耿直、料事如神，也表现了身为春秋霸主的秦穆公刚愎自用和鄙陋粗浅的一面。

子产不毁乡校

《左传》

郑人游于乡校①，以论执政②。然明谓子产曰③："毁乡校④，何如？"子产曰："何为⑤？夫人朝夕退而游焉⑥，以议执政之善否。其所善者，吾则行之；其所恶者，吾则改之。是吾师也⑦，若之何毁之？我闻忠善以损怨⑧，不闻作威以防怨⑨。岂不遽止⑩？然犹防川⑪：大决所犯⑫，伤人必多，吾不克救也⑬；不如小决使导⑭；不如吾闻而药之也⑮。"然明曰："蔑也今而后知吾子之信可事也⑯，小人实不才⑰。若果行此，其郑国实赖之，岂惟二三臣？"仲尼闻是语也⑱，曰："以是观之，人谓子产不仁，吾不信也。"

注释 ①游于乡校：聚集在乡校游玩。乡校，既是学校，又是乡人聚会议事的场所。②论：议论批评。执政：掌权的人。 ③然明：郑国大夫，姓鬷（zōng），名蔑，字然明。　④毁：撤销，关闭。　⑤何为：为何，为什么。　⑥夫（fú）人朝夕退而游焉：人们早晚劳动之余到那里游玩。夫，引起议论的发语词。退，指结束劳作回来。　⑦是吾师也：这是我的老师。是：此，这，指"论执政"这件事。　⑧以：用，拿，介词。损：减少。　⑨作威：摆出权势，施用权威。　⑩岂不遽（jù）止：难道我不能立即制止人们的议论吗？意谓采取粗暴的手段封住人们的言论是很容易的。　⑪犹：好像。防川：堵住河水。　⑫大决：河堤溃决，洪水冲破大口子。所犯：造成的灾害。　⑬克：能够。　⑭小决使导：开个小口子让它流通。　⑮闻：听取批评。药之：把它当作一剂良药。　⑯蔑：然明的名。今而后：从今以后。吾子：您，对子产亲切的敬称。信：确实，真的。　⑰小人：然明自谦之称。　⑱仲尼：孔子名丘，字仲尼。

今译　郑国人聚集在乡校游玩，议论政事的得失。然明对子产说："关闭了乡校怎么样？"子产说："为什么？人们早晚劳动之余到那里游玩，来议论政事的好坏。他们认为好的，我们就去做：他们所讨厌的，我们就改掉它。这是我们的老师，为什么要关闭它呢？我听说，忠善的行为可以减少怨恨，没听说施用威权能够防止怨恨。难道我不能制止人们的议论吗？然而那如同防堵河水一样，洪水冲破大口子造成灾害，受伤害的人一定很多，我不能挽救；不如开个小口子，让水流出来；不如我听了议论，把它当作苦口的良药。"然明说："蔑从今以后知道您先生是确实可以侍奉的，我实在没有什么才能。如果真这样做下去，这确实是郑国的依靠，岂独是两三位大臣的依靠？"孔仲尼听了这些话，说："由此看来，别人说子产不仁，我不相信。"

赏析　郑国的执政大夫子产是春秋时期著名的政治家、改革家，也是法家的一位先驱人物。他先后辅佐郑简公、郑定公达二十余年。执政期间，子产锐意进取，政绩卓著。本文从一个侧面反映了这位政治家的精神风貌与兼容气质，使人们得以知晓郑国一度兴旺发达的一个重要原因就是政治上的开明。"子产不毁乡校"，说明子产重视百姓呼声，善于因势利导，颇有大政治家的宽广胸怀。对于民众的批评，然明主张封堵，而子产力主疏导，历史已经一再证明，给民众的嘴贴上封条绝非治国良策。

这篇以人物对话为主体内容的短文议论透彻，比喻贴切，层层深入，理念清晰。文末用孔子之语一锤定音，确切地表达了作者的倾向，可谓曲终奏雅，耐人回味。

叔向贺贫

《国语》

叔向见韩宣子①，宣子忧贫，叔向贺之。宣子曰："吾有卿之名，而无其实②，无以从二三子③，吾是以忧。子贺我何故？"对曰："昔栾武子无一卒之田④，其宫不备其宗器⑤，宣其德行，顺其宪则⑥，使越于诸侯⑦。诸侯亲之，戎、狄怀之⑧，以正晋国⑨。行刑不疚⑩，以免于难⑪。及桓子⑫，骄泰奢侈⑬，贪欲无艺⑭，略则行志⑮，假贷居贿⑯，宜及于难；而赖武之德以没其身。及怀子⑰，改桓之行而修武之德，可以免于难；而离桓之罪⑱，以亡于楚⑲。夫郤昭子⑳，其富半公室㉑，其家半三军㉒，恃其富宠，以泰于国㉓。其身尸于朝㉔，其宗灭于绛㉕。不然，夫八郤五大夫三卿㉖，其宠大矣；一朝而灭，莫之哀也，惟无德也！今吾子有栾武子之贫，吾以为能其德矣，是以贺。若不忧德之不建，而患货之不足，将吊不暇㉗，何贺之有？"

宣子拜，稽首焉，曰："起也将亡，赖子存之。非起也敢专承㉘，其自桓叔以下㉙，嘉吾子之赐㉚。"

注释 ①叔向：晋国大夫，羊舌氏，名肸（xī）。韩宣子：韩起，晋国的卿，"宣子"是他的谥号。 ②实：实际。这里指钱财。 ③从：跟随，交往。二三子：指朝中的卿大夫。 ④栾武子：晋国的上卿，栾书，谥号"武子"。一卒之田：百顷田地叫一卒之田。这是上大夫应有的田地数，而上卿则应拥有一旅（五百人）之田，即五百顷。古称百人为"卒"，五百人为"旅"。 ⑤宫：居室。先秦时，住宅都可叫"宫"，与秦汉以后不同。宗器：宗庙祭器。 ⑥宪则：法度。 ⑦越：超越，超过。指晋国地位提高。一说，指栾武子美名远播。 ⑧怀：归，顺。 ⑨正：治理好，使安定下来。 ⑩不疚（jiù）：没有毛病。 ⑪免于难（nàn）：免于责难。栾武子杀掉晋厉公，立晋悼公为君，这是"弑君"的行为；但因他行为公正，没有受到弑君的责难。 ⑫桓子：栾黡（yǎn），栾书之子，晋国大夫，任下军元帅。 ⑬泰：太，过分。 ⑭艺：限度。 ⑮略：干，犯，违。则：法度，典则。 ⑯假贷：放债。居贿：积蓄财货。 ⑰怀子：栾盈，栾黡之子，晋国下卿。谥号"怀"。 ⑱离桓之罪：受到父亲桓子的罪恶的连累。离：同"罹"，遭受。 ⑲亡于楚：逃奔到楚国。大夫阳华向晋平公进谗言，提及栾书杀晋厉公事，并诬栾盈将作乱，栾盈惧而奔楚。三年后，返回晋国，身死族灭。 ⑳郤（xì）昭子：郤至，晋国的卿。 ㉑公室：指国家。 ㉒三军：晋国军队设中军、上军、下军，每军一万人。

㉓泰：骄横。　㉔身尸于朝：郤昭子居功自傲，结私党把持朝政，被晋厉公所派亲信杀死，其族也被诛灭。　㉕宗：宗族。绛（jiàng）：晋国都城，在今山西翼城东南。㉖三卿：指郤至、郤犨（chōu）、郤锜（qí）。　㉗吊：吊丧。这里指忧虑。　㉘专承：独享。　㉙桓叔：韩氏的祖宗。他的儿子韩万，受封于韩邑，称韩万。　㉚嘉：赞许，赞美。这里有感激的意思。赐：给人以恩惠。

[今译] 叔向去见韩宣子，宣子正为贫困而发愁，叔向却向他表示祝贺。宣子说："我只有晋卿的虚名没有卿所应得的财产，没有什么可以和卿大夫们交往的，我因此发愁，你却祝贺我，这是什么缘故呢？"

叔向回答说："从前栾武子没有百人的田产，他家里连祭祀的器具都不齐全。可是他能够发扬美德，执行法度，美名传播于诸侯各国。诸侯亲近他，戎、狄归附他，这样他使晋国安定了下来，执行法度，没有弊病，因而避免了灾难。传到桓子时，他骄傲自大，奢侈无度，贪得无厌，干犯法度，任意胡为，借贷牟利，囤积财物，该当遭到祸难；但他依赖他父亲栾武子的余德，才得以善终。传到怀子时，他不学习他父亲桓子的行为，学习他祖父武子的德行，本来可以凭这一点免除灾难，可是受到他父亲恒子的罪孽的连累，因而逃亡到楚国。那个郤昭子，他的财产抵得上晋国公室财产的一半，他家的子弟在三军中担任将领的占了半数，他依仗自己的财产和势力，在晋国过着极其奢侈的生活，最后他自身在朝堂上陈尸示众，他的宗族也在绛邑灭绝。如果不是这样的话，那八个姓郤的有五个做大夫，三个做卿，他们的势力够大了；可是一旦被消灭，没有一个人同情他们，只是因为没有德行的缘故！

"现在你有栾武子的清贫，我认为你能够继承他的德行，所以表示祝贺；如果你不忧虑道德的不曾建树，却担心财产不足，我要对你表示哀吊还来不及呢，哪里还会祝贺你呢？"

宣子听了叔向的话后下拜并叩头说："我正在趋向灭亡的时候，靠你拯救了我，不仅我本人蒙受你的教诲，从恒叔以后的子孙都会感激你的恩德。"

[赏析] 韩宣子为自己只有正卿之名，而没有正卿的财富而发愁，叔向却对他的贫穷表示祝贺。文章以叔向回答韩宣子的话为核心，阐述了事理，主旨鲜明，层次清楚，论证具体，有说服力。叔向结合晋国的栾氏和郤氏两大家族的兴衰史，从正反两个方面阐述了应该"忧德之不建"，而不应该"患货之

不足"的观点，认为贪欲无尽，骄泰奢侈将导致大祸临头，而勤于修德，安于贫穷则可保身家长久太平。叔向的主观意图当然在于为贵族阶级谋划长治久安之策，而对桓子、郤昭子之流腐败行为的揭露与批评，则在当时具有现实意义，并对后世有警示作用。

文章记述了叔向的"贺词"，也记述了韩宣子的有过则改的正确做法，由此也可以看出叔向语言的说服力与感染力。

冯谖客孟尝君

《战国策》

齐人有冯谖者①，贫乏不能自存②，使人属孟尝君③，愿寄食门下④。孟尝君曰："客何好⑤？"曰："客无好也。"曰："客何能⑥？"曰："客无能也。"孟尝君笑而受之，曰："诺。"左右以君贱之也，食以草具⑦。

居有顷⑧，倚柱弹其剑，歌曰："长铗归来乎⑨，食无鱼！"左右以告。孟尝君曰："食之⑩，比门下之客⑪。"居有顷，复弹其铗，歌曰："长铗归来乎，出无车！"左右皆笑之，以告。孟尝君曰："为之驾，比门下之车客。"于是乘其车，揭其剑⑫，过其友曰⑬："孟尝君客我⑭。"后有顷，复弹其剑铗，歌曰："长铗归来乎，无以为家⑮！"左右皆恶之，以为贪而不知足。孟尝君问："冯公有亲乎？"对曰："有老母。"孟尝君使人给其食用，无使乏。于是冯谖不复歌。

后孟尝君出记⑯，问门下诸客："谁习计会⑰？能为文收责于薛者乎⑱？"冯谖署曰⑲："能。"孟尝君怪之，曰："此谁也？"左右曰："乃歌夫'长铗归来'者也。"孟尝君笑曰："客果有能也，吾负之⑳，未尝见也。"请而见之，谢曰："文倦于事，愦于忧㉑，而性懧愚㉒，沉于国家之事㉓，开罪于先生㉔。先生不羞㉕，乃有意欲为收责于薛乎？"冯谖曰："愿之！"于是约车治装㉖，载券契而行㉗。辞曰："责毕收，以何市而反㉘？"孟尝君曰："视吾家所寡有者。"驱而之薛㉙，使吏召诸民当偿者，悉来合券㉚。券遍合，起矫命㉛，以责赐诸民，因烧其券，民称万岁。长驱到齐㉜，晨而求见。孟尝君怪其疾也㉝，衣冠而见之㉞，曰："责毕收乎？来何疾也？"曰："收毕矣。""以何市而反?"冯谖曰:"君云'视吾家所寡有者',臣窃计⑤,君宫中积珍宝,狗马实外厩㊱,美人充下陈㊲,君家所寡有者以义耳㊳!窃以为君市义。"孟尝君曰:"市义奈何㊴?"曰:"今君有区区之薛㊵,不拊爱子其民㊶,因而贾利之㊷。臣窃矫君命,以责赐诸民,因烧其券,民称万岁。乃臣所以为君市义也。"孟尝君不说㊸,曰:"诺!先生休矣㊹!"

后期年㊺,齐王谓孟尝君曰㊻:"寡人不敢以先王之臣为臣㊼。"孟尝君就国于薛㊽。未至百里㊾,民扶老携幼,迎君道中终日。孟尝君顾谓冯谖㊿:"先生所为文市义者,乃今日见之(51)。"冯谖曰:"狡兔有三窟,仅得免其死耳。今有一窟,未得高枕而卧也。请为君复凿二窟。"孟尝君予车五十乘(52),金五百斤(53),西游于梁(54),谓梁王曰(55):"齐放其大臣孟尝君于诸侯(56),先迎之者,富而兵强。"于是梁王虚上位(57),以故相为上将军(58),遣使者,黄金千斤,车百乘,往聘孟尝君。冯谖先驱,诫孟尝君曰(59):"千金,重币也(60);百乘,显使也(61)。齐其闻之矣(62)!"梁使三反(63),孟尝君固辞不往也(64)。

齐王闻之,君臣恐惧,遣太傅赍黄金千斤(65),文车二驷(66),服剑一(67),封书谢孟尝君曰(68):"寡人不祥(69),被于宗庙之祟(70),沉于谄谀之臣(71),开罪于君(72)。寡人不足为也(73),愿君顾先王之宗庙,姑反国统万人乎!"冯谖诫孟尝君曰:"愿请先王之祭器(74),立宗庙于薛。"庙成,还报孟尝君曰:"三窟已就,君姑高枕为乐矣。"孟尝君为相数十年,无纤介之祸者(75),冯谖之计也。

注释 ①冯谖(xuān):齐国孟尝君的门客。 ②贫乏:贫穷。存:生存,生活。 ③属(zhǔ):同"嘱",嘱托,请托。孟尝君:即田文,齐靖郭君田婴少子,袭其父职为齐相。号孟尝君。以好养士闻名,门下有食客数千人。与魏国的信陵君、楚国的春申君、赵国的平原君并称为战国四公子。 ④门下:门庭之下。 ⑤何好(hào):有什么爱好,爱好什么。 ⑥能:这里作"擅长"讲。 ⑦食(sì):给食物吃。草具:装盛粗劣饮食的食具。 ⑧居有顷:过了不久。居:经过。有顷:不多时。 ⑨铗(jiá):剑柄,这里指剑。 ⑩食(sì)之:给他(鱼)吃。 ⑪比:比照,像……一样。 ⑫揭:高举。 ⑬过:拜访,探望。 ⑭客我:把我当作客人。客:以……为客。 ⑮无以:不能。为(wéi)家:养家。 ⑯出记:出通告。 ⑰计会(kuài):会计。 ⑱责:同"债",放出的债款或粮米。薛:在今山东省藤县南。 ⑲署:签名。 ⑳负:对不起,辜负。 ㉑愦(kuì)于忧:因为忧虑而致心中昏乱。愦:昏乱。 ㉒忄耎(nuò):同"懦",懦弱。 ㉓沉:沉溺。 ㉔开罪:得罪。 ㉕不羞:不以此为羞。 ㉖约车:套车,即将马套在车辕内。治装:治办行装。 ㉗券契:契据,债务契约,借、贷双方各执一份,可以合验。　㉘何市而反：买些什么回来？市：买。反：同"返"。　㉙驱：驱车，赶车，乘车。　㉚悉：都，全。合券：合验契据，核对债券。　㉛矫（jiǎo）命：假托命令。　㉜长驱：一直赶着车，即不停地驱车前行。　㉝疾：快，迅捷。　㉞衣：穿衣服。冠：戴帽子。　㉟窃：私下，私自。计：考虑。　㊱实：充满，充实。厩（jiù）：马棚。　㊲充：充实，充满。下陈：后列，指堂下。　㊳义：恩义。　㊴奈何：怎么样。　㊵区区：小小的。　㊶拊爱：抚爱。子其民：以那些百姓为子。子：用作动词。　㊷因：用，靠。其后省略了宾语"之"。贾（gǔ）利之：用商贾的手段向老百姓谋利。　㊸说：同"悦"。　㊹休矣：算了吧。　㊺期（jī）：一周年。　㊻齐王：齐闵王。　㊼寡人不敢以先王之臣为臣：意谓我不配用先王的大臣做我的大臣。这是齐闵王要撤掉孟尝君相国职位的委婉说法。先王：指闵王之父齐宣王。　㊽就国：返回封地（薛）去。就：归。　㊾未至百里：距薛还有一百里。　㊿顾：回过头看。　51乃：才。　52乘（shèng）：四匹马拉的一辆车叫一乘。　53金：战国时代称铜质货币为金。　54梁：即魏国，因迁都大梁（今河南省开封），因此称梁。　55梁王：指梁惠王。　56放：放逐。　57虚：空出，让出。上位：高位。　58故：原先的。相：国相。上将军：官名。　59诫：告诫。　60币：聘请人时用的礼物。　61显：显贵，显要。使：使臣。　62其：表示推测的语气。　63三反：往返三次。反：同"返"。　64固：坚决。辞：推辞，辞谢。　65太傅：官名，职位很高。赍（jì）：以物送人。　66文：同"纹"。驷：四匹马拉的车。　67服剑：齐王自用的佩剑。服：佩。　68封书：封好了信。　69不祥：不善，不好。　70被：遭受。宗庙之祟（suì）：祖宗神灵的惩罚。祟：鬼神给人的灾祸。　71沉：沉迷。谄（chǎn）谀（yú）：巴结逢迎。　72开罪：得罪。　73不足为（wéi）：不值得帮助。为：助。　74祭器：宗庙里祭祖用的器物。在薛地建起齐国先王的家庙，将来齐王就不便夺毁其封邑；如有他国来犯，齐王也不便坐视不救。这是冯谖替孟尝君定的安身之计。　75纤介：比喻极其微末。纤：细丝。介：同"芥"，小草。

今译 齐国有冯谖这么个人，穷困得不能自己养活自己，托人去求孟尝君，希望到孟尝君门庭之下当个食客。孟尝君说："客人爱好什么？"回答说："客人没有什么爱好。"又说："客人擅长什么？"回答说："客人不擅长什么。"孟尝君笑着接纳了他，说："行吧。"孟尝君身边的人因为孟尝君看不起他，就给他吃粗劣的饭菜。

　　过了不久，冯谖身靠屋柱弹他的剑，唱道："长剑啊，我们还是回去吧，吃饭没有鱼呀！"孟尝君身边的人把这事告诉了他。孟尝君说："给他鱼吃，比照门下一般客人那样。"过了不久，冯谖又弹起他的剑来，唱道："长剑啊，我们还是回去吧，出门没有车坐呀！"孟尝君身边的人都笑他，把这事告诉了孟尝君。孟尝君说："给他驾好车子，比照门下有车坐的客人那样。"于是冯谖就坐着他的车子，高举起他的宝剑，去拜访他的朋友说："孟尝君把我当作客人了。"后来又过不久，冯谖又弹起他的剑来，唱道："长剑啊，我们还是回去吧，没有什么用来养家呀！"孟尝君身边的人都讨厌他，认为他贪心不足。孟尝君问道："冯先生有双亲吗？"身边的人回答说："有老母亲。"孟尝君让人供给他母亲吃的用的，不要让她缺这些东西。于是冯谖不再歌唱了。

后来孟尝君贴出通告，问门下的各位客人："谁熟悉会计工作？谁能替我到薛地去收债呢？"冯谖签上名字说："我能。"孟尝君觉得奇怪，说："这个人是谁呢？"身边的人说："就是那个唱'长剑呀，我们回去吧'的人啊。"孟尝君笑道："客人果真有本领啊，我对不起他，还不曾见过面呢！"就请冯谖来相见，孟尝君道歉说："我因为为国事劳倦，困于思虑而致心中昏乱，而且我生来性情懦弱愚钝，埋头于国家政事之中，因此得罪了先生。先生不以此为羞，竟有意替我到薛地去收债吗？"冯谖说："愿意！"于是就套好车子，收拾行装，拉着契约走了。临别时，冯谖说："债全部收完之后，用这钱买些什么东西回来呢？"孟尝君说："你看我家缺什么就买什么吧！"冯谖驱车来到薛地，让小吏招来那些应当还债的老百姓，都来合验借契。借契全都合验过了，冯谖站起来，假托孟尝君的命令，把应收的债都送给了欠债的老百姓，随后焚烧了那些借契，老百姓都欢呼万岁。冯谖一路不停地驱车回到齐国，清晨就去求见孟尝君。孟尝君对他回来得这么快感到奇怪，穿戴好了来接见他，说："债全都收上来了吗？回来得怎么这么快？"冯谖说："收完了。""用债款买了什么回来？"冯谖说："您说'看我家缺什么就买什么'，我私下考虑，您宫里堆积着珍奇宝物，猎狗骏马养满了外面的马棚，美丽的女人充满了堂下，您家里所缺少的，只有义了！我私下用债款替您买来了义。"孟尝君说："怎么样买义呢？"冯谖说："现在您只有小小的薛地，不抚爱百姓，把他们看成自己的子女一样，却进而用商人的手段向他们谋取利益。我私下假托您的命令，把债款送给了老百姓，随后焚烧了他们的借契，老百姓都欢呼万岁。这就是我替您买义的方法。"孟尝君不高兴，说："嗯，你得了吧！"

过了一年，齐王对孟尝君说："我不敢把先王的臣子当成我的臣子。"孟尝君只好回到自己的封邑薛地去。离薛地还有一百里，老百姓就扶老携幼地整天在路上迎候他。孟尝君回过头对冯谖说："先生为我买来的义，今天终于看到了。"冯谖说："狡猾的兔子有三个洞穴，仅仅能避免一死而已。现在您只有一个洞穴，还不能垫高枕头安稳地睡大觉。请让我替您再凿两个洞穴吧。"孟尝君给冯谖五十辆车，五百斤钱币，向西去梁国游说。冯谖对梁惠王说："齐王放逐他的大臣孟尝君到各诸侯国去，先把孟尝君迎接去的，就会国富兵强。"于是梁惠王让出相国的高位，让原先的相国做上将军，派遣使臣，带着一千斤钱币，一百辆车，前去招聘孟尝君。冯谖先驾车回来，告诫孟尝君说："一千斤钱币，是贵重的礼物；一百辆车，是显贵的使臣。齐国大概会听到这件事的！"梁国使臣往返三次，孟尝君坚决辞谢不去。

齐王听到这事，国君与群臣都害怕了，就派遣太傅带着一千斤钱币，四匹马拉的彩车两辆，佩剑一把，封好了信向孟尝君致歉说："我这人没有福气，遭到祖宗降灾惩罚，又受到谄媚逢迎的臣子的迷惑，得罪了您。我这个人不值得您帮助，希望您能顾念先王留下的国家，姑且返回齐国统领万民吧！"冯谖告诫孟尝君说："希望向齐王请求宗庙的祭器，在薛地建个宗庙。"宗庙建成后，冯谖回来向孟尝君报告说："三个洞穴都已凿完，您可以高枕无忧地享乐了。"孟尝君当相国几十年，没有遭遇一点点灾祸，这都是冯谖的计谋啊。

【赏析】 本文选自《战国策·齐策四》，主要记述冯谖在孟尝君门下做食客的经历与作为，反映了冯谖这个策士的聪明才智，也显示了作为战国四公子之一的孟尝君养士、用士的政治风采。

战国时代，列国纷争，"士"这一新产生的社会阶层在社会政治舞台上非常活跃。王侯将相争相养士，蔚然成风，"士为知己者用"也成为历史的必然。这从冯谖与孟尝君关系的变化中可见一斑。

本文通过引人入胜的富有戏剧性的故事情节，着意刻画了冯谖的策士形象。运用先抑后扬、对比衬托等手法，写出了冯谖由微而著的具体过程。

起初，冯谖经人介绍投到孟尝君门下时，故意说自己"无好""无能"，是深藏不露，也是试探对方；继而，连续三次弹铗而歌，其要求也一次高过一次，貌似贪心不足，实是装愚守拙。孟尝君的左右，由"皆笑之"而"皆恶之"，而孟尝君本人还是一次次地满足了冯谖的要求，终于使他"不复歌"

了。待冯谖到底有何德何能的悬念已经形成之后，文章有条不紊地叙写了冯谖大展身手，为孟尝君营造"三窟"的详细经过：一则焚券市"义"，二则复其相位，三则立宗庙于薛，彻底地巩固了孟尝君的政治地位。至此，冯谖这个富有远见卓识的策士的性格特点得到了完美的展现。

养 生 主

《庄子》

吾生也有涯①，而知也无涯②。以有涯随无涯③，殆已④！已而为知者⑤，殆而已矣！为善无近名⑥，为恶无近刑⑦，缘督以为经⑧，可以保身⑨，可以全生⑩，可以养亲⑪，可以尽年⑫。

庖丁为文惠君解牛⑬，手之所触，肩之所倚⑭，足之所履⑮，膝之所踦⑯，砉然响然⑰，奏刀騞然⑱，莫不中音⑲，合于桑林之舞⑳，乃中经首之会㉑。

文惠君曰："嘻㉒！善哉！技盖至此乎㉓！"庖丁释刀对曰㉔："臣之所好者道也㉕，进乎技矣㉖。始臣之解牛之时，所见无非牛者㉗。三年之后，未尝见全牛也㉘。方今之时，臣以神遇而不以目视㉙，官知止而神欲行㉚。依乎天理㉛，批大郤㉜，导大窾㉝，因其固然㉞。技经肯綮之未尝㉟，而况大軱乎㊱！良庖岁更刀㊲，割也㊳；族庖月更刀㊴，折也㊵。今臣之刀十九年矣，所解数千牛矣，而刀刃若新发于硎㊶。彼节者有间㊷，而刀刃者无厚㊸，以无厚入有间，恢恢乎其于游刃必有余地矣㊹，是以十九年而刀刃若新发于硎。虽然，每至于族㊺，吾见其难为，怵然为戒㊻，视为止㊼，行为迟㊽，动刀甚微㊾。謋然已解㊿，如土委地○51。提刀而立，为之四顾，为之踌躇满志○53，善刀而藏之○54。"文惠君曰："善哉！吾闻庖丁之言，得养生焉○55。"

注释 ①涯：边，际，极限。 ②知：知识。 ③有涯：指有限的生命。随：追随，求取。无涯：指无限的知识。 ④殆：危险。指劳心费力会损害身体。 ⑤已：如此。为知：求取知识。一说，认为（这个）是聪明的。 ⑥为善无近名：做好事而不求取名声。 ⑦为恶无近刑：（即使）做坏事也不要招致刑罚。 ⑧缘督以为经：顺着自然的正道以为常法。缘：顺应，遵循。督：中，正。经：常法，常道。 ⑨保身：保护身体，免遭刑罚。　⑩全生：保全天性，不受羁绊。生，同"性"。　⑪养亲：供养双亲，不受冻馁。一说，亲，指"真君"，即精神。　⑫尽年：尽享天年，免于夭折。　⑬庖（páo）丁：名叫"丁"的厨师。文惠君：即梁惠王，魏国国君，在位时，因迁都到大梁（今河南开封），所以魏又称梁。解牛：宰牛，分解牛的肢体。　⑭倚：靠。　⑮履：践踏。　⑯踦（yǐ）：一足站立，另一足抬起用膝顶住（牛体）。　⑰砉（huā）：象声词。皮骨相离声。　⑱奏：进。騞（huō）：象声词。刀割物声。　⑲中（zhòng）音：合于音乐节拍。　⑳桑林：商汤时的乐曲名。桑林之舞，即以桑林之曲伴奏的舞蹈，这里指舞的节拍旋律。　㉑乃：而，又，并且。经首：尧时的乐曲名，乐曲《咸池》之一章。会：音节，节奏。　㉒嘻（xī）：赞叹声。　㉓盖：同"盍"，何。　㉔释：放下。　㉕好：喜好，爱好。㉖进乎：超过。　㉗无非牛：无非是一头完整的牛。意思是看不到牛身空隙进刀的地方。㉘未尝见全牛：不曾看见完整的牛。意思是已能深入牛体内部，对牛体结构的各个部分了如指掌。　㉙方今之时：现在。方，当。　㉚以神遇：意谓凭着经验和对牛体结构的认识去接触和分解牛体，而不必用眼睛看。神：精神，指思维活动。遇：合，接触。㉛官知：感官知觉，这里指视觉。神欲：精神活动，心理活动。　㉜天理：指牛体天然的生理结构。　㉝批：击。大却：大的空隙。却，同"郤"（xì）。㉞导大窾（kuǎn）：将刀引向大的骨节空隙处。　㉟因：顺着。固然：指牛体结构本来的样子。　㊱技：当作"枝"，支脉。经：经脉。肯：紧附在骨上的肉。綮（qìng）：筋肉聚结的地方。未尝：不曾尝试，从未碰过。　㊲軱（gū）：大骨头。　㊳良庖：好厨师。岁：年。更：更换。㊴割：指用刀割牛。　㊵族庖：普通的厨师。族，众。　㊶折：指砍折骨头。　㊷新发于硎（xíng）：刚离开磨刀石，意思是刚磨过，十分锋利。发，出。硎，磨刀石。㊸节：骨节。间（jiàn）：间隙，缝隙。　㊹无厚：没有厚度，非常薄。　㊺恢恢乎：宽宽绰绰的样子。游刃：游动刀刃，指刀在牛体中运转。余：宽裕。　㊻族：指筋骨交错聚结的地方。　㊼怵（chù）然：警惕的样子，小心谨慎的样子。为（wèi）戒：为之戒，因为它的缘故而警惕起来。　㊽止：指集中在某一点上。　㊾迟：缓。　㊿微：轻。51謋（huò）：象声词，骨、肉分离的声音。　52委：堆积。　53踌躇（chóu chú）：从容自得、十分得意的样子。满志：心满意足。　54善：犹"拭"，擦拭。　55养生：指养生之道。

今译 我们的生命是有限的，而知识是无限的。用有限的生命去求取无限的知识，这是很危险的！反以为这是聪明，那就更危险了！做好事不要追求名声，即使做坏事也不要招致刑罚，顺应自然的正道以为常法，才可以保全身体，奉养双亲，享尽天赋的寿命。

庖丁为梁惠王杀牛，那动作，诸如用手触动，用肩靠近，用脚蹬踏，用膝挤压，以及皮骨分离的声音，进刀切割的声音，没有不合于音乐节拍的，跟《桑林》的节奏吻合，跟《经首》的旋律相应。

梁惠王惊叹道："好啊！妙极了！手艺精湛到这种程度吗？"庖丁放下刀回答说："我所喜欢的是道，已经超出一般的手艺了。我当初刚杀牛的时候，所见到的无非是一头完整的牛。三年以后，不曾看见完整的牛（已经对牛的结构了如指掌）。现在，我杀牛时，只用神理去领悟，而不用眼睛去观察，感官知觉停止活动，只是运用心神。顺着牛身上皮肉的自然构造，用刀击开骨节间大的空隙处，分解骨节空处的地方，一切遵循自然之理。支脉、经脉、紧附在骨头上的肉、筋肉聚结的地方，都不曾妨碍我运刀，何况显而易见的大骨头呢！好厨师每年换一次刀，因为他们用刀去割筋肉；一般的厨师每月换一次刀，因为他们用刀砍折骨头。现在我的这把刀已经用了十九年了，所杀的牛已有几千头了，而刀口还是像刚刚在磨刀石上磨过的一样。因为牛的骨节间有空隙，我的刀口却非常薄，用这么薄的刀切入骨节间的空隙，真是宽宽绰绰，游动刀刃有很多空余之地，因此，十九年了，刀口还像刚刚在磨刀石上磨过一般。虽然这样，每当遇到筋骨交错聚结的地方，我一看很难办，就小心谨慎，警惕起来，目光专注，动作迟缓，动刀甚为轻微。牛的骨肉已经随刀分离，如泥土散落在地上。杀完了牛，我提刀站立，四面一看，心里十分得意，再把刀擦净，收了起来。"梁惠王说："好啊！我听了庖丁的话，得着养生之道了。"

赏析 本文是《庄子·内篇》的第三篇。标题"养生主"，据清人王先谦释义谓："顺事而不滞于物，冥情而不撄其天，此庄子养生之宗主也。"（《庄子集解》）王氏弟子郭庆藩释为"养生以此为主也。"（《庄子集释》）可见，所谓"养生主"，就是养生的主旨，即养生应遵循的基本原则。

文章指出，人生有限，知识无涯，不能以有限的人生，去追求没有际涯的知识。既不为善以求名，也不作恶而犯刑，而要"缘督以为经"，顺乎自然之理，以达到保身、全生、养亲、尽年的目的。在阐述全文总纲之后，进而采取形象化说理的手段，用几则寓言故事加以具体论证。其中，"庖丁解牛"这一段为全篇精华所在，处于十分醒目的突出位置。庄子以这则寓言为喻，试图说明这样的道理——人生在世，当"依乎天理"，"因其固然"，"以无厚入有间"，以求在世事纷繁之中有效地避开各种矛盾，为自己赢得游刃有余的生存空间，远离伤身与劳神的际遇。庖丁十九年来，解牛数以千计，竟不曾更换过一把刀，刀刃一直锋利如初，与一般低级厨工迥然有别。区别就在他们求于"技"，而庖丁志于"道"。在庄子看来，"技"虽与"道"通，但"道"高于"技"，"技"从属于"道"；当"技"合于"道"时，技艺方能炉火纯青。显而易见，"庖丁解牛"是庄子对养生真谛的形象喻示。

《养生主》明确地提出了"养生"这一概念，并形成了比较系统的理论，对后世的哲学、医学等都有较深远的影响。

庄子散文善于运用形象化说理的手段，而用寓言故事来阐明哲理在《庄子》一书中屡见不鲜。"庖丁解牛"犹如一首劳动技能的赞歌，又如一首生产实践的颂诗，它采用夸张、对比、映衬、描摹等多种手法，以浓重的笔墨，文采斐然地表现出庖丁解牛技巧的纯熟，神态的悠然，动作的优美，节奏的和谐，身心的潇洒。对庄子而言，庖丁解牛，是他对养生之法的喻示；但对我们而言，这则寓言的意义远远超出了庄子当初的命意。它不仅告诉我们，做任何事情都必须遵循客观规律，"依乎天理"，"因其固然"，才能在实践中进入自由的境界，而且它还揭示了一个美学命题的要义，那就是，艺术创造是展示人的潜能、宣泄人的情怀的自由的创造，同行中能达到理想境界如庖丁者，只是凤毛麟角而已！

侍　坐

《论语》①

子路、曾晳、冉有、公西华侍坐②。

子曰："以吾一日长乎尔③，毋吾以也④。居则曰⑤：'不吾知也！'如或知尔⑥，则何以哉？"

子路率尔而对曰⑦："千乘之国⑧，摄乎大国之间⑨，加之以师旅⑩，因之以饥馑⑪；由也为之⑫，比及三年⑬，可使有勇，且知方也⑭。"

夫子哂之⑮。

"求，尔何如？"

对曰："方六七十⑯，如五六十⑰，求也为之，比及三年，可使足民⑱。

如其礼乐⑲，以俟君子⑳。"

"赤，尔何如？"

对曰："非曰能之，愿学焉。宗庙之事㉑，如会同㉒，端章甫㉓，愿为小相焉㉔。"

"点，尔何如？"

鼓瑟希㉕，铿尔㉖，舍瑟而作㉗。对曰："异乎三子者之撰㉘。"

子曰："何伤乎㉙，亦各言其志也！"

曰："莫春者㉚，春服既成㉛，冠者五六人㉜，童子六七人，浴乎沂㉝，风乎舞雩㉞，咏而归。"

夫子喟然叹曰㉟："吾与点也㊱。"

三子者出，曾皙后。曾皙曰："夫三子者之言何如？"子曰："亦各言其志也已矣！"

曰："夫子何哂由也？"

曰："为国以礼，其言不让㊲，是故哂之。惟求则非邦也与？安见方六七十，如五六十而非邦也者？惟赤则非邦也与？宗庙会同，非诸侯而何？赤也为之小，孰能为之大？"

注释 ①《论语》：孔子的弟子与再传弟子语录孔子言行的著作，是以记言为主的语录体散文。全书 20 篇。孔子：（前 551—前 479 年），名丘，字仲尼，鲁国陬邑（今山东曲阜）人，春秋末期著名思想家和教育家。《论语》记述了孔子的学说和主张，他的思想的核心内容是"仁"和"礼"；《论语》也记述了孔子的"有教无类"等教育主张及其教育实践活动。《论语》在记言中往往能以精练传神的语言写出人物的语默动静各种情态，毕肖声吻，活脱自然。书中许多语录，简明深刻，含义精湛，被后世视为格言、警句。 ②子路：即仲由，字子路。曾皙（xī）：即曾点，字皙。冉有：即冉求，字子有。公西华：公西赤，字子华。四人都是孔子弟子。侍坐：陪坐。 ③以：因为，由于。长乎尔：年长于你们，比你们年长。 ④毋吾以也：不要因为我的关系就受拘束啊。毋：不要。吾以："以吾"的倒装。以：因。 ⑤居：平时。则：作"辄"解，犹常常。 ⑥或：有人。 ⑦率尔：轻率匆忙的样子。 ⑧千乘（shèng）之国：能出动一千辆兵车的国家。指当时中等的诸侯国。 ⑨摄：逼迫，局促。 ⑩师旅：古代军队以 2500 人为师，500 人为旅。这里泛指军队。 ⑪因：仍，继。饥馑：饥饿，灾荒。 ⑫由：子路之名。也：句中语气词，无义。 ⑬比及：等到。 ⑭方：道义，礼法。 ⑮哂（shěn）：微笑。 ⑯方六七十：指国土纵横各六七十里。 ⑰如：或。 ⑱足民：使民众富足。 ⑲如：

至于。礼乐：指礼乐教化。　⑳俟：等待。　㉑宗庙：古代国君祭祖的地方。宗庙之事指祭祀之事。　㉒如：或。会同：指诸侯会盟。　㉓端：一种用整幅布做的礼服。章甫：一种士大夫戴的礼帽。这里是说穿着礼服，戴着礼帽。　㉔相（xiàng）：在祭祀或会盟时，担任赞礼或司仪的人。　㉕鼓：弹奏。瑟：乐器，有二十五根弦。希：即"稀"。指弹瑟之声慢慢稀疏下来。　㉖铿（kēng）：曲终收拨的声音。　㉗舍：放下。作：起立。　㉘撰：述。"撰"，一本作"僎"，作"诠"解，"善言"的意思。　㉙伤：妨碍。　㉚莫春：即"暮春"，夏历三月。　㉛既成：已能穿定，指不必再穿冬衣。　㉜冠（guàn）者：指成年人。古代男子二十岁要束发加冠，举行冠礼。　㉝浴：洗浴。沂（yí）：水名，在今山东省曲阜市南。　㉞风：迎风纳凉，用如动词。舞雩（yú）：当时鲁国祭天求雨的地方。　㉟喟（kuì）然：叹气的样子。　㊱与（yù）：赞同。　㊲让：谦让。

今译　子路、曾皙、冉有、公西华四人陪着孔子坐着。

孔子说："因为我年纪比你们都大一些，你们别因此而拘束。你们平素闲居，就说过：'人家不了解我呀！'假如有的人了解你们（要请你们去做事），那你们怎么办呢？"

子路不假思索地回答说："一个拥有一千辆兵车的国家，局促地处于大国之间，外有军队侵略它，内又加上灾荒；我来治理它，等到三年过后，可以使它的民众人人勇武，而且懂得礼义之方。"

孔子微微一笑。

又问："冉求，你怎么办？"

回答说："一个方圆六七十里，或者方圆五六十里的小国，我去治理它，等到三年过后，可以使它的民众人人富足。至于制礼作乐，那得等贤人君子去做。"

孔子又问："公西赤，你怎么办？"

回答说："不敢说我能怎么样，只能说我希望多学习。祭祀的事情，或者参加外交盟会，我愿意穿上礼服，戴上礼帽，做一名小小的司仪。"

又问："曾点，你怎么办？"

曾点弹瑟的声音慢慢稀疏下来，铿的一声放下了瑟，就起来回答说："我的志向同他们三位讲的不一样。"

孔子说："那又有什么妨碍呢！也不过是各自说说自己的志向罢了！"

曾点回答说："暮春时节，春天的衣服穿定了，我带着五六个青年人，六七个儿童，到沂水去沐浴，然后到舞雩台上吹吹风，一路上唱着歌回来。"

孔子长叹一声说:"我赞成曾点的做法。"

子路、冉有、公西华三个人都出去了,曾皙落在后面。曾皙说:"那三位同学说得怎么样?"

孔子说:"也不过是各人说说自己的志向罢了!"

曾皙问:"先生为什么对仲由微笑呢?"

孔子说:"治理国家要讲究礼让,可是他说话不谦虚,因此我对他微笑。难道冉求说的就不是一个国家吗?怎么见得方圆六七十里,或者方圆五六十里的地盘就不是一个国家呢?公西赤说的就不是国家吗?有宗庙,有诸侯的盟会,不是诸侯国家是什么?公西赤要做小司仪,那谁还能做大司仪呢?"

赏析 《侍坐》即《子路、曾皙、冉有、公西华侍坐章》,选自《论语·先进篇》。这个片段记录了孔子与四位弟子的谈话,在孔子的循循善诱之下,子路等四人先后各言其志,最后孔子阐明己意,表现了他的"为国以礼"的思想主张和热爱音乐与自然的乐天的生活情志,同时也反映了孔子日常教诲弟子的一般情形。

《侍坐》虽以记言为主,但也能把事件记述得层次井然,首尾完整。其次,于记言的同时,以简洁传神之笔写出了人物的举止风貌,使人如闻其声,如见其人。例如,重点记述了孔子,写他听了子路的话后的反应是"夫子哂之",表现了其思想的深沉和举止的稳重。写子路回答孔子时是"率尔而对",足以显出他的轻率。写曾皙听到孔子的问话便"舍瑟而作",则可见出他的恭谨态度。最后,本文的人物语言具有口语化特点,简明通俗,易读易懂。人物的对话,特别是孔子的话中,大量运用虚词,以模拟声口语态,如"亦各言其志也已矣"一句中虚词占一半以上。

阳货欲见孔子

《论语》

阳货欲见孔子①,孔子不见,归孔子豚②。

孔子时其亡也,而往拜之③。

遇诸涂④。

谓孔子曰：“来！予与尔言。”曰⑤：“怀其宝而迷其邦⑥，可谓仁乎？”

曰⑦：“不可。”

“好从事而亟失时⑧，可谓知乎⑨？”

曰：“不可。”

“日月逝矣，岁不我与⑩。”

孔子曰：“诺，吾将仕矣⑪。”

①阳货：人名，又叫阳虎，是把持鲁国政权的季氏家臣中最有权势的人。见：使谒见。　②归：同“馈”，赠送。豚（tún）：小猪。这里应是蒸熟了的小猪。　③时：窥伺，探听。亡：不在。往拜之：去回拜阳货。孔子收到豚应该回拜，但他不愿见阳货，所以探听阳货不在家时前去回拜。　④遇诸涂：在半路上遇见了阳货。涂：同“途”，半路上。　⑤曰：仍是阳货在说。　⑥怀：动词，把东西塞在怀里。宝：这里比喻聪明才能。迷：使混乱。邦：指国家。这句连下句两句是说，你自己有一身的本领，却使你的国家一片混乱，这可以叫仁爱吗？因为孔子提倡仁，所以阳货这样诘难他。　⑦曰：指孔子回答说。一说，这里的“曰”和下文的“曰”，都是阳货自问自答。　⑧好（hào）从事：指喜欢从事政治活动。亟（qì）：屡次。失时：失去时机。　⑨知（zhì）同“智”。⑩日月：指时间。岁：年岁。我与：犹言等待我。　⑪仕：做官。

阳货想要孔子来拜会他，孔子不去，他就送给孔子一个蒸熟的小猪。

孔子探听他不在家的时候，就前去拜见他。

两人在路上碰了面。阳货对孔子叫道：“过来，我跟你说话。”接着又说：“自己有一身的本领，却使你的国家一片混乱，这可以叫作仁爱吗？”

孔子答道：“不可以。”

“喜欢做官，却一再地错过机会，这可以叫作聪明吗？”

孔子答道：“不可以。”

“时光消逝了，岁月不待人。”

孔子说：“好吧，我打算做官了。”

本文见于《论语·阳货篇》，记述了孔子同持不同见解的阳货的一段交往。

阳货，又名阳虎，当时任鲁国正卿季氏之宰，以大夫身份把持朝政。他对孔子摆出一副居高临下、盛气凌人的架势，出语不敬，吆吆喝喝。孔子虽然只是个“士”，地位低于阳货，却不肯依附这样一个野心勃勃、不知自谦的政客。于是，他采取了规避不见、巧妙周旋的策略。口头上“吾将仕矣”，而实际上，在阳货当政期间，孔子始终不肯出仕。"道不同，不相为谋。"孔子坚持着他从政的原则，表现出刚正不阿的节操。

本文叙述语言简练传神，人物语言各有本色。阳货、孔子两个人物的神情心态刻画得活脱生动，如在目前。

王顾左右而言他

《孟子》①

孟子谓齐宣王曰："王之臣有托其妻子于其友而之楚游者②，比其反也③，则冻馁其妻子，则如之何？"

王曰："弃之④。"

曰："士师不能治士⑤，则如之何？"

王曰："已之⑥。"

曰："四境之内不治⑦，则如之何？"

王顾左右而言他⑧。

注释 ①《孟子》："四书"之一。战国中期孟子及其弟子万章、公孙丑等著。记载孟子及其弟子的政治、教育、哲学、伦理等思想观点和政治活动。孟子：（约前372—前289年），名轲，字子舆。鲁国邹人（今山东邹县），孔子学说继承者，儒家重要代表人物。

②妻子：老婆孩子。之：往。 ③比：及，等到。反：同"返"。 ④弃之：同他绝交。弃，抛弃，断绝。 ⑤士师：官名，掌管狱讼和刑罚。治士：管理下属。 ⑥已之：免掉他的官职。已，止。 ⑦四境之内：指国境之内。 ⑧顾：看。

今译 孟子对齐宣王说道："王有个臣子把妻子、儿女托给朋友照顾，而自己去楚国游历去了，等他返回时，他的妻子、儿女却在受冻挨饿，那该怎么办呢？"

宣王说："跟那个人绝交。"

孟子说："如果掌管刑罚的官吏不能管理他的下属，那该怎么办呢？"

宣王说："撤掉他的官职。"

孟子说："如果一个国家境内治理得不好，那又该怎么办呢？"

宣王左顾右盼，把话题扯到别处去了。

本文选自《孟子·梁惠王下》。这是孟子与齐宣王之间的一番内容简短、貌似闲谈的对话。孟子向齐宣王提出的三个问题，表明了孟子对国君治国的看法。在他看来，就像友人没有尽到应尽的责任，朋友应当同他绝交；就像法官管不好他的下属官吏，应该撤他的职一样，国君治理不好国家，丧失责任，也应该受到应有的惩罚。孟子的这种看法，同他对置人于死地的统治者的谴责和认为对暴君可以"征诛"的主张相一致。从这个方面来说，也是对当时腐朽暴虐的统治者的一种批判。

孟子只提出三个问题，就使得齐宣王无以应对，足见孟子言辩的犀利和技巧的高超。这段对话的最大特点是"三问"之间形成类比，靠逻辑的力量，水到渠成，自然而然地让人想见宣王已经心知肚明但不敢说出的结论。之所以有如此效果，是因为"三问"具有可以类比的共性，那就是三者都包含着一致的道理——敷衍塞责的人理应受到惩罚。最后一个问题看似突如其来，实则发问者早有"预谋"。先以轻松的前二问令宣王不加防范，认可结论，得出大前提，继而直奔要害，迫使宣王陷入逻辑困境，也就只能"顾左右而言他"。文章的讽刺意味也就由这简短的结尾中显示出来了。

染 丝

《墨子》①

子墨子言见染丝者而叹曰②："染于苍则苍，染于黄则黄。所入者变，其色亦变。五入必③，而已则为五色矣④。故染不可不慎也。"非独染丝然也，国亦有染⑤。

[注释] ①《墨子》：原有71篇，现存53篇，由墨子的弟子及后学记录、整理、编纂而成。反映墨家的认识论和逻辑思想。墨子：生卒年不详。名翟，春秋末期战国初期宋国人，著名的思想家、教育家、军事家。 ②子墨子：墨子，前一个"子"是老师的意思。言：助词，没有实际意义。 ③必：同"毕"。 ④而已：完了，了结，然后。 ⑤染：染色这样的事情。

[今译] 墨子看见染丝的感叹说："将丝染上青色就是青丝，染上黄色就是黄丝。所进入染缸的丝变色了，颜色也变了。五种颜色加进染缸，然后就染成

五色了。所以染丝不可不慎重呀。"不仅仅是染丝这样，国家也有染色这样的事。

賞析 这是一则寓理于事的小品，它以染色为事例，说明环境对事物、社会对人生的影响是巨大的。

文章开始先谈染色，谈得细致而透彻，为后面揭示主题做了充分的铺垫，所以后面一句"国亦有染"，境界顿生，把整个前面关于染色的文字都赋予了社会含义，可谓画龙点睛。

劝　学

《荀子》①

君子曰②：学不可以已③。青，取之于蓝，而青于蓝④；冰，水为之，而寒于水。木直中绳⑤，𫐓以为轮⑥，其曲中规⑦，虽有槁暴，不复挺者，𫐓使之然也⑧。故木受绳则直，金就砺则利⑨，君子博学而日参省乎己，则知明而行无过矣⑩。

故不登高山，不知天之高也；不临深谿⑪，不知地之厚也；不闻先王之遗言⑫，不知学问之大也。干越夷貉之子⑬，生而同声，长而异俗，教使之然也。《诗》曰⑭："嗟尔君子，无恒安息⑮。靖共尔位，好是正直⑯。神之听之，介尔景福⑰。"神莫大于化道⑱，福莫长于无祸⑲。

吾尝终日而思矣，不如须臾之所学也⑳；吾尝跂而望矣㉑，不如登高之博见也㉒。登高而招，臂非加长也，而见者远㉓；顺风而呼，声非加疾也，而闻者彰㉔。假舆马者㉕，非利足也㉖，而致千里㉗；假舟楫者㉘，非能水也，而绝江河㉙。君子生非异也，善假于物也㉚。

南方有鸟焉，名曰蒙鸠㉛。以羽为巢，而编之以发，系之苇苕㉜。风至苕折，卵破子死。巢非不完也，所系者然也㉝。西方有木焉，名曰射干㉞。茎长四寸，生于高山之上，而临百仞之渊㉟。木茎非能长也，所立者然也。蓬生麻中，不扶而直㊱；白沙在涅，与之俱黑㊲。兰槐之根是为芷㊳，其渐之滫㊴，君子不近，庶人不服㊵。其质非不美也，所渐者然也。故君子居必择乡，游必就士㊶，所以防邪僻而近中正也㊷。

物类之起，必有所始⁴³；荣辱之来，必象其德⁴⁴。肉腐出虫，鱼枯生蠹⁴⁵。怠慢忘身，祸灾乃作⁴⁶。强自取柱，柔自取束⁴⁷。邪秽在身，怨之所构⁴⁸。施薪若一，火就燥也⁴⁹；平地若一，水就湿也⁵⁰。草木畴生⁵¹，禽兽群居⁵²，物各从其类也。是故质的张而弓矢至焉⁵³，林木茂而斧斤至焉，树成荫而众鸟息焉，醯酸而蜹聚焉⁵⁴。故言有招祸也，行有招辱也，君子慎其所立乎⁵⁵。

积土成山，风雨兴焉；积水成渊，蛟龙生焉；积善成德，而神明自得⁵⁶，圣心备焉。故不积跬步⁵⁷，无以至千里；不积小流，无以成江海。骐骥一跃⁵⁸，不能十步；驽马十驾，功在不舍⁵⁹。锲而舍之，朽木不折⁶⁰；锲而不舍，金石可镂⁶¹。蚓无爪牙之利⁶²，筋骨之强，上食埃土，下饮黄泉⁶³，用心一也。蟹六跪而二螯⁶⁴，非蛇鳝之穴无可寄托者⁶⁵，用心躁也⁶⁶。是故无冥冥之志者，无昭昭之明⁶⁸，无惛惛之事者，无赫赫之功⁶⁹。行衢道者不至⁷⁰，事两君者不容⁷¹。目不能两视而明，耳不能两听而聪⁷²。螣蛇无足而飞⁷³，鼫鼠五技而穷⁷⁴。《诗》曰："鸤鸠在桑，其子七兮⁷⁵。淑人君子，其仪一兮⁷⁶。其仪一兮，心如结兮⁷⁷。"故君子结于一也⁷⁸。

昔者瓠巴鼓瑟而流鱼出听⁷⁹，伯牙鼓琴而六马仰秣⁸⁰。故声无小而不闻，行无隐而不形⁸¹。玉在山而草木润⁸²，渊生珠而崖不枯⁸³。为善不积邪⁸⁴？安有不闻者乎⁸⁵？

注释 ①《荀子》：战国后期著名思想家和学者荀子的说理散文集。荀子：（生卒年不祥）名况，又称荀卿或孙卿，赵国人。荀子是继孟子后出现的又一位儒学大师。曾游学于齐国的稷下，后至楚，做过楚国的兰陵令，终老于楚。《荀子》一书共32篇，大部分是荀子自作，少部分是其弟子手笔。《荀子》一书具有朴素的唯物主义思想，宣传了"天行有常"的天道观，提出了"制天命而用之"的主张，强调后天教育与隆礼重法的作用，反映了新兴地主阶级的法治要求。《荀子》的文章多是长篇大论，且每篇有一中心论题，逻辑严谨，说理透辟，淋漓尽致，畅所欲言；语言精练，文采飞扬；常常巧用类比，反复申说，文章辞藻丰富，风格淳朴。 ②君子：古书中引用前人言论，往往称君子曰。君子一般是指道德修养较高的贤人。 ③已：停止，这里指废弃。 ④青：前一个青字指一种可以染青色的染料靛（diàn）青；后一个青字是形容词"青"（颜色）。蓝：一种草，可以制靛青。 ⑤木直中（zhòng）绳：这句是说，木生得直，符合绳墨的要求。绳：或称绳墨，是木工画线取直的工具。 ⑥鞣（róu）：用火熏灼木材，使弯曲变形。 ⑦中（zhòng）规：符合规的要求。规：木工画圆的工具，如圆规。 ⑧槁（gǎo）暴（pù）：

指枯干。暴：同"曝"，晒干。挺：挺直。使之然：使它（指木）这样的。⑨金：指金属的刀斧等。就：靠近，这里指刀斧等放到磨刀石上磨。砺（lì）：磨刀石。⑩博学：广泛学习。日：每天。参（cān）：检验，检查。一说参同"三"，三次。省（xǐng）：省察。省乎己：是说省察自己。知：同"智"，知识，见识。行：行事，行为。过：过失。⑪临：面临。谿（xī）：这里指山谷。⑫先王：指前代的圣君明主。遗言：指先王遗教。⑬干：古代的一个小国，被吴国所灭。这里代指吴。夷：古代东方的一个民族。貉（mò）：古代北方的一个民族。⑭《诗》：《诗经》。下引诗见《小雅·小明》。⑮嗟：感叹词。尔：你们，指下文之君子。恒：常。安息：安然歇息。⑯靖（jìng）：同"静"。共：同"恭"。静恭，犹敬慎。尔位：你们的职位。好（hào）：喜爱。正直：指正直的品性。这两句意谓君子要重视和谨慎于职守，追求正直的品德。⑰神之听之：神在察听着你们的所作所为。介：助，给予。景：大。⑱神：指儒家追慕的道德修养最高的状态。化道：化于道，指受道的教化熏染，使气质有所变化。⑲长（cháng）：与上句"大"近义。⑳须臾（yú）：片刻。㉑跂（qǐ）：踮起脚尖。㉒博见：指看见的地方大。㉓见者远：指远地的人也能看见"登高而招"的人。㉔疾：这里指呼声高而有力。彰：清楚。㉕假：借，借助。舆马：车马。㉖利足：指善于走路的脚，快脚。㉗致：达到。㉘楫（jí）：同"楫"，船桨。舟楫，指船。㉙能水：会水，善于游泳。绝：横渡。㉚生：指人的本性、资质。假：凭借，借助。㉛蒙鸠：鸟名，又名巧妇鸟，善于做窝。背赤褐色，尾短。㉜编之以发：用发把巢编结起来。苇：芦苇。苕（táo）：芦苇的穗。系（jì）之苇苕，把巢系在芦苇上。㉝所系者然也：所系的地方（不对）使它这样。意谓巢系的不是地方，造成了恶果。㉞射（yè）干：多年生草本植物，高二三尺，夏秋间开黄红色花，根可药用。㉟临：下临。渊：深潭。㊱蓬：多年生的草本植物，又名飞蓬。扶：扶正，扶直。㊲涅（niè）：黑泥。㊳兰槐：一种香草，其根名白芷（zhǐ）。㊴其：连词，表示假设，如果。渐：浸染，浸泡。滫（xiū）：臭水。㊵庶人：百姓，这里是指一般人。服：佩戴。㊶游：交游。就：接近。㊷所以：所用来……的方法。邪（xié）僻（pì）：指不正当的行为品行。㊸物类：指各种事物。起：发生，兴起。始：原因。㊹象：依据。象其德，依据他本人的德行。㊺蠹（dù）：蛀虫。㊻怠慢：懈怠疏慢。乃作：于是发生。㊼强：刚强。柱：读为"祝"，折断。柔：柔弱。束：受约束。㊽构：集中。㊾施：放。薪：柴火。燥：干燥，这里指干柴。㊿湿：指潮湿的地方。51畴：同"俦"，类。52群：指同类的鸟兽各自成群。53是故：于是，所以。质：箭靶。的：箭靶的中心。54醯（xī）：醋。蜹（ruì）：同"蚋"（ruì），蚊类的小虫。55所立：立身的根本。56而神明自得：则就会自然而然地获得超人的智慧。而：在这里是"则"或"于是"的意思。神明：大的智慧，超人的智慧。得：获得。57颐（kuǐ）步：跬步，半步。颐：同"跬"。

58骐骥一跃：骏马飞跃一次。骐骥：骏马，良马，据说日行千里。　59驽（nú）马十驾，功在不舍：那笨马走上十天也可以致千里，它取得成绩的原因就在于不停止前进。驽马：劣马，笨马，只可日行百里的慢马。驾：车马一日的行程为一驾。十驾：是十日的行程。功：功效，成绩，这里指驽马十日的行程。不舍：不舍弃，指不停止前进的脚步。　60锲（qiè）而舍之，朽木不折：用刀雕刻东西，如果半途而废，即使是腐朽的木头也不能切断。锲：用刀刻。　61镂（lòu）：雕刻，指雕刻成器物和花纹。　62螾（yǐn）无爪牙之利：蚯蚓虽然没有锋利的爪牙。螾：同"蚓"，即蚯蚓。利：锐利。　63黄泉：地下的暗泉。　64用心一也：专心致志，精力集中。　65蟹六跪而二螯（áo）：螃蟹虽然有六条脚爪和两只尖利的蟹钳。跪：足，腿脚。六跪，这是荀子的误笔，实际上蟹有八跪。螯：指蟹钳。　66非蛇蟺（shàn）之穴而无可寄托者：（蟹虽有八足二螯）然而不是待在蛇或鳝鱼的洞穴里自己就没有寄托的地方。蟺：同"鳝"，鳝鱼。　67用心躁也：是因为它性情浮躁，用心不专一的缘故。躁：浮躁，不专一。　68是故无冥冥（míng）之志者，无昭昭之明：所以如果没有精诚专一的精神就不会取得显著的智慧。冥冥之志，精诚专一的精神。昭昭之明，昭然显著的智慧。　69无惛惛（hūn）之事者，无赫赫之功：不埋头无声地工作就不会有显著的成就。惛惛之事：指埋头苦干，用心专一地工作。　70行衢（qú）道者不至：误入歧途的是不会到达目的地的。衢道：在这里是"歧路"的意思。　71事两君者不容：同时侍奉两个国君的人必然不会被两个君主所容纳。事：侍奉。容：容纳。　72目不能两视而明，耳不能两听而聪：眼睛不能同时看两种东西而都能看得很清楚，耳朵不能同时听两种声音而都听得很真切。两视：同时看两种东西。明：看得清楚。两听：同时听两种声音。聪：听得清楚。　73螣（téng）蛇无足而飞：神龙螣蛇虽然没长脚却可以腾云驾雾飞翔在空中。螣蛇：神话中的龙，能够兴云飞雾。　74鼫（shí）鼠五技而穷：鼫鼠虽然有五种技能，（但因其哪一种也不能精诚专一）行动却十分困难。五技：是说鼫鼠有五种技能：即能飞却不能上屋，能爬却爬不到树梢，能游泳却渡不过小河，能挖洞却不能藏身，会跑却逃不脱人的追捕。穷：困窘。　75尸鸠在桑，其子七兮：布谷鸟筑巢在桑树上，它精心饲养着七只小鸟。尸鸠：即布谷鸟。其子，指雏鸟。据说尸鸠饲养七只雏鸟，平均对待而始终如一，早上自上而下，晚上自下而上地喂养。这是起兴的诗句，用以引起下文。诗出《诗经，曹风·尸鸠》。　76淑人君子，其仪一兮：善人和君子的行为举止始终如一。淑人：善人。其仪一：他的仪容始终如一。仪：仪表，引申为行为举止。　77其仪一兮，心如结兮：他的行为举止始终如一，思想专一如同紧系的绳结那样难以分散。结：紧紧结合在一起。本指绳类打成疙瘩。　78故君子结于一也：所以君子的言行应该把目标始终集中到一点上，不轻易中途变化。　79瓠（hù）巴：人名，楚人，善鼓瑟。流鱼：一作"沉鱼"，水底之鱼。出听：浮出水面听鼓瑟。　80伯牙：人名，楚人，善弹琴。六马：天子之车六马，这里泛指马。秣

(mò)：喂马。仰秣，指正在吃饲料的马，仰起头来听弹琴。　⑧声无小而不闻，行无隐而不形：没有什么小的声音听不出来，没有什么隐蔽的行为不显露出来。　⑧润：显得滋润，长得好。　⑧崖不枯：崖岸不显得干枯。　⑧积：积累。　⑧安有：哪里有，怎会有。

今译　君子说：学习不能停止。青色染料是从蓝草中提取出来的，却比蓝草更青；冰块是用水冻成的，却比水更凉。树木生得笔直符合绳墨测量的要求，把它加热烤弯制成车轮，它的弯曲程度完全符合圆规的标准，即使风吹日晒也不再挺直，这是加热烘烤使它弯曲的缘故。所以木材接受墨线矫正就会直，金属经过磨刀石的磨砺就会锋利，君子广泛地学习，并且每日反复反省自己，那么心智就会聪明，行为就没有过错了。

因此，不登上高山，就不知道天的高远；不面临山谷，就不知道地的厚重；不听听前代圣明君主的遗教，就不知道学问的博大。吴、越、夷、貉四国所生的婴儿，初生时的啼哭声相同，长大后他们的习俗却不一样，这是后天的教育使他们有了这样的差别。《诗经》说："啊，你们这些君子啊，不要总是贪图安逸。你们要恭谨从事，恪尽其职，追求正直的品德。神明会察听你们的表现，并赐给你们大福。"所谓神，没有什么比受到道的熏陶感化更大；所谓福，没有什么比免祸更大。

我曾经整天地思索过，不如片刻工夫学到的多；我曾经踮起脚来远望，不如登上高处眼界更开阔。登上高处向人招手，手臂并没有加长，但远处的人能够看到；顺着风向呼喊，声音并没有更响，但听的人听得更清楚。借助车马赶路的人，并不是脚步快捷，却能远行千里；借助舟船行路的人，并不是善于游泳，却能横渡江河。君子的天性同一般人没有什么两样，不过是善于借助外物罢了。

南方有一种鸟，名叫蒙鸠。蒙鸠用羽毛来筑巢，用毛发把巢编织起来，然后把巢系结在芦苇枝上。一阵风吹来，芦苇枝折断了，鸟蛋破了，小鸟死了。鸟巢并不是不完整坚固，而是系结的地方不好才造成这种后果的。西方有一种树，名叫射干。树干长仅四寸，生长在高山顶上，面临着百丈深渊。树干虽不长，但由于生长在高山上，地势使它显得很高。飞蓬生长在麻中，不用扶持就长得很直；白沙混在黑泥里，就与黑泥一起变成黑色。兰槐的根叫作白芷，如果把它浸泡在臭水里，君子就不接近它，老百姓也不会佩戴它。白芷的质地不是不美，是用来浸泡它的东西使它变成这样的。所以君子居住一定选择风俗淳厚的乡土，出游结交一定接近有学问的贤士，这是因为君子要防备邪恶小人而接近刚正之士的缘故。

自然界万物的产生，一定有它的开端；一个人荣誉与耻辱的到来，一定反映着他本人德行的优劣。肉腐败会长出蛆虫，鱼枯烂会生出蛀虫。人懈怠懒惰，忘乎所以，灾祸就会随之发生。强硬的东西容易导致折断，柔软的东西容易受到约束。身上有邪恶污秽的行为，怨恨就会集中在身上。同样地把柴草放在地上，火总是烧向干燥的柴草；同样是平地，水总是流向潮湿的地方。草木总是同类的生长在一起，禽兽也总是成群地聚居在一块，万物各自归属于自己的类别。因此，箭靶的靶心张设在那儿，弓箭就会向它射去；林木茂盛了，斧头就来到了森林；树木繁茂成荫，群鸟就会栖息在那里；醋酸了，蚊虫就会聚集在那里。所以说话有时会惹出祸患，行动有时会招来羞辱，君子立身处世要谨慎啊！

泥土堆积成高山，就能兴风作浪；水滴汇积成深渊，就会成为蛟龙生长的地方；累积善行成为美德，就会获得超人的智慧，就会具备圣人的思想品德。如果不一步一步地积累起来，就不能远行千里；不积聚细小的水流，就不能形成大海。骏马飞跃一次，不能跨出十步；劣马走出十日的行程，取得成效是因为不停止前进的脚步。用刀雕刻东西，如果半途而废，连腐朽的木头也不能切断；雕刻而不停顿，金属、石头也能刻成器物或花纹。蚯蚓虽然没有锋利的爪牙、强劲的筋骨，却能向上吃泥土，向下饮黄泉，因为它专心致志，精神集中。螃蟹虽有六条脚爪和两只蟹钳，然而除了蛇或鳝鱼的洞穴，自己就没有寄托的地方，这是因为它性情浮躁，用心不专一。所以如果没有精诚专一的精神，就不会有昭然显著的智慧；如果不埋头无声地工作，就不会有显著的成就。误入歧途的人达不到目的地，同时侍奉两个国君的人不会被两个国君容纳。眼睛不能同时看两种东西而都看得很清楚，耳朵不能同时听两种声音都听得很真切。腾蛇虽然没长脚却可以腾云驾雾在空中飞翔，鼫鼠虽然有五种技能，却行动困难，陷入窘境。《诗经》说："布谷鸟筑巢在桑树上，精心饲养着它的七只小鸟。那些善人和君子，他们的行为举止始终如一。他们的思想专一，如同难以解开的绳结。"所以君子的言行应该把目标始终集中到一点上。

从前，楚人瓠巴弹瑟，水底的鱼浮上水面倾听；楚人俞伯牙弹琴，正在吃草料的马也仰起头来。所以没有什么小的声音听不出来，没有什么隐蔽的行为不会显露。有美玉在山上，草木显得滋润；深渊里长出珍珠，崖岸不显得干枯。大概是行善而未积累成德吧，否则怎么会行善而不被人知道呢？

　　赏析 这段文章选自《荀子·劝学篇》。是该篇开头一大部分。文章的主旨在于阐明学习有增长知识、培养能力、修养品德的重要意义和作用，并指出任何人都有可能通过循序渐进的不间断的学习而取得成就。作者从朴素的唯物主义思想出发，认为人的知识、才能、品德都不是与生俱来的，而必须有待后天的学习与培养。因而，文章一开头就用生动的比喻，论述了学习的意义和作用；接着提出一个"善假于物"的问题，既强调了学习的方法与途径，又形象地揭示了后天学习的重要性。"善假于物"就是不能"终日而思"而应以不懈的精神学习掌握前人积累的知识，"锲而不舍"，积少成多，最后一定会获得成功。这篇文章说理精密，观点正确，至今仍能给人以思想上的启迪。

　　《劝学》（第一部分）作为一篇说理散文，其主要特点有如下两个方面。

　　首先，说理态度恳切，阐述观点透彻。为了论证学习的重要作用，作者采用了大量的日常生活与自然现象中的事例作为喻体，通过巧譬博喻，将抽象的道理说得浅显易懂，明白具体。文中几个段落里都有这类比喻。

　　其次，在语言的运用上，本文也很有特点。多用排比句，整齐畅达，便于记诵，增强表达效果。层出不穷的排比句多很简洁，寓意深刻，其中的一些，如"青，取之于蓝而青于蓝；冰，水为之而寒于水"，"锲而舍之，朽木不折，锲而不舍，金石可镂"，等等，已经成为人们习用的格言。

和 氏 璧

《韩非子》①

　　楚人和氏得玉璞楚山中②，奉而献之厉王③。厉王使玉人相之④，玉人曰："石也。"王以和为诳，而刖其左足。

　　乃厉王薨⑤，武王即位，和又奉其璞而献之武王。武王使玉人相之，又曰："石也。"王又以和为诳，而刖其右足。

武王薨，文王即位，和乃抱其璞而哭于楚山之下，三日三夜，泣尽而继之以血⑥。王闻之，使人问其故，曰："天下之刖者多矣，子奚哭之悲也⑦？"和曰："吾非悲刖也，悲夫宝玉而题之以石⑧，贞士而名之以诳⑨，此吾所以悲也。"

王乃使玉人理其璞而得宝焉⑩，遂命曰"和氏之璧"。

注释 ①《韩非子》：是战国时期著名思想家、法家韩非的著作总集。是在韩非逝世后，后人辑集而成。凡55篇、20卷。韩非：（约前280—前233年），韩非新郑（今河南新郑）人，战国末期杰出的思想家、哲学家和散文家。　②璞：未经加工的含玉的石。③厉王：史载楚国无厉王，此系假托。　④玉人：玉匠。　⑤薨：古代对王公、诸侯的死称薨。　⑥泣：哭，这里引申指眼泪。　⑦奚：何，为什么。　⑧题：品评。　⑨贞士：正直的人。　⑩理：治理，这里是处理、加工的意思。

今译 楚国人和氏在楚山中得到一块玉石，捧着它进献给厉王。厉王让玉匠相看，玉匠说："这是块石头。"厉王以为和氏在骗他，便砍掉了他的左脚。

厉王去世，武王即位，和氏又捧着玉石献给武王。武王让玉匠辨认，玉匠又说："是石头。"武王又认为和氏欺骗他，便砍掉了他的右脚。

武王去世，文王即位，和氏便抱着玉石在楚山下痛哭，三天三夜，眼泪哭干了，眼里流出了血。文王听说了，派人问和氏为什么这样痛哭，说："天下被砍掉脚的人很多，你为什么哭得这样悲伤呢？"和氏说："我不是悲痛被砍脚，而是悲哀宝玉被说成是石头，正直的人被诬为欺骗的名声。这是我之所以悲伤的原因啊。"

文王便命令玉匠处理这块石头便得到了宝玉，于是命玉石为"和氏之璧"。

赏析 本篇选自《韩非子·和氏》，它用一块璞玉的命运告诫后人，美好的东西，开始往往不能被人们所认识。而对于掌握了真知的人，要想证明自己的正确，需有坚持己见的勇气甚至牺牲生命的精神。

全文共分三层意思：

第一层意思是第一、二自然段，写和氏对璞玉的坚持，从厉王到武王，从左足到右足，用生命去维护一种真知，竟有如此惨烈的程度，也为下一层意思的展开作了充分的铺垫。

第二层意思即第三自然段，俗话说：再一再二，不可再三再四。而和氏就有这种不到黄河不死心的精神。这一段突出刻画了和氏性格的坚韧和追求的执着，"三日三夜，泣尽而继之以血"，这远远不是常人所能做得到的。而对于悲伤的解释，则把和氏对一块玉的坚持升华到极致，这种超乎常人的坚持，并不是对玉本身，而是对真的追求，对真假不分的抗争，这也正是这篇小品的深意所在。

第三层意思是最后两句话，所谓真的假不了，文王理玉得宝的结局，进一步揭示了和氏毕生追求的价值。读者也可以从中品味到，对真的不懈追求就像宝玉一样具有永恒的价值。本小品记述简朴，描写生动，蕴意深刻，读后令人回味。

郑人买履

《韩非子》

郑人有欲买履者①，先自度其足②，而置之其坐③。至之市④，而忘操之⑤。已得履，乃曰："吾忘持度⑥。"反归取之。及反⑦，市罢，遂不得履。人曰："何不试之以足？"曰："宁信度，无自信也。"

注释 ①履（lǚ）：鞋。 ②度（duó）：量。 ③坐：座位；"坐"通"座"。 ④之：往，到。 ⑤之：指尺码。 ⑥度（dù）：尺码。 ⑦反：通"返"。

今译 郑国有个想买鞋的人，他先量完自己的脚，把量好的尺码放在座位上。他到了集市，却忘记带尺码了。他选定了一双鞋，对卖鞋的说："我忘记带尺码了。"于是又返回家去取尺码。再回来，集市散了，他最终没有买到鞋。有人问他："你为什么不用脚去试穿一下鞋呢？"他说："我宁可相信尺码，也不相信自己的脚。"

赏析 这则寓言故事嘲讽的是那种脱离实际、轻视实践、相信书本的教条主义者。从中我们悟出一个道理：无论做什么事情都要从实际出发，不要被一些死教条束缚住手脚。那样必将会成为千古笑柄。

薛谭学讴

《列子》

　　薛谭学讴于秦青①，未穷青之技②，自谓尽之，遂辞归。秦青弗止，饯于郊衢③。抚节悲歌④，声振林木，响遏行云⑤。

　　薛谭乃谢求反，终身不敢言归。

注释 ①讴（ōu）：唱歌。　②穷：尽，到终点。　③衢（qú）：大路。　④抚节：轻轻地抚摩着拍板。　⑤响：回声。遏（è）：阻止。

今译 薛谭跟秦青学唱歌，还没把秦青的技艺学完，就自以为都学到手了，便向老师告辞回家。秦青也没阻止他，在城外的大道旁给他饯行。这时候秦青敲着拍板，慷慨激昂地引吭高歌，歌声振动了林间的树木，遮住了天上的行云。

　　薛谭急忙向老师道歉，要求回去继续学习，从此以后，他终生也没说过回家的话。

赏析 这则小故事记述了薛谭学习唱歌的经过，情节虽简单，但起伏跌宕。薛谭骄傲自满的神态跃然纸上。而秦青的神情更是惟妙惟肖，结果出人意料。这样叙述既展示出秦青的教育思想，也推动了情节发展，增添了故事的波澜，取得引人入胜的效果。

朝三暮四

《列子》

　　宋有狙公者，爱狙①；养之成群，能解狙之意；狙亦能得公之心。损其家口②，充狙之欲。俄而匮焉③，将限其食。恐众狙之不驯于己也，先诳之曰："与若芧④，朝三而暮四，足乎?"众狙皆起怒。俄而曰："与若芧，朝四而暮三，足乎?"众狙皆伏而喜⑤。

注释 ①狙（jū）：猕猴。　②口：口粮。　③匮（kuì）：不够、缺乏。　④芧（xù）：橡，实。　⑤伏：降伏，驯顺，服帖。

今译 宋国有个叫狙公的人，喜欢猴子，养了一大群。他了解猴子的心理，猴子也懂得他的心思。狙公省下家中的口粮，满足猴子的要求。不久，粮食不够了，他想把猴子的口粮减少些，但又怕猴子们不驯服，就先骗它们说："以后给你们吃橡果，早上三颗，晚上四颗，够吃了吗？"猴子们听了嫌少，都站起来，面有怒色。过了一会儿，狙公又说："以后给你们橡果，早上四颗，晚上三颗，该够了吧？"猴子们听了，都俯首帖耳，表示满意。

赏析 这则故事至今仍有它的现实意义：看问题不能只看表面，而应看到问题的实质。猴子的一怒一喜，刻画了它们的愚蠢，令人哑然失笑，在这种笑声中，人们不免想到：猴子永远只是猴子。

荆人遗弓①

《吕氏春秋》②

荆人有遗弓者，而不肯索，曰："荆人遗之，荆人得之，又何索焉？"孔子闻之曰："去其'荆'而可矣。"老聃闻之曰③："去其'人'而可矣。"

注释 ①荆：周代楚国又名"荆"，在现两湖地域。　②《吕氏春秋》：是在秦国丞相吕不韦主持下，集合门客们编撰的一部黄老道家名著。全书十二卷，一百六十篇，二十余万字。吕不韦：（前292—前235年），姜姓，吕氏，名不韦，卫国濮阳（今河南安阳）人。战国末年著名商人、政治家、思想家，官至秦国丞相。　③老聃（dān）：老子，姓李名耳，春秋时思想家，道家的创始人。

今译 荆国有人丢失了弓，却不肯寻找，说："荆人丢了，荆人得到了，又为什么要寻找呢？"孔子听说了这件事说："去掉'荆'也可以。"老子听到这件事说："去掉'人'也可以。"

赏析 这则寓言蕴含着两层寓意：一是读者可以感觉到孔子和老子在语言使用上的睿智，虽然每次只减一个字，但使"遗"和"得"的意义发生了微妙的变化。二是从字词的减少中，读者可以体味到古代圣哲以天下为怀，不斤斤计较一己得失的胸襟。这篇寓言语言简劲，寓意精妙，很有回味的余地。

曾子易箦

《礼记》

曾子寝疾①，病②。乐正子春坐于床下③，曾元、曾申坐于足④，童子隅坐而执烛⑤。童子曰："华而睆⑥！大夫之箦与⑦？"子春曰："止！"曾子闻之，瞿然曰⑧："呼⑨！"曰："华而睆！大夫之箦与？"曾子曰："然，斯季孙之赐也⑩，我未之能易也⑪。元，起易箦！"曾元曰："夫子之病革矣⑫，不可以变⑬。幸而至于旦⑭，请敬易之。"曾子曰："尔之爱我也，不如彼⑮。君子之爱人也以德，细人之爱人也以姑息⑯。吾何求哉？吾得正而毙焉⑰，斯已矣。"举扶而易之，反席未安而没⑱。

【注释】①曾子：鲁国人，名参（shēn），字子舆，孔子的弟子，以孝著称。寝疾：卧病。②病：病重。③乐正：官名，公室乐官。子春：曾参的弟子。④曾元、曾申：都是曾参的儿子。⑤隅（yú）坐：坐在墙角。⑥华而睆（huǎn）：华美而光滑。这里说的是席子。⑦箦（zé）：竹席。⑧瞿（qú）然：惊惧的样子。⑨呼：喔，哦。表示将要发问的声音。⑩季孙：鲁国大夫。⑪易：更换。⑫革（jí）：危急。⑬变：移动（身体）。⑭幸：希望。⑮彼：指"童子"，书童。⑯细人：小人，见识浅陋的人。⑰得正而毙：合乎礼而死。毙：指死。⑱没：通"殁"（mò），死。

【今译】曾子卧病在床，病情很严重，乐正子春坐在床下，曾元、曾申坐在曾子的脚旁，一个僮仆拿着蜡烛坐在墙角。那个僮仆说："那席子既华美又光亮，是大夫用的吧？"子春阻止他说："别说话！"曾子听见了那僮仆的话，表现出很吃惊的样子说："哦！"僮仆又说："那席子既华美又光亮，是大夫用的吧？"曾子说："是的，是季孙氏赏赐的。我因为生病没能更换它，曾元你扶我起来更换掉这张席子！"曾元说："您的病情危急，不宜于转动身子，希望挨到天明，我再把席子换掉。"曾子说："你爱我，还不如这个僮仆。君子爱护别人是根据道德；小人爱护别人，是使人取得暂时的安逸。我还有什么要求呢？只要能够合乎礼制而死，那就行了。"曾元只好扶他起来，更换了席子，等曾子回到床上，还没有躺好就死了。

【赏析】儒家重视周礼，把礼作为社会伦理规范和个人行为的准则。孔子说"克己复礼为仁"，并主张"非礼勿视，非礼勿听，非礼勿言，非礼勿动"

（《论语·颜渊》）。春秋战国之交，社会大变革来临而"礼崩乐坏"，因而僭礼行为屡有发生，本文所记的小故事即为一例。鲁国大夫季孙氏把大夫才可享用的席子送给不曾做过大夫的曾参，曾参竟铺上使用了它，这显然违背了各个等级所应奉守的礼。文章的写作目的不在于揭露违礼行为，而在于赞扬曾参知错即改的守礼精神。卧病在床并且病情很重的曾参听到童子的提醒，立即瞿然而呼，不顾病危的处境，坚持要起身换掉席子。换席后，未及身安就死去了。文章宗旨是显而易见的，以"曾子易箦"的故事告诉人们，"礼"是比生命更重要的东西，曾参是以身护礼的典范。

　　本文对几个人物的举止、情态有简洁而生动的描绘。用字不多，但表意确切。人物对话，毕肖声口。童子的童言无忌，口无遮拦；曾参的表态决断，语重心长，都使人有身临其境之感。

苛政猛于虎

《礼记》

　　孔子过泰山侧。有妇人哭于墓者而哀。夫子式而听之①，使子路问之，曰："子之哭也，壹似重有忧者②。"而曰③："然。昔者吾舅死于虎④，吾夫又死焉⑤，今吾子又死焉。"夫子曰："何为不去也⑥？"曰："无苛政。"夫子曰："小子识之⑦：苛政猛于虎也！"

注释　①夫子：先生、老师，指孔子。式：同"轼"，车前的横木。古时男子乘车取站姿。在车上表敬意时，就低下身子用手扶轼。这里孔子扶轼，是对妇人之哭表示关注。②壹：的确，确实。重（chóng）有忧：有多重的忧痛，即连着有好几件悲痛的事。似……者，像……的样子。　③而：乃，就。这里是一种特殊用法。　④舅：公公，丈夫之父。　⑤焉：于此，指虎。　⑥去：离开。　⑦小子：年轻人，年长者对晚辈的称呼。识（zhì）：同"志"，记载。

今译　孔子从泰山旁经过，有个妇人在坟前哭得很哀伤。先生俯身扶拭倾听哭声，让子路去问问是怎么回事，子路问："您哭得这么伤心，真像是接连发生了几件悲痛的事。"妇人就说："是的。从前我的公公死于老虎，后来，我的丈夫也死于老虎，而今我的儿子又死于老虎。"先生问道："为什么不离开这个地方?"回答道:"这里没有苛刻的政令。"先生说:"年轻人,记下来:苛刻的政令比老虎还凶猛!"

赏析 本文选自《礼记·檀弓下》。

儒家主张"为政以德"(《论语·为政》),认为"行仁政而王,莫之能御也"(《孟子·公孙丑上》)。出于这种理念,针对各诸侯国统治者对百姓实施的征敛无度、严刑苛法的虐政,儒家往往能较为激烈地予以抨击。这篇著名的小故事,用猛虎比喻苛政,恰当深刻,语中要害,有力地揭露和鞭挞了当时统治者对人民的残酷剥削和压迫。

文章通过一个家庭悲惨遭遇的典型事例揭示苛政杀人的主题,以具体的人物形象诉诸读者的情感与良知,收到打动人心的艺术效果。妇人之哭哀戚之至,令人同情;一家三代人惨死于虎口仍不愿离开这个苛政达不到的地方,更把苛政之害民暴露无遗。反对苛政应该说是个严肃的大题目,而"孔子过泰山侧"只是一篇简短的小故事。小故事中没有一句正面议论苛政,而苛政之荼毒百姓的罪恶本质却昭然若揭,这正是文章妙处之所在。

登徒子好色赋①

宋 玉

大夫登徒子侍于楚王,短宋玉曰②:"玉为人体貌闲丽,口多微辞③,又性好色。愿王勿与出入后宫。"

王以登徒子之言问宋玉。玉曰:"体貌闲丽,所受于天也;口多微辞,所学于师也;至于好色,臣无有也。"王曰:"子不好色,亦有说乎④?有说则止,无说则退。"玉曰:"天下之佳人莫若楚国,楚国之丽者莫若臣里,臣里之美者莫若臣东家之子。东家之子,增之一分则太长,减之一分则太短;著粉则太白,施朱则太赤;眉如翠羽⑤,肌如白雪;腰如束素⑥,齿如含贝⑦;嫣然一笑,惑阳城,迷下蔡⑧。然此女登墙窥臣三年,至今未许也。登徒子则不然:其妻蓬头挛耳⑨,龁唇历齿⑩,旁行踽偻⑪,又疥且痔。登徒子悦之,使有五子。王孰察之,谁为好色者矣。"

是时,秦章华大夫在侧⑫,因进而称曰:"今夫宋玉盛称邻之女,以为美色，愚乱之邪臣；自以为守德，谓不如彼矣。且夫南楚穷巷之妾，焉足为大王言乎？若臣之陋目所曾睹者，未敢云也。"王曰："试为寡人说之。"大夫曰："唯唯。"⑬

臣少曾远游，周览九土⑭，足历五都⑮。出咸阳、熙邯郸⑯，从容郑、卫、溱、洧之间⑰。是时，向春之末，迎夏之阳，鸧鹒喈喈，群女出桑。此郊之姝⑱，华色含光⑲，体美容冶，不待饰装。臣观其丽者，因称诗曰："遵大路兮揽子袪⑳，赠以芳华辞甚妙。"于是处子怳若有望而不来，忽若有来而不见。意密体疏㉑，俯仰异观；含喜微笑，窃视流眄㉒。复称诗曰："寤春风兮发鲜荣㉓，洁斋俟兮惠音声㉔，赠我如此兮，不如无生。"因迁延而辞避。盖徒以微辞相感动。精神相依凭。目欲其颜，心顾其义㉕，扬《诗》守礼，终不过差㉖，故足称也。

于是楚王称善，宋玉遂不退。

注释 ①《登徒子好色赋》是宋玉的一篇代表作，《昭明文选》把它放在情类赋里。宋玉，又名子渊，战国时鄢（今襄樊宜城）人，楚国辞赋作家。生于屈原之后。曾经侍奉楚顷襄王。喜好辞赋。相传所作辞赋甚多，《汉书·卷三十·艺文志第十》录有赋十六篇，今多亡佚。流传作品有《九辨》、《风赋》、《高唐赋》、《神女赋》、《登徒子好色赋》等。《登徒子好色赋》也有人认为是后人托名宋玉而作。　②短：说人坏话。　③微辞：婉转而巧妙的话。　④说：理由。　⑤翠羽：翡翠鸟的青色羽毛。　⑥束素：一束白色生绢。这是形容腰细。素：生绢。　⑦贝：白色的海螺。　⑧惑阳城，迷下蔡：使阳城、下蔡两地的男子着迷。阳城、下蔡是春秋时楚地，为楚国贵族封地。　⑨挛（luán）曲。挛耳：蜷耳朵。　⑩齞（yàn）唇历齿：稀疏又不整齐的牙齿露在外面。齞：牙齿外露的样子。历齿：形容牙齿稀疏不整齐。　⑪旁行踽偻（jǔ lóu）：弯腰驼背，走路摇摇晃晃。踽偻：驼背。　⑫秦章华大夫在侧：章华：楚国地名，大夫原为楚人，到秦国做官，此时有出使于楚。　⑬唯唯：谦卑的答应，相当于汉语的"是是"。　⑭九土：九方之土。相传我国古代分九州，这里至全国。　⑮五都：五方的都会，包括东、南、西、北、中。这里指全国各地繁华的地方。　⑯熙邯郸：熙，同"嬉"，游戏玩耍。邯郸：战国时赵国国都，在今河北省。　⑰从容郑、卫、溱（zhēn）、洧（wěi）之间：在郑卫两国的溱水和洧水边逗留。从容：逗留，停留。郑、卫：春秋时的两个国名，故址在今河南省新郑市到滑县、濮阳一带。溱、洧：郑国境内的两条河。《诗经·郑风·溱洧》写每年上巳节，郑国男女在水边聚会游乐的情景。　⑱姝：美女。　⑲华色：美色。　⑳遵大路兮揽子袪：沿着大路与心上人携手同行。袪：衣袖。《诗经·郑风。遵大路》："遵大

路兮，掺执子之祛兮。" ㉑意密体疏：尽管情意密切，但形迹却又很疏远。 ㉒流眄
(miǎn)：形容眼光流动，以目传情。 ㉓觌：见。鲜荣：花。 ㉔斋：举止端庄。俟：
等待。惠音：佳音。 ㉕心顾其义：心里想着道德规范，男女之大防。义：道德规范。
㉖过差：过失，差错。

今译 楚国大夫登徒子侍奉楚王，在楚王面前说宋玉的坏话，他说："宋玉
长得娴雅英俊，说话很有口才而言辞微妙，又很贪爱女色，希望大王不要让
他出入后宫之门。"楚王拿登徒子的话去质问宋玉，宋玉回答说："容貌俊
美，这是上天所生；善于言词辩说，是从老师那里学来的；至于贪爱女色，
下臣则绝无此事。"楚王说："你不好色，自己能解释清楚吗？能解释清楚就
留在这里，否则就离开。"宋玉说道："天下美女，没有超过楚国的，楚国的
美女没有超过我家乡的，家乡的美女没有超过我家东邻的女儿，她的美丽增
加一分则高，减少一分则矮；搽粉则太白，涂脂则太红。眼眉就像翠鸟的羽
毛，肌肤就如冬天的白雪。纤细的腰肢如同一束白绢，牙齿就像洁白的海
螺。她嫣然一笑，能使阳城、下蔡的贵族公子神魂颠倒。然而就是这样的美
女爬墙头张望我三年，我至今没有与她通好。可登徒子则不然，他的妻子蓬
头垢面，嘴唇盖不住牙齿，门牙稀疏，走路歪斜，弯腰驼背，还长有疥疮和痔
疮，登徒子还喜欢她，与她生了五个孩子。请大王仔细考察，究竟是谁好色。"

当时秦国章华大夫在旁边，便上前称扬说："刚才宋玉称赞他东邻女子
是绝代佳人。我以为自己是坚守德操的人，但是我在守得方面不如宋玉。楚
国南部穷乡僻壤的女子怎能配向大王称道呢？像我这样缺少见识的人见过的
美女就更不敢对大王说了。"楚王说："不妨说给我听听。"章华大夫连声说
"是，是。"

我年轻时曾经外出远游，遍观九州大地，历经五方都城。出入咸阳，游
览邯郸，逗留在郑、卫、溱、洧之间。当时正是春末夏初，迎着初夏温暖的
阳光，黄莺在婉转啼叫，众美女在桑间采桑。郑、卫郊野的美女，美妙艳
丽，光彩照人。体态婀娜，不假修饰。我看中了一位美丽的姑娘，便向她吟
诵了诗："沿着大路向前走，我轻轻牵动你的衣袖。"我采一束鲜花，以美妙
的言辞送给她。于是那姑娘神魂荡漾，欲近还羞；一俯一仰，姿态横生；一
举一动，情义绸缪。尽管情意密切，但形迹却又很疏远。我含着微笑，偷偷
地看着她，她也含情脉脉，对我暗送秋波。她又唱一首诗："万物在春风的

吹拂下苏醒过来，大地一片欣欣向荣。美人心的纯洁，举止端庄，在等待佳音。而你赠我轻佻的大路之诗，还不如死去。"于是姑娘缓缓离去。彼此只用诗歌倾诉恋情，内心早已相许。我多么像看着她美丽的容颜，但心里时刻不忘道德规范，男女之守份，吟诗传情，恪守礼仪；始终没有越轨，所以值得称道。

于是楚王称"好"，宋玉所以没有离去。

【赏析】这篇小赋情节生动，妙趣横生，很像一篇赋体小说。面对登徒子在楚王面前说宋玉的坏话，宋玉作者巧妙地利用反证法辩解自己并不好色，而登徒子才是好色之徒。作者用烘托的手法描绘了一幅美女的肖像。文中有这么几句："东家之子，增之一分则太长，减之一分则太短，着粉则太白，施朱则太赤"，这段话不但一直被后世引用，而且还有人仿效其方法写作。如乐府民歌《陌上桑》在描写采桑女罗敷的美貌时，也采用了同样的手法。这种烘托的手法去描写美女，已经成了一种传统的表现手法，追本溯源，盖出于宋玉的《登徒子好色赋》。

《文选》李善注说："此赋假以为辞，讽于淫也。"这是说小赋的主旨是既要发乎情，又要止乎礼。全文紧紧抓住了情与礼的矛盾，生出许多细节，宋玉"东家之子，登墙窥臣三年，至今未许"，正是写情与礼的矛盾。宋玉把邻女写得那么美，说明他"目欲其颜"；"至今未许"，说明他"心顾其义"。不过宋玉没有把真心话全讲出来，而章华大夫倒比宋玉坦率，他见了美女则动心，并赠之以鲜花与诗；美女见他也动了心，但是二人"徒以微辞相感动，精神相依凭"，何以至此？是"目欲其颜，心顾其义"。"杨诗守礼，终不过差"。作者旨在说明，情，人皆有之；礼，人当守之。发乎情，止乎礼，则不失为君子。

上书自荐

东方朔①

臣朔少失父母，长养兄嫂。年十二学书，三冬，文史足用。十五学击剑。十六学《诗》《书》，诵二十二万言。十九学孙吴兵法②，战阵之具，钲鼓之教③，亦诵二十二万言。凡臣朔固已诵四十四万言。又常服子路之言④。臣朔年二十二；长九尺三寸。目若悬珠，齿若编贝；勇若孟贲⑤，捷若庆忌⑥，廉若鲍叔⑦，信若尾生⑧。若此，可以为天子大臣矣。臣朔昧死⑨，再拜以闻。

注释 ①东方朔：（前154—前98年），字曼倩，西汉平原厌次人，官至太中大夫，以奇计俳辞而被汉武帝亲近，以诙谐滑稽著名。本文选自《汉书》。 ②孙吴兵法：指《孙子兵法》、《吴子》，孙、吴二人都是战国时期著名军事家。 ③钲鼓：战阵上用于指挥军队进退的乐器。 ④子路：孔子的弟子，以勇力闻名。 ⑤孟贲：古时勇士。 ⑥庆忌：春秋时吴王之子公子庆忌，以勇捷闻名。 ⑦鲍叔：鲍叔牙，齐桓公臣，早年与管仲一道做买卖，分财时，总取少的那部分。 ⑧尾生：传说中守信用的人，他与女子约定在桥下相会，水来不去，终于抱着桥柱子被淹死。 ⑨昧死：臣下给君王上书常用套语，冒死。

今译 臣东方朔很小便失去父母，由兄嫂抚养带大。十二岁时我学书，经历三年，识文断字，通晓历史。十五岁学击剑。十六岁时我学《诗经》、《尚书》等，念了二十二万字。十九岁时学《孙子》、《吴子》等兵书，学会了战阵上的用具和如何使用钲、鼓等，也同样念了二十二万字。加在一起，臣东方朔已经念了四十四万字了。我本人又非常服膺子路的话。臣东方朔二十二岁，身高达九尺三寸。我的眼睛像悬挂的明珠，我的牙齿像编排齐整的贝壳，我的勇猛不下于孟贲，我的勇捷不下于公子庆忌，我的廉洁自爱不下于鲍叔牙，我的诚信守诺不下于尾生。像这样，可以做皇上您合格的大臣了。臣东方朔冒触怒您而遭杀头的危险，两次叩拜，使皇上知道我的情况。

赏析 汉武帝由于内兴建制，外兴武功，所以急需人才，他一再下诏令郡国举荐人才，同时也鼓励士人直接上书自荐。东方朔的这篇奏疏便是在这一情况下创作出来的。

初看这封奏疏，给人突出的印象便是极度狂妄。你看，他开口自夸才学过人：才二十出头便已精通书写、击剑、诗书、战阵……文的和武的全都深有研究，看似大言不惭。而论及自己的美德，就更不得了！"长九尺三寸，目若悬珠，齿若编贝，勇若孟贲，捷若庆忌，廉若鲍叔，信若尾生"，世上美德让他占了个全。

很显然，这些都是大话。

但考之《汉书》，我们又可以发现他也的确有超越常人之处：当他还是个皇室小官时，便以机变压过了受武帝宠幸的"滑稽不穷"的郭舍人；当武帝要扩建上林苑时，群臣束手，又是他舍生忘死地进谏才使武帝理屈，并把他擢拔为中大夫……他才学的广博、政治识见的卓远与奋不顾身的勇气，看来又不是瞎吹的。

这样看来，他的上书看似发疯，其实只是一个非同常人的贤才对自己能力的如实评价而已，从这篇文章中所透露出来的，正是武帝时代大批人才渴望担负政治重担，壮伟而充满自信的人生意气！

而武帝在读了这样一篇会被别的皇帝视为不逊、狂妄的上书后，不但不加怪罪，反而"伟"其意气，正体现了一代雄主的心胸与气度。有这样的帝王，有这样的臣下，汉帝国在武帝治下臻于极盛也就不足为怪了。

孔子世家赞

司马迁①

太史公曰：《诗》有之："高山仰止②，景行行止③。"虽不能至，然心乡往之④。余读孔氏书⑤，想见其为人。适鲁⑥，观仲尼庙堂、车服、礼器，诸生以时习礼其家，余低回留之，不能去云。天下君王至于贤人众矣，当时则荣，没则已焉。孔子布衣，传十余世，学者宗之。自天子王侯，中国言六艺者折中于夫子⑦，可谓至圣矣！

注释 ①司马迁：（前145—前90年），字子长，夏阳（今陕西韩城）人，一说龙门（今山西河津）人。西汉时伟大的史学家、文学家、思想家。任太史令。因替李陵败降事辩解而受宫刑。写成中国第一部纪传体通史《史记》。 ②高山仰止：引自《诗经·小雅·车辖》，意谓高山令人仰望。止：句尾语气词。 ③景行（háng）行止：出处同上，意谓宽广的大道吸引人前来行走。景行：宽广的大道。 ④心乡往之：心驰神往。乡：通"向"。 ⑤孔氏书：指孔子的著作。 ⑥适鲁：到鲁国去。今山东曲阜古属鲁国。⑦六艺：指《易》、《礼》、《乐》、《诗》、《书》、《春秋》，也称六经。折中：裁决，判断，取正。夫子：这里指孔子。

今译 太史公说：《诗经》上有诗句道："巍峨的高山可以仰望，宽广的大路可以循着前进。"我虽然不能到达那儿，但是心中却是一直向往它的。我读孔子的书，想见他的为人。我到了鲁国，参观了孔子的庙宇、他用过的车子、穿过的衣服、使过的礼器，很多儒生在这里按时地演习礼仪，我徘徊留恋，舍不得离开。天下的君王和贤能的人士是很多的，但他们的光荣只限于他们活着时，一旦死去，光荣也就随之完结了。孔子是一个平民，却传了十几代，现在读书的人都尊他为大师。从天子王侯到下级士人，全中国研究六经的人，都以孔子的学说为准绳，孔子可以说是道德学问最高尚的人了！

【赏析】 司马迁在阅读孔子著作的时候，已经在心灵深处和这位圣人沟通。孔子在司马迁心目中是一座巍峨的高山，令人仰慕；他的学说犹如宽广的大道，吸引司马迁沿着它前行。来到孔子故居以后，他对自己的仰慕对象有了更深的理解，向往之情得到进一步强化。司马迁在孔子故居见到了什么呢？他见到了孔子的庙堂、车服、礼器。睹物思人，如果说他以前在读孔子的著作时还只是"想见其为人"，那么，他见到这些和孔子密切相关的器物之后，仿佛孔子就在自己的眼前，出现的是活生生的圣人形象。司马迁在孔子故居还见到"诸生以时习礼其家"，孔子的遗教犹存，儒生习礼是那样虔诚，孔子思想巨大的精神魅力由此可见一斑。司马迁被吸引、陶醉了，以至于不愿意离开这块圣地。他从孔子故居诸生以时习礼的场面联想到孔子学说的深远影响，天下言六经者都要以孔子的说法为准则，用它来裁定是非。他在孔子故居领悟到什么是真正的人生价值，他所感受到的不是有限的存在，而是不朽的人生；不是时间流逝所造成的破坏性，而是随着历史绵延依然保持着的往日辉煌。由于身在孔子故居，司马迁感到自己和这位圣人似乎不再存在空间距离；沐浴着礼乐文化的和风，似乎自己和孔子的时间距离也已经消失。司马迁拜谒孔子故居是精神上的一次升华，是人格的进一步完善，是在至善境界遨游。

这篇文章是《史记·孔子世家》的结束语。孔子不是王侯将相，但司马迁却把他列入世家，司马迁具有远见卓识，不是完全按照官本位来处理历史人物，他把孔子作为精神领袖看待。

这篇文章由虚入实，又由实返虚。开篇引《诗经》话语，抒发自己的感慨，是凭虚而起。中间部分叙述在孔子故居的见闻感受，处处有着落。结尾部分一锤定音，蕴含绵绵情思，仿佛观海难以尽言，引起人的无限遐想。

周亚夫军细柳①

司马迁

文帝之后六年②，匈奴大入边③。乃以宗正刘礼为将将军④，军霸上⑤，祝兹侯徐厉为将军⑥，军棘门⑦，以河内守亚夫为将军⑧，军细柳：以备胡。

上自劳军。⑨至霸上及棘门军⑩，直驰入，将以下骑送迎⑪。已而之细柳军，军士吏被甲⑫，锐兵刃⑬，彀弓弩⑭，持满⑮。天子先驱至，不得入。先驱曰："天子且至⑯！"军门都尉曰⑰："将军令曰：'军中闻将军令，不闻天子之诏。'"居无何⑱，上至，又不得入。于是上乃使使持节诏将军⑲："吾欲入劳军。"亚夫乃传言开壁门⑳。壁门士吏谓从属车骑曰："将军约㉑，军中不得驱驰。"于是天子乃按辔徐行㉒。至营，将军亚夫持兵揖曰㉓："介胄之士不拜㉔，请以军礼见。"天子为动㉕，改容式车㉖。使人称谢㉗："皇帝敬劳将军。"成礼而去。

既出军门，群臣皆惊。文帝曰："嗟乎，此真将军矣！曩者霸上、棘门军㉘，若儿戏耳，其将固可袭而虏也㉙。至于亚夫，可得而犯邪！"称善者久之㉚。

注释 ①本文节选自《史记·绛侯周勃世家》。周亚夫：（？—前143年），汉朝沛（今江苏沛县）人，绛侯周勃之子。文帝时封为条侯，景帝时任太尉，平定了七国之乱，升任丞相。后入狱，绝食而死。军：驻军。细柳：地名，在今陕西西南渭河北岸。　②后六年：汉文帝即位后第十七年改年号为后元。后六年，即后元六年（前158年）。　③大入边：大举入侵边境。该年匈奴分军两路攻汉，形势危急，烽火一直传到国都长安。④宗正：官名，掌皇族事务。　⑤霸上：地名，在今陕西西安东。　⑥祝兹侯：封号名。⑦棘门：地名，在今陕西咸阳市东北。　⑧河内：郡名，在今河南省北部地区。守：太守，为汉代郡的最高行政长官。　⑨上：指汉文帝。劳（lào）军：慰劳军队。　⑩军：此处指军营。　⑪将以下骑迎送：将军与下属军官都骑着马迎送皇帝。　⑫吏：军官。被：同"披"。⑬锐：磨得很锋利。⑭彀（gòu）：拉开。⑮持满：把弓拉足。⑯且：将要。⑰军门都尉：守卫营门的军官。⑱居无何：过了不久。⑲使使：派出使者。前一个"使"为动词。节：符节。代表朝廷的信物。　⑳壁门：即营门。㉑约：规定。㉒按辔（pèi）徐行：控制着马缰绳，使车马慢慢地走。　㉓持兵：手持武器。兵，武器。揖：拱手为礼。㉔介：铁甲。胄（zhòu）：头盔。介胄之士不拜：穿

历代经典美文百篇赏析

着军服的人不行跪拜礼，这是古时一种礼仪要求。　㉕为动：被感动。　㉖改容：改变仪容。此处指文帝脸色变得严肃了。式：同"轼"，车前横木。式车：俯身手扶车前横木以示敬意，这是古时一项礼仪。　㉗谢：告诉。　㉘曩（nǎng）：以往，从前。　㉙固：实在。虏：生擒。　㉚称善：夸奖。

今译 文帝后元六年，匈奴大举入侵边关。文帝于是命宗正官刘礼为将军，在霸上驻军；祝兹侯徐厉为将军，在棘门驻军；河内郡守周亚夫为将军，在细柳驻军，用以防备匈奴入侵。

文帝亲自慰劳军队。去霸上和棘门劳军时，都是率仆从直接骑马进入军营，将军及其下属军官都骑着马迎送皇帝。最后，文帝去细柳劳军，细柳军的士兵全都身披铠甲，持着磨得锋利的兵器，拉开弓弩，把弓弦完全拉开。皇帝的前驱官员先到细柳，守军不允许他进入。先驱官说："皇上马上就要驾临了。"守卫营门的都尉说："我在军中只听将军命令，不听皇上诏命！"过了不久，文帝到了，仍不能进入。于是文帝派出使者手持符节诏命周亚夫："我想要进入劳军。"周亚夫这才传令打开军壁门。守军壁门的吏卒通知皇帝随从车骑们说："周将军规定：在军中不许跑马！"于是文帝控制着马缰绳，使车马慢慢地走。到了军营，周亚夫将军手持兵器向皇帝作揖，说："穿军装的人不行跪拜礼，臣请求以军礼接待陛下。"文帝被感动了，脸色严肃起来，俯下身子，以手扶轼表示敬意，并派人告诉周将军："皇帝尊敬地慰劳将军了。"慰劳礼行完，文帝离去。

出了军门之后，众大臣都很震惊。文帝说："唉！这才是真正的将军呢！刚才那霸上与棘门的驻军，简直像儿戏一般。那儿的将军是很可能被敌人袭击并掳掠走的！至于周亚夫，谁敢进犯他的军队呢？"这样夸奖了很长时间。

赏析 周亚夫是汉代开国大将周勃的儿子，治军严明、屡建奇功。本文即选自《史记·绛侯周勃世家》，集中而鲜明地表现了他治军严明、整肃的特点。但作者并未从正面写，而是通过汉文帝劳军这件事，运用对比和映衬的方法凸显了主题。

在简短地介绍了形势和驻军之后，作者分别叙写汉文帝到霸上、棘门和细柳三处巡视的情况。写他在前两处慰问部队，仅用了"直驰入，将以下骑迎送"九字，极为简略。而对文帝劳细柳军，则极尽铺排之能事。作者先写士卒个个全副武装、严阵以待。然后写进营门的情况，更突出了军令如山，将军权威不容挑战。放行之前，皇帝先得老老实实地听军吏宣读注意事项，文帝的"按辔徐行"与在前两处的"直驰入"形成鲜明对比。接下来写周亚夫以军礼见天子，又与上两处"将以下骑迎送"形成了鲜明对比。周亚夫治军的整肃，令皇帝感动，而群臣也"皆惊"，这更衬托出了他作为一个统帅的权威。

这篇小文生动地记叙了文帝劳细柳的全过程，作者处处对比，以霸上、棘门的涣散，对比细柳的整肃。作者虽然对周亚夫正面着墨不多，但其英武、严肃、有尊严的战神形象已呈现在读者面前。作者不必用一个字来评价他，而对他的推崇景仰之意已经流露在字里行间了。

酒 箴

扬 雄①

子犹瓶矣②。观瓶之居，居井之眉③。处高临深，动常近危。酒醪不入口④，臧水满怀⑤。不得左右，牵于缧徽⑥。一旦重碍⑦，为甃所辐⑧，身提黄泉⑨，骨肉为泥。自用如此，不如鸱夷⑩。

鸱夷滑稽⑪，腹大如壶。尽日盛酒，人复借酤⑫。常为国器⑬，托于属车⑭。出入两宫⑮，经营公家⑯。由是言之，酒何过乎？

注释 ①扬雄：（前53—18年），字子云，蜀郡成都人，口吃，不善言谈，但文名极大。代表作有《太玄》、《法言》等。 ②瓶：古时汲水用的器具，是陶制的罐子。 ③眉：边缘。④醪（láo）：一种有渣滓的醇酒。 ⑤臧：同"藏"。 ⑥缧徽（mò huī）：原意为捆囚犯的绳子，此处指系瓶的绳子。 ⑦重（zhuān）碍：绳子被挂住。重：悬。 ⑧甃（dāng）：井壁上的砖。辐（léi）：碰击。 ⑨提：抛掷。 ⑩鸱夷（chī yí）：装酒的皮袋。 ⑪滑稽（gǔ jī）：古时一种圆形、可转动的注酒酒器。此处借喻圆滑。 ⑫酤（gū）：买酒。 ⑬国器：贵重之器。 ⑭属车：皇帝出行时随从的车。 ⑮两宫：指皇帝及太后的宫。 ⑯经营：奔走谋求的意思。

今译 你就像那水瓶一样。水瓶的居所，在井沿上，它处在很高的、面临深渊的境地，稍一动便接近危险。美酒，他不沾边，倒是装了一肚子的井水。他受瓶上绳子的控制，不能随意动作。一旦绳子被井壁挂住，便会碰上井壁砖，身子被抛进黄泉里，骨肉化为井泥。这样的命运，还真不如装酒的鸱夷呢！

鸱夷很圆滑，肚子大得像壶，他整天装满了美酒，还常有人借他去盛买来的酒。他常被当作是重要器物，一般被放在皇帝乘车后面的属车中。他出入皇帝与太后宫中，在公家奔走营求。这样说来，酒又有什么过错呢？

【赏析】 这是一篇警戒讽刺的游戏文字。

作者在这里写了两种器物，一个是用来汲水的陶制水瓶，它勤劳朴实，勇于一次次地下井汲水为人解渴，却随时有撞上井壁、粉身碎骨的危险。一个是用以盛酒的革制鸱夷，它大小随意，圆转柔顺，出入宫殿，尽享荣华。两种器物，由于二者质料与用途的不同，际遇也迥然不同。应该注意的是，这只是作者描写的表象，里面其实蕴含着丰富的哲理。

作者在这里是托物寓志，以物喻人，采用的是不易觉察的反讽手法。

全文假设为一个纵酒者与一个正直人士的对话，却有问而无答。有些话是酒徒的看法，不是作者的本意，这便是具有讽刺意味的反话，如"自用如此，不如鸱夷"，"由是言之，酒何过乎"等等。作者的本意是颂扬那些廉洁正直、刚直不阿而被君王疏远猜忌的君子；讽刺那些追名逐利、丧家亡国的小人。很显然，扬雄的这些意见，是针对西汉末期腐朽的政治与污浊的官场而发的。

扬雄的这篇小文，开启了后代托物寓志小文的先河。唐代的柳宗元对他的这篇文章极为欣赏。但柳又嫌他的文章含义太隐晦，于是在此基础上又写了一篇《瓶赋》，从正面补充推阐扬雄本文的良苦用心，成为又一篇名作。

诫兄子严敦书

马　援①

援兄子严、敦并喜讥议，而通轻侠客。援前在交阯②，还书诫之曰：

"吾欲汝曹闻人过失，如闻父母之名，耳可得闻，口不可得言也。好议论人长短，妄是非正法，此吾所大恶也，宁死不愿闻子孙有此行也。汝曹知吾恶之甚矣，所以复言者，施衿结缡③，申父母之戒，欲使汝曹不忘之耳。

"龙伯高敦厚周慎④，口无择言，谦约节俭，廉公有威。吾爱之重之，愿汝曹效之。杜季良豪侠好义⑤，忧人之忧，乐人之乐，清浊无所失，父丧致客，数郡毕至。吾爱之重之，不愿汝曹效也。效伯高不得，犹为谨敕之士，所谓'刻鹄不成尚类鹜'者也⑥；效季良不得，陷为天下轻薄子，所谓'画虎不成反类狗'者也。讫今季良尚未可知，郡将下车辄切齿⑦，州郡以为言，吾常为寒心，是以不愿子孙效也。"

注释 ①马援：（前14—前49年），字文渊。扶风茂陵（今陕西杨凌）人。西汉末至东汉初年著名军事家。东汉开国功臣之一。官至伏波将军，封新息侯。 ②交阯：汉郡名，辖境在今越南北部。42年，光武帝派马援远征交阯。 ③施衿（jīn）结缡（lí）：古代女子出嫁，母亲要亲自为她系上带子、系上佩巾，并反复告诫。衿：系衣裳的带子。缡：妇女的佩巾。 ④龙伯高：名述，当时任山都（治所在今湖北襄阳西北）长。 ⑤杜季良：名保，当时任越骑校尉。 ⑥鹄（hú）：天鹅。鹜（wù）：鸭子。 ⑦郡将：即郡守。

今译 马援的侄子马严与马敦，都喜欢在背后讥笑议论别人，而且还结交一些轻浮的侠客。马援当时在交阯，于是寄信来告诫他们，信中说道：

"我希望当你们听到别人过失的时候，要像听见父母的名字一样，耳朵可以听，但嘴里却不能说出来。喜欢议论别人的长短，胡乱地评议正常的法制，这是我最为憎恶的，我宁愿死去，也不希望我的子孙辈有这类的行径！你们知道我是极其讨厌这类行为的，我之所以在这里还要说的缘故，是像当女儿出嫁时，母亲亲自给她结上带子，系上佩巾，陈述父母对她的训诫一样，为了使你们不致忘记罢了。

"龙伯高诚恳、朴实、宽厚，周密而且谨慎，从他嘴里说出的没有一句可挑剔的话，他谦逊而又俭朴，廉明公正而有威严。我敬爱他、尊重他，希望你们能向他学习；杜季良为人豪爽任侠，重视义气，他忧虑别人所忧虑的事，欢喜别人所欢喜的事，他对待人，无论好的坏的都不疏远，他为父亲办丧事时，招待来吊唁的客人，好几个郡县的人都来了。我敬爱他、尊重他，但不希望你们去学他。学习龙伯高学不成功，还可以做一个谨慎严肃的士人，所谓'雕刻鹄鸟不成还多少像个鸭子'。而学杜季良学不成功，就会堕落成一个世上轻佻浮薄的人，所谓'画老虎而不像，反而像狗'了。到现在杜季良的命运还不知会怎样，郡守刚到任，都对他咬牙切齿，州郡官员把这事对我说了，我常常为他担心，所以我不希望子孙中有谁去学他！"

赏析 东汉建武十八至十九年（42—43 年），马援任伏波将军，率兵远征交阯。他在交阯期间给两个侄儿马严、马敦写了这封信，载于《后汉书·马援列传》。

马援是东汉初年名将，拜新息侯、伏波将军，马氏是京城高门望族。马严、马敦在这样的家族中长大，难免有贵族子弟的优越感，横议是非，臧否人物，口无遮拦，不存顾忌。马援是东汉名将，屡建奇功，马严、马敦作为将门子弟，又好侠尚义，和侠客多有交往。马援深知两个侄儿的上述致命弱点，远征期间仍然放心不下，所以，万里投书，对他们进行谆谆教诲。

这封家信对两个侄儿的弱点逐一加以剖析，提出批评。首先向他们表明，喜欢议论别人的长短，讥刺时政，这是自己深恶痛绝的，不希望子孙有这种行为：马援不否认世人存在过失，但他希望子孙不要对此妄加评论，就像对待父母的尊姓大名一样，止于耳闻，不能用口说出，应该讳莫如深。为此，马援为侄儿介绍一个人物，把他作为效法的榜样，这就是龙伯高，他是谨于言而慎于行的模范人物。针对马严、马敦重义尚侠的倾向，马援把杜季良作为反面典型来警示他们，不希望后辈效仿。虽然马援本身对杜季良很敬重，但他不愿意子孙成为豪侠义士。

马援身处高官显位，但他有一种危机感和忧患意识，唯恐子孙的不法行为给家族带来祸患，这类例子在历史上实在太多，令马援难以忘怀。马援为后代设计的是一条风险最小的人生道路，尽量避免招惹不必要的麻烦。他用形象的比喻来说明自己为子孙所做的人生选择的正确性："效伯高不得，犹为谨敕之士，所谓刻鹄不成，尚类鹜者也。效季良不得，陷为天下轻薄子，所谓画虎不成，反类狗者也。"他期待子孙成为美丽的天鹅，而不要成为凶恶的猛虎。即使成不了天鹅，变成鸭子也于人无害。相反，如果成不了老虎，就会变成到处咬人的狗，那是相当可怕的。比喻新奇，寓意深刻，马援尽量使儿孙远离风险，同时也预示马氏家族将由尚武向崇文方面转变。

经叔父一番教诲，马严、马敦都专心坟典，一改前行，深受时人称颂，号为"钜下二卿"，事见《后汉书·马援列传》。

杨王孙传①

班 固

杨王孙者②，孝武时人也③。学黄老之术④。家业千金，厚自奉⑤，养生亡所不致⑥。及病且终，先令其子⑦，曰："吾欲裸葬⑧以反吾真⑨，必亡易吾意。死则为布囊盛尸，入地七尺。既下，从足引脱其囊，以身亲土⑩。"其子欲默而不从，重废父命⑪。欲从之，心又不忍。乃往见王孙友人祁侯⑫。

祁侯与王孙书曰："王孙苦疾，仆迫从上祠雍⑬，未得诣前。愿存精神，省思虑，进医药，厚自持。窃闻王孙先令裸葬，令死者亡知则已，若其有知，是戮尸地下，将裸见先人，窃为王孙不取也。且《孝经》曰：'为之棺椁衣衾⑭。'是亦圣人之遗制，何必区区独守所闻⑮，愿王孙察焉。"

王孙报曰："盖闻古之圣王，缘人情不忍其亲，故为制礼。今则越之⑯，吾是以裸葬，将以矫世也⑰。夫厚葬诚亡益于死者，而俗人竞以相高，靡财单币⑱，腐之地下。或乃今日入而明日发⑲，此真与暴骸于中野何异！且夫死者，终生之化⑳，而物之归者也。归者得至，化者得变，是物各反其真也。反真冥冥㉑，亡形亡声，乃合道情㉒。夫饰外以华众㉓，厚葬以鬲真㉔，使归者不得至，化者不得变，是使物各失其所也。且吾闻之：精神者，天之有也；形骸者，地之有也㉕；精神离形，各归其真，故谓之鬼，鬼之为言归也。其尸块然独处㉖，岂有知哉？裹以币帛，鬲以棺椁，支体络束㉗，口含玉石，欲化不得，郁为枯腊。千载之后，棺椁朽腐，乃得归土，就其真宅㉘。繇是言之㉙，焉用久客㉚！昔帝尧之葬也，窾木为匮㉛，葛藟为缄㉜，其穿下不乱泉，上不泄殠㉝。故圣王生易尚㉞，死易葬也，不加功于亡用，不损财于亡谓㉟。今费财厚葬，留归鬲至，死者不知，生者不得，是谓重惑㊱。于戏㊲！吾不为也。"

祁侯曰："善！"遂裸葬㊳。

注释 ①《杨王孙传》：本文选自《汉书·杨胡朱梅云传》。作者班固：（32—92年），字孟坚，东汉安陵（今陕西咸阳市）人，著名史学家、文学家。代表作是《汉书》。 ②杨王孙：京兆人，汉代一位特立独行的人。 ③孝武：汉武帝刘彻。 ④黄老：黄帝，老子。黄老之术：道家学术。 ⑤厚自奉：自己的日常供养很优厚。 ⑥养生：保养身心，

历代经典美文百篇赏析

以期延年。亡：通"无"。致：得到。　　⑦先令：预先命令（立下遗嘱）。　　⑧裸葬：不穿衣不用棺而葬。　　⑨反：同"返"。真：道家用语，本原、本性，此指人的自然形态。⑩亲：接触。　　⑪重：难。　　⑫祁侯：缯贺之孙，名它。　　⑬迫：迫近。上：皇上。雍：在今陕西凤翔南。迫从上祠雍：迫于要跟从武帝到雍州去祭祀五帝。　　⑭棺椁（guǒ）：棺材和套在棺外的外棺。古时棺木有二重，外曰椁，内曰棺。衣衾：衣服与覆盖尸体的单被。　　⑮区区：小，形容见闻不广。　　⑯越之：超过礼而厚葬。　　⑰矫世：矫正世风。⑱靡：费。单：同"殚"，尽。币：钱币。　　⑲发：发掘。　　⑳终：通"众"。　　㉑冥冥：昏昧无知。　　㉒合道情：符合事理的本性。　　㉓华众：同"哗众"。　　㉔鬲：同"隔"。㉕精神者四句：见《淮南子·精神篇》与《列子·天瑞篇》。　　㉖块然：形容孤独而居的样子。　　㉗支：同"肢"。络束：束缚。　　㉘郁：阻滞。腊（xī）：干肉。　　㉙真宅：真正的安身之处，指埋在土中。　　㉚繇：同"由"。　　㉛久客：指长久不归真宅。　　㉜窾（kuǎn）：挖空。匵（dú）：即"椟"，小棺。　　㉝葛藟（lěi）：藤蔓。缄：束。　　㉞乱至：殠（xiù）：腐败气味。　　㉟尚：尊奉。　　㊱亡（wú）谓：没有意义。　　㊲重惑：加倍的疑惑。　　㊳于戏：即呜呼，惊叹词。　　㊴遂裸葬：（杨王孙死后）就裸葬。

【今译】 杨王孙，是孝武皇帝时的人。他学黄老道术，家产值千金，自我供养非常优厚。为了养生延年，无所不用。当他得病，并要死去时，他预先命令儿子："我要裸葬，以便返回我本真的自然形态，你千万不要违背我的意愿。我死之后，你拿个布袋盛敛我的尸体，埋到地下七尺的地方。尸体入地后，从脚跟处把布袋拽上来，以便让我的身体与土地相亲近。"他儿子要沉默，在父亲死后，不听他的遗嘱，但又为难，因为这是违背父命，想要听从，心里又不忍。于是儿子去见王孙的朋友祁侯。

祁侯于是给王孙来了封书信，信上说："王孙你受疾病所苦，而我就要跟从皇上去雍州祭祀五帝，因而不能如愿来你病榻前看望你。我愿你保养好精神，减少思虑，多吃药，多自己保重。但我听说你有遗令要裸葬，如果死者无知，那就算了。如果死者有知，那就是在地下戮辱尸体，你要光着身子见先人，因而私下认为这样做不好。何况《孝经》说：'要为死者置办棺、椁、衣、被。'看来这也是圣人的遗制，你又何必要独自一人去坚守你的小小见闻呢？因此，我希望王孙你能够省察一下。"

王孙于是写信回答，说："我听说古代的圣王，缘着人不忍心亲人死后太凄清的人情，于是制定礼规。而今人则超越了礼规，因此我要裸葬，是为了矫正世风。厚葬实在是对死者无益，而世俗中人却竞相攀比，靡费尽财物钱币,而这些东西却全在地下腐烂掉。或是由于厚葬而引起他人贪心,今日入土,明日便被掘墓,这又与暴尸荒野有什么两样?何况死亡,是众生的化尽,是万物最终的归宿。该归的让他归,该化的让他化,这样,万物才会各自返归他的归宿。返回本真,便是幽昏无知,便是没有形骸,没有音声,这样才合乎道的真情。而厚葬全是缘饰于外,哗众取宠,并且使死者与本真隔离开,使得该归向本真的死者归不去,该化为本真的死者化不成,这是万物失去其根本啊!并且我听人说:'精神,是归天所有的;形骸,是归地所有的。'精神离开形骸,各自归向它们的归宿,才叫作'鬼'。鬼就是'归'的意思呀。尸骸独自化向本真,又怎么会有知觉呢?而厚葬,却把尸体裹上钱币与丝帛,再用棺椁隔离开,四脚被束缚住,口中含着玉石,要化却化不得,受到阻滞,只能变成一段枯干的肉罢了。只有千年之后,当棺椁腐烂后,尸体才能归入土壤,才能归向它真正的归宿。这样说来,又何苦长久不归真宅呢?当年帝尧的埋葬,是挖空木头为小棺,以藤蔓捆束住,挖墓穴的深度恰到好处,使向下不会污染泉水,向上不会泄漏尸臭。可以说,圣王活着时移风易俗,死时则改变人们的丧葬习惯,既不对不见功效的事物费功夫,也不向无意义的事情空扔钱财。而如今的厚葬陋习,靡费大量钱财,并使尸体不能归向真宅,死者没有知觉,生者也得不到什么,这叫作加倍的疑惑。唉!我是不会去搞什么厚葬的。"

祁侯见信,说:"对啊!"于是在杨王孙死后,便裸葬了他。

赏析 本文选自《汉书·杨胡朱梅云传》,这是杨王孙、胡建、朱云、梅福、云敝五人的合传。班固在传文的开头部分便引用了孔子的一段话,意谓如果不能得到行动合乎中庸的人,那就想得到"狂狷"的人,即激进而正直的人。班固在这里为五个"狂狷"一类人立了一篇合传,在这里,限于篇幅,我们仅选录了其中的杨王孙传。

在这里,班固歌颂了杨王孙狂放不羁,看似惊世骇俗,实则狷介正直的可贵思想与行为。

本传记杨王孙学习道术,在活着时善于保养自己,临终时则又开通地命儿子裸葬自己,要以实际行动反击社会上盛行的破家的厚葬恶习。

对于他的主张,儿子与亲属、朋友都不能理解。于是,他对自己的主张进行了有说服力的诠释。他认为,时人崇尚厚葬已成风气,而厚葬不但对死者无益，也会浪费大量物资，给生者带来沉重负担。他的观点，无疑具有惊世骇俗的进步意义。他的裸葬遗嘱，是一种激进的行为，但核心问题是正确的。

他富有钱财，本来可以厚葬，但偏要裸葬，反衬之下，更显出他主张的突兀与可贵。他的行为是对当时厚葬风气的严厉批判，具有反落后习俗的进步意义，因而作者在有限的篇幅里，从他一生众多事件中撷取这件加以记述，无疑是有着深刻含义的。

归 田 赋①

张　衡②

游都邑以永久③，无明略以佐时④，徒临川以羡鱼，俟河清乎未期⑤。感蔡子之慷慨，从唐生以决疑⑥。谅天道之微昧⑦，追渔父以同嬉⑧。超埃尘以遐逝⑨，与世事乎长辞。

于是仲春令月⑩，时和气清。原隰郁茂⑪，百草滋荣。王雎鼓翼⑫，鸧鹒哀鸣⑬。交颈颉颃⑭，关关嘤嘤⑮。于焉逍遥，聊以娱情。

尔乃龙吟方泽，虎啸山丘⑯。仰飞纤缴，俯钓长流。触石而毙，贪饵吞钩。落云间之逸禽，悬渊沉之鲨鳎⑰。

于时曜灵俄景，继以望舒⑱，极般游之至乐⑲，虽日夕而忘劬⑳。感老氏之遗诫㉑，将回驾乎蓬庐㉒。弹五弦之妙指，咏周孔之图书㉓；挥翰墨以奋藻㉔，陈三皇之轨模㉕。苟纵心于物外，安知荣辱之所如㉖！

注释　①归田赋：本文选自《文选》卷十五。归田：辞官回乡。　②张衡：（78—139年），字平子，南阳（今河南省南阳市）人，东汉时著名文学家、科学家。曾任太史令，后受宦官排挤，出任河间王相，有《张河间集》。　③都邑：都城，此处指当时京城洛阳。　④明略：高明的谋略。时：指当时的国君。　⑤临川羡鱼：《淮南子·说林》："临河而羡鱼，不如归家织网。"比喻徒有愿望而无法实现。河清：指黄河清。古人认为黄河变清是天下大治的征兆。　⑥蔡子：即蔡泽，战国时的策士。唐生：即唐举，战国时魏人，当时的相士。据《史记·范雎蔡泽列传》：蔡泽游说诸侯，却不被信用，于是找唐举相面。唐举熟视良久，认为他不会出息，蔡泽不以为忤，笑谢而去。慷慨：此处是烦闷的意思。　⑦微昧：微妙幽暗，不易捉摸。　⑧"追渔父"句：用《楚辞·渔父》篇意，有避世隐身之意。嬉：游乐。　⑨埃尘：比喻世俗的污浊。退：远。逝：离去。　⑩仲春：农历二月。令：吉，好。令月：天气好的月份。　⑪原：高而平的地。隰（xí）：潮湿的低地。郁茂：树木丛密的样子。　⑫王雎（jū）：又名"王鸠"，即雎鸠。鼓翼：鼓动翅膀，指飞翔。　⑬鸧鹒（cāng gēng）：黄鹂。　⑭颉颃（jié háng）：鸟上下飞的样子。　⑮关关嘤嘤：鸟和鸣声。　⑯尔乃：那么就……龙吟、虎啸：是说自己从容吟啸，像龙和虎。方泽：大泽。　⑰仰飞：此处指向上射。缴（zhuó）：系生丝线的箭。逸禽：指鸿雁。悬：钓起。鲦鰡（shā liù）：都是鱼名。　⑱曜灵：太阳。俄：斜。景：日光。系：继。望舒：古代神话中给月亮赶车的神，这里指代月亮。两句谓日已斜而月继出，即到黄昏时分。　⑲般（pán）游：般，乐。般游，欢乐地游玩。　⑳劬（qú）：疲劳。　㉑老氏：即老子。遗诫：指老子对于人嬉游过度的告诫，见《老子》十二章。　㉒驾：车。蓬庐：草屋。　㉓五弦：指琴，古时有五弦琴。指：同"旨"。妙指：精妙的道理。周孔：周公与孔子。　㉔翰：指笔。藻：文采。奋藻：发挥文采。　㉕三皇：一般指伏羲、神农、黄帝，此处指代古时圣王。轨模：轨迹模范，此处指遗法。　㉖物外：世外。所如：所往，所归，所在。

今译　我在京城游历太久了，而却无智略以匡助人主，徒然有愿望，我却无法实现，清明的政治什么时候才会来呢？我不得志，很想找人解答疑问。我于是找唐生去卜问凶吉。天道真是微妙幽暗，不易捉摸呀，我多想避世归隐去游乐。超越世俗一切的污浊，我要与尘世永诀。

在二月里，天气和美，气候清爽，高原与低地上的生物全都生机勃勃，各种草繁盛地生长着。王鸠鼓动双翅飞翔，黄鹂在哀声鸣叫，鸟儿交着脖颈，上下翻飞，发出和鸣声。就这样逍遥自适，聊且自娱自乐吧。

于是就像龙在大泽中吟啸，虎在山丘上长啸，我向上用丝箭射中了飞鸟，俯下身在清流中垂钓。鸟儿被箭射中就毙命，鱼贪饵也就没办法了。射落了在云间飞舞的鸿雁，从深渊中钓出了鲦、鰡等鱼类。

这时候太阳影子开始偏斜，月亮升上来了，我欢乐游逸无度，即便天色已晚也不觉得疲乏。有感于老子的谆谆教导，我要驾车回家。我抚琴弹奏出琴音，吟咏着周公、孔子的书籍，挥笔墨发挥文采，条陈着三皇的模范遗法。如若纵心于世外，又怎会在意世人给我的荣与辱？

赏析　这篇文章仅有二百余字，一般认为它是东汉抒情小赋的第一篇。

作者对世道是有不平之气的，但他正话反说，不说统治者不识才不爱才，反说自己才略不足以辅佐明主，反讽意味是很强烈的。与前代怀才不遇者强烈的愤慨不同的是，作者的不平显得较为冲淡，他对于宦海风波早已见怪不惊了。现实不相容，于是他要退而与渔父等隐士、与鱼鸟同乐了。

既不能"达"以兼济天下，作者于是要与污浊仕途告别，要"穷"而独善其身了。这时，他自然而然地想到了以谦退不争为标榜的老子一派上去了。弹弹琴，读读书，射鸟钓鱼，何其自适！

但作为封建时代的士人，他是不可能真正忘情于政治的，归隐只是一个不得已的选择，安邦定国才是他的真正心愿。所以他还是流露出了一丝隐忧，偶尔提笔，仍不能忘怀铺陈三皇贤王的统治正道。

末句"苟纵心于物外，安知荣辱之所如"，作者努力要抛却尘世俗想，又要走向林泉之下了。

在艺术方面，这篇小赋一扫西汉大赋的陈旧模式，开门见山地点出咏志主旨，通过简洁的语言与鲜明的形象寄托了自己的忧思。并且注意到了句式的四六对仗，声谐调美，又开了六朝骈文的先河。

论盛孝章书

孔　融①

岁月不居，时节如流。五十之年，忽焉已至②。公为始满③，融又过二。海内知识④，零落殆尽⑤，惟会稽盛孝章尚存⑥。其人困于孙氏⑦，妻孥湮没⑧，单子独立⑨，孤危愁苦。若使忧能伤人⑩，此子不得永年矣⑪。

《春秋传》曰："诸侯有相灭亡者，桓公不能救，则桓公耻之⑫。"今孝章实丈夫之雄也，天下谈士⑬依以扬声⑭，而身不免于幽絷⑮，命不期于旦夕⑯，是吾祖不当复论损益之友⑰，而朱穆所以绝交也⑱。公诚能驰一介之使⑲，加咫尺之书⑳，则孝章可致，友道可弘矣㉑。

今之少年，喜谤前辈，或能讥评孝章。孝章要为有天下之名㉓，九牧之人㉔，所共称叹。燕君市骏马之骨㉕，非欲以骋道里㉖，乃当以招绝足也㉗。惟公匡复汉室㉘，宗社将绝，又能正之㉙。正之之术，实须得贤。珠玉无胫而自至者，以人好之也㉛，况贤者之有足乎！昭王筑台以尊郭隗㉜，隗虽小才，而逢大遇㉝，竟能发明主之至心㉞，故乐毅自魏往㉟，剧辛自赵往㊱，邹

057

衍自齐往㊲。向使郭隗倒悬而王不解㊳，临溺而王不拯㊳，则士亦将高翔远引，莫有北首燕路者矣㊵。凡所称引，自公所知，而复有云者，欲公崇笃斯义也㊶。因表不悉㊷。

注释 ①孔融：（153—208年），字文举，鲁国（今山东曲阜）人，孔子二十世孙，"建安七子"之一，当时名士。后归顺曹操，因违忤曹操而被杀害。　②忽焉：忽然，形容时光流逝之快。　③公：指曹操。始满：刚满五十。　④知识：相知相识，指相识的友人。　⑤零落：死亡。殆：几乎。　⑥盛孝章：名宪，会稽（今浙江绍兴）人。当时吴地名士，孙策平定吴地后，他被猜疑而入狱，并在不久之后被杀害。　⑦其人：指盛孝章。孙氏：指孙策。⑧妻孥（nú）：妻与子。湮灭：丧亡。　⑨单子（jié）：孤单。独立，独自存活。　⑩若使：假使。　⑪此子：这个人。永年：长寿。　⑫"诸侯有相灭亡者"三句：原文见《春秋公羊传·僖公元年》。狄人侵入邢国，当时周王无权，齐桓公作为诸侯之长却坐视不救，以至邢亡国，这是齐桓公的耻辱。作者在这里是以齐桓公比曹操，说曹应救盛孝章。　⑬谈士：清谈之士。　⑭扬声：发扬声誉。　⑮幽絷（zhí）：囚禁。絷：束缚。　⑯不期：料不定，保不住。期：预料。旦夕：早晚。　⑰吾祖：指孔子。论损益之友：孔子曾论及三类有益的朋友和三类有损的朋友，原文见《论语·公冶长》。　⑱朱穆：字公叔，东汉人。绝交：朱穆有感于当时人情浇薄，于是愤而作《绝交论》抨击这一风气。　⑲一介之使：一个使者。介：通"个"。　⑳咫尺之书：短信。咫：八寸。　㉑致：招致。　㉒弘：光大，发扬。　㉓要：总之。　㉔九牧：九州的长官，这里指九州即全国。　㉕燕君市骏马之骨：事见《战国策·燕策一》。市：买。　㉖骋道里：跑远路。　㉗绝足：跑得最快的马。绝：独一无二的意思。这里意谓：即使盛孝章不属十分有才的人，如果你救了他，可以收到好贤的美名，绝顶的贤能之士也必要风闻而来了。　㉘匡复：匡正恢复。　㉙宗社：宗庙社稷，指国家政权。绝：灭亡。㉚正：匡正。　㉛珠玉二句：语见《韩诗外传》："盖胥谓晋平公曰：'珠出于海，玉出于山，无足而至者，好之也。士有足而不至者，君不好也。'"胫：小腿，这里指足。　㉜昭王筑台以尊郭隗：事见《战国策·燕策一》。昭王听了郭隗讲的千金市马骨寓言后，便为郭隗修造了一座官殿，并待之以师礼。以后，一大批贤士来到了燕国。　㉝大遇：隆重的待遇。　㉞发：表明，表示。至心：诚意。　㉟乐毅：魏人，燕昭王拜他为上将军伐齐，破七十余城，仅莒与即墨未下，封昌国君。　㊱剧辛：与乐毅一同仕燕，多计谋。㊲邹衍：齐人，阴阳家，燕昭王曾以师礼待他。㊳倒悬：倒挂着，比喻处境极为艰苦。　㊴溺：淹没。拯：搭救。　㊵北首：向北。首：向。　㊶崇笃斯义：重视这道理。崇笃：重视。斯：此。斯义：即招纳贤士之义。　㊷因表不悉：就着上面的事表白我的意见，不再一一细说了。不悉：写信的客套用语。

今译 岁月不停，时光像流水一样地过去，五十年华很快地便要来到。您是刚满五十，而我已过了两岁。各地相知相识的朋友，快要死亡殆尽，现只有盛孝章还活着。但他受困于孙氏，他的妻儿都已丧亡，孤单无依，独自存活，处境险恶，心情愁苦。如果忧伤真的能够对人产生危害的话，那么这个人是不会长寿的了。

《公羊传》说："诸侯之间出现互相杀伐灭亡的事，齐桓公如果不能救助这些被灭亡的国家，那么他便应该引以为奇耻大辱。"现在，盛孝章的确是人才中杰出的人才，天下所有清谈之士都要靠他的宣扬来增加自己的声誉。但是他自身却遭到了囚禁，生命随时会发生危险，假如真的这样——坐视盛孝章的危难而不引手援救，那么我的先祖孔子便不应该再谈什么"益者三友，损者三友"的话，也就难怪朱穆要写《绝交论》了！您如果真的能迅速地派出一个使者，带着一封短信前往东吴，那么盛孝章这个贤士便可以招来，而交友之道也可以发扬光大了。

现在的年轻人喜欢诽谤老一代的前辈，有人也可能会讥讽盛孝章；但盛孝章无论如何总要享有天下很高的声誉的，他是全国人都要称赞叹服的。燕昭王买千里马的骨头，不是要用它来跑远道，而是要用它招来跑得最快的马啊。您正在恢复汉代的天下，汉朝的天下即将灭亡，您又把它匡正过来，而匡正的方法就是需要求得贤才。珠宝和玉石没长腿而自己会来，是因为喜爱它们的缘故，何况贤才是有脚的人呢！燕昭王曾修筑宫台来礼敬郭隗，郭隗虽然是个小才，却获得了隆重的待遇，能够以此表明一个圣明君王招纳贤士的诚意，以至于乐毅从魏去了燕，剧辛从赵去了燕，邹衍从齐去了燕。如果从前郭隗处于倒悬的极端困苦境地而燕昭王并不加以援救，郭隗即将被水淹没的情况下而燕昭并不加以拯救，那么一切贤士都会高高地飞走远远地躲开，当时的贤士就没有一个人会向北走上去燕国的道路了。所有上面可援引和称述的史实，自然都是您所熟悉的，而我却还要再说一说的原因，是希望您能重视这种交友纳贤的道理呀！就着盛孝章的事表示一下我的意见，其余的也就不再一一细说了。

赏析 这是一封孔融写给曹操的书信。

孙策平定吴地后，对当地英雄豪杰大肆屠杀。盛孝章是当地名士，生命因而受到极大威胁，孔融得知消息后作此书给曹操，希望他能搭救盛孝章。

曹操接受了孔融的荐举，以朝廷的名义征召盛孝章为骑都尉，但诏令到吴地时，盛已被孙权杀害了。

作为一封举荐人才的书信，为了使被举荐人能被对方接受，往往要说一些溢美之词，但这封荐书则与此不同。

从开头至"此子不得永年矣"一段，从时光流逝说起，目的是引出盛孝章。海内才俊多零落了，唯有盛一人在，才更显出此人可贵，接着又说明了他的困境，能从感情上打动曹操。

从"《春秋传》曰"至"友道可弘矣"一段，则从友道的角度立说。在这里，作者把齐桓公与曹操作比拟，投合了曹操的雄心壮志。接着，则指出如果无人救助盛，则"友道"断绝；如果曹肯救盛，则"友道"兴。

余下为第三段，则从召辟盛对曹操事业的重要意义来说明自己为什么要举荐盛孝章。

孔融在这里原只是要举荐一个人，却讲出了一番堂堂正正的大道理。他在信中没有一字一句哀求乞怜，而把大道理加在此事上，使曹操不得不听从他的举荐。

诫 子 书

诸葛亮①

夫君子之行，静以修身，俭以养德，非澹泊无以明志②，非宁静无以致远③。夫学须静也，才须学也，非学无以广才，非志无以成学。滔慢则不能励精④，险躁则不能治性⑤。年与时驰，意与日去，遂成枯落⑥。多不接世⑦，悲守穷庐，将复何及！

【注释】①诸葛亮：（181—234 年），字孔明，号卧龙，徐州琅琊阳都（今山东临沂）人，三国时蜀汉丞相，杰出的政治家、军事家、散文家。封武乡侯，谥忠武侯。②澹泊明志：恬淡寡欲以显明志趣。③宁静致远：心境安定冷静，才能考虑深远。④滔（tāo）慢：轻浮，漫不经心。⑤险躁：心绪坏而烦躁。治性：修治性情。⑥枯落：借喻人缺乏知识而导致思想贫乏。⑦接世：合于世用。

【今译】君子的行为应该是安定虚静以修养自身，自身俭朴以修养德行。不恬淡寡欲,高尚的志趣便不会显明;不安宁虚静,思虑便不会深远。学习,是需要静的;才能,是需要勤学来获得。不学习,就不会增广自己的才干;没有恒心毅力,学习也不会有所成就。轻浮就不会钻研深刻,烦躁就不能修治好性情。年华流逝,人的雄心壮志也一天天消磨掉,最终,缺乏知识的人会思想贫乏,一事无成,不能成为有益于世的人了。那时再在破屋里悲叹懊恨,又怎么来得及呢!

[赏析] 这其实是一篇家训。

诸葛武侯一生为国,鞠躬尽瘁,死而后已,但无情未必真豪杰,他对自己的儿子也是怀着慈父的眷爱的,这可以从这篇《诫子书》中看到。

诸葛亮一生仅有一子诸葛瞻。他为了蜀的事业日夜操劳,顾不上亲自教育儿子,于是写了这封书信告诫诸葛瞻,要"澹泊"自守,"宁静"自处,鼓励儿子勤学立志,从淡泊与宁静的自身修养上狠下功夫,而切忌心浮气躁,举止荒唐。在书信的后半部分,他则以慈父的口吻谆谆教导儿子:少壮不努力,老大徒伤悲!

这些话初看不过是老生常谈罢了,但它是慈父教诲儿子的,情况于是便大不一样了。诸葛武侯的这封信极为简短,这固然与他戎马生涯时间紧迫有关,更因为他是一个不爱说废话、谈大道理的实干家。他的话语虽少,但字字句句是他的心中真话,是他人生的总结,因而格外令人珍惜。

另外,文章精短小巧,文字清新雅正,不事雕缋,说理平易近人,这些都是本文的特出之处。

值得一提的是,诸葛亮这样注意教子,诸葛瞻果然也不负老父教诲。武侯死后,魏国邓艾伐蜀,一路势如破竹,成都危在旦夕。危难之际,诸葛瞻临危受命,督率蜀军迎敌,不幸失败,邓艾给他去信劝他投降,许诺封他为琅琊王,诸葛瞻不为利禄所动,斩杀了信使,最后在战场上杀身殉国,年仅三十七岁。他不愧是武侯的儿子。

小时了了①

刘义庆

孔文举年十岁②，随父到洛。时李元礼有盛名③，为司隶校尉。诣门者，皆俊才清称及中表亲戚乃通。文举至门，谓吏曰："我是李府君亲。"既通，前坐。元礼问曰："君与仆有何亲？"对曰："昔先君仲尼与君先人伯阳有师资之尊，是仆与君奕世为通好也。"元礼及宾客莫不奇之。太中大夫陈韪后至，人以其语语之，韪曰："小时了了，大未必佳。"文举曰："想君小时，必当了了。"韪大踧踖④。

注释 ①了了：懂事，明白。这里指聪慧。 ②孔文举：孔融。 ③李元礼：李膺，当时名士。 ④踧踖（cù jí）：窘迫、尴尬。

今译 孔融十岁那年，跟随父亲到了洛阳。当时李元礼很有名气，做司隶校尉。到他家拜访的，都是很有名气和声望的人和亲戚，才能通报入内。孔融到了他家门前，对小吏说："我是李府的亲戚。"李元礼让他进去，堂前坐下。元礼问他："您与我有什么亲戚关系？"孔融回答说："以前我的先世仲尼是你的先人伯阳的老师，我与你是累世之交呀。"元礼和宾客都很惊愕他的回答。太中大夫陈韪后来到了，人们便把孔融的话告诉了他，陈韪说："小时聪慧，长大了未必就有才干。"孔融说："料想你小时一定很聪明。"陈韪顿时极为窘迫。

赏析 孔融让梨的故事可谓家喻户晓、妇孺皆知，而这个反唇相讥的故事更能展示其机敏睿智。故事非常简单，但作者却写得从容跌宕，让人读来妙趣横生。据其他资料记载，当时李元礼听到孔融如此反讥之妙语，曾大笑曰："长大必为伟器。"的确，孔融后来文居建安七子之首，官由北海相至太中大夫，所谓"座上客常满，樽中酒不空"，亦称是小有辉煌了。此生活逸事可以看成是他知识丰富、才思敏捷、口齿伶俐的生动写照。

刘义庆叙事，文笔简洁，可谓惜墨如金；而在人物语言上，最善于抓住性格特征和内心活动，往往寥寥几笔，就能展示出人物的精神风采，读来总有机趣盎然之妙和生动传神之精，是典型的小品语言。

剑 阁 铭

张 载①

岩岩梁山②，积石峨峨③。远属荆衡④，近缀岷嶓⑤。南通邛僰⑥，北达褒斜⑦。狭过彭碣⑧，高逾嵩华⑨。惟蜀之门，作固作镇⑩，是曰剑阁⑪，壁立千仞。穷地之险，极路之峻。世浊则逆，道清斯顺。闭由往汉⑫，开自有晋⑬。秦得百二⑭，并吞诸侯。齐得十二⑮，田生献筹⑯。矧兹狭隘，土之外区。一人荷戟，万夫赵趄⑰。形胜之地，匪亲勿居。昔在武侯⑱，中流而喜。山河之固，见屈吴起⑲。洞庭孟门，二国不祀⑳。兴实在德，险亦难恃。自古迄今，天命匪易。凭阻作昏，鲜不败绩。公孙既灭㉑，刘氏衔璧㉒。覆车之轨㉓，无或重迹。勒铭山阿，敢告梁益㉔。

注释 ①张载，字孟阳，晋安平（今河北安平）人。博学善文，官至中书侍郎。与弟协、亢皆以文学知名，时称"三张"。 ②岩岩：山石累积貌。梁山：古时属梁州。 ③峨峨：山势高耸貌。 ④远属荆衡：远与湖北的荆山、湖南的衡山相连。 ⑤岷嶓：岷山、嶓冢，皆古山名。 ⑥邛（qióng）：地名，古蜀郡西部。僰（bó）：当时居住在四川西部的少数民族。 ⑦褒斜：指褒斜谷。 ⑧彭：岷山古安都县有西山相向对立的阙，号"彭门"。碣：指碣山，即海畔山。 ⑨嵩：嵩山。华：华山。 ⑩固：险固。镇：重镇。 ⑪剑阁：在四川剑阁县北。有大小剑山，古代筑有栈道，所谓剑州栈道。亦称剑门关。 ⑫往汉：指蜀汉刘备。 ⑬有晋：指钟会伐蜀。 ⑭秦得百二：此句谓秦地险固，以两万兵可敌百万。 ⑮齐得十二：此句谓齐也有负海之险，以两万兵可敌十万。 ⑯田生：田肯贺汉王刘邦：陛下得韩信（当时受封为齐王），又治秦中，持戟百万，齐得十二。此所谓东西秦也。 ⑰赵趄（zī jū）：路隘难行，徘徊不前。 ⑱武侯：指战国时魏武侯。 ⑲吴起：战国时著名兵家。史载魏武侯浮西河而下，中流顾谓吴起曰："美哉乎山河之固，此魏国之宝也！"吴起对曰："在德不在险。若君不修德，舟中之人尽为敌国也。" ⑳洞庭：洞庭湖。孟门：孟门山，在山西省，绵亘黄河两岸。祀：祭祀祖先。不祀：指国家灭亡。相传三苗氏恃有洞庭、鄱阳之险，不修德义，结果被禹灭掉；殷商左有孟门，右有太行，因纣王横暴，结果被周武王灭掉。此所谓"二国不祀"。 ㉑公孙：两汉之交的公孙述，曾在蜀地称帝，后被光武帝征伐而灭族。 ㉒刘氏：指蜀汉的后主刘禅。衔璧：古时战败出降的国君口含玉璧，以示国亡当死。魏使邓艾伐蜀汉，后主载棺，并自己捆缚住自己，到邓艾军营投降，即所谓"面缚衔璧"。 ㉓覆车：古谚谓："前车覆，后车戒。" ㉔梁益：梁山、益州。

今译 梁山山石累积，山势高耸。远与湖北的荆山、湖南的衡山相连，近与岷山、蟠冢山相连。南面通向邛地与僰人住地，北面一直到达褒斜谷。狭窄之处像彭门、碣山，高峻处超越嵩山与华山。它是蜀地的门户，是个险固的重镇，这便是叫作剑阁的胜地。此处山石石壁高达千仞。它是穷地的险关，又是极路的最险峻的一个。当世道浊乱时，守卫此关的将领便会据险叛逆；只有当世道清明时，这儿的守将才会归顺中央朝廷。当刘备建蜀汉时，它与中原是隔绝的；当钟会伐蜀之后，它才对晋朝开放。秦地险固，可以用两万人抵抗百万大军，于是秦吞并了六国。齐地险固，可以用两万人抵抗十万大军，田肯于是向汉王刘邦献计谋。何况这狭窄险要的地方，地处中原之外。一个人荷戟把关，一万名敌军也难以近前。这形势险要的地方，不是朝廷亲信的人，就不可以让他在此处守关。战国初年的魏武侯，当坐船渡西河时，因有险要地形而欣喜。他说"美哉乎山河之固，此魏国之宝也"，却被西河守吴起教训了一通。三苗氏恃有洞庭、鄱阳之险而不修德义，殷纣王恃有孟门、太行之险而暴戾恣睢，结果他们全都亡了国。一国的振兴，根本在修德，光靠地形险要，是很难长久的。从古到今，天命从不改易。凭靠险阻而胡作非为的，很少有不败家亡国的。两汉之交的公孙述据蜀称帝，最后被光武帝灭了宗族；后主刘禅当邓艾军至时，也不得不俯首投降。古谚道："前车覆，后车戒。"希望后来君王应以三苗氏、殷纣王、公孙述、蜀后主为前车之鉴，不要再重蹈覆辙！我在山阿处把这段文字勒在山石上，斗胆奉告梁山益州。

赏析 "箴铭"类文章，一般都旨在规劝或警诫别人，这篇《剑阁铭》也不例外。

作者首先叙述了蜀地险要的地形：梁山与岷山横亘云间，山连着山，千仞高的悬崖峭壁耸立云中。而上山的小径则又高又陡，像天梯一般。在悬崖峭壁之间用木头架成通道，即蜀地独有的栈道。而由天梯石栈连在一起而形成的蜀道在剑州一带尤为险要：山势陡峭，如利剑穿空，一座座剑山遥遥相对，架木其上，以通往来，由于栈道外形悬空像飞阁，故名剑阁。文章叙写了剑阁的镇固。剑阁在四川剑阁县北部，又名剑门关，是入蜀的重要通道，因而成为历代兵家必争之地。唐代大诗人李白在《蜀道难》中曾描写剑阁是"峥嵘而崔嵬，一夫当关，万夫莫开"，与此文可对照来看。

写尽了剑阁之险，作者拈出了他要规劝告诫的内容了：剑阁险固，易守难攻，有利于守方；但必须是由王朝亲信的忠臣来把守，否则的话，守将便会据险叛乱，从而成为国家的一大祸患！

险地不能保证占有者的统治长久，事实上，那种凭险自傲、为非作歹的人历朝历代都有，作者列举史实告诫读者：立国之宝在德不在险。有反面例证吗？作者接下来举了三苗、殷纣王据险地而亡国的历史事实，更举了蜀地本身的史实论述：公孙述与刘禅的败亡相继。这样，作者的箴戒之意就十分明显了。

文君当垆

葛　洪①

司马相如初与卓文君还成都②，居贫愁懑，以所著鹔鹴裘就市人阳昌贳酒③，与文君为欢。既而文君抱颈而泣曰："我平生富足，今乃以衣裘贳酒！"遂相与为谋，于成都卖酒。相如亲著犊鼻裈涤器④，以耻王孙⑤。王孙果以为病，乃厚给文君，文君遂为富人。

文君姣好⑥，眉色如望远山，脸际常若芙蓉⑦，肌肤柔滑如脂。十七而寡，为人放诞风流，故悦长卿之才而越礼焉⑧。长卿素有消渴疾⑨，及还成都，悦文君之色，遂以发痼疾⑩。乃作《美人赋》⑪，欲以自刺⑫，而终不能改，卒以此疾至死。文君为诔⑬，传于世。

注释　①葛洪：（283—363 年），字稚川，号抱朴子，丹阳句容（今江苏省句容县）人，东晋道教学者、炼丹家、医药学家。著有《抱朴子》《西京杂记》等。　②司马相如：字长卿，蜀郡成都（今四川省成都市）人。汉代著名辞赋作家。卓文君：临邛（qióng）（今四川省邛崃市）富人。卓王孙之女，早寡。司马相如做客卓王孙家，以琴曲挑文君，文君于是乘夜与司马相如私奔，一同到成都。　③鹔鹴（sù shuāng）：鸟名，用此鸟羽毛制成的衣裘，名鹔鹴裘。贳（shì）：抵换。　④犊鼻裈（kūn）：即围裙。涤：洗。　⑤以耻王孙：使卓王孙因此而蒙受耻辱。　⑥姣（jiāo）好：美好。　⑦芙蓉：即荷花。　⑧越礼：超越礼法范围，此处指她的私奔。　⑨消渴疾：即今之糖尿病。　⑩痼（gù）疾：日久不愈的病。　⑪《美人赋》：内容是写作者如何不受女色的诱惑，但有人怀疑它是后人的伪作。　⑫刺：讽刺，警戒。　⑬诔（lěi）：祭文的一种，将死者生平的美德在文中列举，用以哀悼死者。

司马相如刚和卓文君回成都，两人很贫困忧愁，把他们穿的用鹔鹴鸟的羽毛制成的衣裳去市场里的阳昌处抵换酒喝，与文君饮酒为欢。文君抱着头哭泣道："我一生富足，而今天竟然穷到用衣裳换酒喝！"于是，文君与相如谋划，在成都卖酒。相如亲自系着围裙洗涤酒器，用这种方式来羞辱卓王孙。卓王孙果然感到羞恼，于是便给文君很多东西，文君于是成了富人。

文君长得很美，眉毛颜色像远山一样若有若无，脸庞像荷花，肌肤柔软滑腻像油脂。她十七岁便死了丈夫，为人很放诞风流，因为爱慕相如的才华才与他私奔。相如向来患有消渴病，回归成都之后，他喜爱文君的美丽，因而不加节制，以至于日久不愈的消渴病又重犯了，他于是写了《美人赋》，想用以自我警戒，却终于不能改正，他最后死于这一疾病。文君为他作了一篇诔，到现在仍在世上流传。

【赏析】司马相如与卓文君的风流故事流传千古，作为正式载入史册的第一对自由恋爱者，他们对后世产生了重大的积极的影响，为后世追求婚姻自由的青年男女树立了榜样。

司马相如与卓文君的故事见载于《史记·司马相如列传》。传说中临邛富商卓王孙大宴客人，请相如饮酒。在酒宴上，相如鼓琴挑弄新寡的卓王孙女儿文君。"文君窃从户窥之，心悦而好之，恐不得当也。既罢，相如乃使重赐文君侍者通殷勤，文君夜亡奔相如，相如乃驰归……"葛洪《西京杂记》中"文君当垆"的这一段，便是记述二人私奔之后的逸事。

二人私奔后，卓王孙认为女儿丢了自己脸面，大怒之下宣布与女儿断绝关系。相如、文君不久便陷于赤贫之中，为了从父亲那里套来钱财，二人于是故意在闹市区里卖酒，卓王孙怕丢人，只得乖乖送上钱物，两人凭着自己的勇气与智慧，打败了顽固守旧的家长。

相如与文君不但争取婚姻自由的行为值得赞赏，他们敢于站柜台系围裙，自食其力的行为尤其值得赞赏。《史记·司马相如列传》有与此段大致相同的记载，只是后半部分相如"悦文君之色"犯病身亡的一节则不见于史传，大概是后代的好事者的画蛇添足，有诬古人之嫌。

与杨德祖书

曹 植

植白：数日不见，思子为劳，想同之也。

仆少小好为文章，迄至于今，二十有①五年矣。然今世作者，可略而言也。昔仲宣独步于汉南②，孔璋鹰扬于河朔③，伟长擅名于青土④，公干振藻于海隅⑤，德琏发迹于大魏⑥，足下高视于上京⑦。当此之时，人人自谓握灵蛇之珠⑧，家家自谓抱荆山之玉⑨。吾王于是设天网以该之⑩，顿八纮以掩之⑪，今悉集兹国矣。然此数子，犹不能飞轩绝迹⑫，一举千里也。以孔璋之才，不闲于辞赋⑬，而多自谓能与司马长卿同风⑭，譬画虎不成反为狗也⑮。前有书嘲之，反作论盛道⑯仆赞其文。夫钟期不失听⑰，于今称之，吾亦不能妄叹者⑱，畏后世之嗤⑲余也。

世人之著述，不能无病⑳，仆常好人讥弹㉑其文，有不善者，应时改正。昔丁敬礼㉒常作小文，使仆润饰之，仆自以为才不过若人㉓，辞不为也。敬礼谓仆："卿何所疑难㉔。文之佳恶㉕，吾自得之，后世谁相知定吾文者耶？"吾常叹此达言㉖，以为美谈。昔尼父之文辞，与人通流㉗，至于制《春秋》，游、夏之徒乃不能措一辞㉘。过此㉙而言不病者，吾未之见也。

盖有南威之容㉚，乃可以论于淑媛㉛，有龙渊之利㉜，乃可以议于断割。刘季绪㉝才不能逮于作者，而好诋诃㉞文章，掎摭㉟利病。昔田巴毁五帝、罪三王、訾五霸于稷下，一旦而服千人，鲁连一说，使终身杜口㊱。刘生之辨，未若田氏，今之仲连，求之不难，可无息乎？人各有好尚，兰茝荪蕙之芳㊲，众人所好，而海畔有逐臭之夫㊳；咸池六茎之发㊴，众人所共乐，而墨翟有非之之论㊵，岂可同哉！

今往仆少小所著辞赋一通相与㊶。夫街谈巷说㊷，必有可采，击辕之歌㊸，有应风雅㊹，匹夫之思，未易轻弃也。辞赋小道，固未足以揄扬大义㊺，彰㊻示来世也。昔扬子云先朝执戟之臣耳㊼，犹称壮夫不为也㊽。吾虽德薄，位为藩侯㊾，犹庶几戮力上国㊿，流惠下民㉛，建永世之业㊼，流金石之功㊽，岂徒以翰墨为勋绩㊾，辞赋为君子哉！若吾志未果㊿，吾道不行，则将采庶官之实录㊀，辨㊁时俗之得失，定仁义之衷㊂，成一家之言，虽未能藏

067

之于名山⑤，将以传之于同好⑥，非要之皓首⑥，岂今日之论乎？其言之不惭，恃惠子之知我也⑥。

明早相迎，书不尽怀。植白。

注释 ①有：同"又"。"二十有五年"即二十五年，古代十进位整数后，常在两数之间加一"有"字。作者曹植：（192—232年），字子建，三国时沛国谯（今安徽亳县）人，曹操第三子，少有文才，很受曹操宠爱。曹丕上台后，他屡遭打击，郁郁而死。有《曹子建集》，他是建安文学中极重要的人物。　②仲宣：王粲的字。独步：独一无二，超出于众。汉南：汉水之南，指荆州，因王粲在荆州依附于刘表，所以这样说。　③孔璋：陈琳的字。鹰扬：像鹰似地飞扬在众鸟之上，即英武超群的意思。河朔：河北，因陈琳曾在冀州做过袁绍的书记，所以这样说。　④伟长：徐干的字。擅名：独享盛名。青土：青州地区，因徐干是北海郡人，北海古属青州，所以这样说。　⑤公干：刘桢的字。振藻：挥动文采，也就是在创作上显示出自己的文采的意思。海隅：海角，因刘桢是山东东平人，东平近海，所以这样说。　⑥德琏：应场的字。发迹：指人由隐微而得志显通，这里指显露自己的声誉。大魏：指魏都许昌一带，因应场是汝南人，汝南接近许昌，所以这样说。　⑦足下：敬辞，指杨修。杨修：（175—219年），字德祖，华阴（今陕西省华阴市）人，建安中举孝廉，除郎中，曹操请为仓曹属主簿。博学多才智，受到曹氏父子的重视，与曹植的关系尤为密切，后被曹操所杀。高视：居高视下，高超出众。上京：即当时京都洛阳，因杨修是陕西华阴人，华阴接近洛阳，所以这样说。　⑧灵蛇之珠：即随侯之珠。传说春秋时随侯曾救过一条大蛇，这蛇后来就衔了一粒宝珠酬谢他，这粒宝珠便称为随侯之珠，亦称灵蛇之珠或明月之珠（见《淮南子·览冥训》）。　⑨荆山之玉：即和氏之璧。　⑩吾王：指曹操，曹操于建安二十一年（216年）自立为魏王。天网：天一样的大网，这里指曹操广泛地网罗人才。该：同"赅"，包罗一切。　⑪顿：撒开。八纮（hóng）：指网周围的网绳。纮：粗绳。掩：覆取。　⑫飞轩绝迹：高飞到远方绝域人迹不通的地方，意谓获得别人达不到的最高成就。轩：高举，高飞。绝迹：远方绝域人迹不通的地方。　⑬闲：熟悉，熟练。　⑭多：过多地，过分地。与司马长卿同风：和司马长卿的辞赋一样具有清新刚劲的风格。《文心雕龙·风骨》曾认为："相如赋仙（指司马相如的《大人赋》），气号凌云（指汉武帝读了《大人赋》后，飘飘有凌云之气，像遨游在太空中一样），蔚为辞宗（辞赋的领袖），乃其风力遒（刚劲有力）也。"同风：同司马相如在创作上所表现的风力相同，意谓和司马相如的辞赋不相上下。风：风格，风力。　⑮画虎不成反为狗：古代谚语，意思是妄自以古代的英杰自比，结果只能是妄自尊大贻人讥笑。　⑯盛道：大大地称道。　⑰钟期不失听：钟期、伯牙事见《与吴质书》注。不失听：不会错误地理解原弹奏者的曲意。　⑱叹：赞叹，赞美。　⑲嗤讥笑。　⑳病：毛病，缺点。　㉑讥弹：指责，批评。讥：讥讽。弹，指责。　㉒丁敬礼：丁廙（yì）的字，曹植的好友，后为曹丕所杀。　㉓若人：那个人，指丁敬礼。　㉔何所疑难：有什么犹豫和为难的。疑：犹疑不定。　㉕佳恶：好坏。　㉖达言：通情达理的话。　㉗通流：交换意见。　㉘游、夏之徒不能措一辞：连熟悉文献的子游、子夏也提不出一点意见。游：指孔子的弟子子游。夏：指孔子的弟子子夏。子游、子夏在孔子门下都是以熟悉文献见称的弟子（见《论语·先进》）。措一辞，提出一点意见。据说，孔子在做官审理案情进行判决时，常常与人商量，听取别人的意见。至于在写定《春秋》时，连熟悉文献的子游、子夏看了后也提不出一点意见（见《史记·孔子世家》）。　㉙过此：超过这个，指《春秋》。　㉚南威：即南之威，古代美女名。《战国策·魏策》载：晋文公得到美女南之威，三天没有上朝听政。晋文公于是把南之威送出远方说："后代一定要有贪婪美女而亡掉自己国家的统治者。"　㉛淑媛：贤惠的美女。媛：美女。　㉜龙渊：古代宝剑名，亦名龙泉（见《越绝书》）。　㉝刘季绪：名修，刘表子。官至东安太守，著诗、赋、颂六篇（见《三国志》注引挚虞《文章志》）。　㉞诋诃（hē）：毁谤指斥。　㉟掎摭（jǐ zhí）：指摘，挑剔。　㊱"昔田巴"六句：田巴：战国时齐国的辩士。五帝：上古传说的五个部落首领，即黄帝、颛顼、帝喾、唐尧、虞舜。三王：夏、商、周三代的开国君主，即夏禹、商汤、周文王。訾（zǐ）：诋毁。稷下：古地名，战国时各学派荟萃的中心，当时齐国都城临淄（今山东省淄博市）稷门（西边南首门）附近地区。齐威王与其子宣王曾在这里设置学官，招揽文学游说之士数千人，任其讲学议论。其中有淳于髡、邹衍、田骈、慎到、宋钘、尹文、田巴、鲁仲连和荀况等著名人物，对当时开展百家争鸣、繁荣学术起了很大作用。鲁连：即鲁仲连，战国时齐人，善于计谋划策，常周游各国，排难解纷。据说田巴曾在稷下等地同人辩论，毁五帝，罪三王，一天就说服了上千人；但经鲁仲连对他提出批评，田巴便不再谈了（见《文选·李善注》）。　㊲兰、茝（chǎi）、荪、蕙：都是香草名。　㊳海畔有逐臭之夫：传说过去有一个身上有着很大狐臭味的人，他的兄弟、妻子都不敢和他同居，这人只能自己痛苦地住在海边。但是海边的人却有的非常喜欢他的臭味，白天黑夜都跟定不愿离开他（见《吕氏春秋·遇合》）。　㊴咸池：传说皇帝的乐名。六茎：传是颛顼的乐名。发：演奏。　㊵墨翟有非之之论：墨翟著《墨子》一书，中有《非乐》篇。　㊶往：寄去，送去。一通：一份。相与：相赠。　㊷街谈巷说：出自大街小巷的谈论，即民间的谈论，这里曹植用以谦指自己的文章。　㊸击辕之歌：指民歌。古代有田野中人叩击车辕唱歌，人称之为击辕之歌。　㊹应：符合。风，雅：《诗经》中的国风和大、小雅。　㊺揄扬大义：宣扬大道理。揄扬：宣扬。　㊻彰：明白的。　㊼扬子云：扬雄的字。先朝：指西汉。执戟之臣：扬雄在汉成帝时曾任黄门的郎官，汉代郎官负责皇帝的宿卫侍从，执戟以保卫皇帝，是一种职位卑下的官职。　㊽壮夫不为：扬雄《法言·吾子》："或问：'吾

069

子少而好赋?’曰：‘然，童子雕虫篆刻。’俄而曰：‘壮夫不为也。’”意思是写作辞赋只是绘景状物，是童子所学习的小技，男子丈夫是不屑于做的。 ㊾藩侯：古代诸侯分封各地，作为王室的藩篱以保卫王室，所以称作藩侯。 ㊿庶几：也许可能，表示希望。戮力：努力，尽力。上国：诸侯指帝室为上国。 (51)流惠：推广恩泽。 (52)永世之业：永垂不朽的大业。 (53)流：流传。金石之功：《吕氏春秋·求人》：“故功绩铭乎金石。”高诱注：“金，钟鼎也；石，丰碑也。”古人常把功臣的功绩刻在钟鼎或石碑上，以便长久留存。 (54)岂徒：岂但。翰墨：即笔墨，指文章。功绩：功业。 (55)果：实现。(56)采庶官之实录：采集百官所收集的史料。庶官：百官。实录：史料。 (57)辨：分析。(58)定仁义之衷：用仁义作为中心主旨来确定事实的是非。衷：指中心主旨。 (59)藏之于名山：指自己的著作藏于名山，以防散失。 (60)同好：知音的朋友。 (61)要：约定。皓首：白头。 (62)惠子之知我：像惠施那样理解我。惠子：即惠施，战国人，是庄子的好友，常和庄子辩论问题。惠施死后，庄子经过他的坟墓，悲痛地说：“这个人死了以后，我就没有共同辩论的对象了，我就没有对话的人了!”（见《庄子·徐无鬼》）。这里曹植以惠施比喻杨修。

今译 曹植就教于先生：几天不见，我思念成疾，想必先生也会与我有同感的吧!

从青少年开始，我便喜爱写文章，到现在已有二十五年了。因而，对于现在做文章的人，我可以作一个大概的评论了。以前，王粲在襄阳时文名最大，陈琳在冀州大展才华，徐干在青州独享盛名，刘桢在渤海边上飞扬文藻，应玚在魏名声赫赫，先生在许都高瞻远瞩。生活在这一时代，每个人都自称手中握有灵蛇宝珠，家家户户声称藏有荆山宝玉。我们的魏王于是布下弥天大网来囊括这些文士，不惜路途辽远来聘请他们，现在，他们全都集中到魏了。但这些人的文章，还并未达到一个极高的境界。探查一下陈琳的才学，虽然不擅长辞赋，却时常自称能与司马相如等列，这就像要画虎而画不像，反画成狗一样。以前，我给他去过封信讥刺他的辞赋，但我同时也对他辞赋之外文章给予了赞美。钟子期能够听出俞伯牙的琴中之音，到现在还被人赞颂。我还是不可以妄加议论，以免受到后世人的耻笑。

平常人的作品不能没有缺点，我一般都喜欢别人对我的文章进行批评，有不当的地方，我便马上修改。以前丁敬礼曾作了一篇短文，让我为他润色。我自认为才学赶不上他，便推辞不肯接受。他对我说：“你犹豫什么呢?文章的妙处是我自己所得，将来谁又会知道修改我文章的人是谁呢?”我时常叹赏他的这些通达议论，认为可称作美谈了。以前，孔夫子的文辞与别人有共同的地方。但当他编定《春秋》时，子游、子夏这些文学高足竟不能修改一字。《春秋》之外，说文章没有缺点的，我现在还未曾见过哩。

有了南之威那样的美色，才可以谈论其他美女的相貌；有了龙渊那样锋利的宝剑，才可以讨论断割的事。刘季绪的文才赶不上一般的作家，却喜欢毁谤别人的文章，指摘别人文章的是与非。从前，田巴在稷下学宫诽谤五帝，归罪三王，诬蔑五霸，只一早晨便折服了上千人，但鲁仲连一番话就使得田巴终生不敢再开口。刘季绪的辩才，还比不上田巴，而现在寻找鲁仲连这样的人却并不是难事，这些妄自尊大的家伙应该闭嘴了。人各自有所喜好。像兰、茝、荪、蕙这些香草，是大众所喜欢的，但海边却又有追逐恶臭气味的人；《咸池》《六茎》的乐曲演奏出来，是众人所共同喜欢的，但墨翟却有《非乐》的篇章！难道能一概而论吗？

我现把从前写的辞赋全送给先生。那些街谈巷说一定有可取的地方，击辕之类的乡俗俚曲一定会有和《国风》《雅》中的篇章相应的；一般人的文思，也不能轻易放过。辞赋是表现个人情感的东西，本来就不能用来阐发治国的大道理，或显示未来的事。以前那扬雄不过是汉王朝的执戟小臣罢了，尚且能说出"壮夫不屑于做"这样的话，我虽然天资庸劣，爵位也仅仅是藩侯，还希望能够努力为国家服务，把恩惠施舍给百姓，创立永久不灭的功业，在金石上留名，又怎么愿意仅仅以写文章来建功立业，以写辞赋来称君子?！如果我的志愿实现不了，我的理想行不通，我就会采录真实的史料，辨析社会风俗的得失，在中间确立仁义的标准，以成就我一家之言。虽然不能把它藏在名山，但要把它传给志趣相合的人，以此求之于白发老者，又岂止是今天的议论？我不因为自己的夸大言辞为羞愧，是因为我相信先生你了解我，就如同惠子对庄子的了解一样啊！

明日将早早地去迎接您，信中不能说尽胸中话。曹植敬告白。

赏析 这是作者写给好友杨修的一封书信，在信中，他重点谈了自己对文学创作与文学评论的一些见解，具有非常宝贵的认识意义。

在开头寒暄几句之后，作者迅速切入正题。

他先评论了"建安七子"中的王粲（仲宣）、陈琳（孔璋）、徐干（伟长）、刘桢（公干）、应玚（德琏）五人及杨修。这些作家成名较早，又被曹操搜罗到了邺下，条件变好了，但他们并未达到各人写作最高水平，原因何在呢？作者于是以陈琳为例，说明人要有自知之明，才可扬长避短！陈琳诸人没能做到这点，因此而影响了各人才能的发挥，使各人未能更上一层楼。

接着，作者又以与陈琳的往来为例，力图说明：对文人与作品的评价要实事求是，严肃认真，才能经得起时间的考验，否则会贻笑于后人。

然后，作者又以南威、龙渊为喻，意在说明文学评论者要有高度的文学修养才能对别人文章进行评价。否则，便会像刘季绪一样，弄成笑话了。

在"人各有好尚"部分中，作者指出评论者要有正确的态度，而不可光凭个人好恶去片面地吹捧或非难他人的文章。

接下来，作者又指出："街谈巷说"的民间创作应受到文人重视，不去吸取民间艺术的营养，作家便不会有大成。

曹植是文章大家，却认为文章是小道，这只表明了他在文学创作与政治功业中更倾向于后者而已，不应看作是他对文学的诋毁。

全文飘逸豪放，论断有力，句式骈散并用，自然而流畅。

思旧赋 (并序)①

向　秀②

余与嵇康、吕安，居止接近③；其人并有不羁之才。然嵇志远而疏，吕心旷而放，其后各以事见法④。嵇博综技艺⑤，于丝竹特妙⑥。临当就命⑦，顾视日影，索琴而弹之⑧。余逝将西迈，经其旧庐⑨，于时日薄虞渊⑩，寒冰凄然。邻人有吹笛者，发声嘹亮；追思曩昔游宴之好，感音而叹，故作赋云：

将命适于远京兮⑪，遂旋反而北徂⑫。济黄河以汎舟兮⑬，经山阳之旧居⑭。瞻旷野之萧条兮，息余驾乎城隅。践二子之遗迹兮，历穷巷之空庐。叹黍离之悯周兮⑮，悲麦秀于殷墟⑯。惟古昔以怀今兮⑰，心徘徊以踌躇。栋宇存而弗毁兮，形神逝其焉如⑱。昔李斯之受罪兮⑲，叹黄犬而长吟。悼嵇生之永辞兮，顾日影而弹琴。托运遇于领会兮⑳，寄余命于寸阴。听鸣笛之慷慨兮㉑，妙声绝而复寻。停驾言其将迈兮㉑，遂援翰而写心㉒。

注释 ①选自《文选》卷十六。 ②向秀：生卒年不详，字子期，河内怀（今河南省武陟县西南）人，竹林七贤之一，与嵇康的友谊尤为深厚。嵇康被害后，他被迫应本郡荐举入京，后至散骑常侍。他精于老庄的玄学，代表作有《老子注》。 ③吕安：字仲悌，东平（今山东省东平县）人，作者的朋友。居止：居住停留之处。 ④见法：等于说"被刑"，此指二人被杀而言，这样说是因有所避忌。 ⑤博综：博：广泛。综：综合。这里指嵇康所会的技艺特别地多。 ⑥丝竹：指弦乐（如琴）和管乐（如笛）。 ⑦就命：指被杀。就：终。 ⑧"顾视日影"二句：据说嵇康临刑前颜色不变，看看日影，估计了一下行刑时间，于是要一张琴，弹了一曲《广陵散》，并感叹说："《广陵散》于今绝矣。" ⑨逝将：都是语助词。迈：往。西迈：指往洛阳。洛阳在山阳西南，故云。经其旧庐：指他从洛阳北返，途中经过嵇康的旧庐。 ⑩日薄虞渊：即日暮。薄：迫近。虞渊：古代神话中日落的地方。 ⑪将命：奉命。适：往。远京：指洛阳。 ⑫旋反：回来。北徂：北行。山阳在洛阳之北，这是指从洛阳返回河内的行程。 ⑬汎（fàn）舟：乘舟。汎：同"泛"。 ⑭山阳：在今河南省武修县，即嵇康旧居之所在。 ⑮黍离：《诗经·王风》篇名，据《毛诗序》说，这是周室东迁，周大夫路过故都，见宗庙宫室都已毁掉，地上长满了禾黍，因而悯西周灭亡之作。悯：同"悯"。 ⑯"悲麦秀"句：《尚书大传·微子》说，殷商灭亡后，纣王的庶兄微子去朝见周王，经过殷旧都废墟时，看到麦子已含穗了，于是，悲叹故国的毁灭，作诗道："麦秀薪薪兮，黍未吨吨，彼狡童（指纣王）兮不我好！"以上二句用以表达怀旧的感叹。 ⑰惟：思。古昔：此处指殷周旧事。怀今：指他对吕、嵇二人的怀念。 ⑱如：往，去。 ⑲李斯之受罪：秦的相国李斯因赵高向二世进谗言，身受五刑而死，死前对他的儿子说：我想和你再牵着黄犬，出上蔡东门去猎兔，是不可能了。 ⑳托遇：指命运遭遇。会：同"袷"，领袷，即衣与领相合处，这里借喻"命运"的偶然遇合。 ㉑停驾言其将迈：言：语助词。这里是说，停着车马，等待出发。 ㉒援：拿起。翰：笔。

今译 我与嵇康、吕安二人居住的地方接近，他们都有放旷不羁的才华，然而嵇康是志向高远而疏朗，吕安是心志旷达而放纵，后来，他们因事都伏法了。嵇康所会的技艺很多，而尤其精于弦乐与管乐；快要行刑时，他见日影尚长，于是索要了一具琴弹奏《广陵散》。我去洛阳，经过了嵇康的旧庐。当时日近西山，寒冰一片，不知何处的邻人吹着笛子，声音嘹亮，我听着笛声，追思着与二人生前的交游，有感于笛声，于是作赋道：

我奉命去洛阳呀，很快又从洛阳北返河内。我乘船渡过了黄河呀，经过了故人的旧居。放眼看旷野萧条肃杀呀，我在城角停下了车马。脚踩着二人生前站过的大地呀，我去寻看嵇叔夜的空屋。我悲叹于周大夫的《黍离》

呀，又感慨于宋微子的歌诗。联想殷周旧事而怀念二友呀，心情沉痛迷惘，不愿离去。他的屋宇还存在着而未损毁呀，而他的形与神却不知到了何方。当初李斯含冤被杀时呀，曾悲叹再不能牵狗行乐。我痛悼嵇康在行将久别人世时呀，还能顾看日影从容弹琴。命运的偶然遇合呀，我只能寄命在短短的光阴中。耳听得笛声悲凉呀，音声美妙，时断时续。停下车马我等待出发呀，拿起毛笔我抒发幽思！

赏析 竹林七贤中，嵇康与向秀最要好，据《世说新语》记载，嵇康喜欢锻铁，为他鼓风冶铁的，正是向秀。嵇康的另一个友人是吕安。他曾与吕安一道在山阳从事农业劳动。后来，吕安的哥哥吕巽因家庭矛盾而向执掌大权的司马昭状告弟弟，吕安被捕入狱，其状辞牵连到嵇康，于是二人一同被判死刑，天下人人认为冤枉。

嵇康被杀后，司马昭征召向秀为自己服务。向秀因曾与嵇康交好，怕拒绝征召会引来司马昭的猜忌之心，于是被迫上路。当他路过友人的故庐时，本来已异常伤感，又听到有人在吹笛子，更是悲伤得难以自抑。他痛感人去物存，幽明异路，聚散无常，于是满怀悲愤之情，创作了这篇《思旧赋》。从此，"山阳闻笛"一词便成了悼念亡友的代名词。

文章开头先说明了自己与嵇、吕二人的关系，他认为二人"并有不羁之才"，这是推崇之语，接下来作者以"志远而疏""心旷而放"评价二亡友，指出二人不善于处理人事关系，才遭到灭顶之灾。然后追述嵇康临刑前的潇散放旷，令人神往。这些是赋前的小序。

接下来是赋的正文，但它却像是并未说完。鲁迅在《为了忘却的纪念》中说："年轻时读向子期《思旧赋》，很怪它为什么只有寥寥的几行，刚开头就又煞了尾。然而，现在我懂了。"原因即在于，在杀人者仍在位掌权的情况下，他只能隐约地说一说，不敢直接表达自己的哀情。

《思旧赋》犹如遥远处传来的笛声，断断续续，余音袅袅，令人于惆怅中回味无穷。

兰亭集序

王羲之①

　　永和九年②，岁在癸丑。暮春之初，会于会稽山阴之兰亭③，修禊事也④。群贤毕至，少长咸集。此地有崇山峻岭，茂林修竹。又有清流激湍⑤，映带左右⑥，引以为流觞曲水⑦。列坐其次⑧，虽无丝竹管弦之盛⑨，一觞一咏⑩，亦足以畅叙幽情。是日也，天朗气清，惠风和畅⑪。仰观宇宙之大，俯察品类之盛⑫，所以游目骋怀，足以极视听之娱，信可乐也⑬！

　　夫人之相与⑭，俯仰一世⑮。或取诸怀抱⑯，晤言一室之内⑰；或因寄所托⑱，放浪形骸之外⑲。虽取舍万殊，静躁不同，当其欣于所遇，暂得于己⑳，快然自足，曾不知老之将至。及其所之既倦㉑，情随事迁，感慨系之矣㉒。向之所欣，俯仰之间，已为陈迹，犹不能不以之兴怀，况修短随化，终期于尽㉓。古人云"死生亦大矣㉔"，岂不痛哉！

　　每览昔人兴感之由，若合一契㉕，未尝不临文嗟悼，不能喻之于怀㉖。固知一死生为虚诞㉗，齐彭殇为妄作㉘。后之视今，亦犹今之视昔，悲夫！故列叙时人，录其所述。虽世殊事异，所以兴怀，其致一也㉙。后之览者，亦将有感于斯文。

【注释】①王羲之：（361—379 年），字逸少，东晋琅琊临沂（今山东省临沂市）人。为晋司徒王导从子，历任秘书郎、征西将军参军、江州刺史、右军将军、会稽内史等职，是我国著名的书法家。　②永和九年：为353年，永和为东晋穆帝的年号。　③会（kuài）稽：郡国名，位于今江苏省东部及浙江省西部，历代辖境屡有盈缩，时司马昱为会稽王，王羲之为会稽内史，主掌郡国民政。山阴：县名，在今浙江省绍兴市，时为会稽郡的治所。兰亭：古亭名，在今浙江省绍兴市西南的兰渚山上。　④修禊（xì）事：从事禊祭之事。古人称三月初三临水洗濯、祓除不祥的祭祀活动为禊祭。　⑤激湍：水流激急而萦回。　⑥映：河流在阳光照耀下波光闪烁貌。带：环绕。　⑦引：取用。流觞（shāng）曲水：顺波流放酒杯的环曲之水。修禊事时，人们于环曲的水流旁宴集，在水的上游放置注满酒的酒杯，任其顺流而下，杯停在谁的面前，谁便或赋诗，或饮酒，故而需要有"流觞曲水"。觞：盛满酒的杯。　⑧次：近旁。　⑨丝竹管弦：代指各种乐器。盛：此指乐曲之壮美。　⑩一觞一咏：谓或举杯饮酒，或赋诗咏怀。　⑪惠风：和风。　⑫品类：万物。　⑬信：果真，确实。　⑭相与：相处，相交往。　⑮俯仰：低头和抬头，比喻时间短暂。 ⑯取诸怀抱：谓于自己的内心悟得真理。 ⑰晤言：晤谈，对谈。 ⑱因寄所托：因为寄情于托兴之物。 ⑲放浪形骸之外：放纵形迹于广阔天地。形骸：身体。之：于。 ⑳暂得于己：谓一己之意暂时得到满足。 ㉑所之既倦：谓对所追求的事物已感厌倦。 ㉒感慨系之矣：谓感慨之情便会紧接而来。系：接续。 ㉓况修短随化，终期于尽：何况人的寿命长短随着造化安排，最终都会归于一死。修：长。化：造化，指天。期：当，合。 ㉔"死生亦大矣"：此为《庄子·德充符》引孔子语，谓死与生是人生极为重要的事情。 ㉕若合一契：好像有同一契合，指对人生的哀乐、寿夭、生死感慨的共鸣。 ㉖喻：知晓，明白。 ㉗一死生：用相同的态度看待死与生。此观点见于《庄子·齐物论》。 ㉘齐彭殇（shāng）：用同样的态度看待彭祖的长寿与殇子的短命。此观点亦见于《庄子·齐物论》。彭：指古仙人彭祖，相传活到八百岁。殇：指未成年而死的人。 ㉙其致一也：谓众人的情感归趋是一致的。致：此指情感的归趋所向。

今译 穆皇帝永和九年，岁星在癸丑，三月初三这一天，我们在会稽郡山阴县的兰亭会集，进行祓禊活动。许多名士都来参加，年轻的与年老的都聚集在一起。这地方有高峻的山岭，有茂盛的树林，又有修长的竹子，还有那澄清的急流，在我们的左右映衬环绕。引来作为流觞用的曲水，大家依次坐在水边，虽说没有丝弦、竹制乐器演奏的盛况，但一边喝酒一边赋诗，也是足够畅快地抒发幽隐的情怀啊。这一天，天空晴朗，空气清新，和风温暖，抬头看那广阔的天空，低头看那众多的万物，借此放眼观瞧，开畅胸怀，可以尽情地享受耳目的愉悦，实在是欢乐啊！

人与人之间的相处，时间是短暂的。有的把自己的志向倾诉出来，和友人在屋子中谈说；有的则是凭借着所喜好的事物而寄托志趣，过着放纵任性的日子。虽然各人所谋求与摒弃的东西互不相同，各人的性格或安静或浮躁也不一样，但当他们对自己接触到的事物感到高兴，觉得自己已暂时得到了，于是便愉快地自得其乐了，却不知道衰老即将来到。等到他们对于自己所谋求或已获得的事物感到厌烦，心情随着事情的变化而变化，那感慨就伴随着而来了。从前一度喜欢的事物，在极短的时间内已经变成了陈旧的东西，因而不能不产生感慨。又何况人的寿命长短，随着自然界而变化，终究会走向终了。古人说："死生也是件大事啊！"这难道不令人悲伤吗？

我每次看到前人产生感慨的原因，与我们的原因像契约一样吻合，没有不对前人的文章悲伤感叹的，但心里却又不明白是为什么。我本来就明白那把死与生等同看待是虚妄的，把长寿与短命等同看待也是荒诞的。后代的人看我们当代的人，也正像我们现在的人看从前的人是一样的，这真是可悲呀！因此，我把今天与会的人的名字一个个地记了下来，又把他们作的诗抄了下来。虽然时代不同了，事情也会不一样了，但是人们产生感慨的原因，那还是一样的。后代阅读的人，也会对这些诗作有所感慨的吧！

赏析 本文是王羲之为众文士兰亭修禊赋诗所做的序文。此次盛会，环境优雅，名士云集，"一觞一咏""畅叙幽情"，众人便推王羲之写下此文。文中紧扣兴怀咏叹之事，由眼前的佳境欢情起笔，转入寿夭无常的人生感叹，最后以"知一死生为虚诞，齐彭殇为妄作"的敢于直面人生的豪情结束。言辞之中，饱含着作者历经宦海尘世的诸多感受，文思委婉而底蕴苍劲，文辞平直且颇有真情，是王羲之诗文的代表作。

归去来辞

陶渊明

归去来兮①，田园将芜，胡不归②！既自以心为形役，奚惆怅而独悲③！悟已往之不谏，知来者之可追④。实迷途其未远，觉今是而昨非⑤。舟遥遥以轻扬⑥，风飘飘而吹衣。问征夫以前路⑦，恨晨光之熹微⑧。乃瞻衡宇⑨，载欣载奔⑩。僮仆欢迎，稚子候门。三径就荒⑪，松菊犹存。携幼入室，有酒盈樽⑫。引壶觞以自酌⑬，眄庭柯以怡颜⑭。倚南窗以寄傲⑮，审容膝之易安⑯。园日涉以成趣⑰，门虽设而常关。策扶老以流憩⑱，时矫首而遐观⑲。云无心以出岫⑳，鸟倦飞而知还。景翳翳以将入㉑，抚孤松而盘桓。

归去来兮，请息交以绝游。世与我而相违㉒，复驾言兮焉求㉓？悦亲戚之情话，乐琴书以消忧。农人告余以春及，将有事于西畴㉔。或命巾车㉕，或棹孤舟㉖。既窈窕以寻壑，亦崎岖而经丘㉗。木欣欣以向荣，泉涓涓而始流㉘。羡万物之得时，感吾生之行休㉙！

已矣乎㉚！寓形宇内复几时㉛，曷不委心任去留㉜？胡为乎遑遑欲何之㉝？富贵非吾愿，帝乡不可期㉞。怀良辰以孤往㉟，或植杖而耘耔㊱。登东皋以舒啸^③，临清流而赋诗。聊乘化以归尽^③，乐夫天命复奚疑^③！

注释 ①归去来兮：归去之意。来兮：语气词。　②胡：为何。　③"既自以心为形役"二句：本句是说，既然自己已经是心神被身形所役使，为什么还要惆怅而独自悲伤。奚：为何。　④谏：规劝，挽救。追：挽回，弥补。此句本于《论语·微子》楚国隐士接舆劝孔子语："往者不可谏，来者犹可追。"谓过去的错误已无法挽救，未来的事情还来得及补救。　⑤今：指此时的归隐。昨：指此前的出仕。　⑥遥遥：小舟在水流中摇摆行进。轻扬：轻快地漂荡前进。　⑦征夫：行旅之人。　⑧熹（xī）微：光线微弱。熹通"熙"，光明。　⑨乃：始，刚刚。瞻：望见。衡宇：横木为门的简陋房屋，此指作者家乡的故居。　⑩载：语助词。　⑪三径就荒：谓屋前的小路已经长满了荒草。《三辅决录·逃名》："蒋诩归乡里，荆棘塞门，舍中有三径，不出，惟求仲、羊仲从之游。"后因以"三径"指归隐者的家园。　⑫樽（zūn）：盛酒器。　⑬引：取。觞（shāng）：酒杯。酌：斟酒。　⑭眄（miǎn）：闲视。庭柯：庭院中的树木。怡颜：谓喜形于色。　⑮寄傲：寄托旷放高傲的情怀。　⑯审：知晓，明白。容膝：仅能容纳双膝的狭窄住房。易安：容易使人心绪安定。　⑰日：每日。涉：入。成趣：谓成为快事。　⑱策：拄着。抚老：手杖。流憩（qì）：漫步行游或稍事休息。　⑲时：时而。矫首：抬头。遐观：远望。　⑳出岫（xiù）：谓云彩从山间飘出。岫：峰峦。　㉑景：日影。翳翳（yì）：晦暗不明貌。　㉒相违：相违背。谓世俗与我的志向不同。　㉓复驾言兮焉求：我还出游追求什么呢？驾言：本于《诗经·邶风·泉水》"驾言出游"语，此指出游。驾：驾车。言：语助词。　㉔事：农事。畴（chóu）：田地。　㉕或：有时。巾车：有帷幕的车子。㉖棹（zhào）：船桨，此用为动词，指划船。　㉗"既窈窕以寻壑"二句：本句谓作者行船驾车，既循着夹在山中幽深的河流而行，又经过崎岖不平的山丘。窈窕（yǎo tiǎo）：幽暗貌。壑（hè）：山谷。　㉘始：副词，正在。㉙行休：将要结束。　㉚已矣乎：犹言"算了吧"。　㉛寓形宇内：寄身天地之中。复几时：还有多少时光。　㉜曷：同"何"。委心任去留：随着自己的心意决定行止。　㉝胡为：为什么。遑遑：慌慌张张，心神不定。何之：何往。　㉞帝乡：仙境。期：企求。　㉟怀良辰：盼望有个好日子。㊱植杖：把手杖插立一旁。耘耔（zǐ）：泛指田间耕作。耘：除草。耔：培土。　㊲皋（gāo）：水边高地。舒啸：放声长啸。㊳聊：姑且。乘化：顺应大自然的发展变化。归尽：走向生命的尽头，指死亡。　㊴乐夫天命：安乐于上天赐予的命运。复奚疑：还有什么可疑虑的。

今译 归来吧！田园都要荒芜了，为什么还不归来呢？既然自己把意志交付给形体去驱使，为什么还要失望而独自悲伤？我觉悟到过去的事情是无法挽回的，又知道未来的事情还可以补救。我走入迷途还不太远，我认识到现在是对的，而从前是错的。

船儿摇晃着轻快地前行，风飘飘地吹拂着衣服，向路人打听前方的路程，只恨早晨光线微弱，难以看得真切。刚看到自家的大门，就一边高兴，一边奔跑。仆人们出门来欢迎，孩子们守候在门口。园中的小路已近荒废，松树菊花却依然茂盛。拉着孩子的小手，我走进屋里，好酒早就装满了酒杯。我举着杯子自饮自酌，看着院中的树木，我脸色愉悦。倚靠着南窗，我寄托着傲然自得的心境。我深知：在小屋中过着简朴的生活，也容易使人安乐。每天去园子里散散步，时间长了，自然会产生兴趣；虽然有门，却常常关着它。拄着拐杖我去游览，累了便歇它一歇，举头向远方眺望。白云无意地从山穴中出来，鸟儿飞累了也知道回巢。阳光渐渐黯淡，快要落山；我抚摸着孤松，往来徘徊，不忍心离开。

归来吧！我要与外界断绝交游。世俗既然与我合不拢，我再出去寻求什么呢？倒不如快活地倾听着亲人们的知心话语，或者弹琴读书，以消解忧愁。等到农夫们告诉我春天到来，我便要去田间耕种。或是乘着篷车，或是划了小船，既去探求幽深的山谷，又经过高低不平的山丘。树木生气勃勃地生长，泉水细细地开始流动。我羡慕万物得到了大好的时光，又感叹自己一生行将结束。

算了罢！寄身在天地中间还能有多长时间呢？为什么不随顺自己的心意去决定行止呢？干什么惶惶不安，又要去哪里呢？富贵荣华不是我所企求的志向，想去成仙又没什么希望。我只盼有个好天气，以便能独自一人去游玩，或是放下拄杖去锄草、培苗；或者是登上东皋放声长啸；或者面对清澈流水去赋诗。姑且随顺着大自然的变化，去归向生命的尽头吧！快乐地顺从天命啊，还怀疑什么呢？

赏析 本文作于陶渊明辞官将归之时。文前有小序，略陈辞官情由；正文则运用想象，描述回归家乡的喜悦与隐居生活的惬意。在作者笔下，田园生活的恬适清新令人陶醉、令人神往。同时，通过仕宦与归隐两种截然不同的精神境遇，反映了作者厌弃官场污浊，不愿"为五斗米折腰"的刚毅禀性，以及追求田园佳境，超然尘俗之外的高洁情怀。全文叙事平直真实，语言明快自然，恰为作者坦荡个性的真实写照。宋代欧阳修曾经说："晋无文章，惟陶渊明《归去来辞》一篇而已。"对本文给予了很高的评价。

与子俨等疏

陶渊明

告俨、俟、份、佚、佟①：天地赋命②，生必有死。自古圣贤，谁能独免。子夏有言曰③："死生有命，富贵在天。"四友之人④，亲受音旨，发斯谈者，将非穷达不可妄求⑤，寿夭永无外请故耶⑥？

吾年过五十，少而穷苦，每以家弊，东西游走。性刚才拙，与物多忤。自量为己，必贻俗患。俛俛辞世⑦，使汝等幼而饥寒。余尝感孺仲贤妻之言⑧，败絮自拥，何惭儿子。此既一事矣。但恨邻靡二仲⑨，室无莱妇⑩，抱兹苦心，良独内愧。

少学琴书，偶爱闲静，开卷有得，便欣然忘食。见树木交荫，时鸟变声，亦复欢然有喜。常言：五六月中，北窗下卧，遇凉风暂至，自谓是羲皇上人⑪。意浅识罕⑫，谓斯言可保；日月遂往，机巧好疏⑬。缅求在昔⑭，眇然如何⑮！疾患以来，渐就衰损。亲旧不遗，每以药石见救，自恐大分将有限也⑯。

汝辈稚小家贫，每役柴水之劳⑰，何时可免？念之在心，若何可言！然汝等虽不同生⑱，当思四海皆兄弟之义。鲍叔管仲，分财无猜⑲；归生伍举，班荆道旧⑳。遂能以败为成㉑，因丧立功㉒。他人尚尔，况同父之人哉？颍川韩元长，汉末名士。身处卿佐，八十而终。兄弟同居，至于没齿㉓。济北汜稚春㉔，晋时操行人也。七世同财，家人无怨色。《诗》曰："高山仰止，景行行止㉕。"虽不能尔㉖，至心尚之㉗。汝其慎哉！吾复何言㉘。

注释 ①俨、俟、份、佚、佟：五人是陶渊明的儿子。 ②赋命：给予人以生命。
③子夏：姓卜名商，字子夏，孔子弟子。 ④四友：据《孔丛子》，孔子以颜回、子贡、颛孙师、子由为"四友"，并无子夏，而此处这样说，只是说子夏与四人同列。 ⑤将非：岂非。 ⑥外请：额外请求。 ⑦俛俛（mǐn miǎn）：同"黾勉"，勉力。 ⑧孺仲贤妻之言：孺仲，东汉人王霸，字孺仲。据《列女传》：霸少立高节，光武时连征不仕，与同郡令狐子伯为友。后子伯为楚相，而其子为功曹。子伯遣子奉书于霸，客去而久卧不起。妻怪问其故，曰："向见令狐子容服甚光，举措有适，而我儿蓬发历齿，未知礼则，见客而有惭色。父子恩深，不觉自失耳。"妻曰："君少修清节，不顾荣辱，今子伯之贵，孰与君之高？君躬勤苦，子女安得不耕以养？既耕，安得不黄头历齿？奈何忘宿

志而惭儿女子乎？"霸屈（崛）起而笑，曰："有是哉！"遂共终身隐遁。　⑨二仲：据《高士传》：求仲、羊仲，皆治车为业，挫廉逃名。蒋元卿之去兖州，还杜陵，荆棘塞门，舍中有三径，不出。唯二人从之游，时人谓之"二仲"。　⑩莱妇：老莱子的妻子。据《列女传》：楚老莱子，逃世耕于蒙山之阳。王使人聘以币帛。妻曰："妾闻之，可食以酒肉者，可随以鞭捶；可授以官禄者，可随以斧钺。今先生食人之酒肉，受人之官禄，此皆人之所制也。居乱世而为人所制，能免于患乎？"老莱子遂随其妻至于江南而止。⑪羲（xī）皇上人：伏羲时代以前的人。　⑫识罕：认识差，识见少。　⑬好疏：很少。⑭缅（miǎn）求：远求。　⑮眇（miǎo）然：渺茫。　⑯大分：大数，指生死大数。⑰役：被驱使。　⑱不同生：不是一母所生。　⑲鲍叔、管仲二句：据《史记·管晏列传》，当管仲困难时，曾与鲍叔牙一道做买卖。分钱时，鲍叔总是拿比较少的那一份。⑳归生、伍举二句：道旧，叙谈旧情。据《左传》，楚国伍举和归生交好。后来伍举被谗毁，被迫逃离楚国。归生正好在归楚途中遇上他。二人坐在一起吃饭，共同谈起以前的友情。归生返回楚国，向令尹说明了情况，令尹于是请回了伍举。归生又名声子。㉑以败为成：指管仲被俘，本来是失败，但因鲍叔推荐，作了齐相，成就了齐桓公的霸业。　㉒因丧立功：指伍举出亡，本来是失败，但后来竟能帮助公子围继承楚的王位，立下功劳。　㉓没齿：没有了牙齿，指代老年。　㉔氾（fàn）稚春：名毓（yù），西晋人。　㉕高山仰止二句：见《诗经·小雅·车辖（xiá）》。仰：抬头望。止：句尾助词。景行：光明大道。"行止"之行，行走。　㉖尔：如此，像这样。　㉗至心尚之：诚心尊崇他们。至心：至诚，诚心。尚：尊崇。之：代指上举数人。　㉘吾复何言：我还讲什么呢？

今译 俨、俟、份、佚、佟我儿：天地赋给人以生命，有生就必然有死。自古以来的圣贤，又有谁免得了死亡一劫？子夏曾说道："死与生全在天命，富与贵全靠上天。"像他这样的，与四友一道曾亲自聆听过夫子教诲的人尚且发出这样的慨叹，这不是说明人的穷与达是不能主观要求，人的长寿与短命也不是祈请所能解决的吗？

我已经五十一岁了，年少时很穷困，常常为了破败的家庭而四处谋生。我性子刚烈，与世人交往的才干又太差，所以与外物多有抵触不合之处。我自己思量，这一定会为自己惹来世俗的患难。我于是勉力与世俗长辞，致使你们几个从小便饥寒交迫。我也曾被王霸老妻的言辞所感动，我自己安贫乐道，又何必为儿子的不济而惭愧？这是一件事。我遗憾的是没有二仲那样的高邻，家中也没有老莱子妻那样的贤内助，我怀抱着一片苦心，心中很是惭愧。我年少时学过弹琴，也看了些书，并且生性爱闲适安静，只要看书到会心处，便高兴得忘了吃饭。看到树木交互成荫，各种鸟儿百啭千鸣，我也会乐上半天。我曾说：在五六月时，卧在北窗下，恰巧有清凉的风拂来，便自认为是进入极乐世界了。我思想浅陋，见识也少，认为这话可长保不渝了。日月飞逝而过，很少有机巧之事，我远远地回顾昔日，不由得茫然若失。自从患病以来，身体逐渐坏下去了。亲戚好友们不遗弃我，常弄来药给我治病，只是我想离死亡不远了。

你们五个年龄又小，家里又穷，常常要你们自己担水打柴，这些劳务什么时候才会免除呢！我心里常想着这事，痛苦得无话可说。你们几个虽然不是一母所生，却要常记住四海之内都是兄弟这句话。鲍叔牙与管仲在分钱财时，彼此没有猜忌。归生和伍举在大道上也能坐在柴草上不忘旧日友谊。管仲于是能从失败中站起来，立下大功；而伍举也在归楚后帮公子围即位，立下功劳。异姓之间尚且能这样倾心互助，何况你们是一父所出的兄弟呢！颍川人韩元长，他是汉末名士，身处在卿佐的高位，活了八十岁，而兄弟们一直没分家，一直合在一处到老年。济北人氾稚春，他是晋代的有操行人，七代共享财产，各家没有怨恨之色。《诗经》中有诗句说："抬头望高山，走在光明大道上。"即便做到四人那样的完美也要诚心尊崇他们。你们要戒慎呀！我还有什么可说的呢？

【赏析】这是陶渊明五十一岁时，写给儿子们的一封信。他在信中简要地回顾了自己五十余年的生活，陈说了自己的志愿，并告诫儿子们要互相爱护。

从开头至"寿夭永无外请故耶"一段，作者坦率地陈述了自己对生死的达观态度。大概他已知道自己将不久于人世，所以才这样郑重地提出来。从中可以看出他自甘贫贱，守志不移的高尚情操。

从"吾年过五十"到"自恐大分将有限也"一大段，作者对自己五十余年的生活历程进行了回顾，他陈述了自己不得不为一家生计而违愿入仕的苦恼与对自己喜好事物的衷心依恋，可见他并不是彻头彻尾的"浑身静穆"，他也有世俗中人的烦恼与苦闷。

最后一段，他举鲍叔、管仲、归生、伍举、韩元长、氾稚春等人为榜样，鼓励儿子们在自己死后一定要在困苦环境中互相关心，团结友爱，这段是对儿女们的殷切希望。

这篇文章简洁地回顾了作者的一生，并用平易浅显的话语陈述自己的思想观点和人生态度，并热切希望子辈也能够依照他的人生理想与做人原则生活下去。

另外从艺术风格上来看，这篇文章的风格一如其人，自然而朴素，不事雕琢，在慈和的话语中缓缓道来，感人至深。我们可以据此知道他隐士之外的另一面。

答谢中书书①

陶弘景

山川之美，古来共谈。高峰入云，清流见底。两岸石壁，五色交辉。青林翠竹，四时俱备。晓雾将歇②，猿鸟乱鸣；夕日欲颓③，沉鳞竞跃④。实是欲界之仙都⑤。自康乐以来⑥，未复有能与其奇者⑦。

注释 ①谢中书：谢征，他曾任中书鸿胪，故称"谢中书"。作者陶弘景（452—536年），字通明，丹阳秣陵（今江苏江宁县）人。曾任南朝齐的高官，后归隐，好道术，爱山水。梁武帝遇有朝廷大事，常要咨询他的意见，人称"山中宰相"。 ②歇：消。③颓：坠下。④沉鳞：沉在水底的鱼。 ⑤欲界：佛家所说的三界之一，此界有七情六欲的众生居住。这里指代人间。 ⑥康乐：指谢灵运。谢灵运袭封康乐公，平生好游山水，是第一个着力写山水诗的诗人。 ⑦与：参与，这里有欣赏领略之意。

今译 山川的美丽，是古来人们共同的谈资。高耸的山峰插入云间，清澈的河流可以见底。青林翠竹，四季常在。清晨的迷雾快要消散的时候，猿鸟纷纷地鸣叫；傍晚的太阳就要西沉时，沉在水底的鱼儿竞相跃出水面。这的确是人间仙境，自从谢康乐死后，就再也没有人能领略这奇妙的山水了。

赏析 这是作者给谢征谈山水之美的一封信。

作者只用了寥寥六十八字，便描画出了江南山水的秀美。开头，作者以"山川之美，古来共谈"两句，点出这封信是专谈山水美景的。接下来作者用了十个整齐的四言句子，全是写景。先写上下山水之形。仰视所见，是山势雄伟，高插入云。俯视所见，是水流晶莹，清澈见底。

接下来写的则是他目睹的山水周遭的美景。平视是：岩壁石色杂错，在阳光映照之下各种色彩交相辉映；而山上则竹林繁盛，四时青翠。再写一天当中耳朵所能听到的各种美妙音乐：早晨是猿与鸟的鸣叫；接下来是眼所见的夕阳美景：沉鳞竞跃。

这十句四十字，既写出了一年四季与每日的晨昏，也写活了山川的形势与声色动静，从而写出了大自然生机盎然的令人神往的佳处。作者最后在美的陶醉中，由衷地发出了"实是欲界之仙都"的感叹。

在作者笔下，山水成了作家主观着力描画的对象进入了创作。这篇信笺简洁而清丽，动静相生，于整齐中见神韵，不愧是南朝山水散文中的佼佼者。

与朱元思书①

吴 均

风烟俱净②，天山共色③。从流飘荡④，任意东西⑤。自富阳至桐庐⑥，一百许里⑦，奇山异水，天下独绝⑧。

水皆缥碧⑨，千丈见底。游鱼细石，直视无碍⑩。急湍甚箭⑪，猛浪若奔⑫。夹岸高山，皆生寒树⑬。负势竞上⑭，互相轩邈⑮，争高直指⑯，千百成峰⑰。泉水激石，泠泠作响⑱；好鸟相鸣⑲，嘤嘤成韵⑳。蝉则千转不穷㉑，猿则百叫无绝。鸢飞戾天者㉒，望峰息心㉓，经纶世务者㉔，窥谷忘反㉕。横柯上蔽㉖，在昼犹昏；疏条交映㉗，有时见日。

注释 ①朱元思：名玉山，作者的友人。作者吴均（469—520年?），字叔庠，吴兴故鄣（今浙江安吉县西北）人。出身寒微，一生未做过大官。他好学，有才学，其短信小札多以描写山水见长。 ②风烟俱净：烟雾消散净尽。风烟，指云气雾气。 ③天山共色：指蓝天与青山同一颜色。 ④从流漂荡：是说在富春江中乘船，随着江流漂浮。 ⑤东西：富春江的走向是由西南流向东北。 ⑥富阳：今浙江省富阳市。桐庐：今浙江省桐庐县，两县全在富春江边，桐庐在富阳的上流。 ⑦许：附在整数之后表示约数。 ⑧独绝：独一无二，绝无仅有。 ⑨缥（piǎo）碧：淡青色。 ⑩"游鱼"二句：极言江水的清澈。 ⑪湍：急流。甚：过于。 ⑫奔：即奔驰的马。 ⑬寒树：指耐寒常绿的树木。 ⑭负势竞上：山峰依傍着高峻的山势，争相朝上伸展。 ⑮轩邈（miǎo）：此处用作动词，意为争比高下。轩：高。邈：远。 ⑯直指：笔直地向上。 ⑰千百成峰：成为千百座山峰。 ⑱泠泠（líng）：形容水声清脆。 ⑲相鸣：相互鸣叫应和。

⑳嘤嘤：悦耳动听的鸟鸣声。韵：和谐的声音。　㉑千转：指蝉长久不停地叫。转：同"啭"，鸣叫。　㉒鸢（yuān）飞戾（lì）天：出自《诗经·大雅·旱麓》，鸢鸟飞到天上，这里喻指有大志向或野心勃勃的人。鸢：像鹰的猛禽。戾：至。　㉓望峰息心：看到这样美的山峰，会平息追名逐利的念头。　㉔经纶：筹划，治理。　㉕窥：观赏。反：同"返"。　㉖柯：树的枝干。　㉗疏条：稀疏的枝条。交映：互相遮掩衬托。

今译　烟雾消散开，天与山同一颜色。在江中乘船，随江流漂游，不管朝西朝东。从富阳到桐庐，中间有一百余里，奇异的山水，实在是天下一绝。江水呈淡青色，即便千丈深也见得到底。水底的游鱼和小石都可看到。湍急的水流箭一般快，大浪像奔马似的不停。江两岸是高山，上面都长着长年青翠的树木，山峰争相伸向天空，互相比着谁更高更远。这些山峰竞争着直指蓝天，形成了千百座山峰。泉水冲激石头，水声清脆。各类鸟儿鸣叫唱和，发出和谐的音乐。蝉鸣叫不停，猿则是怎么也啼不完。志向远大的人看到这雄奇秀美的山峰，也会平息追名逐利的念头；专心治理社会事务的人见了这幽美的山谷景色，也会流连忘返。树枝在头上交叉遮蔽了阳光，白天却像黄昏那样阴暗；稀疏的枝条互相遮掩衬托，在树下的人偶尔才能见到白日。

赏析　这通书札是南朝山水美文中的代表之作，作者在寥寥百余字的篇幅里传神地画出了从富阳到桐庐一百余里富春江的秀丽美景。

在这里，字里行间流溢着作者迷醉于山水之间，向往美丽大自然的志趣。同时，作者也在信的末尾部分委婉地表达了自己对世俗追名逐利的反对意见。

从开头至"天下独绝"一部分，作者总写富春江奇特秀丽的自然景色。

从"水皆缥碧"至末尾，作者经济地运用笔墨，具体描绘了山的"奇"与水的"异"。"水皆缥碧"四句，写的是富春江的澄澈，写的是静态的江。"急湍甚箭"两句，则写了富春江动的一面，这六句传神地写出了富春江的"异"。

"夹岸高山"六句，作者笔锋从水转向了江边的山。其中"竞"与"争"二字用得恰到好处，作者把静态的无生命的山写活了，山成了动态的有生命的主体。

"泉水激石"六句，则描写了作者听觉的感受，宛然是一部大自然众"天籁"的合唱曲了！

置身于如此美妙的自然中，作者生发了感慨：在世上追逐蝇头之利、虚幻之名的俗人们，到大自然中来吧！它能洗去你脑袋里的污秽和邪念。官场世道的庸俗黑暗与大自然的纯洁美好形成强烈对照，何重何轻，一目了然。

结尾四句近景的描画，为全文蒙上了一缕清淡恬静的迷人色彩，余音袅袅，令人回味无穷。

吴均的这类骈体抒情小品，时人谓之"吴均体"，它清新而秀丽，淡雅而自然，意境幽深，不愧是山水作中的佼佼者。

大 明 湖

郦道元

其水北为大明湖①，西即大明寺，寺东北两面侧湖，此水便成净池也。池上有客亭②，左右楸桐，负日俯仰。目对鱼鸟，水木明瑟。可谓濠梁之性③，物我无违矣④。

注释 ①其水：指济水的支流泺水。 ②客亭：即古历亭。 ③濠（háo）梁之性：此处暗用《庄子·秋水篇》的一个典故，庄子与惠施同游于濠梁之上，而庄子，能通物性，能感知水中鱼儿的快乐。此处引申为懂得鱼鸟水木的情趣。濠：水名。梁：即桥梁。④物我无违：即顺应自然，不违反天理，自己与大自然融为一体。

今译 泺水北面是大明湖，西面是大明寺，大明寺的东方与北方两面侧对着大明湖，因而大明湖便成了清幽的"净池"了。湖上有古历亭，亭子左右两边有楸树和桐树，它们或俯或仰，姿势不同。游人可以穿过湖水看清水中游鱼，又可看到天空飞鸟，湖水明澈，树木历历，懂得鱼鸟水木情趣的人真可以顺应自然，与大自然融为一体了。

赏析 这是作者描绘山东大明湖风光的一段文字。在这里，作者先简要地介绍了大明湖的地理方位，概括地指出了湖的外貌特征。然后作者具体写湖上景观，点画式地写了小岛、客亭、楸桐树、水中游鱼和林中啼鸟。作者对这些自然景物的描绘多用比拟手法，从而使无感觉无生命的景物似乎也充满了人的灵性，趣味横生，韵味无穷。

芜城赋①

鲍 照

泺迤平原②：南驰苍梧涨海③，北走紫塞雁门④。柂以漕渠⑤，轴以昆冈⑥。重江复关之隩⑦，四会五达之庄⑧。

当昔全盛之时⑨，车挂辖⑩，人驾肩⑪；廛闬扑地⑫，歌吹沸天⑬，孳货盐田⑭，铲利铜山⑮。才力雄富，士马精妍⑯。故能侈秦法，佚周令⑰。划崇墉⑱，刳濬洫⑲，图修世以休命⑳。是以板筑雉堞之殷㉑，井干烽橹之勤㉒，格高五岳，袤广三坟㉓；崒若断岸，矗似长云㉔；制磁石以御冲㉕，糊赪壤以飞文㉖。观基扃之固护㉗，将万祀而一君㉘。出入三代㉙，五百余载，竟瓜剖而豆分㉚！

泽葵依井，荒葛罥涂㉛。坛罗虺蜮，阶斗麏鼯㉜。木魅山鬼，野鼠城狐，风嗥雨啸，昏见晨趋㉝。饥鹰砺吻，寒鸱吓雏㉞。伏暴藏虎㉟，乳血飧肤㊱。崩榛塞路，峥嵘古馗㊲。白杨早落，塞草前衰㊳。棱棱霜气㊴，蔌蔌风威㊵，孤蓬自振㊶，惊沙坐飞㊷。灌莽杳而无际，丛薄纷其相依㊸。通池既已夷㊹，峻隅又已颓㊺，直视千里外㊻，惟见起黄埃㊼。凝思寂听，心伤已摧㊽。

若夫藻扃黼帐㊾，歌堂舞阁之基；璇渊碧树㊿，弋林钓渚之馆[51]；吴、蔡、齐、秦之声[52]，鱼龙爵马之玩[53]，皆薰歇烬灭[54]，光沉响绝[55]！东都妙姬[56]，南国丽人，蕙心纨质[57]，玉貌绛唇[58]，莫不埋魂幽石，委骨穷尘[59]；岂忆同辇之愉乐[60]，离宫之苦辛哉[61]！

天道如何？吞恨者多[62]。抽琴命操[63]，为芜城之歌。歌曰："边风急兮城上寒[64]，井径灭兮丘陇残[65]。千龄兮万代，共尽兮何言[66]！"

注释 ①芜城：荒芜的城，指广陵。本文作者鲍照：（414—466年），字明远，东海郡（今山东兰陵）人，南北朝宋诗人。曾任前军参军，世称鲍参军。 ②泺迤（mǐ yǐ）：相连渐平状。平原：指广陵一带的平原。 ③南驰：与下文的"北走"，均极言广陵所通达地方的辽远。苍梧：汉郡名，在今广西壮族自治区苍梧县一带。涨海：南海的别名。 ④紫塞：指代长城。雁门：郡名，在今山西省西北。 ⑤柂（tuó）：同"柁"，引。漕渠：运粮的河道，即邗（hán）沟。 ⑥轴以昆冈：指广陵以昆冈为轴心。昆冈：一名阜冈，广陵城即筑在它上面。 ⑦隩（ào）：深隐之处。 ⑧会：会合。庄：大道。 ⑨全盛之时：指西汉吴王刘濞（pì）在这里建都之时。 ⑩挂：妨碍，这里指车轴互相撞击。

087

辋（wèi）：车轴两端。车挂转，形容车辆极多。　⑪驾肩：摩肩。驾：相迫。人驾肩：指因人多拥挤，肩膀被挤地抬起来。　⑫廛閈句：谓到处都是民居。廛（chán）：市民居住地区。閈（hàn）：里门。扑地：遍地。扑：尽。　⑬歌吹句：歌声、箫管之声直达云天。吹：吹奏，这里指乐声。　⑭孳海句：盐田可盛产财富。孳（zī）：同"滋"，滋生。货：财货。　⑮铲：削平，此处有采掘义。铜山：有铜矿的山。以上两句是说广陵有盐田铜山之利。　⑯士马精妍：人马强盛。精：精强。妍：美好。　⑰故能两句：谓吴王濞在广陵时国力强盛，一切规模制度都超越周、秦两代。侈：奢侈，此处有超越之义。佚：同"轶"，超过。　⑱划：开，此处是建造的意思。崇墉（yōng）：高而险峻的城。　⑲刳（kū）：凿。濬（jùn）：同"浚"，深。洫（xù）：水沟。　⑳图：图谋。修世：永世。休命：美好的命运。　㉑是以：因此。板筑：古时筑墙，以两板相夹，中间填满土，然后夯结实，这里指修建城墙。板：筑墙用的木板。筑：筑土的杵头。雉堞（zhì dié）：代指城墙。殷：盛，大。　㉒井干：指筑时木柱相交犹如井上的栏架。此处代指城楼。烽橹：城上备有烽火的望楼。烽：烽火台。橹：望楼。　㉓格：格局，指高度。五岳：指东岳泰山，西岳华山，南岳衡山，北岳恒山，中岳嵩山。袤（mào）广：南北的长度叫袤，东西的长度叫广。三坟：即三分，主九州之士而言，与上文"五岳"相配。㉔崒（zú）：高峻而危险。断岸：陡峭的河岸。矗（chù）：耸立。　㉕磁石句：据说秦朝的阿房宫以磁石为门，磁石吸铁，因此能防止带刀入宫的人。御冲：防御突然的袭击。㉖糊赪壤句：城墙上粘涂上赤色土壤，以增加光彩。糊：粘。赪（chēng）壤：赤色的土壤。飞文：指飞动的光彩。　㉗基扃（jiōng）：指城阙。扃：门上的关楗。固护：牢固。㉘将：打算。祀：年。　㉙出入：犹言经历。三代：指汉、魏、晋。　㉚瓜剖而豆分：如瓜之剖，如豆之分，形容广陵城的崩坏。　㉛泽葵：莓苔类植物。葛：蔓草。罥（juān）：结，绕。涂：道路。　㉜坛罗二句：坛堂庭阶荒颓，成了毒蛇出没，野兽格斗的场所。坛：堂。罗：罗列。虺（huì）：毒蛇。蜮（yù）：短狐，又名射工，相传能含沙射人为灾。麏（jūn）：獐。鼯（wú）：鼠类动物。　㉝魅：鬼怪。见：同"现"。趋：奔走。　㉞饥鹰砺吻二句：这里用鹰鸱的贪食衬托城中的荒凉。砺：磨。吻：嘴。鸱（chī）：鸱鹰。吓：怒声，此处有怒呼威胁的意思。雏：小鸟。　㉟魊（bào）：即暴字，这里代指猛虎。　㊱乳血飧（sūn）肤：以血肉为饮食。飧：同"餐"。肤：肉。　㊲崩倒。榛：木丛生为榛。岿嵚：深暗状。这里用作动词。馗（kuí）：同"逵"，四通八达的大道。　㊳塞草：泛指芜城中的草。前衰：谓草枯得早。　㊴棱棱：严寒的样子。㊵蔌（sù）蔌：风声疾劲状。　㊶孤蓬：蓬草。自振：自己飘转。　㊷坐飞：无故而飞。㊸灌莽二句：谓芜城草木丛生，幽深相连，一望无际。灌莽，丛生的草木。杳：深远。丛薄：草木丛杂。相依：指彼此相连。　㊹通池：城壕。夷：平。　㊺峻隅（yú）：城上高峻的角楼。頽：倒塌。㊻直视：极目远望。㊼黄埃：黄尘。㊽凝：聚。寂：静。

摧：悲。两句谓聚神静听，仍寂无所有，令人心中悲伤。 ㊾藻扃：彩绘的门。藻：文采。扃：这里泛指门户。黼（fǔ）帐：绣帐。 ㊿璇（xuán）渊：玉池。碧树：玉树。(51)弋：用系有绳子的箭射鸟。钓渚之馆：指观鱼的地方。 (52)吴蔡齐秦之声：指各地区的音乐。 (53)鱼龙爵马：古代杂技总称。 (54)熏：香气。烬：火烧剩下的东西。 (55)光沉：光华消逝。响绝：音响断绝。 (56)东都：洛阳。妙姬：美女。 (57)蕙：蕙兰，喻聪慧。纨（wán）：丝织的细绢，喻芳洁。与下文“玉貌绛唇”都用以形容佳人的姿质美好。 (58)绛：大红。 (59)委：弃。穷尘：土石尘埃。 (60)同舆：指后妃与皇帝同车，以示宠幸。舆：皇帝与皇后乘坐车的名称。 (61)离宫：本指皇帝的行宫，这里指冷宫，是失宠后妃居住的地方。 (62)吞恨：抱恨。 (63)抽琴命操：取琴而作歌。抽：引出。命操：谱曲。操：琴曲名。 (64)急：一作“起”。 (65)井径：田间小路。井：井田，此处泛指田亩。径：步道。丘陇：田间坟墓。 (66)千龄二句：千秋万代，人与万物都要同归于尽，又有什么可说的呢？

今译 见广陵平原相连渐平，广陵往南可达苍梧与涨海，往北可达长城和雁门关，通过漕渠的水路用船运输，通向昆岗的陆路用车运输，它是层层河流与关口中的要道，又是四通八达的南北交通要道。

当它全盛的时候，车的轴头互相挂着，人被人挤抬起，城内处处人烟稠密，歌吹之声至达九天。煮晒海盐，开发铜矿，人们获得财富，财力富足，兵强马壮。所以广陵城的城池建造，超过了中央政府的规定，统治者建造了高大的城墙，开凿了深邃的护城河，以图保持他长久的统治和美好的命运。所以板筑、城楼、女墙是很盛大的，大规模地尽力修建该城。它的高度超过了五岳，城面长度也广大至极，高峻得像陡峭的河岸，直立而平齐得像长云。以磁石为门来防御不测，粘红色黏土来画出花纹，看它城基与门楗的牢固，以为有此城保护，将会君位长享了。经历了汉、魏、晋，历经五百余年，不料它却崩毁破败了。

看哪，莓苔长在井边，蔓草缠覆着大道，坛堂上罗列了毒蛇与射工，殿阶上有獐与鼯鼠互斗。鬼魅与山鬼们，与狐鼠们嗥叫于风雨之夜，出没于晨昏之时。饥饿的鹰隼磨着弯嘴，寒冷的鸱鸟在对着小鸟怒叫，猛虎在暗处藏伏，它们喝血吃肉。路全被灌木丛所盖住，古道幽静而阴暗，白杨树叶早早落下，边塞之草也提前枯衰。霜气严寒，寒风疾劲，孤零的蓬草随风飘旋，砂石无故飞动。丛生的草木阴暗而无边际，草木纠结着互相依存。城濠已经夷为平地，高峻的城角也已颓坏，纵目千里之远，只看见不尽的黄土尘埃，聚神静听，杳无音声，令我心中生悲。

至于那有文采的门窗与有图案文饰的帷帐，当年歌舞的台榭基础，玉石样的水池，碧玉样的树木，射鸟的林子，钓鱼观鱼之处，及各地不同的音乐，不同的杂技艺术，全都香消玉殒，光华消逝，音响断绝。洛阳的美女，南国的丽人，聪慧而芳洁，容颜美丽，朱唇皓齿，却全都在土石尘埃中埋没了，死去的这些妃嫔，对于她们生前的生活，不管欢乐还是苦辛，都不会去记忆了。

天道是什么呢？为什么抱恨而死的人这样多！我不由得取琴来做歌，唱的是芜城曲，歌词是："边地风疾呀城上寒冷，小路消亡呀坟墓零落，千秋万代，人与万物同归于尽，又有什么可说的呢！"

赏析 459年，南朝宋的竟陵王刘诞反叛，宋孝武帝于是命大将沈庆之统兵平乱。沈庆之平定刘诞叛乱后又屠杀了三千多无辜百姓。广陵，这座饱受战争创伤的名城再一次遭受巨大破坏。此后不久，作者途经广陵，面对一派荒凉景象，无限感慨，于是援笔创作了本文。

从开头至"竟瓜剖而豆分"一段，作者写了广陵城的地理形势与当年的盛况，为今昔强烈对比先作铺垫。从"泽葵依井"至"心伤已摧"一段，作者笔锋由追忆往昔转而为描画今朝的荒凉凋敝。从"若夫藻扃黼帐"至"离宫之苦辛哉"一段，作者慨叹昔日广陵统治者奢侈豪华的生活已成过去。最后一段，作者以歌作结，抒发了华屋变为荒凉山丘，人生否泰变化无常的无尽感慨。

在这篇文章中，作者巧妙地把"伤今"与"吊古"联系在一起，追忆该城几百年来的盛衰剧变历史，通过今昔对比，抒发他的历史兴亡之慨。

此外，作者在文中采用"赋"的表现手法，极力排比、夸张、铺张，如作者在描写广陵昔日的兴盛与今日的破败荒凉时，就充分利用了这几种描写手法，从而给读者以深刻印象。前后两段，对比鲜明，惊心动魄。最后两段则指出既有昔日之盛，就必有今日之衰，感慨淋漓。全文的遣词造句，遒劲秀丽，融汇着作者强烈的情感。清代的姚鼐对鲍照的这篇名作极为欣赏，认为它有"驱迈苍凉之气，惊心动魄之辞"，是很精到的评语。

别　　赋①

江　淹②

　　黯然销魂③者，惟别而已矣。况秦吴兮绝国④，复燕宋兮千里。或春苔兮始生，乍秋风兮蹔起⑤。是以行子肠断⑥，百感凄恻。风萧萧而异响⑦，云漫漫而奇色，舟凝滞于水滨⑧，车逶迟于山侧，棹容与而讵前⑨，马寒鸣而不息。掩金觞而谁御⑩，横玉柱而霑轼⑪。

　　居人愁卧，怳若有亡⑫，日下壁而沈彩，月上轩而飞光⑬。见红兰之受露，望青楸之离霜⑭，巡层楹而空掩，抚锦幕而虚凉⑮。知离梦之踯躅，意别魂之飞扬⑯。

　　故别虽一绪，事乃万族⑰，至若龙马银鞍，朱轩绣轴⑱，帐饮东都，送客金谷⑲。琴羽张兮箫鼓陈，燕赵歌兮伤美人⑳。珠与玉兮艳暮秋，罗与绮兮娇上春㉑。惊驷马之仰秣，耸渊鱼之赤鳞㉒。造分手而衔涕㉓，感寂寞而伤神。

　　乃有剑客惭恩，少年报士㉔，韩国赵厕，吴宫燕市㉕。割慈忍爱㉖，离邦去里。沥泣共诀㉗，抆血㉘相视，驱征马而不顾㉙，见行尘之时起，方衔感于一剑，非买价于泉里㉚。金石震而色变㉛，骨肉悲而心死㉜。

　　或乃边郡未和，负羽㉝从军，辽水无极，雁山参云㉞。闺中风暖，陌上草薰㉟。日出天而耀景㊱，露下地而腾文㊲。镜朱尘之照烂㊳，袭青气之烟煴㊴。攀桃李㊵兮不忍别，送爱子兮霑罗裙。

　　至如一赴绝国，讵相见期，视乔木兮故里㊶，决北梁兮永辞㊷。左右兮魂动，亲宾兮泪滋㊸，可班荆兮赠恨㊹，惟樽酒兮叙悲。值秋雁兮飞日㊺，当白露兮下时。怨复怨兮远山曲，去复去兮长河湄㊻。

　　又若君居淄右㊼，妾家河阳㊽。同琼佩之晨照㊾，共金炉之夕香。君结绶㊿兮千里，借瑶草51之徒芳。惭幽闺之琴瑟，晦高台之流黄52。春宫閟53此青苔色，秋帐含兹明月光。夏簟清兮昼不暮，冬钲凝54兮夜何长。织锦曲兮泣已尽55，回文诗兮影独伤。

　　傥有华阴上士，服食还仙57，术既妙而犹学，道已寂而未传58。守丹灶而不顾59，炼金鼎60而方坚。驾鹤上汉，骖鸾腾天61，蹔游万里，少别千年。

惟世间兮重别，谢主人兮依然^㉒。

下有芍药之诗，佳人之谀^㉓，桑中卫女，上宫陈娥^㉔。春草碧色，春水渌^㉕波，送君南浦^㉖，伤如之何！至乃秋露如珠，秋月如珪^㉗，明月白露，光阴往来。与子之别，思心徘徊。

是以别方不定^㉘，别理千名^㉙，有别必怨，有怨必盈。使人意夺神骇，心折骨惊^㉚。虽渊云^㉛之墨妙，严乐^㉜之笔精，金闺之诸彦^㉝，兰台^㉞之群英，赋有凌云之称^㉟，辩有雕龙之声^㊱，谁能摹暂离之状，写永诀之情者乎！

注释 ①选自《文选》卷十六。 ②江淹：（444—50年），字文通，河南考城（今河南省兰考县）人，历仕宋、齐、梁三代，梁武帝时，官至金紫光禄大夫，有《江文通集》。 ③黯然：失色貌，即心神沮丧的样子。销魂：形容极度悲伤，神思茫然，仿佛魂离形体。 ④秦：在今陕西一带。吴：在今江苏、浙江一带。绝：极远。绝国：指距离极遥远的邦国。燕：在今河北一带。宋：在今河南一带。 ⑤乍：或。蹔：同"暂"。以上两句，是说这两个时节别恨尤其强烈。 ⑥行子：出行在外的人。凄恻：哀伤。 ⑦萧萧：秋风声。漫漫：没有边际。这两句说，因离别，觉得风云也变了颜色。 ⑧凝滞：停留不进。逶迟：徘徊不前貌。 ⑨櫂：同"棹"（zhào），船桨，这里代指船。容与：迟缓不前貌。讵：岂。 ⑩掩：盖住。金觞：金酒杯。御：进，用。这句说盖着酒杯，谁都不再喝酒。 ⑪横：横放着。玉柱：琴弦上支弦的弦码，此处代指琴瑟。霑：同"沾"，指泪流沾湿。轼：古时车上扶手用的横木。 ⑫居人：此处指送别的人。怳：同"恍"，神思不定貌。若有亡：若有所失。 ⑬壁：墙壁。沈：隐没。彩：指落日的光彩。轩：窗。光：指月光。 ⑭青楸：绿色的楸树。离：同"罹（lí）"遭。 ⑮巡：历。层：高。楹：厅堂前部的柱子。层楹，此处指高楼。拚：同"掩"，指掩门。锦幕：锦做的帷帐。两句谓行人去后，楼门空掩，锦帐寒冷。 ⑯踟蹰（zhī zhù）：止足不前状。意：料想。飞扬：飘荡，此处指心神不定。两句谓送行者由于离情别绪，推知行去的人也必然离梦淹留，神魂不安。 ⑰万族：种类繁多。族，类。 ⑱龙：古代八尺以上的马称龙。龙马：即骏马。轩：车舆。朱轩：红色车子。绣轴：彩画的车轴。这两句形容贵官的车马。 ⑲帐饮：古时送行，在郊野道旁设置帷帐，饮宴送别。东都：指长安东都门。帐饮东都：指汉代疏广、疏受被人饯别的典故。《汉书·疏广传》说，汉宣帝时，疏广为太子太傅，他侄儿疏受为太子少傅，都受到皇帝器重，但二人却毅然辞去高官，告老归乡。当时很多人为二人送行，"为设祖道供帐东都门外"。金谷：地名，在今河南洛阳市西北，晋代名士石崇曾在此地建园林，世称金谷园。这两句引疏广、石崇事，以喻显贵者的送别。 ⑳羽：五音之一，声音最细。琴羽：指琴调里的羽声。张：这里指弹奏。陈：这里指吹打。燕赵：古时这两国以出歌女著称。美人：指歌女。伤美人：谓筵上歌女因受宾主惜别的感染，也伤心起来。　㉑珠、玉、罗、绮：均指服饰。　㉒惊：惊异，使动用法。秣（mò）：牲口饲料，这里指马吃草。仰秣，是说马在低头吃草时，听到琴声，于是仰头咀嚼。耸：惊动，使动用法。这两句形容乐声美妙，使马、鱼也为之感动。　㉓造：到。衔涕：含泪。　㉔剑客：精于剑术者。惭恩：感恩。报士：即"报答国士之遇"的省略。　㉕韩国：指聂政刺杀韩相侠累的典故。战国时，严仲子与侠累有仇，他于是结交聂政，聂政感激他对自己的知遇之恩，于是为他刺杀了侠累。赵厕：指豫让谋刺赵襄子的典故。豫让是晋卿知伯的家仆，颇受尊崇。后来赵襄子灭了知伯，豫让于是变姓名为刑人（即受过肉刑的人），进入襄子官中的厕所内，持匕首，想伺机刺杀襄子。吴宫：指专诸刺杀王僚的典故。春秋时，吴国公子光想夺王位，于是设计请王僚来家中饮酒，使勇士专诸在鱼腹中藏匕首，进餐时刺死了王僚。燕市：指荆轲刺秦王的典故。荆轲至燕，与高渐离饮于燕市，后为答谢太子丹的恩遇，于是去秦国刺秦王。　㉖割慈忍爱：指忍痛离开父母妻子。　㉗沥：水下滴。沥泣：流泪。诀：诀别。　㉘抆（wèn）：擦。血：指泪尽而流出的血。　㉙不顾：不回顾，即不留恋。　㉚衔感：怀念恩德。一剑：指用剑行刺报仇。泉里：指死后。这两句是说：刺客去行刺是为了报恩，而不是为买身后的名声。　㉛金石震而色变：金石，指钟磬类乐器。这句指秦舞阳事。据《燕丹子》，荆轲与秦舞阳入秦官，听到秦的廷臣们齐呼万岁，钟鼓等乐器同时奏响，秦舞阳非常害怕，面如死灰，走不了路。　㉜骨肉：喻至亲。心死：极大的悲哀。这句指聂政姐姐聂嫈事。据《史记·刺客列传》，聂政杀侠累后，怕连累家人，于是破面抉眼，剖腹而死，韩侯命人把他的尸首陈于街头，悬赏以求认识者。聂嫈悲其弟身死而名不扬，于是去韩市抱尸而哭，并说："妾其奈何畏殁身之诛，终灭贤弟之名！"在弟弟尸体旁悲哀而死。㉝羽：指箭。　㉞辽水：即今日辽宁省境内的辽河。无极：没有穷尽。雁山：指雁门关，在今山西北部。辽水、燕山，在这里代指边塞。　㉟薰：香气。　㊱耀景：光耀着光彩。耀：照耀。景：光彩。　㊲露下地而腾文：露水下至草木中间，呈现出花纹。腾：起。㊳镜：动词，照。朱尘：红色的雾霭（天花板）。照烂：明亮灿烂。　㊴袭：扑。青气：薰炉中的香的青烟。烟煜：同"氤氲"，飘动缭绕状。　㊵桃李：喻夫妻。　㊶乔木：高大的树木。古人常用"故国乔木"，来说明一个地方的历史悠久，令人怀念。　㊷决：同"诀"。北梁：指北边的桥梁。永辞：永别。　㊸泪滋：泪多。　㊹班：铺，布。荆：泛指柴木。赠恨：陈说离恨。《左传·襄公二十六年》："楚伍举与声子相善。伍举奔郑，将遂奔晋。声子将如晋，遇之于郑郊，班荆相与食，而言复故（谈论归楚事）。"此句用其意，谓在路边相送，铺开荆柴，坐下来共诉离恨。　㊺值秋雁兮飞日：当秋雁飞的日子。㊻湄：水边。　㊼淄右：淄水西边。淄水在今山东省。　㊽河阳：在今河南孟州市西。㊾琼佩：玉佩。　㊿结绶：指出仕做官。绶：系印的丝带。　51瑶草：香草。这里代指上面的"妾"。　52惭：愧对。幽闺：深闺。句谓丈夫去后，无心弹琴瑟，感到惭愧。

(53)晦：昏暗，黯淡。流黄：一种黄色的绢，此处指代帷幕。句意谓无心洗帷幕，帷幕于是变得灰暗不净。 (54)春宫：指女子居处。閟（bì）：闭门。 (55)釭（dēng）凝：灯光明亮。釭：同“灯”。 (56)织锦曲：指回文诗。诗中字句回环往复，都可以诵读。晋代才女苏蕙所作回文诗，用五色丝织成。 (57)华阴：华山北面。阴，指山的北面或水的南面。华山是古时许多道士隐居修炼地方。上士：高士。服食：指吃丹药，求做神仙。 (58)寂：安静，这里指道的最高境界。未传：未得真传。 (59)丹灶：炼丹药的火炉。不顾：不顾念人世。 (60)金鼎：指炼丹药的鼎。 (61)汉：指天汉，即天河。骖：一车驾三马。此处作“乘”解。古代传说中，有些神仙诸如洪崖、王子乔等可以骑着鸾鹤在天上飞翔。 (62)谢：告辞。依然：依恋的样子。据《列仙传》，王子晋（一作王子乔）好吹笙，游于伊水、洛水之间，被仙人浮丘生接上嵩高山。后对人说：“告我家，七月七日，待我缑氏山头。”到时果然乘白鹤至，山下望之不能上，举手谢世人，几天后才离去。这是说，求仙学道的人虽然可以轻视离别，但人间对离别仍很看重，所以当他们离开时，还要向人世辞别。 (63)下有二句：下有，有下界人间的意思，与“上士”对比而言。芍药之诗：指描写男女相爱的《诗经·郑风·溱洧》一诗，其中有“维士与女，伊其相谑，赠之以芍药”的句子。谓：同“歌”。佳人之谓：指西汉李延年对汉武帝唱的歌，其中有“北方有佳人，绝世而独立，一顾倾人城，再顾倾人国”的句子。 (64)桑中二句：《诗经·鄘风·桑中》有“期我乎桑中，要我乎上宫，送我乎淇之上矣”的句子。桑中、上宫：指男女约会的地方。鄘，也是卫地，所以有“卫女”一说。娥：美女。《诗经·陈风》中也有一些情歌，如《宛丘》、《东门之池》等。 (65)渌（lù）：清澈。 (66)浦：水边。 (67)珪：圆形的玉。 (68)别方不定：指离别的具体情况，如上文将军之别、刺客之别等，种种不一。 (69)别理千名：离别的原因也有各式各样。 (70)心折骨惊：即骨折心惊，形容离别的痛苦。 (71)渊云：汉代王褒字子渊，扬雄字子云，两人都是出色的辞赋大家。 (72)严乐：指汉代严安、徐乐。二人都曾上书论时政，被任命为郎中。 (73)金闺：指金马门，汉官署名。当时被征召来的人，以才能优异者令待诏金马门。彦：俊彦、贤士。金闺诸彦：此处代指著名文人。 (74)兰台：台名，汉代的宫中藏书处，也是文人会聚的场所。当时著名文人如傅毅、班固等都曾为兰台令史。 (75)赋：指司马相如的《大人赋》。凌云：直上云霄。据《史记·司马相如传》：“相如既奏《大人》之颂，天子（汉武帝）大悦，飘飘有凌云之气，似游天地之间。” (76)辩有雕龙之声：战国时齐人邹奭擅长论辩，时人称他为雕龙奭”。雕龙：比喻辩术精妙，如同雕镂龙文。

今译 能使人心神沮丧至极，神思恍然的，只有离情别绪了。何况像秦与吴那样距离遥远的邦国，又像燕与宋那样悬隔千里。有时春苔刚生，有时秋风突起，这时候的别离最令人痛苦了。所以出行在外的游子肝肠寸断，感到哀伤不已。在离人眼中，秋风萧瑟，似乎也有异常声音；天空中的云也没边没沿，颜色出奇。小船在水中徘徊不前，车子在山下艰难行进，船儿迟缓不前，又岂能前行？马儿也在寒风中嘶鸣不已。这个时候，酒杯都盖上，谁也没心思再去喝酒了，横放着琴瑟，人们乘车洒泪而别。

送别的人回家后，愁苦地卧在床上，神思恍惚，不知不觉中，太阳光从墙壁上消失，落日的光彩也不见了，月亮却爬上窗户，把一片银光倾泻到屋内。眼看着红兰上沾满了露水，又看到那青青楸树上了霜，行人去后，留居者在室中走来踱去，楼门空掩，锦帐无温。送行者由于自己的离情别绪，推知行人也一定会离梦淹留，神魂不安。

所以，离别是一样的哀痛，而实际的离别类别却多得数不胜数。至于贵族们，乘着配银鞍的骏马，或坐着有彩画车轴的红车，在东都门设置帷幕，饮宴送别，或是在金谷园为客人饯行。琴声奏的是凄厉的羽声，箫鼓齐鸣，燕赵的歌女因受宾主惜别的感染，也不由得心伤泪落。歌女们穿着带有珠、玉的绸缎盛装，胜过了春秋的美景，她们素手轻弹，马在低头吃草时听到这琴声，也仰头咀嚼；渊水中的水族也感动于这乐声，而耸然惊动。到了分手时节，虽然乐声美妙，筵席丰盛，令人欢乐，这时也都宾主双方执手相向，泪下如雨，不忍分别。

又有那些精于剑术的刺客们要远行，为他们的恩人去做事。他们有的是少年人，但都是报答恩人对自己的知遇之恩。比如刺侠累的聂政，谋刺赵襄子的豫让，刺吴王僚的专诸和欲杀秦王的荆轲，他们为了恩主的事业，忍痛离开了自己的父母妻子，远赴万里之外的邦国。他们与亲人流着眼泪诀别，泪尽而鲜血继之，他们擦去血泪，相视惨然。但一旦跃上马车，他们便硬着心不再回头看亲人了，只见征尘四起，他们去行刺乃是为了报恩，而不为买身后的名。到了敌方朝廷，当听到钟磬等乐器轰然奏响，有的刺客心理不过关，不由得脸上失色；而当他们死后，他们的亲人则会为他们的行为而悲哀，这是不可言喻的呀！

或是当边郡战火重燃，将士们不得不为了国家而身背羽箭，前去从军。辽河与雁门关这些边塞路途遥远，何日才能到达？而妻子留在深闺中，眼看着风渐渐暖和，郊野上的花草也香气四溢起来了。红日从东方升起，闪耀着无穷光彩；露水在晚间降落到草木上，呈现出花纹。闺中的铜镜放在妆台上，照见天花板，一片明亮灿烂；香炉中的燃香则青烟缭绕，若有若无。妻子与丈夫便像桃树与李树一样啊，她又如何忍心放丈夫走？还有那老年的妇女，她们送别即将远征的儿子，不由得泪下沾湿了罗裙。

　　还有的人愿做使节，远赴不可知的遥远国度，会有重新相见的可能吗？故乡的高大乔木呀，要与你永诀了！村北的桥梁上呀，我将与你们在此诀别。左右的人悲哀得神思恍惚，亲宾们也泣不成声，在路边送别，铺开荆柴，坐下来共诉离恨，只能凭着杯中酒来抒发这不尽的哀戚了。当秋雁南飞的凄凉时刻，又当白露下落的深秋季节，离情别恨哪有穷尽？只见远山屈曲，似别恨无穷。故人一去，在这河边岸上，何日再得相见？

　　又比如丈夫住在淄水之西，妻子住在孟县，成婚后晨妆同照，夕炉共话。不料丈夫却要去千里之外做官，可惜我做妻子的，年轻貌美，丈夫一去，芳香向谁展示？丈夫去后，我无心弹奏琴瑟，感到惭愧。成天思念丈夫，哪有心情洗涤帷幕，以至于帷幕变得很肮脏。春闺的门儿紧闭，关住的是一片幽暗的青苔，深秋寒夜，帷帐内只有冷冷月光伴我。夏天，竹席清凉，却只觉白昼漫长，怎么也不天黑；冬天，只有寒灯一盏相伴，这夜啊何等漫长难挨！我只有在锦上织回文诗以达相思，而悲泣不已，但织就了回文诗后，只有我形单影只，又去给哪个人看呢?！

　　又比如在华山之北静修的高士，吃丹药，求做神仙，他道术已很精妙了，还求学不已，但道的至高境界，他仍未求得。人成天守着炼丹药的火炉，不顾念人世，专心于鼎中炼药，心无旁骛。骑着鸾鹤，在天上飞翔，在万里之外遨游，一小别就是几千年！他们虽然可以轻视离别，但人间对离别仍很看重，所以当他们得道成仙，要永辞人间之时，还要向人世来辞谢告别。

　　下界人间有《溱洧》这样的爱情诗，和"北方有佳人"这样的歌曲，男女在桑中幽会，卫女与陈女不怕非议。只见春草碧绿，春水清莹，但情人却不得不在此季节暂别，女子到水边送别情郎，这悲伤又如何说得清！至于当露水圆得像明珠和月亮圆得像圆玉的秋天，只有明月与白露相伴女子，光阴流逝，就这样与情郎相别，不知何日归来，心中伤痛与思念，挥之不去。

　　这样说来，离别的具体情况千差万别，离别的原因也各不相同，有离别便必有别恨，有别恨就必有盈满的那一天。它使人神思恍惚，骨折心惊。即便有王褒、扬雄的妙笔，有严安、徐乐的论析力，有金马门待诏的贤士，有文雄会聚之处兰台的雄英们，即便是他们这些人能做出神妙的赋作，即便是他们的赋作辩术精妙，但又有谁能传神摹写暂别的惨状，与永诀的哀情呢？

【赏析】这是作者最著名的一篇作品，江淹在这篇骈文中着力描摹了各类离别之情，从而成功地突出了"黯然销魂者，惟别而已矣"的中心，他通过对一幅幅离别场景的刻画，生动地表现了不同人物面临离别时各不相同的感受。

从开头至"意别魂之飞扬"一段，作者总写离愁的痛苦。接下来的部分里，他分别从行子与居人两方面加以具体摹写，把读者带入一个感伤的情境中。

"故别虽一绪"至"感寂寞而伤神"一段，写的是富贵者的离别。"乃有剑客惭恩"至"骨肉悲而心死"一段，写的是刺客的生离死别。"或乃边郡未和"至"送爱子兮沾罗裙"一段，写的是从军者的离别。"至如一赴绝国"至"去复去兮长河湄"一段，写的是远赴异国者的离别。"又若君居淄右"至"回文诗兮影独伤"一段，写的是夫妇之别。"傥有华阴上士"至"谢主人兮依然"一段，写的是求仙学道者的离别。"下有芍药之诗"至"思心徘徊"一段，写的是恋人的离别。

最后一段，作者总束全文，说明离情别绪难以用言语传达，言有尽而意味无穷尽。

整体上看，这篇《别赋》层次分明，音调铿锵，辞藻艳丽，对仗工稳，艺术成就十分突出。清朝何焯评价说："赋家至齐、梁态已尽，至文通几乎唐人之律赋矣！特其秀色非后人之所及也。"

的确，江淹的《别赋》代表着南朝骈文的一个高峰。

枯 树 赋①

庚 信

殷仲文风流儒雅②，海内知名。世异时移③，出为东阳太守④。常忽忽不乐，顾庭槐而叹曰⑤：此树婆娑⑥，生意尽矣。至如白鹿贞松⑦，青牛文梓⑧。根柢盘魄⑨，山崖表里⑩。桂何事而销亡，桐何为而半死？昔之三河徙

097

植⑪，九畹移根⑫。开花建始之殿⑬，落实睢阳之园⑭。声含嶰谷⑮，曲抱《云门》⑯。将雏集凤⑰，比翼巢鸳⑱。临风亭而唳鹤⑲，对月峡而吟猿⑳。乃有拳曲拥肿㉑，盘坳反覆㉒。熊彪顾盼㉓，鱼龙起伏。节竖山连㉔，文横水蹙㉕。匠石惊视㉖，公输眩目㉗。雕镌始就㉘，剞劂仍加㉙。平鳞铲甲㉚，落角摧牙㉛。重重碎锦㉜，片片真花。纷披草树㉝，散乱烟霞。若夫松子、古度、平仲、君迁㉞，森梢百顷，搓柿千年㉟。秦则大夫受职㊱，汉则将军坐焉㊲。莫不苔埋菌压，鸟剥虫穿。或低垂于霜露，或撼顿于风烟。东海有白木之庙㊴，西河有枯桑之社㊶，北陆以杨叶为关㊷，南陵以梅根作冶㊸。小山则丛桂留人㊹，扶风则长松系马㊺。岂独城临细柳之上㊻，塞落桃林之下㊼。乃若山河阻绝㊽，飘零离别。拔本垂泪㊾，伤根沥血。火入空心，膏流断节㊿。横洞口而敧卧㉛，顿山腰而半折㉜，文斜者百围冰碎㉝，理正者千寻瓦裂㉞。载瘿衔瘤㉟，藏穿抱穴，木魅睒睗㊱，山精妖孽㊲。况复风云不感，羁旅无归㊵。未能采葛㊶，还成食薇㊷。沉沦穷巷，芜没荆扉㊸，既伤摇落，弥嗟变衰。《淮南子》云"木叶落，长年悲"㊵，斯之谓矣。乃为歌曰：建章三月火㊶，黄河万里槎㊷。若非金谷满园树，即是河阳一县花。桓大司马闻而叹曰㊱："昔年种柳，依依汉南㊲。今看摇落，凄怆江潭。树犹如此，人何以堪㊲！"

注释 ①《枯树赋》庾信的一篇抒情小赋。庾信（513—581 年），字子山，南阳新野（今河南新野）人，南北朝时期的辞赋家、诗人；也是南北朝诗歌集大成的一位诗人。庾信早年曾任梁湘东国常侍等职，陪同太子萧纲（梁简文帝）等写作一些绮艳的诗歌。梁武帝末，侯景叛乱，庾信时为建康令，率兵御敌，战败。建康失陷，他被迫逃亡江陵，投奔梁元帝萧绎。公元 554 年（元帝承圣三年）他奉命出使西魏，抵达长安不久，西魏攻克江陵，杀萧绎。他被留在长安，官至骠骑大将军开府仪同三司，故又称"庾开府"。现存诗歌二百多首，代表作有《拟咏怀》二十七首；辞赋十五篇；代表作除本篇外，还有《哀江南赋》《小园赋》。 ②殷仲文：东晋时人，曾任骠骑将军、咨议参军、征虏长史等职，才貌双全，颇有名望。 ③世异时移：东晋权臣桓玄（殷仲文内弟）称帝时，曾请殷仲文为咨议参军、侍中，领左卫将军。后桓玄被刘裕打败，晋安帝复位，殷仲文上书请罪。 ④东阳：郡名，在今浙江金华一带。 ⑤庭：院子。 ⑥婆娑（suō）：联绵词，枝叶纷披的样子。 ⑦贞：坚。 ⑧青牛文梓：唐代《初学记》中引《录异传》记载，春秋时"秦文公伐雍州南山大梓木，有青牛出走丰水矣"。 ⑨根柢：草木的根。盘魄：又作"盘薄"、"盘礴"，通"磅礴"，根深牢固。 ⑩山崖表里：枝叶覆盖山崖。

上句言根底之牢固，下句说占地之广大。　⑪三河：河东、河内、河南，今山西、河南一带。徙：迁。徙植：移植。　⑫畹：（wǎn）：十二亩为畹，此句为大面积的移植。⑬建始：洛阳宫殿的名字。　⑭落实：果实熟络。睢（suī）阳：在今河南商丘，汉时为梁国，有梁孝王所建梁园。　⑮声：指树木在风雨中发出的声音。㠍（xiè）谷：指黄帝时的音乐。相传黄帝曾命乐官在昆仑山北的㠍谷取竹制作乐器。　⑯曲：指树声中含有古代乐曲。抱：怀，有。《云门》：黄帝时的舞乐。　⑰将：带领。雏：幼鸟。集：群鸟停落在树上。此句是说凤凰携幼鸟停落在树上。　⑱巢：筑巢。鸳鸯在树上筑巢双飞。⑲临：面对。风亭：指风。唳（lì）：鹤鸣。此句说鹤常立树上对风鸣叫。　⑳月峡：指月。此句说猿猴常立树上对月长鸣。　㉑拳曲：弯曲。拥肿：同"臃肿"。　㉒盘坳：盘旋于山坳之中。反覆：指缠绕交错。　㉓彪：虎。此与下句是形容树木的曲肿盘绕之状。㉔节：树木枝干交接处。此句是说树节竖立之多，有如山山相连。　㉕文：花纹。水蹙：水面出现波纹。蹙：（cù），皱。此句是说树木的花纹横生，有如水面波纹。　㉖匠石：古代有名的木匠，名石，字伯说。　㉗公输：即鲁班，姓公输，名般。又称公输子、鲁国（都城山东曲阜）人，"般"和"班"同音，古时通用，故人们常称他为鲁班。生活在春秋末期到战国初期，出身于世代工匠的家庭，从小就跟随家里人参加过许多土木建筑工程劳动，逐渐掌握了生产劳动的技能，为土木工的祖师。眩目：眼花缭乱。　㉘雕镌（juān）：雕刻。就：成。　㉙剞劂（jī jué）：雕刻用的刀子。　㉚鳞、甲：指树皮。㉛角、牙：指树干上的疤痕、节杈。落、摧：指砍掉、铲去。　㉜重重：层层。锦：有彩色花纹的丝织品。此与下三句，均言能工巧匠在木头上雕刻的生动图案。　㉝纷披：散乱。　㉞松子：即赤松子。古度：即根木。平仲：疑是银杏树。君迁：也称君迁子。以上四树均生南国。　㉟森梢：指枝叶繁盛茂密。　㊱槎（chá）：斜砍树木。枿（niè）：树木砍后重生的枝条。此句是说这些新芽也会生长千年。　㊲大夫受职：受封大夫之职。秦始皇到泰山封禅时，风雨骤至，避于松树下，乃封其树为"五大夫"。后便以"五大夫"为松树的别名。　㊳将军坐焉：东汉将领冯异辅佐汉光武帝刘秀有功，诸将并坐立功，他常独坐树下，军中称其为"大树将军"。上句说秦松，此句说汉树。　㊴撼顿：摇倒。　㊵白木：指白皮松。白木之庙：相传为黄帝葬女处的天仙宫，在今河南密县。其地栽种白皮松，故称。　㊶西河：西方黄河上游地区。社：古代祭祀土地神的地方。㊷北陆：泛指北方地区。以杨叶为关：以"杨叶"为关卡之名。　㊸梅根作冶：据说当地以梅树根作冶炼金属时用的燃料，日久习称其地为"梅根冶"。　㊹小山：指西汉淮南王刘安，汉高祖刘邦之孙，刘安的父亲刘长是汉高祖的庶子，封为淮南王，刘安作为长子，承袭父爵，故亦称淮南王。刘安才思敏捷，好读书，是西汉知名的思想家、文学家，丛桂留人：淮南小山《招隐士》诗中有"桂树丛生兮山之幽……攀援桂枝兮聊淹留"之句。　㊺扶风：郡名。在今陕西泾阳县。长松：高松。晋时诗人刘琨有《扶风歌》："据鞍长叹息，泪下如流泉。系马长松下，发鞍高岳头。" ㊻细柳：细柳城，汉文帝时周亚夫屯军处。在今陕西咸阳市西南。 ㊼落：停息。桃林：桃林寨。在今河南灵宝以西、潼关以东地区。此二句承前四句东有白水、西有桑树、北有杨柳、南有梅树而来，大意说，以树木命名的地方，又岂止是史书上记载的细柳营、桃林塞？ ㊽乃若：至于。㊾拔本：与下句之"伤根"，指拔掉树根，损伤树根。垂泪：与下句之"沥血"均指大树因受到损伤而痛哭流涕。《三国志·魏志·武帝纪》注引《曹瞒传》：曹操命花匠移植梨树，"掘之，根伤尽出血"。 ㊿膏：指树脂。此句说树脂常从断节处流出。 51横：横放。敧（qī）：倾斜。 52顿：倒下。 53文：树木花纹。围：两臂合抱的圆周长。百围：形容树干粗大。冰碎：像冰一样被敲碎。 54理：纹理。寻：长八尺为一寻。千寻：形容树木高大。瓦裂：像瓦一样被击裂。 55瘿（yǐng）、瘤：树木枝干上隆起似肿瘤的部分。 56藏：指在树上的虫子。穿：咬穿。抱：环绕。指整天环绕树木飞行的飞鸟。穴：作动词用，作窝。 57木魅：树妖。睒（shì）睒（shǎn）：目光闪烁的样子。也作"睒睒"。 58山精：山妖。妖孽：危害，扰乱。 59况复：何况。风云：喻局势。感：感奋，振奋。意谓国家再无复兴之望。 60羁旅：客居。 61采葛：完成使命。《诗经·王风·采葛》本来是男女的表达爱情的诗，汉郑玄解作"以采葛喻臣以小事使出"，庾信以此典故比喻自己未能完成使命。 62食薇：薇是野豌豆。相传商臣伯夷、叔齐在武王伐纣灭商后，隐居首阳山，耻食周粟，采薇而食。后知薇亦周之草木，不再采食，饿死山中。 63芜：丛生杂草。没：埋没，遮掩。荆扉：柴门。 64摇落：比喻衰老。宋玉《九辩》："悲哉，秋之为气也。萧瑟兮，草木摇落而变衰。" 65《淮南子》：西汉淮南王刘安及其门客集体编写的一部汉族哲学著作。刘安撰作《淮南子》的目的，是针对初登基帝位的汉武帝刘彻，反对他所推行的政治改革。"木叶落，长年悲"句：引自《淮南子·说山训》，原文为"桑叶落而长年悲也"。 66建章：西汉宫殿名，汉武帝时修建。三月火：指东汉建武二年时被焚。语出《史记·项羽本纪》：项羽引兵"烧秦宫室，火三月不灭"。 67槎（chá）：木筏。此句是说，建章宫被焚烧时，灰烬在万里黄河中漂流，有如浮槎。 68金谷：金谷园。在今河南洛阳市东北。晋代富豪石崇所筑。园中有清泉，遍植竹柏，树木十分繁茂。 69河阳：在今河南孟州市西。晋代潘岳任河阳令时，全县到处都种桃树。这二句是说，黄河里漂流的灰烬，都是昔日的绿树红花。 70桓大司马：指东晋桓温，简文帝时任大司马。 71依依：繁盛貌，又指杨柳随风飘扬，似有眷恋之意。汉南：汉水之南。 72堪：忍受。《晋书·桓温传》载，桓温自江陵北伐，行经金城，见年轻时"所种柳皆已十围，慨然曰：'木犹如此，人何以堪！'攀枝执条，泫然流涕。"

今译 殷仲文气度风流，学识渊博，名声传遍海内。因为世道变异，时代更替，他不得不离开京城去作东阳太守。他常常精神恍惚闷闷不乐，望着庭院的槐树感叹道："这棵树曾经婆娑多姿，而现在却没有了生机！"

　　而像白鹿塞耐寒的青松，藏有树精青牛的文梓，根系庞大，遍布山崖内外。桂树为何而枯死？梧桐又为何半生犹死？过去从河东、河南、河内等地方移植，从广袤遥远的田野迁徙。花开在建始殿前，结果于睢阳园中。树声蕴含着嶰谷竹声之情韵，曲调合于黄帝"云门"乐曲之旋律。凤凰带领幼雏来此聚集，鸳鸯常双双在此筑巢。鹤立于树上临风而长鸣，猿常在树上对月而哀吟。

　　树枝有的卷曲如拳，树根缠绕交错，盘旋于山坳之中。或像熊虎回头顾盼，或像鱼龙起伏游戏。树木曲胂盘绕如群山相连，花纹横生有如水面波纹。匠石惊奇地观看，鲁班也觉眼花缭乱。粗坯雕刻刚刚就绪，再用曲刀、圆凿精雕细刻：削出鱼、龙密鳞，铲出龟、鼋硬甲，刮出麒麟尖角，挫出虎、豹利牙；层层像彩纹密布的织丝，片片有如真实的花朵。而被砍削的树林，却草木纷披，笼罩在烟霭云霞中，狼藉散乱。

　　至于松梓、古度、平仲、君迁这些树木，也曾茂盛劲健，覆盖百亩，斜砍后继续发芽抽枝，千年不死。秦时有泰山松被封五大夫职衔，汉代有将军独坐大树之下。它们现在也无不埋没于青苔，覆盖于寄生菌类，无不被飞鸟剥啄蛀虫蠹穿；有的在霜露中枝叶低垂，有的在风雨中摇撼颠颐。东方大海边有白松庙，西方河源处有枯桑社，北方有用"杨叶"命名的城关，南方有用"梅根"称呼的冶炼场。淮南小山曾有咏桂的辞赋留于后人，晋代刘琨写下"系马长松"的佳句。又何止是见于记载的细柳营、桃林塞呢？

　　至于山河险阻，道路隔绝，飘零异地，离别故乡。树被拔出根茎而泪垂，损伤本根而沥血。火烧朽树的空处，树脂流淌，枝节断裂。横亘在山洞口的斜卧躯干，偃仰在山腰的躯干中折。纹理斜曲百围者如坚冰破碎，纹理正直高达千寻者也如屋瓦破裂。背负树瘿如长着赘瘤，被蛀穿的树心成为鸟的巢穴。树怪木精睒眼灼灼，山鬼妖孽暗中出没。

　　何况我遭遇国破家亡，旅居他乡而不归。不能完成使命，又未能像伯夷、叔齐不食周粟；沉沦于穷街陋巷，埋没在荆木柴门，既伤心树木凋零，更感慨人生易老。《淮南子》说："树叶飘落，老人生悲。"就是说这个意思呀！

　　于是有歌词说："建章宫三月大火，残骸如筏在黄河上漂流万里。那些灰烬，不是金谷园的树木，就是河阳县的花果。"大司马桓温听后感叹道："过去在汉水之南种下的柳树，曾经枝条飘拂依依相惜；今天却是枝叶摇落凋零，江边一片凄清伤神的景象。树尚且如此，又何况人呢？"

赏析 《枯树赋》是庾信后期诗赋的名篇。作者借《续晋阳秋》和《世说新语》所记载的两则晋人殷仲文、桓温对树兴叹的故事，阐述树的荣枯，抒发了作者的乡关之思。赋中用形象、夸张的语言，鲜明的对比，成功地描写出了各种树木原有的勃勃生机与繁茂雄奇的姿态，以及树木受到的种种摧残而摇落变衰的惨状，并由此产生的对人生的感慨！

东晋名士殷仲文，其身世经历与庾信有相似之处，殷仲文对枯树的慨叹，沉痛而隽永，是早已载入《世说新语》的佳篇。作者以此发端，既显得自然平易，又为全篇奠定了悲凉的抒情基调。

赋中的开端就提出了"桂何事而销亡，桐何为而半死"这一疑问。当桂树、梧桐从原产地移植到帝王之乡——皇宫苑囿时，可谓备享尊宠："开花建始之殿，落实睢阳之园"，它们发出的声音如上古乐曲，能引来凤凰鸳鸯等吉祥之禽鸟。尽管如此，它们却始终不能忘却故乡，风朝月夕，不免悲吟。心灵的折磨，使嘉树失去了生机。

后皇嘉树如此，恶木又当如何？《庄子》曾两次以恶木为寓言，宣明其无用无为的哲学。据说那些长在路边的树，就是因为"无所可用，故能若是之寿"（《人间世》篇）。在庾信笔下，连这样无用的树木也不能自我保全，难逃被铲削劈斫的命运。它们不能为建筑材料，却被他人当作赏心悦目的玩物。它们被剥去树皮，削去旁枝，木屑飞溅，宛如生命的剥落。砍伐过后，只留下一地狼藉。树木荫蔽着人类，人类的历史发展何尝不留有树的痕迹？淮南小山丛桂留人的深情、两晋之交刘琨长松系马的豪迈，都掩埋在历史的尘埃中，"或低垂于霜露，或撼顿于风烟"，冷落凄清，生意萧索。

南朝诗人江淹曾说："黯然销魂者，唯别而已矣。"世间的悲苦，莫过于生离和死别；庾信出使北国而不归，思乡之情使他痛苦不已，"山河阻绝"一段，血泪纵横，火殄膏流，残毁碎裂，妖孽舞蹈，是庾信笔下最惊心动魄的景象，极富于象征性的语言，将作者无比压抑痛苦的感受表达得淋漓尽致。

最后一段是作者对个人经历做的简要概括，以"既伤摇落，弥嗟变衰"八字总结了自己的心境，可以看作是全赋的提要。

颜氏家训·涉务

颜之推

夫君子之处世^①，贵能有益于物^②耳，不徒高谈虚论^③，左琴右书，以费人君禄位也^④。

国之用材，大较不过六事^⑤：一则朝廷之臣^⑥，取其鉴达治体，经纶博雅^⑦；二则文史之臣^⑧，取其著述宪章，不忘前古^⑨；三则军旅^⑩之臣，取其断决有谋，强干习事^⑪；四则藩屏之臣^⑫，取其明练风俗，清白爱民^⑬；五则使命之臣^⑭，取其识变从宜，不辱君命^⑮；六则兴造之臣^⑯，取其程功节费，开略有术^⑰。此则皆勤学守行^⑱者所能办也。人性有长短^⑲，岂责具美于六涂哉^⑳！但当皆晓指趣，能守一职，便无愧耳^㉑。

吾见世中文学之士^㉒，品藻古今，若指诸掌^㉓，及有试用，多无所堪^㉔。居承平之世^㉕，不知有丧乱^㉖之祸；处庙堂^㉗之下，不知有战阵之急；保俸禄之资^㉘，不知有耕稼^㉙之苦；肆^㉚吏民之上，不知有劳役之勤：故难可以应世经务也^㉛。

晋朝南渡^㉜，优借士族^㉝，故江南冠带^㉞有才干者，擢为令、仆以下^㉟，尚书郎、中书舍人已上^㊱，典掌机要^㊲。其余文义之士^㊳，多迂诞浮华，不涉世务，纤微过失，又惜行捶楚^㊴，所以处于清名，盖护其短也^㊵。至于台阁令史、主书^㊶，监帅诸王签省^㊷，并晓习吏用，济办时须^㊸。纵有小人之态，皆可鞭杖肃督，故多见委使，盖用其长也^㊹。人每不自量，举世怨梁武帝父子爱小人而疏士大夫^㊺，此亦眼不能见其睫耳^㊻。

梁世士大夫皆尚褒衣博带，大冠高履，出则车舆，入则扶侍^㊼。郊郭^㊽之内，无乘马者。周弘正为宣城王所爱^㊾，给一果下马^㊿，常服御⁽⁵¹⁾之，举朝以为放达⁽⁵²⁾。至乃⁽⁵³⁾尚书郎乘马，则纠劾⁽⁵⁴⁾之。及侯景之乱，肤脆骨柔，不堪行步，体羸⁽⁵⁵⁾气弱，不耐寒暑，坐死仓猝者，往往而然⁽⁵⁶⁾。

古人欲知稼穑⁽⁵⁷⁾之艰难，斯盖贵谷务本之道也⁽⁵⁸⁾。夫食为民天⁽⁵⁹⁾，民非食不生矣。三日不粒⁽⁶⁰⁾，父子不能相存⁽⁶¹⁾。耕种之，茠⁽⁶²⁾鉏之，刈获⁽⁶³⁾之，载积之，打拂之⁽⁶⁴⁾，簸扬之⁽⁶⁵⁾，凡几涉手而入仓廪⁽⁶⁶⁾，安可轻农事而贵末业哉⁽⁶⁷⁾！江南朝士因晋中兴而渡江，本为羁旅，至今八九世，未有力田，悉资俸禄而

103

食耳㉗。假令有者，皆信僮仆为之㉘，未尝目观起一坡㉙土，耡一株苗，不知几月当下㉚，几月当收，安识世间余务㉛乎？故治官则不了，营家则不办㉜，皆优闲之过也。

注释 ①处世：生活在社会上，与人交往。作者颜之推：（529？—591年），字介，祖籍临沂（今山东临沂），生于江宁（今江苏南京）。初仕梁，梁元帝败亡后，他被西魏兵俘虏，后流亡到北齐，官至黄门侍郎，平原太守，后又在北周和隋做过官。他崇信儒家学说，是当时的著名学者，代表作有《颜氏家训》。 ②物：指自身之外的一切人和一切事物。 ③不徒：不只。高谈虚论：魏晋以来的士人，崇尚清淡，以务虚为高明，以谈论实际问题为庸俗。 ④人君禄位：君主赐给的俸禄和官爵。 ⑤大较：大略。事：指职务。 ⑥朝廷之臣：指主持谋划决策的卿相大臣。 ⑦鉴达：明察通达。治体：治国之本。经纶：比喻规划政治。博雅：品学兼备。 ⑧文史之臣：指起草诏令与修撰国史的中书、秘书、著作、太史、太学博士等官。 ⑨取其著述二句：取用他撰著诏令或史书，合乎传统法度典章，不忘前人的经验教训。 ⑩军旅：军队。 ⑪习事：熟悉军事。 ⑫藩屏：比喻地方卫护中央。藩屏之臣，指州郡刺史等重要的地方长官。 ⑬明练风俗：通晓熟悉民情风俗。 ⑭使命之臣：指到外国或属地从事交际活动的官员。 ⑮识变从宜：善于洞察情况变化，能采取灵活应变的策略。 ⑯兴造之臣：指主管工程营造的工部官员。 ⑰程功：计量功效。开：开创，开展。略：指收束。 ⑱守行：行为严谨。 ⑲人性有长短：人的资质才能各不相同。 ⑳涂：通"途"。 ㉑指趣：同"旨趣"，宗旨。 ㉒文学之士：指一般学习经史，能作诗文的士人。 ㉓品藻：鉴别，评价。诸：之于。 ㉔及有二句：等到试做一项实际工作，没有什么能承当的。 ㉕承平之世：即太平盛世。 ㉖丧乱：亡国动乱。 ㉗庙堂：宗庙与朝堂，代指朝廷。 ㉘保俸禄之资：仗恃着俸禄的供给。 ㉙耕稼：耕种。 ㉚肆：陈列，此处有盘踞之意。 ㉛应世经务：应付社会，处理事务。 ㉜晋朝南渡：指西晋灭亡，晋元帝渡江，在南方建国，即东晋。 ㉝优借：优待。借：通"藉"，宽待。士族：垄断高级官位，享有封建特权的地主统治阶层。 ㉞冠带：二者本是士大夫的服饰，这里代指士族。 ㉟擢（zhuó）：提拔，引用。令、仆：指尚书机构的正、副长官尚书令和尚书仆射（yè）。 ㊱尚书郎：尚书省的属官。中书舍人：中书省的属官。已上：以上。已：通"以"。 ㊲典掌机要：掌管机密要事。典：主持。 ㊳文义之士：指闲散的文官。 ㊴迂诞浮华：言词夸大，违背事理，虚幻不实。 ㊵纤微：喻极小。捶（chuí）楚：杖击。 ㊶所以处于清名：之所以把他们安排在名声清高的职位上。 ㊷台阁令史、主书：尚书省属下的令史、主书等主管文书的人员。 ㊸监帅诸王鉴省：指南朝各藩王设置的典签帅，这些监督诸王的典签帅，往往是皇帝的近侍亲信，名位虽低，但诸王却不敢不看他们的脸色行事。 ㊹济：完成。

㊺肃督：严责。见：被。 ㊻举世：全社会人。梁武帝父子：指梁武帝萧衍和梁简文帝萧纲。 ㊼“此亦”句：比喻出于偏见，无自知之明。睫：睫毛。 ㊽褒：宽大。履：鞋。舆：车。 ㊾郊郭：郊野与外城。 ㊿周弘正：梁陈之际的玄谈家。宣城王：梁简文帝的太子萧大器的封号。 (51)果下马：是辽东出产的一种矮小的马，据说可在果树下骑行。 (52)服御：指骑乘。 (53)放达：放旷不自检束。 (54)至乃：至于。 (55)纠劾(hé)：弹劾，揭发。 (56)侯景之乱：侯景原是北齐将领，后降梁武帝，封为河南王。梁武帝太清二年（548年），他率兵叛乱，攻破京城建康，梁武帝被困饿而死。 (57)羸：瘦弱。 (58)坐死：坐以待毙。仓猝（cù）：紧急情况。往往：每每。 (59)稼穑（sè）：种和收，农事的统称。 (60)贵谷：重农。务本：致力于根本。古人以农业为根本，以工商为末业。 (61)食为民天：意即吃饭是民生第一要事。天：指所重视与依赖的东西。 (62)不粒：不吃粮。 (63)父子不能相存：父子这样的亲属关系也不能继续维持。 (64)茠：音义同薅（hāo），除田间杂草。 (65)刈获：收割、收获。 (66)打拂：脱粒。 (67)簸扬：扬去粮食中的糠皮与尘土。 (68)廪（lǐn）：粮仓。 (69)安：疑问词。末业：指工商。 (70)中兴：由衰亡而一度再兴。资：借。 (71)假令：即使。信：听凭。 (72)一墢（bō）土：一耦耕起来的土，即宽深各一尺的土。耜（sì）：古代犁上的铧。二耜为耦。 (73)下：指下种。 (74)余务：其他事务。 (75)故治官二句：意谓做官做不好，那么理家也不会理好。

今译 君子生活在社会上与人交往，所贵在于能有益于他人，不要只是高谈阔论，弹琴看书，白白靡费君主赐予的俸禄和官爵啊！

国家取用人才，大略不过六种职务：一是朝廷重臣，取用他通晓治国的根本道理，具有施政的丰富知识与经验。二是起草诏令和修撰国史的文史官，取用他撰著诏令或史书，合乎传统的法度典章，不忘前人的经验教训。三是军队中的臣子，取用他有谋略有决断力，强毅而熟悉军事。四是州郡刺史等地方大员，取用他通晓熟悉民情风俗，廉洁奉公，爱护百姓。五是从事外交活动的官员，取用他善于洞察情况变化，能采取灵活应变措施，光荣胜利地完成君王的使命。六是主管工程营造的官员，取用他善于核算工程的需要，节约人力物力，规划的办法多。这些都是勤奋学习、行为严谨的人才能办到的。人的资质才能各不相同，哪能要求一个人在六个方面都擅长呢？只要能明了这些不同方面工作的特点与要求，并且能胜任某一方面的专职，就不愧一名好官了。

我看世上一般能诗会文的文士，他们评论古今人物的品级高下，了如指掌，等到让他去试做一项工作，却一样也拿不起来！处于长期的盛世之中，不知道有丧国动乱的灾祸存在；处在朝廷之上，却没有军事上的危机感；仗恃着俸禄的供给，不知道有务农的辛苦；盘踞在小吏民众之上，不知道有劳作勤苦，所以，这样是很难应付社会、处理事务的。

当西晋南渡之后，对士族奉行优待政策，所以江南士大夫中有才干的人，被擢升为尚书令、尚书仆射以下，尚书郎、中书舍人以上，掌管着军国机密大事。其余的闲散文职官员，很多人言词夸张，违背事理，虚浮不定。他们未曾经历过世务，有了小过失，又不肯对他们实行鞭打的刑罚，之所以把他们安排在名声清高的职位上，是为了掩饰他们的弱点。至于台阁令史、主书等书吏和典签帅们，都熟悉官吏差使的职务，都能按时办好皇上需要办的事。他们中即便有不贤能的表现，用不着顾惜他们，可以处罚严督，所以这类人多被委任，正是用其长处。人往往不自量力，全社会的士大夫都怨恨武帝与简文帝父子亲近卑贱人而疏远士大夫，这完全是出于偏见，无自知之明！

梁时的士大夫时兴宽衣大带，大帽子高底鞋，出门坐车轿不骑车，在家走也要近侍搀扶。在郊野和外城之内，没有骑马的士大夫。周弘正受到宣城王的眷爱，宣城王赠给他一匹矮小的果下马，他常骑它，举朝士大夫都认为他太不检点。至于看到尚书郎骑马，那便会有士大夫站出来弹劾他了。侯景之乱爆发后，士大夫因为皮肤脆弱，骨头柔软，走不了路，身体羸弱，气喘吁吁，又耐不得冷与热，以至于随处可见在仓促变乱中坐以待毙的废物！

古人力图要明了农事的艰难，这大概是贵重谷物，提倡农业的正道吧。食是民生第一要事，没有粮食，人就活不下去。三天不吃饭，即便是亲厚像父子，也不能继续维持。农事要经历耕种，除草，收获，车载以归，脱粒，簸扬几道手续之后，粮食才能最终入仓，又怎么可以轻视农业而看重商业呢？现在江南朝中的士族，很多是东晋建国时从北方渡江来到南方的，他们本来是暂时寄居的，但到今天已经历了八九代人，却没有致力于种田的，全靠俸禄存活。即使从事耕种，也都是支使奴仆去干，他们没看见一坯土是如何被犁起的，怎样除去一棵苗周围杂草的，也不知道几月应下种，几月应收割，像这样，又怎会明了世上其他事务呢？所以，这帮人做官做不了，理家也理不好，这全是优容闲散的过错啊！

赏析 《颜氏家训》一书写于隋朝初年。作者写作的目的虽然是为了教诲自己的子弟，但书中涉及面很广，他是结合自己的人生经历与自己创作、为人处世等经验而写就的，因而很有借鉴意义，这部书被封建社会的士大夫们奉为处世良规，享有崇高威望。

本篇即选自《颜氏家训》。"涉务"的意思是要注重接触与致力于实际事务。作者尖锐地抨击了魏晋以来重门第、尚清谈的恶劣社会风气，提倡士人应有务实的才干。他批判豪门望族除了脑满肠肥、夸夸其谈之外一事无成，不会做官，不会治家，结果一旦身遭祸乱，只能束手待毙。

另外，作者还难能可贵地提出了士人要知农事艰难的重要性，认为社会上所有人都要"务本"，对于豪门望族那种没见过耕田锄草、不知何时当种何时当收的腐朽生活予以了严厉批判。作者一生历经几朝，南北颠沛流离，备尝生活的艰辛，所以对于这些朴实的真理有着深刻的理解，发而为文，才会这样感人。

就文章的写作艺术而言，该文的文风平实而舒畅，能够巧妙地把说理与叙事结合在一起。与同时代其他文章不同的是，本文并未沉溺于引经据典而不能自拔，也不板着面孔进行说教，而是借助史实与自己亲身见闻来说明道理，娓娓道来，如说家常话，所以恳切动人。

后人称颜之推的这部书为"家书之祖"，是毫不为过的。

山中与裴秀才迪书①

王　维②

近腊月下③，景气和畅④，故山殊可过⑤。足下方温经⑥，猥不敢相烦⑦。辄便往山中⑧，憩感配寺⑨，与山僧饭讫而去⑩。

北涉玄灞⑪，清月映郭⑫。夜登华子冈⑬，辋水沦涟⑭，与月上下⑮。寒山远火，明灭林外。深巷寒犬，吠声如豹⑯。村墟夜舂⑰，复与疏钟相间⑱。此时独坐，僮仆静默，多思曩昔携手赋诗⑲，步仄径⑳，临清流也。

当待春中，草木蔓发㉑，春山可望㉒，轻鲦出水㉓，白鸥矫翼㉔，露湿青皋㉕，麦陇朝雊㉖：斯之不远㉗，倘能从我游乎㉘？非子天机清妙者㉙，岂能以此不急之务相邀？然是中有深趣矣㉚！无忽。因驮黄檗人往㉛，不一㉜。

山中人王维白^㉝。

注释 ①《山中与裴秀才迪书》：选自《王右丞集笺注》，该书系清代赵殿成编撰。②王维：(701—760年)，唐朝诗人、画家。字摩诘，祖籍祁（今山西祁县东南），其父迁居蒲州（今山西永济西），遂为河东人。开元进士。累官至给事中，安禄山攻陷长安，迫其任职。乱平后，因念其作有《凝碧池》诗，只受到降职处分。后官至尚书右丞，故世称王右丞。晚年，退居蓝田（今陕西蓝田）辋川别墅，徘徊于仕宦隐居之间，以弹琴赋诗、绘画、诵佛为事。早期写过一些边塞诗，但一生中以描写山水田园诗为最多，成就也较大。兼通音乐与绘画，是一个有多方面才能的艺术家。 ③腊月下：阴历十二月末。 ④景气：景物气候。 ⑤故山：旧居之山，指辋川的山。殊：很，极。过：过访，游览。 ⑥足下：对人的尊称。方：正当，正在。温经：温习经书。 ⑦猥：仓促之间。相烦：打扰。 ⑧辄便：就。 ⑨憩：休息。感配寺：辋川的一座庙宇。 ⑩讫：完结。 ⑪玄灞：形容灞水色深青。 ⑫郭：指辋川的四周。 ⑬华子冈：辋川的一处景观。 ⑭沦涟：水面在微风中波动的样子。 ⑮与月上下：水波与水中月影上下浮动。 ⑯吠声如豹：形容犬吠的声音很猛。 ⑰舂：捣米。 ⑱疏钟：断断续续的钟声。 ⑲曩昔：从前，以往。 ⑳仄径：狭窄的小路。 ㉑蔓发：草木很快地抽芽生长。 ㉒可望：可以观赏。 ㉓轻鲦：体态轻捷的鲦鱼。 ㉔矫：举。 ㉕皋：泽边的地。 ㉖朝雊：清晨雉鸡叫。 ㉗斯：这个，指上面所说的情景。 ㉘倘：或者，可否。 ㉙天机：天资，天性。清妙：高洁聪慧。 ㉚是：此，这。 ㉛驮：运送。黄檗：即黄柏，药材。 ㉜不一：不一一细说。 ㉝白：表白，述说。

今译 时序将近腊月的末尾，景物气候变得暖和舒畅，辋川中游览过的山川很值得再去游览。您正在温习经书，仓猝之间不敢打扰。我就独自到辋川的山中去了，在感配寺小作休息，与山僧一起用过斋饭便离开了寺院。

向北涉过青幽的灞水，明月的清辉映照着辋川的四周。在夜色中登上华子冈，辋水在夜风中荡着微波，水中的月影随着水波上下浮动。寒山远处的灯火，在树林外忽明忽灭。幽深巷子里不怕寒冷的狗，发出很响的叫声。村子里有人在夜间捣米，捣米声又与寺庙稀疏的钟声交错相间。这时我独自坐下休息，跟随我的仆人也都静默无语，我回想起很多往事，从前我们曾互相牵着手吟诗，走过狭窄的小路，面对着清清流水的情景。

当等到春天到来的时候，花草树木在抽芽生长，春天的山很值得游览，轻捷的鲦鱼跳出水面，白鸥振翅飞翔，露水浸湿了泽边长满青草的土地，清晨麦田里雉鸡在鸣叫。这样的情景已经为期不远了。你能否和我一起来游赏呢？如不是您这样天资清远高妙的人，怎能以这种并不紧迫的事情来邀请您呢？这中间真是有很深的旨趣呀！不要疏忽忘却了。有驮运黄檗的人出山，托他给您带去这封书信。不能一一细说。

辋川山中王维向您表述。

【赏析】 这是诗人王维在他的别墅辋川山中写给友人裴迪的一封信。信中描写的山中景物，清幽淡远，美丽如画。字里行间，洋溢着对大自然的热爱和对朋友的真情，这就是其中的"深趣"吧！

全篇不足三百字，可分作三个部分，层次分明，层层递进。从"近腊月下"至"与山僧饭讫而去"为第一部分。开头便点明时序，意在强调又到了去辋川游赏的时候了。然而这次是诗人独自去的，没有邀请友人裴迪同往。交代了一人独往的原因，写得委婉动情。从"北涉玄灞"至"临清流也"，为第二部分。着重描写了月夜辋川山中的景色。水中的明月，林外的灯火，深巷的犬吠，寺院的疏钟……真是如诗如画。面对此景，更触发了对友人的思念，回想起往昔与友人同游此地时的情景。在这段景物描写中，作者善于运用以动写静的手法，写"吠声如豹"，捣米声与疏钟相间，更反衬出辋川夜的宁静。"此时独坐，僮仆静默"，自然更加思念友人了。从"当待春中"至"因驮黄檗人往，不一"，为第三部分。由于第二部分突出强调了对友人的思念，自然引发出第三部分对友人的"相邀"。对春日辋川景物的描写，既是辋川往昔春日的再现，也不乏诗人美好的想象。如此美景，怎能不邀友人一起来领略这深趣呢？这种"深趣"，就是朋友之间的真情，就是人与大自然的和谐统一。

杂 说 四

韩 愈①

世有伯乐②，然后有千里马。千里马常有，而伯乐不常有。故虽有名马，祇辱于奴隶人之手，骈死于槽枥之间③，不以千里称也。

马之千里者，一食或尽粟一石。食马者，不知其能千里而食也④。是马也，虽有千里之能，食不饱，力不足，才美不外见⑤。且欲与常马等不可得，安求其能千里也？策之不以其道⑥，食之不能尽其材，鸣之而不能通其意⑦，执策而临之曰："天下无马！"呜呼！其真无马邪？其真不知马也！

【注释】①韩愈：（768—824 年），字退之，河南河阳（今河南孟州）人，自称"郡望昌黎"，世称"韩昌黎"。唐代杰出的文学家、思想家、政治家。官至吏部侍郎。 ②伯乐：古代善于相马的人，生活于春秋战国秦穆公时，姓孙，名阳。 ③骈：并。骈死，指与凡马并死。槽：马槽。枥（lì）：马棚。 ④食：通"饲"。 ⑤见：同"现"，显现。⑥策：马鞭，这里用作动词，使用。道：指千里马的习性。 ⑦鸣之而不能通其意：马鸣叫时，养马人不能了解其鸣叫之意。

【今译】世上是先有伯乐，然后才有千里马。千里马常有，但是伯乐却不常有。因为虽然有名马，但只在庸凡之人手下受役使，与凡马一起死于马棚中，不能以千里马称之。

行千里的马，一顿要吃一石的粮食。喂马的人不知马能行千里而饲养它。千里马，虽有行千里的能力，吃不饱，气力不足，它的才能显现不出来。想和普通的马相等同尚且不可能，怎么能要求它能行千里呢？不能以千里马的习性鞭策它，饲养它不能使它展示才能，马鸣叫时养马的人不懂它的意思，拿着鞭子站在千里马前说："天下没有千里马！"悲哀呀！是真的没有千里马吗？是真的不识千里马呀！

【赏析】这篇论说千里马的文章，第一句"世有伯乐，然后有千里马"就是一个明确的论点。这是一个出于常识之外的奇论。读者览此，自然生出迷惑的心理。千里马为马中之神骏，是自然所生的一种客观存在，为何说有伯乐然后才有千里马呢？作者正是紧紧抓住读者的这种迷惑心理，展开了他的逻辑论辩。将读者的思想从常识之流中提起，进入一个全新的思想境界，提升了人们的认识。所以，在这篇短短的文章里，我们品味到了韩愈式的思辨之美。

此文断制明锐，笔锋凌厉无比，但句法多变，又造成很活泼的文风。从总体上看，文章是悲剧性的题材，但悲愤之情是始终压在那里的。也就是说，文章的表达一直没有越出客观说理的界限，不将这篇说理文写成抒情文。但是文外的情感却是很磅礴深广的。这就是文章的力量。

师　说

韩　愈

　　古之学者必有师。师者，所以传道受业解惑也①。人非生而知之者，孰能无惑？惑而不从师，其为惑也，终不解矣。生乎吾前，其闻道也②，固先乎吾，吾从而师之③；生乎吾后，其闻道也，亦先乎吾，吾从而师之。吾师道也，夫庸知其年之先后生于吾乎④？是故无贵无贱，无长无少，道之所存，师之所存也。

　　嗟乎！师道之不传也久矣，欲人之无惑也难矣。古之圣人，其出人也远矣⑤，犹且从师而问焉；今之众人，其下圣人也亦远矣⑥，而耻学于师。是故圣益圣，愚益愚。圣人之所以为圣，愚人之所以为愚，其皆出于此乎⑦？爱其子，择师而教之；于其身也⑧，则耻师焉，惑矣。彼童子之师，授之书而习其句读者也⑨，非吾所谓传其道解其惑者也。句读之不知，惑之不解，或师焉，或不焉⑩，小学而大遗⑪，吾未见其明也。巫医、乐师、百工之人⑫，不耻相师⑬。士大夫之族⑭，曰师曰弟子云者，则群聚而笑之。问之，则曰："彼与彼年相若也⑮，道相似也！"位卑则足羞⑯，官盛则近谀⑰。呜呼！师道之不复，可知矣。巫医、乐师、百工之人，君子不齿⑱。今其智乃反不能及，其可怪也欤！

　　圣人无常师⑲。孔子师郯子、苌弘、师襄、老聃⑳。郯子之徒，其贤不及孔子。孔子曰㉑："三人行，则必有我师。"是故弟子不必不如师，师不必贤于弟子，闻道有先后，术业有专攻㉒，如是而已。

　　李氏子蟠㉓，年十七，好古文㉔，六艺经传皆通习之㉕，不拘于时㉖，学于余。余嘉其能行古道㉗，作《师说》以贻之㉘。

注释　①受业：受：同"授"，受业即授业。解惑：解答疑惑。指儒道和学业上的疑惑。②闻道：知晓并领会了道。道：指儒家追求的关于人生和一切事物根本道理。《论语·里仁》："子曰：'朝闻道，夕死可矣。'"　③师之：以他为师。师：名词用作动词。　④庸知：庸即"用"，这里作岂用、不用解。庸知即岂用知、岂须知的意思。　⑤出人：超出常人。　⑥下圣人：低于圣人，不如圣人。　⑦出于此：由于此。　⑧其身：其自身。　⑨句读（dòu）：也作"句逗"，这里指阅读文章时的断句。　⑩不：通"否"。　⑪小学而大遗：学了小的而丢了大的。小：指句读。大：指传道、解惑。 ⑫巫医：巫师和医师。古人为了治病，常常同时接受巫术和医术的治疗。并且古代的医术中也杂有巫术的成分，所以巫医并称。百工：各种工艺匠人。 ⑬相师：指师徒代代传授。相：更相，互相。 ⑭士大夫："士"与"大夫"是春秋战国时期的两个阶层。主要由知识分子构成。后来泛指官僚阶层和有地位、有声望的读书人。 ⑮相若：相似，相近。 ⑯位卑二句：以地位低于自己的人为师，则是感到羞耻。以官位高于自己的人为师，则有谄谀他的嫌疑。足：极度，十分。 ⑰谀：巴结阿谀。 ⑱不齿：不屑与他们同列，指极端鄙视。齿：齐列。 ⑲圣人无常师：常师：固定的老师。无常师：即"道之所在，师之所在"的意思。《论语·子张》："夫子焉不学，而亦何常师之有。" ⑳郯（tán）子：春秋时郯国（今山东郯城一带）国君，他来鲁国时孔子曾向他请教过有关少皞氏时代的官职名称。苌（cháng）宏：东周敬王时候的大夫，孔子曾到周地向他请教古乐。师襄：春秋时鲁国的乐官，名襄。孔子曾向他学习弹琴。师：乐师。老聃（dān）：即老子。据说孔子曾向他请教礼仪，见于《史记·老庄申韩列传》及《孔子家语·观周》。 ㉑孔子曰：下面引文出自《论语·述而》篇。原句为："三人行，必有我师焉。" ㉒攻：研究。 ㉓李氏子蟠（pán）：李蟠，唐德宗贞元十九年（803年）进士。 ㉔古文：指秦汉时代的文章。 ㉕六艺：即六经，指《诗》、《书》、《礼》、《乐》、《易》、《春秋》。经传：经文和传文。 ㉖拘：拘泥，束缚。时：时俗，指当时耻于从师的不良风气。 ㉗嘉：赞许。 ㉘贻（yí）：赠。

今译 古时候求学的人一定要有老师。老师，是传播道理教授学业破解疑难的人。人不是生下来就什么都懂得，谁能没有不懂得的事情呢？不懂又不去求教老师，这些不懂的问题，便终于得不到解答。出生比我早的人，他们知道的道理自然比我早，我向他们学习将他们作为老师；出生比我晚的人，他们知道的道理也会比我早，我也要向他们学习将他们作为老师。我拜师求学的做法，怎么能在乎生于我之前之后呢？因此无论他们的身份高贵还是低微，无论年长还是年少，哪里有知识，哪里就有我的老师。

唉！拜师求学的道理很久便失传了，想要人们没有疑惑也真是难了。古时候的圣人，他们远远高出于普通的人，尚且拜师求教；如今的人们，他们远在圣人之下，反倒以拜师求学为耻。因此，圣明的人更加圣明，愚昧的人更加愚昧。圣人成为圣人的原因，愚人成为愚人的原因，都出在这里吧？因为爱惜自己的孩子，便选择好的老师来教授他们；对于自己，却耻于拜人为师，这太糊涂了。他们是教儿童的老师，传授的是如何读书教儿童学习如何断句这些知识，不是我所说的传播道理破解疑难的那样的老师。读书不懂得如何断句，疑难问题不能破解，对于前者能拜师求教，对于后者反倒不去拜师求教，小的事情肯去学习大的问题反倒放弃了，我看不出这些人的明智所在。以巫术治病的人，以歌唱奏乐为生的人，各种各样的工匠，都不以拜师相传为耻。有一定身份地位的读书人，听到"老师""弟子"这些称呼，便相聚在一起耻笑人家。问他们为什么这样，他们便说："那个人与那个人年龄差不多，学识也相近。"地位低的人为自己的老师他们感到羞耻，地位高的人为自己的老师他们又认为是巴结阿谀。唉！拜师求学的道理不再得到弘扬，由此可知了。以巫术治病的人，以歌唱奏乐为生的人，各种各样的工匠，士大夫们都羞于和他们为伍。如今士大夫们对于拜师求学的道理的认识反倒不如他们，这真是太奇怪了！

圣人没有固定的老师。孔子曾以郯子、苌宏、师襄、老聃为师。郯子等人，他们的品德和才能都不如孔子。孔子说："三个人在一起行走，其中一定有可以作为我的老师的人。"因此学生不一定不如老师，老师的德能也不一定比学生强，懂得的道理有早有晚，才能各有所长，只不过是这样罢了。

李姓人家的儿子叫蟠，十七岁，爱好古文，六艺经传都学习过了，不拘泥于耻于拜师的风气，跟随我学习。我称赞他能继承古人从师求学的做法，写了这篇《师说》赠给他。

【赏析】 汉代和宋代，在学术或文学上都重师承，唐人则耻于相师。但这也只是世俗的风气，真正有造就的诗人、学者，也是很重视学习前人和同时代人的，杜甫即有"转益多师是吾师"的名言。但一般的文人学者间耻于相师的世俗观念影响很深，阻碍了学术的发展和儒道的弘传，所以韩愈借李氏子从其学古文之事，写了这篇师说。任何名称，原本都是对事物谛理的揭示，但世俗中使用久了，许多人都忘记了名称所揭示的谛理，名真的成了一个符号。比如"师"本义是学习，因学习而生出师从这一层关系，因师从而生老师与学生这层关系，并出现师尊生卑这种世俗观念。世俗拿这种观念来理解师生关系，于是产生唐人那样耻于相师的现象。所以韩愈要破这种风气，就要循名责实，让人们重新认识"师"的本义。"师者，所以传道、受业、解惑也。"此即《师说》一篇之核心观点。而三者之中，"传道"尤为根本，受业实际也是受业中之道，解惑也是解道之惑，所以分言有"传道、受业、解惑"三事，归结而言，只有传道一义，已足概括"师"的内容。何人可以为师，知"道"者可以为师，所以说"道之所存，师之所存"。至此，《师说》立论已经完备。但文章不能光有理论，还要有事实，事实有正反二种。此文中正面事实三种，圣人不耻相师，人知为童子求师，巫医、乐师、百工之人不耻相师。反面事实一种，当时士大夫之耻于相师。正反对比，何者为正确，何者为错误，就很清楚了。而李氏子从己学古文一事，只于结束时补出。而不于开头交代，细味亦行文之一法也。

此文在韩氏论说文中，风格最为正大平易，不施雄辩，不尚气骋辞，而神完气足。其中所论的道理，在任何时候都值得人们去好好体会。论说文至此，可谓尽善尽美。

陋 室 铭

刘禹锡①

山不在高，有仙则名；水不在深，有龙则灵。斯是陋室②，惟吾德馨③。苔痕上阶绿，草色入帘青。谈笑有鸿儒④，往来无白丁⑤。可以调素琴，阅金经⑥。无丝竹之乱耳⑦，无案牍之劳形⑧。南阳诸葛庐⑨，西蜀子云亭⑩。孔子云："何陋之有⑪？"

注释 ①刘禹锡：（772—842年），字梦得，彭城（今江苏徐州市）人。贞元中进士，授监察御史。参加王叔文政治改革，失败后贬朗州司马。十年召还，以作诗讽刺执政被贬出，为连州、夔州等州刺史。最后官至检校礼部尚书。有《刘宾客集》传世。　②斯：此，这。　③德馨（xīn）：形容道德的美好有芳香。　④鸿：大。鸿儒，大儒。　⑤白丁：无官职的平民。这里指缺乏文化的人。　⑥金经：指用泥金（一种用金箔和胶水制成的金色颜料）书写的佛经。　⑦丝竹：丝，指弦乐器。竹：管乐器。　⑧案牍：指官府的文书。　⑨诸葛：指诸葛亮，三国时蜀国丞相，未出山前，曾隐居在南阳郡邓县之隆中（今湖北襄阳西）茅庐中。　⑩子云：扬雄字子云，成都人，西汉辞赋家。　⑪何陋之有：语出《论语，子罕》篇："子曰：'君子居之，何陋之有？'"这里只引用"何陋之有"，即含有"君子居之"的意思。

今译 山不在于有多高，有神仙便会出名；水不在于有多深，有蛟龙便会灵通。这虽然是个简陋的屋子，但我的品德却很高尚。石阶上布满绿色的苔痕，帘子映着青翠的草色。在这里说说笑笑的都是学识渊博的人，过从交往的没有一个是庸俗的人。可以在这里调拨素雅的琴弦，可以阅读用泥金书写的经文。没有弦乐与管乐扰乱耳畔，没有官府的文书烦劳心身。有如南阳诸葛亮的茅庐，又如西蜀的子云亭。孔子说："这有什么简陋的？"

赏析 古人常常在器物上刻写文字，借物理以寓人事，表达一些对行为和日常行动有警戒启示作用的思想。铭就是这样的文体。体裁则短小精悍，多用韵文体。此文为陋室作铭，设想甚为别致，但仍合古人铭器物的文例。然在立意上，以抒发自得之情为主，以铭体自警的常例衡之，稍有变化。文心之妙，亦在于此。

又此文虽短，然比喻、写景、抒情、议论诸法皆备。古人每为短文，多常用变化之法，务使寥寥数行之中，生波谲云诡之态，方称大家手笔。然而变化者在于笔墨之间，至于立意则不能有丝毫游移，此文之文眼，在于"斯是陋室，惟吾德馨"这八个字。全文皆为此八字神光所射。

小石城山记①

柳宗元

自西山道口径北②，逾黄茅岭而下③，有二道：其一西出，寻之无所得；其一少北而东，不过四十丈，土断而川分，有积石横当其垠④。其上为睥睨梁欐之形⑤，其旁出堡坞⑥，有若门焉。窥之正黑，投以小石，洞然有水声，其响之激越，良久乃已。环之可上，望甚远。无土壤而生嘉树美箭⑦，益奇而坚。其疏数偃仰⑧，类智者所施设也。

噫！吾疑造物者之有无久矣⑨。及是，愈以为诚有。又怪其不为之于中州⑩，而列是夷狄⑪。更千百年不得一售其伎⑫，是固劳而无用。神者傥不宜如是，则其果无乎？或曰："以慰夫贤而辱于此者。"或曰："其气之灵⑬，不为伟人，而独为是物，故楚之南⑭，少人而多石。"是二者，余未信之。

注释 ①这是"永州八记"的最后一篇。小石城山在零陵县西。《零陵县志》载："小石城山在黄茅岭之北，视石城（山名）差小而结构天巧过之。望若列埤，入若幽谷。"
②西山：在永州（今湖南零陵）西面潇江边。径北：一直往北。 ③逾：越过，翻过。

④垠：边界。　⑤睥睨（pì nì）：城上的矮墙。梁欐（lì）：栋梁，这里借指房屋。　⑥堡（bǎo）：小城。坞（wū）：小城墙，防卫用的障蔽物。　⑦箭：一种竹名。因质地坚韧可作箭杆，故名。　⑧疏数（cù）偃仰：指景物分布的疏密之局，俯仰之势。　⑨造物者：造物主，这里是指有神论意义上的造物主。　⑩中州：中原，黄河中下游文化发达地区。⑪夷狄：永州地处僻远，作者从中原角度来看，称为夷狄。　⑫更：经历。一售其伎：指向有欣赏自然景物能力的人显示其美景。　⑬气之灵：古人认为天地间有一种灵秀之气，赋予某些人物与事物之上，使其超凡出群。　⑭楚之南：指包括永州在内的南方各地。楚在战国时南部疆域到今湖南南部。

今译 从西山的道口一直向北走，越过黄茅岭再往下走，有两条道路：其中一条路往西伸去，沿途没有发现什么特殊的地方；其中另一条路偏北折向东，不过四十丈远，地层断裂被一条河水分开，有堆积的山石横在河边上。它的上面有的山石的形状像城上的矮墙，有的像房屋的梁栋，它的旁边有一天然的石头城堡，还有像城堡的门一样的洞口。向里面窥视漆黑一片，扔进去一块小石头，传出咚咚的水声，那水声很响亮，很长时间才消失。盘旋而上，可以眺望很远的地方。山石上虽然没有土壤但石缝间生长的美好树木和箭竹，显得格外奇特和强健。它们疏密相间高低错落，好像经过聪明的人精心地布置。

　　唉！我怀疑造物主的有无已经很长时间了。等到我来到这里，更加相信确实是有的。但是我又感到奇怪为什么不将这美好的景致放在中原，却安排在这边远的地方。经过千百年也没有机会向世人展示它的美妙，这实在劳而无功。神仙是不应该这样做的，那么神仙果真是没有吗？有的人说："是以此来安慰有贤德才能而被贬到这里的人。"还有人说："这里的灵秀之气，不造就伟大的人才，唯独造就这奇山异水，因此在这楚国的南部，伟大的人才少而奇异的山石多。"这两种说法，我都不相信。

赏析 本篇是"永州八记"的最后一篇。他的这些游记在艺术上的成功，描写笔法之精彩高妙果然是一个重要的原因。但更重要的是，这其中流露了作者发现美的欣喜。正是这种欣喜的情绪，使作者的观赏眼光变得既十分的敏感，又格外的凝注。当他写一景、状一物时，仿佛天地之间更无别种景物比它更美，人生万事，更无比品赏眼前这个小小山水更重要、更有价值的事情了。这用的是庄子所说那种"凝神"的观照方式，庄子说"用志不分，乃凝于神"。所以他的观赏之细致，捕捉变化之迅捷，都有超乎前人的地方。此文写小石城山之景状，就像一个技艺精湛的雕刻家那样，镂刻得玲珑剔透，惟妙惟肖。其中如"其上为睥睨梁㰘之形，其旁出堡坞，有若门焉。窥之正黑。投以小石，洞然有水声，其响激越，良久乃已"。景物若此，天地间岂少！而经柳州之笔，令人不觉遐想无穷。文章最后就小石城山发表议论，讨论它为何不生于中州而列于夷狄。并且引出有无造物主的讨论。前个问题，实为无中生有，而后个问题，更是大不可当。作者不是真要在这上面较真，无非是借此以发抒心头一段贬谪不遇的牢骚情绪而已，然写来却不露痕迹。文人笔墨之狡狯，直使网罗者无计可施，快哉！

又，柳州所记，皆寻常无名之山水也，景与人遇，千古一时，其景即为我个人之发现，则养在深闺人未识者也，梳理修饰，一任我之所好，自能夺天地造物之工。若名山胜景，身价既高，位置已定，可远观而不可亵玩也。凡人游览山水，写山水游记，皆当深察此理。无杜甫之才，莫轻咏泰岳；无苏轼之才，莫轻描西子。

野庙碑①

陆龟蒙②

碑者，悲也③，古者悬而窆用木④，后人书之，以表功德，因留之不忍去，碑之名由是而得⑤。自秦汉以降，生而有功德政事者，亦碑之⑥；而又易之以石，失其称矣⑦。余之碑野庙也，非有政事功德可纪，直悲夫甿竭其力⑧，以奉无名之土木而已矣⑨！

瓯越间好事鬼⑩，山椒水滨多淫祀⑪，其庙貌有雄而毅、黝而硕者⑫，则曰将军；有温而愿，晳而少者⑬，则曰某郎；有媪而尊严者，则曰姥；有妇而容艳者，则曰姑。其居处，则敞之以庭堂，峻之以陛级⑭；左右老木，攒植森洪；萝茑翳于上⑮，枭鸮室其间⑯；车马徒隶，丛杂怪状⑰；甿作之，甿怖之。大者椎牛⑱，次者击豕，小不下犬鸡。鱼菽之荐⑲，牲酒之奠，缺于家可也，缺于神不可也。一日懈怠，祸亦随作。萱孺畜牧栗栗然⑳。疾病死丧，甿不曰适丁其时邪㉑。而自惑其生㉒，悉归之于神。

注释 ①《野庙碑》：选自《甫里先生集》。 ②陆龟蒙：（？—约881年），唐末文学家，字鲁望，吴郡（今江苏苏州）人。考进士不第，曾任苏、湖二郡从事，后退隐松江甫里，自号江湖散人、甫里先生、天随子。与皮日休为好友，互相唱和，同负盛名，时称"皮陆"。所作诗多写闲适隐居生活，散文中颇有揭露封建统治的篇目。有《甫里先生集》。 ③碑者，悲也：《初学记》："碑，以悲往事也。" ④窆：下棺入墓穴。 ⑤碑之名由是而得：碑由此而得名。 ⑥碑之：为他立碑。 ⑦失其称矣：和原来的称谓不相符合了。 ⑧甿：农民。 ⑨土木：泥塑木雕的偶像。 ⑩瓯越：指今浙江省东南地带。事鬼：供奉祭祀鬼神。 ⑪山椒：山顶。淫祀：滥祀，指不载于祀典的祭祀。 ⑫庙貌：指庙中的神像。 ⑬愿：谨善。 ⑭陛级：升入神殿的台阶。 ⑮萝茑：女萝和茑萝，都是蔓生植物。翳：遮蔽。 ⑯室其间：在中间筑巢。 ⑰车马徒隶，丛杂怪状：庙廊里陈放的车马和鬼卒，奇形怪状。 ⑱椎牛：杀牛。 ⑲荐：进奉。 ⑳耆孺：老幼。 ㉑适丁其时：正好碰到这个时候。 ㉒自惑其生：自己把自己的生存状态弄糊涂了。

今译 所说的碑，是用它悲悼往事的，古代下葬时将棺木悬起来再放入墓穴所用的木桩，后人便在这木桩上书写文字，记载死者生前的功德，因此便将这木桩留下不忍心扔掉，碑就是由此而得名的。自秦汉以来，生前有功德政绩的人，也给他立碑；后来又将木改为石，和原来的称谓不相符合了。我为这野庙立碑，不是有什么政绩功德可记载，只是悲悯那些农民用尽财力，去供奉不知名的泥塑木雕的偶像罢了！

瓯越那一带的人们愿意供奉鬼神，山顶河边多有滥祀的现象，那里庙中的神像有的雄伟而刚毅，又黑又高大的，便称为将军；有的温和而善良，又白又年轻的，便称为某郎；有的像老年的妇女又有尊严的，便称为姥；有的是年轻妇女又有些姿色的，便称作姑。他们所居住的地方，是宽敞的庭堂，还有通向庭堂的高高的台阶；庭堂附近是多年的老树，稠密阴森很大一片；女萝和茑萝的枝蔓在上边遮蔽着，鹓鹒和鸥鹑在其间筑巢；庙廊里的车马和鬼卒，奇形怪状；农民们雕塑出这些偶像，农民们对这些偶像又十分恐怖。大的祭祀要杀牛，次一等的祭祀要杀猪，小的祭祀也少不了杀鸡杀狗。用鱼和豆类上供，用酒和肉祭奠，家中没有可以，敬神没有可不行。稍有马虎，灾祸便随着发生。放牧的老人和小孩子也都担惊受怕。这时有患病死亡的，农民们不认为这是偶然的巧合呀。自己将自己的生存状况都弄糊涂了，认为完全是由鬼神决定的。

虽然，若以古言之则戾①，以今言之则庶乎神之不足过也②。何者？岂不以生能御大灾，捍大患，其死也则血食于生人③？无名之土木，不当与御灾捍患者为比。是戾于古也，明矣！今之雄毅而硕者有之，温愿而少者有之。升阶级，坐堂筵，耳弦匏④，口粱肉，载车马，拥徒隶者皆是也。解民之悬，清民之暍⑤，未尝怀于胸中。民之当奉者，一日懈怠，则发悍吏，肆淫刑，驱之以就事。较神之祸福，孰为轻重哉？平居无事，指为贤良；一旦有大夫之忧⑥，当报国之日，则惴挠脆怯⑦，颠踬窜踣⑧，乞为囚虏之不暇。此乃缨弁言语之土木⑨，又何责其真土木邪？故曰：以今言之，则庶乎神之不足过也。

既而为诗，以志其末。

土木其形，窃吾民之酒牲，固无以名；土木其智，窃吾君之禄位，如何可仪⑩！禄位颙颙⑪，酒牲甚微，神之飨也，孰云其非？视吾之碑，知其文之孔悲⑫！

注释 ①戾：乖戾，不合理。　②过：责怪。　③血食：以牲祭神，故曰血食。　④匏：即笙。　⑤暍：中暑。　⑥大夫之忧：指国难。大夫应该以国事为念，所以国难为大夫之忧。　⑦惴挠：懦弱屈服。　⑧颠踬：倾仆。窜踣：逃窜。　⑨缨弁言语：戴着帽子会说话。　⑩仪：仪法。　⑪颙颙：又多又好。　⑫孔悲：甚悲。

今译 虽然这样，如按照古代的情况来说便不合于情理，按照如今的情况来说似乎也不应该对这些泥塑木雕的神加以责怪。为什么呢？难道不以活着的时候为人们抵御大的灾难，防止大的祸患的人，死后不应该被人们祭祀吗？这些不知名的泥塑木雕的偶像，没有资格与为人们抵御灾难防止祸患的人相比。这按照古代的情况来说不合于情理，是明摆着的事情！当今之世雄伟刚毅而又高大的人大有人在，温和善良而又年轻的人也大有人在。登上高高的台阶，坐在庭堂里享用酒宴，耳朵听着音乐，嘴里吃着佳肴，出门时坐着高车驷马，奴仆们跟随在后，这样一些人都属于此类。至于替人民解除危难，替百姓消解苦痛，胸中从没有过这种念头。人民应该供养他们的事情，一旦疏忽，他们便派来凶狠的官吏，大肆滥用刑罚，强迫人民去做供养他们的事。与那些泥塑木雕的神相比，给人民造成的灾祸，谁轻谁重呢？平常日子里天下太平无事，这些人都称为贤良，一旦国家有难，应当以身报国的时候，便懦弱屈服，狼狈逃窜，向敌人乞求投降还唯恐来不及。这就是穿戴着官服官帽会说话的土木偶像，又何必去责怪庙里真的土木偶像呢？因此说，按照如今的情况来说似乎也不应该对这些泥塑木雕的神加以责怪了。

我又为此作一首诗，写在这篇文章的末尾。

徒有其形的土木偶像，窃用我的人民供奉的酒肉，本来就不知道偶像的名；会思考能说话的土木偶像，窃取了我的国君的俸禄和官位，如何可以成为仪法！俸禄和官位又多又好，相比之下供奉的酒肉便显得微不足道了，土木的偶像享用的这点祭品，谁还能说不对？请看我写的这篇碑文，便知道它的内容是多么让人悲伤了！

赏析 作为碑文，都是意在记述功德，使之垂于后世。这篇《野庙碑》则不然，作者借题发挥，借抨击土木之神，以达到揭露讽刺时弊的目的。

全篇可分为前后两个部分，前一部分从"碑者，悲也"至"悉归之于神"，记述了碑文的来历，以及作这篇《野庙碑》的动因。描述了瓯越一带的农民，迷信鬼神、滥设庙宇、祭神敬神、祈福免祸的情景。作者对这种"盰作之，盰怖之"的现象，既痛心，又悲悯。后一部分从"虽然，若以古言之则庚"至文章结束，在前一部分的基础上生发开去，将作威作福、腐朽荒淫的统治者称之为"缨弁言语之土木"，他们表面上雄毅而高大，温文尔雅，实则道貌岸然。作者无情地撕下他们的虚伪面目，暴露和鞭挞了他们的丑恶本质。他们所追求的是"升阶级、坐堂筵、耳弦匏、口粱肉、载车马、拥徒隶"，从未想过"解民之愚，清民之瞩"，对老百姓则是"发悍吏，肆淫刑，驱之以就事"。一旦国难当头，他们根本无心报国，或逃跑，或乞降。他们给人民带来的灾难，比真的土木偶像严重得多了！

作者文笔辛辣，极尽嬉笑怒骂之能事。鲁迅先生称赞其是"一塌糊涂的泥塘里的光彩和锋芒"，《野庙碑》正是这"光彩和锋芒"的体现。

岳阳楼记

范仲淹

庆历四年①春，滕子京谪守巴陵郡②。越明年，政通人和，百废俱兴。乃重修岳阳楼，增其旧制，刻唐贤、今人诗赋于其上，嘱予作文以记之。

予观夫巴陵胜状③，在洞庭一湖④。衔远山，吞长江，浩浩汤汤⑤，横无际涯。朝晖夕阴，气象万千。此则岳阳楼之大观也，前人之述备矣。然则北通巫峡⑥，南极潇、湘⑦，迁客骚人⑧，多会于此。览物之情，得无异乎？

若夫淫雨霏霏⑨，连月不开，阴雨怒号，浊浪排空，日星隐曜，山岳潜形，商旅不行，樯倾楫摧⑩，薄暮冥冥，虎啸猿啼。登斯楼也，则有去国⑪怀乡，忧谗畏讥，满目萧然，感极而悲者矣。

至若春和景⑫明，波澜不惊，上下天光，一碧万顷，沙鸥翔集⑬，锦鳞⑭游泳，岸芷汀兰⑮，郁郁青青⑯。而或长烟一空，皓月千里，浮光耀金，静影沉璧⑰；渔歌互答，此乐何极！登斯楼也，则有心旷神怡，宠辱皆忘⑱，把酒临风，其喜洋洋者矣。

嗟夫，予尝求古仁人之心，或异二者之为，何哉？不以物喜，不以己悲。居庙堂之高⑲，则忧其民；处江湖之远，则忧其君。是进亦忧，退亦忧。然则何时而乐耶？其必曰"先天下之忧而忧，后天下之乐而乐"欤！噫！微斯人⑳，吾谁与归㉑！

注释 ①庆历四年：1044年。庆历，宋仁宗（赵祯）的年号，1041—1048年。本文作者范仲淹：（989—1052年），字希文，北宋著名的思想家、政治家、军事家、文学家。官至参知政事。谥号文正，世称范文正公。 ②滕子京：名宗谅，字子京，河南人，与范仲淹同年进士，因被人诬陷，贬为岳州知州。谪：降职。守：做州郡的长官。巴陵郡：宋时称岳州为巴陵郡，治所在今湖南岳阳。 ③胜状：美好的景色。 ④洞庭：洞庭湖，长江流域著名大湖，在湖南北部，岳阳市西。 ⑤汤汤（shāng）：水势盛大的样子。 ⑥巫峡：长江三峡之一，在重庆市巫山县东，在洞庭湖的西北方。 ⑦极：尽，这里有直通的意思。潇、湘：二水名，潇水和湘水合流后流入洞庭湖。 ⑧迁客：降职外调的官吏。骚人：屈原曾作《离骚》，所以后世称诗人为骚人。 ⑨淫雨：连绵不断的雨。霏霏：雨点细密的样子。 ⑩樯倾楫摧：船上桅杆倾倒，船桨折断。 ⑪国：指京城。 ⑫景：日光。 ⑬集：栖止。 ⑭锦鳞：指鱼，鱼鳞光彩鲜艳似锦，故称。 ⑮芷：香草名。汀：水中或水边平地。 ⑯郁郁：形容香气很浓。青青：形容花草茂盛。 ⑰沉璧：这里指水中月影。璧：圆形的玉，这里用来比喻月亮。 ⑱皆忘：一起忘掉。 ⑲庙堂：宗庙和明堂，古代帝王举行祭祀的地方。这里指朝廷。 ⑳微：没有。斯人：这样的人，指古仁人。 ㉑谁与归：归心于谁？

今译 庆历四年的春天，滕子京被贬到岳州做太守。到了第二年，政事办得很顺利，百姓安居乐业，一切荒废的事情都兴办起来了。于是重新修建岳阳楼，扩大了它原来的规模，并在楼上刻了唐代名人和当代人的诗赋。并且嘱附我写一篇文章来记述这件事。

　　我看那巴陵郡的美好景色，全集中在这洞庭湖上。它连接着远处的山脉，吞噬了滚滚的长江，湖水浩浩荡荡，无边无际；清晨，湖面上洒满了阳光；傍晚，昏暗阴晦，景象千变万化。这就是岳阳楼的雄伟景象，前人的描绘已经很详尽了。然而，这个地方往北可以通到巫峡，往南可以一直通到潇湘二水，被降职远调的官员和失意的诗人，大多聚会在这里，他们浏览景物的心情，怎能不有所不同呢？

　　像那梅雨连绵的时节，整月没有晴天，阴冷的寒风怒吼着，浑浊的浪涛冲激到天空；日月星辰失去了它的光辉，山岳也隐藏在阴霾中；来往的客商无法通行，桅杆倾倒，船桨折断；特别是一到傍晚，湖上一片昏暗，远远听到老虎的长声吼叫和猿猴的悲啼。此刻，人们登上这座楼来，就会产生被贬离开京城，怀念家乡，担心遭到他人的诽谤和讽刺的心情，此时抬眼望去，尽是萧瑟的景色，必将感慨横生而十分悲伤了。

　　至于春日，春风和煦，阳光明媚，湖面风平浪静，天光和水色交相辉映，碧澄澄的湖水一望无际；沙洲上的白鸥时而展翅高飞，时而栖止聚集，五光十色的鱼儿游来游去，岸上的芷草，小洲上的兰花，香气浓郁，颜色青青。有时湖面上烟雾完全消散，皎洁的月光一泻千里，湖面上闪烁着金色的光辉，月儿的影子就像璧玉一样，静静地沉浸在水底，渔夫的歌声也一唱一和地响起来，这样的乐趣，真是无穷无尽！这时人们登上这座楼来，就会感到胸怀开阔，精神愉快，一切荣辱得失都被置之度外，临风饮酒，真是无限的喜悦。

　　唉！我曾经探索过古代品德高尚的人的心情，他们或许有不同于前面两种情况的，这是什么原因呢？是因为他们不因环境的顺心就欣喜，也不因个人失意而悲伤。在朝廷做官就为平民百姓忧虑，退隐到江湖就替君主担忧。这就是在朝廷做官也担忧，退隐江湖也担忧。那么，他们什么时候才快乐呢？大概他们一定会说"在天下人忧虑之前先忧虑，在天下人欢乐之后才欢乐"吧！唉！除了这样的人，我还能和谁同道呢？

　　记于庆历六年九月十五日。

　　赏析 这篇文章的过人之处在于它的立意。唐宋时期，许多官员贬谪西南，岳阳是必经之地，不少宦海坎坷的官吏和文人，都在岳阳楼上留下了感伤失意的题咏。范仲淹写此文时正贬官邓州，而请他撰写此文的滕子京正贬官居岳州，在人生的失意阶段，又面对容易引发贬谪之慨的题材，文章很容易陷入颓唐的情境，但范仲淹却从登楼的所见所感，生发出个人应该超越眼前的穷通荣辱，"先天下之忧而忧，后天下之乐而乐"的开阔气象。这种心忧天下的胸襟，比起孟子所说的"达则兼济天下，穷则独善其身"，无疑有着更高的境界。古人说，有第一等胸襟，始有第一等文字，这篇文章就是一个极好的说明。

　　文章的布局也很见匠心，其中以两个骈俪的段落，描写登楼所见的阴晴景象与所感的忧喜之情，将感情渗透在景物的描写中，并自然地引出最后的议论，点明主旨。在一些要求古文完全不带骈偶色彩的人看来，范仲淹这种语言风格不够纯粹，如范仲淹的好友，宋初著名古文家尹洙就认为这篇文章是"传奇体"，清代姚鼐编《古文辞类纂》时也有意不选这篇文章，这些看法都过分拘泥于骈散的对立，这篇文章充分发挥了骈俪语言善于铺叙、描写的特色，寓情于景，是非常成功的。文章中的语言很有锤炼之妙，如"衔远山，吞长江"，一个"吞"，一个"衔"，恰切地表现了洞庭湖浩瀚的气势。"不以物喜，不以己悲"，"先天下之忧而忧，后天下之乐而乐"，凝练生动，已经成为千古传诵的名句；骈散风格的结合，往往会形成很多精彩的语言，韩愈的《进学解》就产生了大量流传后世的成语，而这篇文章中语言上的锤炼之妙，与骈散的融合不无关系。

醉翁亭记①

欧阳修

　　环滁②皆山也。其西南诸峰，林壑尤美，望之蔚然③而深秀者，琅琊也④。山行六七里，渐闻水声潺潺，而泻出于两峰之间者，酿泉⑤也。峰回路转，有亭翼然临于泉上者，醉翁亭也。作亭者谁？山之僧智仙也。名之者谁？太守⑥自谓也。太守与客来饮于此，饮少辄醉，而年又最高，故自号⑦曰"醉翁"也。醉翁之意不在酒，在乎山水之间也。山水之乐，得之心而寓之酒也。

若夫日出而林霏⑧开，云归而岩穴暝⑨，晦明变化者，山间之朝暮也。野芳发而幽香，佳木秀而繁阴⑩，风霜高洁，水落而石出者，山间之四时也。朝而往，暮而归，四时之景不同，而乐亦无穷也。

至于负者歌于涂⑪，行者休于树，前者呼，后者应，伛偻提携⑫往来而不绝者，滁人游也。临溪而渔，溪深而鱼肥。酿泉为酒，泉香而酒冽⑬。山肴野蔌⑭，杂然而前陈者，太守宴也。宴酣之乐，非丝非竹⑮。射⑯者中，奕者胜，觥筹交错⑰，坐起而喧哗者，众宾欢也。苍颜白发，颓⑱乎其中者，太守醉也。

已而夕阳在山，人影散乱，太守归而宾客从也。树林阴翳⑲，鸣声上下，游人去而禽鸟乐也。然而禽鸟知山林之乐，而不知人之乐；人知从太守游而乐，而不知太守之乐其乐也。醉能同其乐⑳，醒能述以文者，太守也。太守谓谁？庐陵㉑欧阳修也。

注释 ①醉翁亭：在今安徽省滁县西南琅琊山的两峰之间，是智仙和尚所造，欧阳修被贬谪到滁州后，自号"醉翁"，他经常在亭中宴请宾客，于是用自己的号为之命名。本文作者欧阳修：（1007—1072 年），字永叔，号醉翁、六一居士，吉州永丰（今山西吉安）人，北宋政治家、文学家。官至翰林学士、参知政事，谥号文忠。"唐宋八大家"之一。②滁：州名，治所在今安徽滁县。 ③蔚然：草木茂盛的样子。 ④琅琊：州名，琅琊山，在滁县西南十里，相传因东晋琅琊王司马睿（元帝）避难于此而得名。 ⑤酿泉：即琅琊泉，以其泉水适合酿酒而得名。 ⑥太守：汉代郡的最高长官叫太守。宋代废郡设州（或府），无太守职称，但人们常把知州（或知府）称作太守。 ⑦自号：自己起号。 ⑧林霏：林中雾气。 ⑨暝：昏暗。 ⑩繁阴：浓密的树荫。 ⑪涂：通"途"。⑫伛偻提携：这里指老人和小孩。伛偻：弯腰曲背的样子，这里指老人。提携：牵引而行，带领着走，这里指小孩。 ⑬泉香而酒冽：泉水清澈酿出的酒香甜醇美。 ⑭山肴：这里指野味。肴：鱼肉等荤菜。蔌：野菜。 ⑮丝竹：这里泛指音乐。丝：弦乐器。竹：管乐器。 ⑯射：古代宴席间一种类似射箭比赛的游戏。欧阳修《六一居士集》卷 21 有《九射格》，是用九个动物形象作为射箭目标，射中不同目标有不同的饮酒方法。 ⑰觥筹交错：形容宾主纵情饮酒游戏。觥：古代的一种大酒杯。筹：酒筹，行酒令时用以计数的签子。 ⑱颓乎：形容醉倒的样子。 ⑲阴翳：荫蔽。 ⑳同其乐：与滁人及众宾客同乐。 ㉑庐陵：县名，今江西吉安市，欧阳修是庐陵人。

今译 滁州城的四周都是山。它西南面的那些峰峦、树林和山谷尤其秀丽。远看，一片郁郁葱葱，又幽深又秀美的地方，那就是琅琊山。沿着山路走六七里，渐渐会听到潺潺的水声，又看到一股水流从两峰之间飞泻而下，这就是酿泉。绕过回环的山峰，沿着盘旋的道路，见到一个像飞鸟展翅般地坐落在泉水边的建筑，这就是醉翁亭。建造亭子的人是谁呢？是山里的和尚智仙。给亭子题名的人是谁呢？是太守用自己的别号来命名的。太守常与宾客们来此饮酒，喝不多就醉了，而且年纪又最大，因此自称为"醉翁"。醉翁的情趣不在于喝酒上，而在于秀美的山水之间。欣赏山水的乐趣，领会在心里，而寄托在酒中。

看吧，太阳出来，林中的雾气就消散了，暮云归集，山岩洞穴就又昏暗了，这明暗交替的变化，就是山间的清晨和傍晚。野花开放，散发着清幽的香气；秀美的树木枝叶繁茂，一片浓密的树荫。天高气爽，霜色洁白，溪水低落，石头露出，这就是山中四季的景色。早晨进山观赏，傍晚归来，四季的景色又各有不同，乐趣也是无穷无尽的。

至于那些背东西的人在路上唱歌，行人在树下休息，前面的人呼唤，后面的人答应，老老小小，来来往往络绎不绝的，这些都是滁州人在出游。到溪边来钓鱼，溪水深，鱼儿肥；用泉水酿酒，泉水香甜，酒味清醇。各种各样的野味、野菜，交错地摆在面前，这是太守所设的宴席。酒宴上欢畅的乐趣，不在于美妙的音乐，投壶的投中了，下棋的下赢了，酒杯和酒筹杂乱交错，人们时起时坐，闹闹嚷嚷，这是宾客们在尽情欢乐的图景。那位面容苍老，头发斑白的老人醉醺醺地坐在众人中间，是喝醉了的太守。

不久，太阳落在西山，人影散乱，这是宾客们跟随太守回去了。这时，树林昏暗，浓密成荫，鸟到处鸣叫，这是游人离去，鸟儿在欢乐。然而，鸟只知道山林的乐趣，却不懂得人们的乐趣；人们只知道跟着太守游玩的乐趣，却不知道太守心中自有他的乐趣。醉了，能同大家一起享受这种乐趣；醒了，又能用文章表述这种快乐的，就是太守。太守是谁呢？就是庐陵的欧阳修啊。

赏析 在这篇文章里，欧阳修描绘了自己与众宾客的游赏之乐，也隐然流露了内心深处的一丝落寞，传达了他身处贬谪，欣于太平，与民同乐，然而又不能尽去失意寂寞之情的复杂心境。正是这种情感内涵的丰富，使文章于舒缓之中富于波折和回味。

文章全篇用了21个"也"字，通篇使用说明句，这是对文体特点的巧妙化用。这篇文章从体裁上属于台阁名胜记，这类文体以对台阁名胜的各方面情况进行说明为主。欧阳修在文章中实际上是围绕介绍说明的线索行文布局，开篇介绍醉翁亭的地理位置、创建得名过程，第二段介绍醉翁亭上的四时景物，第三段介绍醉翁亭上的游人，引出自己与众宾客欢宴的情节，最后一段介绍做文之由和作文之人。这样一个说明文式的整体框架，正与文中大量的说明句相呼应。欧阳修采用这种说明的章法和语言，对文章的艺术效果产生了极为独特的影响，那就是将醉翁亭的风光景物，乃至自己与众宾客游赏欢宴的体会，都变成了对象化的客体，在叙述介绍之中，隐然呈现作者与眼前景物人事，既亲和又疏离的感情，将一份和乐与落寞交织的情感淋漓写出，令人回味无穷。

秋 声 赋

欧阳修

　　欧阳子①方夜读书，闻有声自西南来者，悚然②而听之。曰："异哉！初淅沥③以潇飒，忽奔腾而砰湃④。如波涛夜惊，风雨骤至。其触于物也，铮铮铮铮⑤，金铁皆鸣。又如赴敌之兵⑥，衔枚⑦疾走，不闻号令，但闻人马之行声。"予谓童子："此何声也？汝出视之。"童子曰："星月皎洁，明河⑧在天。四无人声，声在树间。"予曰："噫嘻⑨，悲哉！此秋声也，胡为⑩乎来哉？"

　　盖夫秋之为状也，其色惨淡，烟霏云敛⑪；其容清明，天高日晶⑫；其气栗冽⑬，砭⑭人肌骨；其意萧条，山川寂寥。故其为声也。凄凄切切，呼号奋发。丰草绿缛⑮而争茂，佳木葱茏⑯而可悦。草拂⑰之而色变，木遭之而叶脱。其所以摧败零落者，乃一气⑱之余烈⑲。

　　夫秋，刑官也⑳，于时为阴㉑。又兵象也，于行为金㉒。是谓"天地之义气"㉓，常以肃杀而为心。天之于物，春生秋实。故其在乐也，商声主西方之音㉔；夷则为七月之律㉕。商，伤也，物既老而悲伤。夷，戮也，物过盛而当杀㉖。

　　嗟夫！草木无情，有时飘零。人为动物，惟物之灵㉗。百忧感其心，万事劳其形。有动乎中，必摇其精²⁸，而况思其力之所不及，忧其智之所不能。宜其渥然丹者为槁木²⁹，黟然黑者为星星³⁰。奈何非金石之质³¹，欲与草木而争荣？念谁为之戕贼³²，亦何恨乎秋声？

童子莫对，垂头而睡³³。但闻四壁虫声唧唧³⁴，如助予之叹息。

注释 ①欧阳子：作者自称。方：正在。　②悚然：恐惧的样子。　③淅沥：细雨声。萧飒：风声。　④砰湃：同"澎湃"，波涛激动之声。　⑤铮铮铮铮：金属相互撞击声。⑥赴敌：奔走袭击敌人。　⑦衔枚：古代进军袭击敌方时，常令士兵口中衔枚，以防止其说话。这种做法叫作"衔枚"。枚：形状像筷子的小木棍。　⑧明河：这里指银河。⑨噫嘻：惊叹声。　⑩胡为：为什么。　⑪烟霏云敛：烟气散尽，云雾消失。　⑫日晶：阳光灿烂。　⑬栗列：通"凛冽"，寒冷。　⑭砭：古代用于治疗的石针。这里用作动词，即刺的意思。　⑮绿缛：绿草茂密。　⑯葱茏：树木青翠茂盛。　⑰拂：接触，拂拭。　⑱气：古人认为在自然中弥漫着一种气，这种气四季是会发生变化的。如春天是阳和之气，秋天是肃杀之气。　⑲余烈：余威。　⑳刑官：即司寇，古代掌管刑狱、纠察的官。古人将官职分为天、地、春、夏、秋、冬六类，因秋天有肃杀之气，所以将掌管刑法、狱讼的刑官分属于秋。　㉑于时为阴：在四季之中，古人以春夏为阳，秋冬为阴，所以这里说秋天"于时为阴"。　㉒于行为金：行，五行，指金、木、水、火、土，古人将五行与四季相配，秋为金。　㉓是谓"天地之义气"二句：义气：秋气。仁、义、礼、智、信与金、木、水、火、土相配，"义"和"金"都与秋相配。《礼记·乡饮酒义》云"天地严凝之气，始于西南，盛于西北，此天地之尊严气也，此天地之义气也"。古人认为秋天是决狱讼，征不义，诛暴谩的季节，所以说"常以肃杀而为心"。　㉔商声主西方之音：我国古代将乐分为宫、商、角、徵、羽五音。以五音代表的方位与四时相配，角音东方属春，徵音南方属夏，商音西方属秋，羽音北方属冬，宫音中央属季夏。所以说商声主西方之音。　㉕夷则为七月之律：古时乐分十二律，又以十二律配一年的十二个月。黄钟配十一月、大吕配十二月、太簇配正月、夹钟配二月、姑洗配三月、中吕配四月、蕤宾配五月、林钟配六月、夷则配七月、南吕配八月、无射配九月、应钟配十月。夷则是七月的音律。　㉖杀：衰减。　㉗惟物之灵：万物之灵。　㉘精：精神。　㉙渥然丹者：指丰腴红润的脸庞，这里比喻年轻人的容貌。渥然，润泽的样子。槁木：即枯木，这里比喻衰老。　㉚黟然黑者：指乌黑的头发，这里比喻健壮。黟然，黑的样子。星星：这里形容鬓发花白。　㉛非金石之质：人的身体不像金石那样坚固。　㉜戕贼：残害、伤害。　㉝睡：打瞌睡。　㉞唧唧：虫子鸣叫声。

今译 欧阳修正在夜里读书，听到西南方传来一种声音，感到十分害怕，不由说道："太奇怪了。"这声音起初似淅淅沥沥的雨声还夹杂着萧萧飒飒的风声，忽然汹涌澎湃起来，像波涛在夜里突起，又像风雨骤然来临。有它碰在物体上，纵纵铮铮的声音，好像金属相击。又像奔赴战场的军队，正衔枚迅跑，没有号令，只有人马行进的声音。于是对童子说："这是什么声音？你出去看看。"童子答道："皎洁的明月、星空、银河浩瀚，高悬在天。四下没有一点人声，那声音是在树林中间。"

我叹息道："啊！真令人悲伤啊！原来这是秋天的风声，它怎么就来了呢？"大概秋天的形状总是这样的，它的色调凄清惨淡，云雾消失，烟气散去；它的容貌清新明丽，天高气爽，日色像水晶一样晶莹；它的气候寒冷萧瑟，凛冽秋风刺入肌肤；它的意境苍凉萧条，山川寂静，无声无形。所以秋天所发出的声音，时而凄凄切切，时而似激昂的呼啸。秋风未至时，绿草繁茂像青翠的毯子一样，树木葱葱茏茏，令人心旷神怡。然而，秋风一旦来临，拂过草地，草就要变色，树碰到它便要落叶。它用来摧败花草、让树木凋零的，是一种肃杀之气的余威。

秋天，是刑官行刑的季节，在时令上它属阴；秋天又有战争的象征，在五行中属于金。这就是所说的"天地之义气"，它常常以肃杀作为心意。自然对于万物，是春天生长，秋天结实。所以秋天在音乐的五声中又属于商声，而商声是代表西方的一种声音；而七月的音律是"夷则"。商声，也就是"伤"的意思，万物衰老，都会感到悲伤。夷，是杀戮的意思，万物过了繁盛期，理所当然走向衰败。

唉，草木无情，到一定时节尚且凋落飘零。人是有情动物，在万物中独具灵性。百般的忧愁纷扰他的心，无数的琐事使他的身体劳累。内心的纷扰，费心劳神，必然耗费精力，更何况常常考虑自己的力量所达不到的，担忧自己的智慧所不能的。那样丰腴红润的容颜变得苍老枯槁，乌黑发亮的头发变得花白。为什么本不是金石的肌肤、身体，却想和草木争荣呢？仔细想想吧，谁伤害了自己，又为什么去怨恨秋声呢？

童子没有回答，低着头打瞌睡，只听得四壁虫声唧唧，像是附和我的叹息。

赏析 文章以赋的铺排之笔，极力渲染了秋声的衰飒、凄清，抒发了作者"物既老而悲伤"的感慨。秋声无形无象，但作者还能以穷形尽相的赋笔对之进行描写，足见其艺术的表现力。文章第一段以三个比喻，从听觉印象入手，描写秋声逐渐逼近的肃杀气氛。有趣的是，作者描写秋声，仿佛遍布天地，但"出门视之"的童子却只见"星月皎洁，明河在天，四无人声，声在树间"。彼此的感受如此不同。可见，文中所刻画的秋声，主要是作者内心对秋风所透露的秋天肃杀之意的敏锐感受，表面上是表现客观对象的赋体之笔，实际上却是在抒写内心的主观情志，这就体现出将赋与抒情散文结合的特点；第二段则从视觉形象上入手，写秋声过处，风物惨淡的情状，通过描写秋色，烘托秋声的肃杀，语言上也进一步发挥了赋体铺叙的长处；第三段则以议论行文，联系古人的五行礼乐之说，说明秋天在社会人事中，始终是肃杀的象征，点出抒情的主旨；这一段具有以议论为文、以学问为文的特点；第四段抒发人生易老的感慨，说明人生于世"百忧感其心，万事劳其形"，这种世路忧患的摧败之力，更甚于秋声之肃杀，并以自嘲的口吻，表达了对人生世事不无失意、忧愤的心情。文章发挥了赋注重铺叙的特色，比喻精妙，以回环往复之笔，对秋声做了穷形尽相的描写，同时在其中寄寓了深厚的感慨，实现了赋与抒情散文的完美融合。

爱 莲 说①

周敦颐②

水陆草木之花，可爱者甚蕃③。晋陶渊明独爱菊④；自李唐来⑤，世人盛爱牡丹；予独爱莲之出淤泥而不染，濯清涟而不妖⑥，中通外直，不蔓不枝，香远益清，亭亭净植⑦，可远观而不可亵玩焉⑧。予谓菊，花之隐逸者也；牡丹，花之富贵者也；莲，花之君子者也。噫！菊之爱，陶后鲜有闻⑨；莲之爱，同予者何人⑩？牡丹之爱，宜乎众矣！

注释 ①《爱莲说》：选自《周子全书》。 ②周敦颐：（1017—1073年），北宋哲学家。字茂叔，原名敦实，因避宋英宗赵曙的旧讳，改名敦颐，道州营道（今湖南道县）人。曾任大理寺丞、太子中舍签书等职。熙宁中，知郴州，后由赵抃荐为广东转运判官；晚年知南康军。因居庐山莲花峰下，有小溪，故名其居室为"濂溪书堂"，后人遂称其为濂溪先生。他是理学的创始人，程颐、程颢都是他的学生。著有《周子全书》。 ③蕃：多。 ④独爱菊：特别喜欢菊花。 ⑤李唐：唐朝皇室姓李，故亦称李唐。 ⑥濯：洗。妖：妖艳。 ⑦植：树立。 ⑧亵玩：玩弄。 ⑨鲜有闻：很少听说。 ⑩同予者何人：

和我相同的还有谁？

今译 水中和陆地上草木所开的花，值得喜爱的太多了。东晋诗人陶渊明特别喜爱菊花；自从李唐以来，世人盛行喜爱牡丹；我特别喜爱莲花能够从淤泥中生出来而不被沾染，在清流中洗濯而不妖艳，内里相通外观挺直，不伸蔓不分枝，清香的气味传得很远，直立在那里多么洁净，只能从远处观看不能拿在手里轻慢地把玩。我认为，菊，是花中的隐士；牡丹，是花中富丽华贵的人；莲，是花中有道德修养的人。唉！爱菊的人，陶渊明以后便很少听说了；爱莲的人，和我相同的还有谁？爱牡丹的人，因为牡丹适合人们爱富贵的心理，所以爱它的人便最多了！

赏析 这是一篇不到二百字的短文。作者以极其精练的笔墨，描述了菊、莲、牡丹三种花卉的不同特点与品格。作者独爱莲花，因为莲花"出淤泥而不染，濯清涟而不妖"的品格，也正是他自己人格与情操的写照。写莲，更是写人，因为寓意和寄托，颇有文化意蕴，耐人玩味。

作者采用拟人化的手法刻画花的品格，"出淤泥而不染"的洁身自好，"可远观而不可亵玩"的坚贞不渝，以及"菊，花之隐逸者也；牡丹，花之富贵者也；莲，花之君子者也"，给人以新奇的感觉，增强了文章的表现力和感染力。

墨　池　记①

曾　巩②

临川之城东③，有地隐然而高④，以临于溪⑤，曰新城。新城之上，有池洼然而方以长⑥，曰王羲之之墨池者⑦，荀伯子《临川记》云也⑧。羲之尝慕张芝临池学书⑨，池水尽黑，此为其故迹，岂信然邪⑩？

方羲之之不可强以仕⑪，而尝极东方，出沧海，以娱其意于山水之间；岂其徜徉肆恣⑫，而又尝自休于此邪⑬？羲之之书晚乃善⑭，则其所能，盖亦以精力自致者，非天成也。然后世未有能及者，岂其学不如彼邪？则学固岂可以少哉，况欲深造道德者邪⑮？

墨池之上，今为州学舍⑯。教授王君盛恐其不章也⑰，书"晋王右军墨池"之六字于楹间以揭之⑱。又告于巩曰："愿有记。"惟王君之心,岂爱人之善,虽一能不以废⑲,而因以及乎其迹邪⑳?其亦欲推其事㉑,以勉其学者邪?夫人之有一能而使后人尚之如此㉒,况仁人庄士之遗风余思被于来世者何如哉㉓?

庆历八年九月十二日㉔,曾巩记。

注释 ①《墨池记》:选自《元丰类稿》。 ②曾巩:(1019—1083年),北宋文学家。字子固,建昌南丰(今江西南丰)人。嘉祐进士,为实录检讨官,历任越州、齐州、福州等地地方官,颇有政绩,后调任史馆修撰,拜中书舍人。曾整理校勘《战国策》《说苑》等古籍。其所为文章含蓄典重,雍容平易,是后世所称唐宋八大家之一。 ③临川:今江西临川县。 ④隐然:突起貌。 ⑤临:居高临下。 ⑥洼然:低深貌。 ⑦王羲之:东晋书法家,字逸少,琅琊临沂(今山东临沂北)人,官至右军将军,会稽内史,故世称王右军。 ⑧荀伯子:南朝宋时人,著有《临川记》六卷。 ⑨张芝:东汉时人,字伯英。善草书,号为"草圣",王羲之非常佩服他的书法。 ⑩信:真。 ⑪方:当。不可强以仕:王羲之年轻时即有美好的声誉,朝廷多次要他做侍郎、吏部尚书、护国将军等官,他都不愿去。做会稽内史时,以不愿做扬州刺史王述的下属称病去职。 ⑫肆恣:放纵。 ⑬休:止息。 ⑭羲之之书晚乃善:王羲之早年的书法还不及当时的庾翼、郗愔,晚才表现出惊人的成就。 ⑮造:造诣。 ⑯州学舍:州学的校舍。 ⑰不章:不明显,不醒目。章:同"彰"。 ⑱楹间:两柱之间。揭:悬挂。 ⑲一能:一技之长。 ⑳及:推及。迹:遗迹,指墨池。 ㉑推:推崇。 ㉒尚:崇尚,尊敬。 ㉓仁人庄士:有道德学问的人。被:影响。 ㉔庆历八年:宋仁宗庆历八年(1048年)。

今译 临川城的东边,有一片突起的高地,下临一条溪水,称作新城。在新城之中,有一处低洼的长方形水池,是东晋书法家王羲之的墨池,南朝宋时人荀伯子所著的《临川记》中是这样说的。王羲之曾倾慕张芝的书法,来到这水池旁学习书法,使得池水都变成黑色,这就是他的遗迹,难道是真的吗?

当王羲之没有被朝廷勉强去做官,曾到东方最远的地方,泛舟出海,使他的心意在这山水之间感到愉悦;难道他这样纵情流连于山水间,又曾经止息在这里吗?王羲之的书法到了晚年才达到了最完美的境界,他这种才能,都是他刻苦努力才达到的,不是先天赋予他的。后来世上没有谁能赶上他的,难道是别人的学习不如他刻苦努力吗?刻苦努力的学习固然是不能少的,何况在道德方面要有高深的修养呢?

墨池的边上，如今是州学的校舍，王教授生怕这里不引人注意，特意书写了"晋王右军墨池"六个大字的匾额悬挂在两柱之间。他又对我说："希望能有一篇关于墨池的记文"。忖度王教授的心意，难道是因为爱慕古人的优长之处，哪怕是一技之能也不废弃，以此推及这墨池遗迹呢？还是想推崇这趣闻逸事，用来勉励后人向他学习呢？人有一技之能便受到后人这样崇敬，何况有道德有学问的人流传下来的好的风格和美德影响于后世又将会是怎样啊！

庆历八年九月十二日，曾巩记。

赏析 墨池，是洗涤笔砚的水池。王羲之的墨池，因"临池学书，池水尽黑"，作者从这件趣闻逸事上升发开来，开掘出三层深意：一、王羲之的书法成就"非天成也"，是勤学苦练的结果；二、学习书法要刻苦，"深造道德"更应努力不倦；三、有一技之能即受后人尊敬，"仁人庄士"的美德能给后世以影响又该怎样呢？层层推进，耐人玩味。

全文分为三段，第一段叙述墨池的方位、形状和由来。第二段叙述王羲之年少时即有大志，其书法到了晚年才臻于完美，完全是刻苦练习的结果。第三段则写后人对王羲之的景慕。文章即事生情，夹叙夹议，婉转起伏，笔力劲健。

谏院题名记①

司马光

古者谏无官，自公卿大夫至于工商②，无不得谏者。汉兴以来，始置官。夫以天下之政、四海之众③，得失利病，萃于一官使言之④。其为任亦重矣。居是官者，常志其大⑤，舍其细；先其急，后其缓；专利国家，而不为身谋。彼汲汲于名者⑥，犹汲汲于利也。其间相去何远哉？

天禧初⑦，真宗诏置谏官六员⑧，责其职事。庆历中⑨，钱君始书其名于版，光恐久而漫灭，嘉祐八年⑩，刻著于石。后之人将历指其名而议之曰，某也忠，某也诈，某也直，某也曲。呜呼！可不惧哉⑪？

注释 ①《谏院题名记》：谏院是负责向皇帝进谏的机构，北宋谏议之风盛行，谏院很受士大夫重视。庆历中，有人将谏官的姓名书写在木版上，司马光恐其漫灭，又于嘉祐八年刻之于石。这篇文章就是为题名石写的题记。本文作者司马光：（1019—1086年），字君实，号迂叟，陕州夏县（今山西夏县涑水乡）人，世称涑水先生。北宋政治家、史学家、文学家。卒赠太师、温国公，谥文正。 ②工商：古有"士、农、工、商"四民之说，"工、商"地位最低。 ③四海：古代认为中国四周皆有海，故以中国为海内，以外国为海外，四海指天下。 ④萃：聚集。 ⑤志：记。 ⑥汲汲：心情急切的样子。 ⑦天禧：宋真宗的年号，即1017—1021年。 ⑧真宗：即宋真宗赵恒。 ⑨庆历：宋仁宗赵祯的年号，即1041—1048年。 ⑩嘉祐：宋仁宗的最末一个年号，即1056—1063年。 ⑪惧：这里是令人警戒之意。

今译 古时候负责进谏的事务，没有设立专门的官职，从公卿大夫直到工匠商人，没有不能进谏的。汉朝建立以来，才开始设置谏官。把天下的政务、全国的民众、朝廷的得失利弊，都集中到一个官府，让他们进谏，他们承担的责任是很重大的了。担任这个职务的官员，要常常记住那些重大的事情，放弃那些琐碎的事情。把那些急务放在前面，把那些缓事放在后头；要一心为国家谋利，而不为自身谋私。那些急切地追求名声的人，就如同急切地追求私利的人，他们之间的距离又有多远呢？

宋朝天禧初年，真宗诏令设置六名谏官，并规定了他们的职责，要求他们忠于职守。庆历年间，钱君才开始把他们的名字书写在木板上。我担心时间久了字迹模糊磨灭，所以在嘉祐八年，把他们的名字雕刻在石头上。后代的人将挨个指着他们的名字评论说：某人忠诚，某人奸诈，某人正直，某人偏邪。唉，这种做法能不使人警惕起来吗！

赏析 文章的开篇通过谏官一职的设立，说明其职责的重要，提出做谏官的人应该"专利国家，而不为身谋"。文章初看，似平淡无奇，但仔细体会，却可以发现其中体现了宋代士人更为成熟务实的政治态度。首先，文章提出谏官论事，要"常志其大，舍其细；先其急，后其缓"，也就是要从具体的现实需要出发，分清事情的轻重缓急，这对谏官的政治素质就是一个更高的要求；其二，文章提出"彼汲汲于名者，犹汲汲于利也，其间相去何远哉"，就更有警戒的意义。自古忠臣死谏之事，史不绝书，但司马光显然是认为，谏官应该服膺裨补国事的大义，而不要只是求一己忠烈直谏的美名，这虽是司马光个人的意见，却体现了宋代成熟的政治家对为政之道的普遍理解，例如范仲淹虽然欣赏石介的以道自任，但当有人推荐石介担任谏官时，他却加以阻止，说"介刚正，天下所闻，然性亦好异，使为谏官，必以难行之事责人君以必行，少拂其意，则引裾折槛，叩头流血，无所不为"（《东轩笔录》卷13）。这种想法和司马光的意见是接近的。可见，司马光此文虽然是阐发直言敢谏的老话题，却写出了宋代士人的新理解。

读孟尝君传①

王安石

世皆称孟尝君能得士，士以故归之。而卒②赖其力，以脱于虎豹之秦③。

嗟呼，孟尝君特④鸡鸣狗盗之雄耳，岂足以言得士。不然，擅齐之强⑤，得一士焉，宜⑥可以南面而制秦，尚⑦取鸡鸣狗盗之力哉？鸡鸣狗盗之出其门，此士之所以不至也。

注释 ①孟尝君：田文，战国时齐国贵族，门客数千，战国四公子之一。 ②卒：终于。③以脱于虎豹之秦：据《史记·孟尝君列传》记载：孟尝君出访秦国，秦昭王软禁了他，并想杀掉他，孟尝君托人到昭王的宠姬那里求情，宠姬提出要以白狐裘作为代价，可是孟尝君唯一的白狐裘已献给秦王了。恰巧在门客中有一个惯偷，半夜里装成狗，偷回了白狐裘。宠姬得到白狐裘，劝说秦王放了孟尝君。孟尝君被放出后，怕秦王反悔，连夜逃跑。到了函谷关，天还未亮，关法规定，鸡叫才开关。这时，门客中一人学鸡叫，骗守门吏开了关口。于是孟尝君逃出了秦国。下文中的"鸡鸣狗盗"即指此事。 ④特：不过。 ⑤擅：据有，引申为凭借。 ⑥宜：应当。南面：即面向南，古代以面向南为尊位，帝王面朝南而坐。 ⑦尚：还。

今译 世上的人都称赞孟尝君能招揽士人，士人因为这个缘故去归附他，投奔他，孟尝君也终于依靠他们的力量，得以从虎豹一般凶狠的秦国逃出来。

唉！孟尝君不过是鸡鸣狗盗之徒的首领罢了，怎么能说得上善于得士呢？不是这样的话，拥有齐国强大的国力，只要得到一个"士"，就应该面南称王，制伏秦国了，还用得着借助于鸡鸣狗盗的力量吗？鸡鸣狗盗之徒出入他的门庭，这正是士人不愿到他门下的原因啊。

赏析 这是王安石读《史记·孟尝君列传》后写的随笔。孟尝君以养士著称，门下人才济济。王安石以短短八十八个字，一反世俗之见，指出孟尝君并没有得到真正的人才，只不过招揽了一些鸡鸣狗盗之徒，而正是因为门下被鸡鸣狗盗之徒充斥，所以真正的"士"反而望而却步。文章笔势陡健，大起大落，一句便是一层意思，一层转折。开篇第一句提出世俗之见，第二段起句彻底翻案，提出己见；第二句则对自己的观点进行论证，用反证法指出倘若孟尝君门下是真正的人才，那么以齐国之强大，只要有一个人才来辅佐，就足以"南面制秦"，又何至于落到要靠鸡鸣狗盗才得以脱身的窘迫之境？足见其门下所蓄不过是些庸碌之辈；再下来顺势逼近，言正因为庸才充塞其门，所以贤才不至。简练的语言括尽无限意思，清代刘熙载评价王安石的文章"只下一二语，便可扫却他人数大段，是何等简贵"（《艺概·文概》），这样的文风体现了王安石认识问题的识见与功力，也可以看出他傲岸倔强的个性。

前赤壁赋①

苏 轼

壬戌④之秋，七月既望③，苏子④与客泛舟游于赤壁之下。清风徐来，水波不兴。举酒属⑧客，诵明月之诗，歌窈窕之章⑥。少焉，月出于东山之上，徘徊于斗牛⑦之间。白露横江，水光接天。纵一苇⑧之所如，凌⑨万顷之茫然。浩浩乎如冯虚⑩御风，而不知其所止；飘飘乎如遗世独立，羽化⑪而登仙。

于是饮酒乐甚，扣舷而歌之。歌曰："桂棹兮兰桨，击空明⑫兮溯流光。渺渺兮予怀⑬，望美人⑭兮天一方。"客有吹洞箫者，依歌而和之。其声呜呜然，如怨，如慕，如泣，如诉，余音袅袅，不绝如缕。舞幽壑⑮之潜蛟，泣孤舟之嫠妇⑯。

苏子愀然⑰，正襟危坐⑱，而问客曰："何为其然也？"客曰："'月明星稀，乌鹊南飞'，此非曹孟德之诗乎⑲？西望夏口⑳，东望武昌㉑，山川相缪㉒，郁乎苍苍，此非孟德之困于周郎㉓者乎？方其破荆州㉔，下江陵㉕，顺流而东也，舳舻千里㉖，旌旗蔽空，酾酒㉗临江，横槊㉘赋诗，固一世之雄也，而今安在哉！况吾与子渔樵㉙于江渚之上，侣鱼虾而友麋鹿，驾一叶之扁舟，举匏樽㉚以相属。寄蜉蝣㉛于天地，渺沧海之一粟，哀吾生之须臾㉜，

135

羡长江之无穷。挟飞仙以遨游，抱明月而长终。知不可乎骤得，托遗响于悲风⑱。"

苏子曰："客亦知夫水与月乎？逝者如斯，而未尝往也；盈虚者⑲如彼，而卒⑳莫消长也。盖将自其变者而观之，则天地曾不能以一瞬；自其不变者而观之，则物与我皆无尽也，而又何羡乎？且夫㉛天地之间，物各有主，苟非吾之所有，虽一毫而莫取。惟江上之清风，与山间之明月，耳得之而为声，目遇之而成色，取之无禁，用之不竭。是造物者之无尽藏㉜也，而吾与子之所共适㉝。"

客喜而笑，洗盏更酌。肴核㉞既尽，杯盘狼藉。相与枕藉㊵乎舟中，不知东方之既白。

注释　①前赤壁赋：元丰二年（1079 年），苏轼贬为黄州团练副使。元丰五年（1082 年）他曾两次游览黄州城外的赤壁，写下著名的《念奴娇，赤壁怀古》词，及两篇赋，后人习惯上将前一篇赋称为《赤壁赋》或《前赤壁赋》，后一篇赋称为《后赤壁赋》。苏轼所游的赤壁并非是三国周瑜破曹的赤壁，真正的赤壁在湖北嘉鱼县。本文作者苏轼：（1037—1101 年），字子瞻，又字和仲，号东坡居士，眉州眉山（今四川眉山）人，北宋著名文学家，"唐宋八大家"之一，诗与黄庭坚并称"苏黄"，词与辛弃疾并称"苏辛"。②壬戌：宋神宗元丰五年（1082 年）。　③既望：过了望日，即农历每月十六日。望：农历每月十五日。　④苏子：苏轼自称。　⑤属（zhǔ）：原是把注的意思，引申为劝酒。⑥明月之诗：指《诗经·月出》篇。窈窕之章：指《月出》篇的第一章。其中有"窈纠"，即"窈窕"。　⑦斗牛：两个星宿名。斗宿和牛宿，都属于二十八宿。　⑧一苇：比喻小船。苇：苇叶。如：往。　⑨凌：越过。　⑩冯虚：凌空。冯，通"凭"，凭依。虚：指天空。　⑪羽化：道教认为人能飞升成仙，如生羽翼一般，故称成仙为羽化。⑫空明：指在月光映照下的清澄的江面。流光：水波上流动的月光。　⑬渺渺兮予怀：即"予怀兮渺渺"。渺渺：无穷深远的样子。　⑭美人：指所倾慕向往的人。　⑮幽壑：深谷。　⑯嫠妇：寡妇。　⑰愀然：忧愁凄怆的样子。　⑱正襟危坐：整理衣襟，端正地坐着。　⑲曹孟德：曹操，字孟德。东汉末年杰出的政治家、军事家、诗人。生前统一了中国北部，封魏王，子曹丕称帝后，追尊为武帝。引诗出自他的《短歌行》。　⑳夏口：在今湖北省江夏区西的黄鹤山上。　㉑武昌：今湖北鄂州市。221 年孙权曾迁都于此。　㉒缪：通"缭"，盘绕。　㉓周郎：即周瑜，孙权的将领。汉献帝建安十三年（208 年）赤壁之战，曹操兵败于吴、蜀联军。周瑜是这次战役的主要指挥者。因年轻，故称"郎"。　㉔破荆州：建安十三年，荆州牧刘表死后，曹军南下，刘表次子刘琮以荆州降曹。当时，湖北、湖南等地都属荆州，治所在今湖北襄阳。　㉕江陵：今湖北江陵。

㉖舳舻：长方形大船。　㉗酾酒：滤酒。这里是"洒"的意思。在江面上洒酒，表示对古代英雄豪杰的凭吊。　㉘槊：长矛。　㉙渔樵：捕鱼打柴。渚：江中小洲。　㉚匏樽：用葫芦做的酒器。　㉛蜉蝣：一种小飞虫，成虫仅能生存几小时。　㉜须臾：片刻，很短的时间。　㉝遗响：箫的余音。悲风：秋天凄厉的风。　㉞盈虚者：指月亮。月有圆有缺，故称盈虚者。　㉟卒：最终。　㊱且夫：况且。　㊲无尽藏：佛家语。此指无穷无尽的宝藏。　㊳适：享受的意思。　㊴肴核：菜肴和果品。　㊵枕藉：互相枕着睡觉。藉：垫着。

【今译】元丰五年的秋天，在阴历七月十五日，我和客人乘船在赤壁游览。清爽的晚风徐徐吹来，水面上波平浪静。举起斟满的酒杯劝请宾客饮酒，朗诵着《明月》的诗篇，吟唱"窈窕"的诗章。过了一会儿，皎洁的月亮从东山上升起来，在南斗星和牵牛星两个星座间徘徊漫步。白茫茫的水气如烟似雾在水面上缥缈，闪闪的波光远远地与天相接。让一片苇叶般的小船任意漂去，漂浮在那茫茫无边的江面上。多么辽阔啊，似乎是乘着风在天空飞行，不知要到哪儿才停止；多么飘逸啊，又好像脱离了人间，无牵无挂，自由自在，化为飞升的神仙。

于是，大家饮酒更是畅快，分外高兴，不禁边敲打船舷，边引吭高歌。歌词是："桂树做的棹啊，木兰做的桨，拍击着映着明月的清澈的水啊，迎向流动的波光。悠远深沉啊，我的情怀，遥望我思慕的人啊，天各一方。"客人当中有一个善于吹箫的，随着歌的节奏应和。那箫声呜呜咽咽，好像在哀怨，又在思慕，又像在哭泣，在倾诉，余音缥缈、悠扬，像柔软的细丝一样绵延不断。箫声啊，能使潜藏在深渊中的蛟龙起舞，能引起孤舟中寡妇的哭泣。

我不禁也心情感伤，整了整衣襟，端正身子问客人："这箫声为什么这么悲凉呢？"客人说："'月明星稀，乌鹊南飞'，这不是曹孟德的诗句吗？我们从这里向西望见夏口，向东望见武昌，山川相接，郁郁苍苍，不正是曹孟德被周瑜打败的地方吗？当初他取下荆州，攻下江陵，大军顺流东下，战船首尾相接，不下千里，战旗飘舞，遮天蔽日，在江上洒酒临风，横握长矛琅琅赋诗，也算是气吞一世的英雄人物啊，可是现在却在哪里呢？何况我和你只是在江上打鱼，在沙洲上砍柴，以鱼虾为伴侣，和麋鹿做朋友，架一叶扁舟，举起葫芦做的酒杯互相劝勉；人生就像蜉蝣一样短暂地寄生在天地之间，渺小得像沧海中的一粟。哀叹我们生命的短暂，羡慕长江的流水无穷无

137

尽。希望挽着飞升的仙人在太空遨游，愿意拥抱明月永世长存，但我知道这是不可能突然得到的，因而只能把我的愁绪借箫声在悲风中传达出来。"

我说："你们也知道那水和月亮吗？江水总是滔滔的流去，可大江却未曾流走；月亮是那样时圆时缺的变化，但是它始终没有增也没有减啊。那么，若从它的变化的一面来看，那么天地之间的事物甚至不到一眨眼的工夫都不能保持不变；要是从它不变的一面来看，那么，万物和我们都是永存的，又何必羡慕它们呢？况且，天地间的万物各有其主，如果不是属于我所有，即使是一丝一毫也不能取用。只有这江上的清风和山间的明月，耳朵听到就成为悦耳的声音，眼睛看到，成为悦目的颜色，获得它们没有谁来禁止，享用它们，无穷无尽。这是大自然无穷无尽的宝藏，我和你可以尽情地占有和享受。"

客人听后高兴地笑了。于是洗刷杯盘，重新斟酒。菜肴和果品都吃完了，酒杯菜盘也杂乱放着，大家你靠我我靠你地睡在船里，不知不觉东方发出白色的曙光。

【赏析】文章描绘了夜游赤壁时白露横江、明月皎洁的美丽景象，通过幽怨的箫声，引出客人功业虚无、人生短暂的感叹，进而以水与月的往来盈虚，说明人间万物之变与不变都是相对的，因此无须为时光的流逝、世事的变幻、人生的短暂而伤感，应该随遇而安，恬然自适。文章的议论虽然出现了"无尽藏"一类佛典词汇，但其精神则明显受到《庄子》相对主义的影响。苏轼在遭逢坎坷之际，屡屡以《庄子》的相对主义思想排遣人生失意，此文就是一个典型的代表。

文章情辞缠绵，并且巧妙地以水、月为核心组织行文，先写赤壁夜游所见的秋江明月，以及举酒属客时"诵明月之诗，歌窈窕之章"，其次写客人功业虚无、人生短暂的感慨，也从曹操"月明星稀"之诗句和"美长江之无穷"的感叹呼应落笔，最后一段深刻的议论，更是处处围绕水、月来申发。

文章融合了"赋"与"游记"两种体裁的特点，全文用韵，铺叙细腻，同时又依照记游的顺序来组织，这就使全文既有流动的结构，又有深细透彻的议论与描写，笔力饱满而气韵流畅，以缠绵超逸的境界展现了作者旷达的胸襟，实现了情与辞的完美融合。

喜雨亭记①

苏 轼

　　亭以雨名，志②喜也。古者有喜，则以名物，示不忘也。周公得禾③，以名其书；汉武得鼎④，以名其年；叔孙胜敌⑤，以名其子。其喜之大小不齐，其示不忘一也。

　　予至扶风⑥之明年，始治官舍。为亭于堂之北，而凿池其南，引流种树，以为休息之所。是岁之春，雨麦于岐山之阳⑦，其占为有年⑧。既而弥月⑨不雨，民方以为忧。越三月，乙卯⑩乃雨，甲子又雨，民以为未足。丁卯大雨，三日乃止。官吏相与庆于庭，商贾相与歌于市，农夫相与忭⑪于野，忧者以喜，病者以愈，而吾亭适成。

　　于是举酒于亭上。属客⑫而告之，曰："五日不雨可乎？曰：五日不雨则无麦。十日不雨可乎？曰：十日不雨则无禾。无麦无禾，岁且荐饥⑬，狱讼繁兴而盗贼滋炽。则吾与二三子，虽欲优游⑭以乐于此亭，其可得耶？今天不遗斯民，始旱而赐之以雨。使吾与二三子得相与优游而乐于此亭者，皆雨之赐也。其又可忘耶？"

　　既以名亭，又从而歌之，曰："使天而雨珠，寒者不得以为襦⑮；使天而雨玉，饥者不得以为粟。一雨三日，伊⑯谁之力？民曰太守⑰，太守不有。归之天子，天子曰不然；归之造物，造物不自以为功；归之太空，太空冥冥，不可得而名。吾以名吾亭。

注释 ①喜雨亭：苏轼在任凤翔府签书判官的第二年修建。　②志：记。　③周公：姬旦，周文王之子，辅佐武王灭商，建立周朝，封于鲁。武王死后，成王年幼，周公摄政。传说周成王曾送给他两株苗合生一穗的谷子，为此，他写下了《嘉禾》。这篇文章今已失传，《尚书》仅存篇名。　④汉武得鼎：据记载，公元前116年，汉武帝从汾水上得一鼎，于是改年号为元鼎元年。鼎，上古炊具，多用青铜制成，圆形，三足两耳，也有方形四足的。古代贵族多用作祭祀，宴享等活动时的礼器，因此常被看作是国家、权力的象征。　⑤叔孙：这里指叔孙得臣，春秋鲁国人。他曾率军打败郑瞒国，俘获其国君侨如。于是他将自己的儿子命名为侨如。　⑥扶风：即凤翔府，治所在今陕西凤翔县。苏轼做过凤翔府签书判官（辅佐行政长官的官职），在宋仁宗嘉祐六年（1061年）到任。⑦雨麦：下麦雨。雨：下雨。龙卷风将地面的麦子带入空中，可以产生"麦雨"的现象，古代多有这一类的记载，但都被涂上了迷信色彩。岐山：在今陕西岐山县。　⑧占：占卜算卦。有年：指丰收。年：年成，收成。　⑨弥月：整月。弥：满。　⑩乙卯：记日的干支数，下文"甲子""丁卯"同。这里的"乙卯""甲子""丁卯"分别是四月初二、十一及十四日。　⑪忭：高兴，欢乐。　⑫属客：指劝客饮酒。属：倾注，引申为劝酒。⑬荐饥：连年饥荒。荐：通"洊"，屡次，接连。　⑭优游：悠闲，闲暇自得的样子。⑮襦：短袄。　⑯伊：词头，无义。　⑰太守：汉代郡的最高长官。宋时已改郡为州或府，太守也改称"知州"或"知府"。但人们仍常常以"太守"称呼知府。

今译 这亭子用"雨"来命名，是为了记下喜事。古时候有了喜事，就用这喜事给事物命名，表示永不忘记这个喜事。周公旦得到奇异的禾，就用它（《嘉禾》）给自己的文章命名；汉武帝得到宝鼎，就用它（元鼎）给自己的年号命名；叔孙得臣战胜了敌人，就用俘虏的名字给自己的儿子起名。这喜事有大有小，程度不同，但它们表示不忘的意思却是一致的。

　　我到扶风上任的第二年，开始重修整治官府的房舍。在正堂的北面建了一座亭子，并在亭子南面挖凿一个池塘。引来流水，种上树木，把亭子当作休息的地方。这年春天，在岐山南面下了麦雨，占卜一下，结果今年将是丰收年。随后，整整一个月不下雨，百姓才感到很忧愁。过了三月，到四月初二才下雨，隔了九天，到十一日又下雨，百姓们还认为没有下足。十四日又下了大雨，下了三天才停。官吏们在官府中互相庆贺，商人们在市场上互相唱歌，农民们在田野里一起欢笑。忧愁的人因此而快乐，患病的人因此而痊愈。而我的亭子，也恰巧在这时建成了。

　　于是，我在亭子上摆酒设宴，借着劝客饮酒时告诉他们说："五天不下雨可以吗？客人会说：'五天不下雨就没有麦子了。'十天不下雨可以吗？客人会说：'十天不下雨就没有禾苗了。'没有麦子，没有禾苗，就会出现连年饥荒，犯罪诉讼的案件会频繁发生，盗贼也会愈发嚣张。那么，我和你们虽然想从容、悠闲地在亭子里饮酒作乐，又怎么可能呢？现在上天不遗弃这些百姓，刚开始干旱就赐给人们雨水，使我和你们能一起从容地在亭子里饮酒为乐，这都是雨水赐给的，怎么可以忘记呢？"

　　既然已经给亭子命好名，又接着为它作歌，说："假如上天降下珍珠，寒冷的人不能把它作为衣服；假如上天降下宝玉，饥饿的人不能用它作粮食。一连下了三天的大雨，这是谁的力量？百姓说是太守，太守不肯把美名据为己有；归功给天子，天子也说不是这样；归功给万能的造物主，造物主也不认为自己有功；又归功于茫茫的太空，太空辽阔深邃，不能找到用来命名的。我就用'雨'给我的亭子命名。"

赏析 这篇文章通过记叙喜雨亭的得名经过，表达了百姓在久旱逢甘雨以后的喜悦，和作者与民同乐的心情。文章的布局十分巧妙。一般的台阁记往往注重描写周围的景物，但此文则化实为虚，全从名亭志喜之意申发成文。文章围绕"喜雨亭"三字，从"雨"和"亭"的关系，以"雨"名亭的志"喜"之意，写养民与为政的密切联系。喜雨亭的落成，正在百姓喜雨之际；而举酒属客一段，又从雨层层递推至亭，所谓无雨则无食，无食则必然"讼狱繁兴而盗贼滋炽"，这样就不能"优游而乐于此亭"。对雨和亭关系的记述，对喜雨之情的阐发，将民为政本的大道理，铺叙得极有层次。重民重农是苏轼一贯的政治主张，此文发自内心，写来十分自然，加之艺术上构思巧妙，行文活泼，所以读来十分引人入胜。

上枢密韩太尉书①

苏　辙

太尉执事②：辙生好为文，思之至深。以为文者气之所形，然文不可以学而能，气可以养而致。孟子曰："我善养吾浩然之气③。"今观其文章，宽厚宏博，充乎天地之间，称④其气之小大。太史公⑤行天下，周览四海名山大川，与燕、赵⑥间豪俊交游，故其文疏荡，颇有奇气。此二子者，岂尝执笔学为如此之文哉？其气充乎其中而溢乎其貌，动乎其言而见乎其文，而不自知也。

辙生年十有九矣。其居家所与游者，不过其邻里乡党之人⑦。所见不过数百里之间，无高山大野可登览以自广。百氏之书，虽无所不读，然皆古人之陈迹，不足以激发其志气。恐遂汨没⑧，故决然舍去，求天下奇闻壮观，以知天地之广大。过秦汉之故都⑨，恣观终南、嵩、华之高⑩；北顾黄河之奔流，慨然想见古之豪杰。至京师，仰观天子宫阙⑪之壮，与仓廪府库城池苑囿之富且大也⑫，而后知天下之巨丽。见翰林欧阳公⑬，听其议论之宏辨，观其容貌之秀伟，与其门人贤士大夫游，而后知天下之文章聚乎此也。太尉以才略冠天下，天下之所恃以无忧，四夷⑭之所惮以不敢发，入则周公、召公，出则方叔、召虎⑮。而辙也未之见焉。

且夫人之学也，不志其大，虽多而何为？辙之来也，于山见终南、嵩、华之高，于水见黄河之大且深，于人见欧阳公，而犹以为未见太尉也。故愿得观贤人之光耀，闻一言以自壮，然后可以尽天下之大观而无憾者矣。

辙年少，未能通习吏事。向之来，非有取于斗升之禄⑯，偶然得之，非其所乐。然幸得赐归待选，使得优游⑰数年之间，将以益治其文，且学为政。太尉苟以为可教而辱教之，又幸矣。

注释 ①韩太尉：韩琦曾任枢密使，这是执掌全国兵权的官。职位相当于秦、汉时的太尉，故称韩琦为太尉。这是苏辙十九岁进士及第后写给韩琦的一封信。韩琦在宋仁宗时任检校太傅，充枢密使；宋神宗时任宰相，封魏国公，为朝廷重臣。　②执事：指韩太尉左右的办事人员，实际是对韩太尉的敬称。　③浩然之气：正大刚直的精神。　④称：相称。　⑤太史公：即司马迁。　⑥燕、赵：都是战国时国名。燕在今河北省北部和辽宁西、南部。赵在今山西省中部、北部，陕西省东北角和河北省一带。这里泛指北方。⑦邻里乡党：相传周制以五家为邻，二十五家为里，以五百家为党，一万二千五百家为乡。后因以"邻里乡党"泛指乡里。　⑧汩没：沉沦，埋没，引申为无所成就的意思。⑨秦汉之故都：秦都咸阳（今属陕西）。汉都长安（今陕西西安市），东汉迁都洛阳（今属河南）。　⑩终南：山名，在今陕西西安市南。嵩：嵩山，为五岳中的中岳，在今河南登封市。华：华山，为五岳中的西岳，在今陕西华阴市。　⑪官阙：即官殿。阙：官门外的望楼。　⑫廪：粮仓。苑囿：种植花木，畜养禽兽以供帝王游玩的园林。　⑬欧阳公：即欧阳修。　⑭四夷：古代对边境各少数民族的蔑称。　⑮入则周公、召公，出则方叔，召虎：这里是作者借用周朝的四位大臣来称颂韩琦出将入相，文武兼备的才能。周公旦、召公，都是周武王的大臣，政绩卓著。方叔、召虎（即召穆公），都是周宣王时的名臣，征伐猃狁、淮夷有功。　⑯斗升之禄：微薄的俸禄，这里指品级不高的官吏。⑰优游：闲暇自得的样子。

今译 太尉阁下：我平生喜好写文章，对写文章有过深入的思考。我认为文章是气的外在体现。但是文章不可能单靠学习文辞就能写好，气却可以通过培养而得到。孟子说："我善于培养我的浩然正气。"现在看他的文章，宽阔深厚、宏大广博，充塞于天地之间，与他的气的大小相称。太史公走遍天下，广览全国的名山大川，同燕、赵之地的豪杰志士交往，所以他的文章疏放不羁，颇有独特之气。这两个人，难道曾经专门执笔学过写这样的文章吗？这是因为他们的气充满于内心而溢露于外表，反映在话语中，表现在文章里。

我现在十九岁了，住在家里时所交往的，不过是本乡邻居一类人，所见到的不过几百里的地方，没有高山旷野，可以登临观览来开阔自己的胸襟，诸子百家的著作，虽然无所不读，然而都是古人留下来的陈旧的内容，不足以激发自己的志气。我担心这样下去会被它们埋没，所以毅然决然地抛开这一切，去寻求天下新奇的见解、壮丽的景象，以便了解天地的广大。我经过秦朝、汉朝的故都，纵情观览终南山、嵩山、华山的高峻，向北眺望黄河奔腾的流水，感慨地想起了古代的英雄豪杰。来到京城，仰观天子宫殿的壮伟以及粮仓府库、城池苑囿的富庶和广大，然后才知道天下的巨大富丽。见到翰林学士欧阳公，听到了他宏阔雄辩的议论，看到了他奇秀俊伟的容貌，和他的门徒贤士大夫交往，然后才知道天下的文章精华都汇聚在这里。太尉以雄才大略成为天下之首，国家依靠您而无忧无虑，四方少数民族惧怕您而不敢侵犯。您在朝廷就如同周公、召公，出镇边疆就如同方叔、召虎，但我尚未见到您。

况且，一个人在学习的时候，不是有志于大处，即使学了很多又能做什么呢？我这次来，在山的方面，见到了终南山、嵩山、华山的高峻；在水的方面，见到了黄河的深广；在人的方面，见到了欧阳公，但还没有谒见您。所以希望能一睹贤人的丰采，聆听一句话来激起自己的雄心壮志，这样就可以算是阅尽了天下的壮景伟人，就没有什么遗憾的了。

我年纪轻，还未能通晓官府事务。先前来京师，并不是为了求取微薄的俸禄，偶然得到了它，也并是我的志趣所在。但是有幸得到恩赐归乡、等待选用的时机，使我能够有几年悠闲的时间，我将用这段时间更好地研习文章，并且学习治理政务。太尉如果认为我可以教诲而能屈尊指教我，那我就感到十分幸运了。

赏析 苏辙写此信的目的是求见，文中自然要表达对韩琦的倾慕之情，但行文落笔却气象宏大，毫无委琐卑屈之态。文章先谈自己对"文"与"气"关系的看法，提出"文者气之所形，然文不可以学而能，气可以养而致"的意见，以孟子和司马迁为证，孟子养浩然之气发为文章，司马迁周行天下，结交豪杰，以奇气发为奇伟之文；再谈自己博求天下奇闻壮观，结交一代贤人，已然见天地之大，宫室京师之壮，欧阳修之贤，其门人士大夫之盛，唯独还没有见到亦称人杰的韩琦。以天地四海之壮观、欧阳修之贤能秀伟来烘托韩琦，以层层排比的句式，使贤人之光耀最终聚焦于韩琦一身，令人领略其"才略冠天下"的不凡气象。而这样的笔法，不仅烘托了韩琦，也同时展现出作者自己志在高远、博观天下志士的开阔胸襟，字里行间充溢着激扬振奋的精神。如此行文，既表达了仰慕之情，又使自我形象潇洒超迈，取得了双美的效果。此文与李白的《与韩荆州书》有异曲同工之妙，但构思上比李文更见匠心。

书《洛阳名园记》后①

李格非

　　洛阳处天下之中，挟殽、黾之阻②，当秦陇之襟喉③，而赵魏之走集④，盖四方必争之地也。天下当无事则已，有事则洛阳必先受兵。予故尝曰：洛阳之盛衰，天下治乱之候也。⑤

　　唐贞观开元之间⑥，公卿贵戚开馆列第于东都者⑦，号千有余邸⑧。及其乱离，继以五季之酷⑨，其池塘竹树，兵车蹂蹴⑩，废而为丘墟；高亭大榭⑪，烟火焚燎，化而为灰烬，与唐共灭而俱亡，无余处矣。予故尝曰：园囿⑫之兴废，洛阳盛衰之候也。

　　且天下之治乱，候⑬于洛阳之盛衰而知；洛阳之盛衰，候于园囿之兴废而得，则《名园记》之作，予岂徒然哉！

　　呜呼！公卿大夫方进于朝，放⑭乎一己之私，自为之，而忘天下之治忽⑮，欲退享此，得⑯乎？唐之末路是已。

注释　①洛阳：即今河南洛阳市。东汉、三国魏、西晋、北魏、隋、武周、后唐曾在这里建都。本文作者李格非：（约1045—1105年），字文叔，齐州章丘（今山东章丘）人，北宋文学家，女词人李清照之父。　②挟（xié）：挟持。殽（xiáo）：同"崤"，指崤山，在今河南洛宁县北。黾（méng）：黾隘，古隘道名。即今河南信阳西南的平靖关。③秦：指秦地，即现在陕西一带。陇：现在陕西西部和甘肃一带。襟喉：这里比喻要害之处。襟：衣襟。喉：喉咙。　④赵：本是战国时的国名，这里指今山西、陕西、河北一带。魏：本是战国时的国名，这里指今河南北部，山西西南部一带。走集：往来必经的险要之地。　⑤候：征候。　⑥贞观：唐太宗的年号（627—649 年）。开元：唐玄宗的年号（713—741 年）。　⑦第：指宅第。东都：西周以镐京为西都，所以称王城（即洛阳）为东都，后来一直袭称，唐时又以洛阳为陪都，也称东都。　⑧邸（mǐ）：王侯府第。　⑨五季：指五代，即后梁、后唐、后晋、后汉、后周。　⑩蹂：践踏。蹴（cù）：用脚踢。　⑪榭（xiè）：在台上盖的高屋。　⑫园囿：这里泛指园林宅第。囿：有林池的园子叫囿。　⑬候：征候。　⑭放：放纵。　⑮治忽：治乱。忽：绝灭。　⑯得：能够。

今译 洛阳地处天下的中心，有险要的崤山、黾隘的护卫，占据秦、陇两地的咽喉位置，又是赵、魏之间往来必经的要道，因而成为四方势力一定要争夺的地方。天下太平没有变乱就罢了，一旦发生变乱，那么洛阳一定首先遭受兵灾。所以我曾经说过：洛阳的兴盛、衰落，是天下太平、混乱的征兆。

在唐朝贞观、开元年间，王公显爵皇亲国戚在东都洛阳修筑楼馆、兴建宅第的，号称有一千多家。到了洛阳遭受兵乱，接着又有五代的酷烈战祸，地里的池塘竹树，受到兵车的碾轧践踏，变成了废墟；高大的亭台、壮观的阁榭，遭受战火的焚烧，化为灰烬。随着唐朝的灭亡全都消失了，没有剩下一处。所以我曾经说过：园林苑囿的荒废兴旺，是洛阳兴盛衰败的征兆。

天下的太平混乱从洛阳的兴盛衰败的迹象中就可以知道，洛阳的兴盛衰败从园林苑囿的荒废兴旺的迹象中就可以得知，那么，我写这篇《洛阳名园记》，难道是白白耗费心思吗？

唉，公卿大夫刚刚到朝廷任职，就放纵自己的私欲，追求自己的私利，而忘记天下的安危，只一心营造自己的家园，想着退官回家享受这些快乐，能得到吗？唐朝之所以灭亡就是这样的啊！

赏析 北宋后期，达官贵戚纷纷在洛阳建立园囿以供享乐，李格非写下了《洛阳名园记》，逐一描写洛阳十九座名园的盛景。这篇文章是写在十九篇文章后面的跋。文章通过洛阳名园之兴废对天下兴亡治乱的折射，说明了祸乱起于逸乐，以此针砭时事。

文章以章法取胜，从大处落笔，层层收缩，先论证洛阳之盛衰为天下治乱的征候，再论洛阳名园的兴废，为洛阳盛衰之征候，最后告诫当前之人，无忘唐末逸乐灭亡之覆辙。这种章法视野宏大，气魄不凡，使文章由微知著的用心得到了很好的体现。

龙井题名记

秦 观[①]

元丰二年中秋后一日，余自吴兴过杭，东还会稽。龙井辨才法师以书邀予入山。比出郭，已日夕，航湖至普宁，遇道人参寥。问龙井所遣篮舆[②]，则曰："以不时至，去矣。"

是夕，天宇开霁，林间月明，可数毛发，遂弃舟从参寥，杖策并湖而行。出雷峰，度南屏，濯足于惠因涧。入灵石坞，得支径上风篁岭。憩龙井亭，酌泉据石而饮之。自普宁经佛寺十，皆寂不闻人声。道旁庐舍，或灯火隐显，草木深郁，流水激激悲鸣，殆非人间有也。

行二鼓矣，始至寿圣院，谒辨才于潮音堂。明日乃还。

注释 ①秦观：（1049—1100年），北宋词人，字少游，号淮海居士。江苏高邮人，是"苏门四学士"之一，词风婉约，有《淮海集》传世。 ②篮舆：竹轿。

今译 元丰二年中秋以后的一天，我从吴兴经过杭州，向东返回会稽。龙井辨才法师以书信邀请我进山。等出了城，已经日落西山，船到了普宁，遇见道人参寥。问他龙井派来的竹轿，他说："因为没有按时到，已经离开了。"

这晚，云雾散尽，明月照着林间，晶莹玲珑，可数清毛发，于是我下了船跟着参寥，拄着手杖沿湖而行走。出了雷峰塔，过了南屏，在惠因涧中浴足。进了灵石坞，从小径上了风篁岭。休憩在龙井亭，倚着石峰酌泉而饮。从普宁经过了十座佛寺，都寂静得杳无人声。道旁的草屋，灯火朦胧，草木郁郁葱葱，流水激激好似悲鸣，恐怕非人间所有吧！

行到二更时，才到了寿圣院，在潮音堂拜见了辨才。第二天便返回。

赏析 这是一篇仅百八十字的记游珍品，写秦观夜游龙井的所见和感受。文章一上来先交代出游的时间"元丰二年中秋后一日"，然后辗转渐入佳境。"是夕"一段是文章记游的主体，也是精彩所在。"天宇开霁，林间月明，可数毛发"介绍的是天气和夜游的大氛围，在这种夜月的伴随下，濯足于山涧，登攀于秋岭，是何等的舒畅和爽利。然后"憩龙井亭，酌泉据石而饮之"，称得上悠然自得、心旷神怡！最后写夜游的眼见和耳闻，夜色阑珊中，"或灯火隐显，草木深郁，流水激激悲鸣"，真乃天上人间，这种感受是日游中难以达到的，也是此文的妙处所在。

作为苏轼的弟子，秦观的文笔异常简洁清秀，写景状物，精妙传神。善于抓住夜游的特点，动静相衬，藏露相宜，明暗相生，情境交融，不仅凸现出夜游的情致，也展示夜景的优雅，读来令人沉醉。

论　马①

岳　飞②

骥不称其力，称其德也③。臣有二马，故常奇之。日啖豆至数斗④，饮泉一斛⑤，然非精洁宁饿死不受⑥。介胄而驰⑦，其初若不甚疾⑧，比行百余里⑨，始振鬣长鸣，奋迅示骏，自午至酉⑩，犹可二百里；褫鞍甲而不息、不汗⑪，若无事然。此其为马，受大而不苟取⑫，力裕而不求逞⑬，致远之材也。值复襄阳⑭，平杨么⑮，不幸相继以死。今所乘者不然。日所受不过数升，而秣不择粟⑯，饮不择泉，揽辔未安⑰，踊跃疾驱，甫百里⑱，力竭汗喘，殆欲毙然⑲。此其为马，寡取易盈⑳，好逞易穷㉑，驽钝之材也㉑。

注释 ①《论马》：选自《金陀粹编》。《金陀粹编》系岳飞之孙岳珂为辩岳飞之冤而编著。　②岳飞：（1103—1141年），南宋抗金名将。字鹏举，相州汤阴（今河南汤阴县）人。世代务农，他自幼读书，特别喜好《左氏春秋》和孙武、吴起的兵书。宣和四年（1122年）应募从军，以功补承信郎，迁秉义郎。宋高宗即位，他因上书指责黄潜善、汪伯彦而被革职，于是投奔河北招讨使张所，随王彦渡河抵抗金人，他与金兵鏖战于新乡、太行山等地，屡建战功，后随宗泽守开封，为留守司统制。建炎三年（1129年），金兀术渡江南侵，他在广德、宜兴坚持抵抗，第二年收复建康（今江苏南京）。绍兴九年（1139年）秦桧与金议和，岳飞上表反对，极力主张收复北方失地。绍兴十年，金兵再度南侵，岳飞率领大军大败金兵于郾城，进兵到朱仙镇（今开封南四十五里），河北豪杰群起响应。正当他乘胜收复京城，而秦桧极力主和，一天之内下了十二道金牌催他班师，岳飞只得下令退兵。绍兴十一年，被召至临安，解除兵权，任枢密副使，不久被诬为谋反，下狱。绍兴十一年十二月，与其子岳云同时被害。宋孝宗时，下诏恢复岳飞的官职，谥"武穆"。宋宁宗时追封"鄂王"。宋理宗时改谥"忠武"。有《岳忠武王集》。　③骥：良马。德：指马的内在品质。　④啖：吃。　⑤斛：量器，十斗为斛。　⑥不受：不饮不食。　⑦介：甲，披甲。胄：头盔。　⑧疾：快。　⑨比：及。　⑩自午至酉：从正

147

午到傍晚。　⑪褫：剥夺，解除。　⑫受大：食量很大。　⑬不求逞：不图一时之快。
⑭值：正当。复：收复。襄阳：今湖北襄阳区。　⑮杨么：绍兴初年在洞庭湖岸各州县
的农民起义军领袖。　⑯秣：牲畜的饲料。　⑰揽辔未安：刚跨上马，缰绳还没有拉好。
⑱甫：刚刚，方才。　⑲殆：几乎，近于。　⑳易盈：容易满足。　㉑易穷：力量容易
穷尽。　㉒驽钝：低劣。

今译 对于良马不能只看它一时表现出来的力气，应该看它内在的品质。我
曾有两匹马，因此常使人感到惊奇。一天能吃几斗豆子，能喝一斛泉水，但
是不精细不洁净的饮食宁肯饥渴而死也不饮不食。身披战甲头戴战盔奔跑起
来，开始跑的时候好像不很快，等到跑过百余里之后，开始抖动鬣毛长声嘶
鸣，振奋起来加快速度表现出一匹良马的品质，从正午到傍晚，还能奔跑二
百里路；跑到终点解除鞍甲之后既不喘息，也不出汗，像什么事情也没发生
一样。这样的马，食量很大但不随便食用，力量很充沛但不图一时的速度，
是能行长途的良马。正当收复襄阳，平定杨么的时候，这两匹马不幸先后死
去。如今我所骑乘的马不是这样，每天所食用的饲料只有几升，吃的时候不
管饲料是否精细，饮的时候不管泉水是否洁净，刚跨上马鞍，缰绳还没拉
好，就跳跃着奔跑起来，刚刚跑了一百里路，便用尽了力气流着汗喘着气，
像要累死了的样子。这样的马，食量很小容易满足，只图一时的速度很快便
筋疲力尽，是能力低下的劣马。

赏析 这篇文章名为论马，实际是在论人。有真实本领的"致远之才"，表
现得既不苟且从事，也不急躁冒进，奔跑数百里，亦若无其事；而那种"驽
钝之材"则华而不实，轻佻浮躁，行不到百里，便累得要死的样子。

作者运用对比的手法，先写良马，后写劣马，从饮食到奔跑时的精神状
态，都一一做了对比，在对比中使彼此的特点都更为鲜明和突出。

文章具有深刻的寓意，在民族矛盾极其尖锐的时代，在抗敌图强与妥协
偷安的斗争十分激烈的情况下，人才的问题便显得更加重要。

文章通篇都是寓意，但无一处直接谈到人才，处处在"论马"。而且对
良马与劣马描写得十分具体形象，富有生活气息。文笔从容娴雅，耐人
寻味。

稼轩记①

洪　迈②

国家行在武林③，广信最密迩畿辅④。东舟西车，蜂午错出⑤，势处便近，士大夫乐寄焉。环城中外，买宅且百数，基局不能宽，亦曰避燥湿寒暑而已耳。

郡治之北可里所⑥，故有旷土存：三面傅城⑦，前枕澄湖如宝带⑧，其从千有二百三十尺⑨，其衡八百有三十尺⑩，截然砥平⑪，可庐以居。而前乎相攸者⑫，皆莫识其处。天作地藏，择然后予⑬。

济南辛侯幼安最后至⑭，一旦独得之。既筑室百楹⑮，财占地什四⑯；乃荒左偏以立圃⑰，稻田泱泱⑱，居然衍十弓⑲。意他日释位得归⑳，必躬耕于是，故凭高作屋下临之，是为"稼轩"。而命田边立亭曰"植杖"㉑，若将真秉耒耨之为者㉒。东冈西皋㉓，北墅南麓㉔，以青径款竹扉㉕，锦路行海棠㉖。集山有楼㉗，婆娑有堂㉘，信步有亭，涤砚有渚，皆约略位置㉙，规岁月绪成之。而主人初未之识也，绘图畀予曰㉚："吾甚爱吾轩，为吾记。"

注释　①《稼轩记》：选自《南宋文录》。　②洪迈：（1123—1202年），南宋史学家。字景庐，别号容斋，鄱阳（今江西波阳）人，绍兴进士，任吏部郎兼礼部郎。高宗时使金不屈，孝宗时拜翰林学士。曾任编修官、知州，成《四朝史》。父皓，兄适、遵，当时皆以文名，而迈尤博学。晚年归乡里，专门从事著述。著有《容斋五笔》、《夷坚志》、《文敏文集》、《野处类稿》等。　③行在：皇帝出行驻留所在地。武林：杭州的别称。　④广信：宋信州上饶郡（今江西上饶市）。密迩：贴近，紧靠。畿辅：京城附近。　⑤蜂午错出：纷繁交错。　⑥可里所：约一里路左右。　⑦傅：附着。　⑧枕：依傍。　⑨从：同"纵"。有：同"又"。　⑩衡：同"横"。　⑪截然：齐平貌。砥平：像磨刀石一样坦平。　⑫相：察看。攸：处所。　⑬择然后予：经过选择之后才给予。　⑭济南辛侯幼安：辛弃疾，字幼安，历城（今山东济南市）人。侯，古代对州官的尊称。　⑮百楹：百间。　⑯财：同"才"。什四：十分之四。　⑰荒：空闲。立圃：作为园圃。　⑱泱泱：广大貌。　⑲衍：延展。十弓：即五丈。弓：五尺为一弓。　⑳意：预计。释位：解除职务。　㉑植杖：用《论语·微子》。"植其杖而耘"的意思。　㉒秉：拿着。耒：犁把。耨：锄草器具。　㉓皋：土丘。　㉔墅：田庐。　㉕款：款步，通向之意。　㉖行：导引。　㉗集：收览。　㉘婆娑：周旋，盘桓。　㉙约略位置：大体安排、布置。

㉚畀予：给予我。

今译 皇帝驻留在杭州，广信这个地方距离杭州很近。东边有水路西边有陆路，纷繁交错，地理位置既方便又近捷，社会的上层人士都愿意住在这里。全城内外，购买住宅的将近百户，地基面积不宽敞，也都是说为了避暑防寒罢了。

在广信城北约一里左右的地方，原来有一片开阔的土地：三面靠近城，前面依傍着澄湖像一条宝带，这片土地长有一千二百三十尺，宽八百三十尺，平平坦坦像磨刀石一样，可以筑室居住。但过去来这里勘察宅地的人，都没有看出这里的好处。真是天生的一块好地方，留着挑选合适的主人，然后才给予他。

济南人辛幼安州官最后一个来到这里，偶然的机会使他得到了这个地方。筑起了上百间房舍，仅占这块地方的十分之四；还空出左边的地作为园圃，一大片稻田，竟然延展了五丈远。预计日后解除官职时回来，一定要在这地方亲自耕作，因此将房屋建在高处下面对着这片稻田，并命名为"稼轩"。并将田边建立的亭子命名为"植杖"，好像要真的手持犁锄去耕作那样。东面的山冈西面的土丘，北面的田舍南面的山脚，在通向竹门的青草掩映的小路上漫步，在两边栽种海棠的如花似锦小路上穿行。登上楼台可以将群山尽收眼底，在宽敞的厅堂里可以随意盘桓，亭前可以散步，小洲可以洗砚，都大体上做了安排，规划好日期逐步完成。主人开始时没有作记，给我一份图纸说："我很爱我的园宅，请您为我作一篇记吧！"

余谓侯本以中州隽人①，抱忠仗义，章显闻于南邦②。齐虏巧负国③，赤手领五十骑缚取于五万众中，如挟兔④，束马衔枚⑤，间关西奏淮⑥，至通昼夜不粒食⑦；壮声英概，懦士为之兴起！圣天子一见三叹息，用是简深知⑧：入登九卿⑨，出节使二道⑩，四立连率幕府⑪。顷赖氏祸作⑫，自潭薄于江西⑬，两地震惊，谭笑扫空之⑭。使遭事会之来⑮，挈中原还职方氏⑯，彼周公瑾、谢安石事业⑰，侯固饶为之⑱。此志未偿，因自诡放浪林泉⑲，从老农学稼，无亦大不可欤？

若予者⑳，伥伥一世间㉑，不能为人轩轾㉒，乃当急须袯襫㉓，醉眠牛背，与荛童牧竖肩相摩㉔。幸未耋老时㉕，及见侯展大功名，锦衣来归，竟厦屋潭潭之乐㉖，将荷笠櫂舟，风乎玉溪之上㉗。因园隶内谒曰㉘："是尝有力于稼轩者㉙"。侯当辍食迎门，曲席而坐㉚，握手一笑，拂壁间石细读之——庶不为生客。

侯名弃疾，今以右文殿修撰，再安抚江南西路云㉛。

注释 ①中州：本指河南，南宋时泛指淮河以北被金兵侵占的地区。隽人：才智高超的人。　②章显：彰明显著。南邦：指南宋。　③齐虏巧负国：指张安国等人乘贾瑞、辛弃疾奉表南下之机而叛变降金事。　④貜兔：狡兔。　⑤束马：约束战马，不发出声响。衔枚：枚，形状如箸，横衔在口中，用来止喧哗。　⑥间关：形容路途艰险。奏：同"走"。　⑦至：甚至。通昼夜：一昼夜，一整天。不粒食：没吃一点食物。　⑧用是：于是。简深知：深受知遇。辛弃疾于乾道六年（1170 年）被宋孝宗召见于延和殿。　⑨入登九卿：指淳熙五年（1178 年）任大理寺少卿，即最高司法机关副长官。　⑩出节使二道：淳熙五年下半年，调任湖北路转运副使，次年春，改任荆湖南路转运副使。　⑪连率：即连帅。幕府：指安抚官署。　⑫顷：不久以前。赖氏祸作：指淳熙二年（1175 年）四月，以赖文政为首的荆南、湖南茶商军武装暴动。　⑬薄：迫近。　⑭谭笑：即谈笑，形容从容镇定。　⑮使遭事会之来：如果遇到机会到来。　⑯挈：带着。职方氏：官名，掌管国家版图。　⑰周公瑾：周瑜，字公瑾，三国时东吴人，曾任都督，与诸葛亮合力破曹操于赤壁。谢安石：谢安，字安石，东晋时著名政治家，383 年在淝水之战中以少数兵力大破前秦苻坚。　⑱饶：超出。　⑲诡：怪异，出乎寻常。　⑳若予者：像我这样的人。　㉑伥伥：无所适从的样子。　㉒轩轾：受重视的意思。　㉓被褐：裘衣。　㉔荛童牧竖：打柴草、放牛羊的孩子。　㉕鲐老：衰老。　㉖潭潭：深广的样子。　㉗玉溪：即饶江。　㉘因园隶内谒：由园丁传达请见。　㉙是尝有力于稼轩者：是曾经为"稼轩"作记的人。　㉚曲席而坐：自己坐侧席，让客人坐主席。　㉛右文殿修撰：淳熙七年（1180 年）冬，辛弃疾由秘阁修撰改为右文殿修撰。安抚江南西路：指辛弃疾知隆兴府兼江南西路安抚使。

今译 我记述的辛侯幼安本是山东的一位才智高超的人，怀有忠义之心，在南方声名显赫。当年张安国等人乘贾瑞和辛侯幼安奉表南下之机而叛变降金，辛侯幼安得知后，空手率五十轻骑从五万多金兵中智缚张安国，好像捉住一只狡兔似的，约束战马兵士衔枚，不怕路途艰险西走淮水，甚至整天没吃一粒粮食。声势雄壮气概英勇，懦弱的人也变得勇敢起来！皇帝召见辛侯幼安，赞叹不已，于是深受知遇：身入朝班任大理寺少卿，先后调任湖北路转运副使和荆湖南路转运副使，四次连任安抚使。不久以前，以赖文政为首的荆南、湖南茶商军武装暴动，从潭州迫近江西，湖南和江西两地大惊，辛侯幼安奉命率军从容镇定地扑灭叛军。如果遇着机会到来，会将沦陷的中原地区收归版图之内，那种周瑜胜曹操、谢安打败符坚的事业，辛侯幼安本可以超过他们的。这种志愿未能实现，于是一反常态在山水林泉间放纵自己的性情，向老农学种庄稼，不也不是不可以吗？

像我这样的人，一辈子无所适从，不能受到别人的重视，倒是应当尽早地披着蓑衣，醉眠在牛背上，与打柴草放牛羊的孩子们混在一起。有幸在我未老之时，还能看见辛侯幼安做出一番大事业，到那时载誉归来，尽情享用这深广大厦的乐趣，还会戴着斗笠、划着小船，在微风中游弋在饶江之上。由园丁入内传达求见说："这是曾经为稼轩写作记文的人来求见。"辛侯幼安一定会停止吃饭出门相迎，主人坐侧席让客人坐主席，相互握手谈笑，拂去壁间石刻上的灰尘仔细阅读当年的记文——似乎不是陌生的客人。

辛侯幼安名弃疾，如今是右文殿修撰兼江南西路安抚使。

赏析 这篇文章是作者于淳熙八年（1181年）为辛弃疾在信州城北灵山下的带湖新居落成而作。此时辛弃疾还在做江西安抚使，因勇于负责，严格执行政令，受到好些人的反对与指责，滋生了消极退隐、独善其身的想法。作者对此表示了异议，实际是希望他不要害怕投降派的排挤，继续奋发有为，实现恢复中原、统一祖国的志愿。

作者首先记述了这个园宅的来历和构造建筑情况。通过作者的描绘，读者会分明感到这确是一处理想的园宅："东冈西阜，北墅南麓，以青径款竹扉，锦路行海棠。集山有楼，婆娑有堂，信步有亭，涤砚有渚……"作者指出主人建园的用意是"意他日释位得归，必躬耕于是"，因此宅名"稼轩"，亭名"植杖"。这样着意点破建园的用意，意在为下文规劝主人应奋发有为做铺垫。

在对园宅主人激励规劝之前，首先回顾了当年主人智擒张安国和平定赖文政的才干，作者认为只要有机遇，辛弃疾是足可以完成收复中原统一祖国大业的。以此证明作者的观点是有根据的有道理的，主人的消极情绪是不应该的，增强了文章的说服力。

文章结尾处一段，作者想象园宅主人"展大功名，锦衣来归"后的情景，并想象出到那时作者再来拜访的情形，写得细腻逼真，妙趣横生，充满浪漫的情调。这样写来，较之抽象的议论更易被人接受，倍感亲切自然，这也是此文的高妙之处。

入蜀记二则①

陆　游

二十一日。

舟中望石门关②，仅通一人行，天下至险也。晚泊巴东县③，江山雄丽，大胜秭归④。但井邑极于萧条，邑中才百余户，自令廨而下⑤，皆茅茨⑥，了无片瓦。权县事秭归尉、右迪功郎王康年⑦，尉兼主簿、右迪功郎杜德先来⑧，皆蜀人也。

谒寇莱公祠堂⑨。登秋风亭，下临江山。是日重阴，微雪，天气飗飘⑩；复观亭名，使人怅然，始有流落天涯之叹。遂登双柏堂白云亭。堂下旧有莱公所植柏，今已槁死。然南山重复，秀丽可爱。白云亭则天下幽奇绝境：群山环拥，屈出间见⑪；古木森然，往往二三百年物；栏外双瀑，泻石涧中，跳珠溅玉，冷入人骨。其下是为慈溪，奔流与江会。

予自吴入楚⑫，行五千余里，过十五州，亭榭之胜，无如白云者；而止在县廨厅事之后。巴东了无一事，为令者，可以寝饭于亭中，其乐无涯。而阙令动辄二三年无肯补者⑬，何哉？

注释　①《入蜀记二则》：选自《渭南文集》。作者于宋孝宗乾道五年（1169年）十二月，被任命为夔州（今重庆奉节）通判，《入蜀记》便是作者入川赴任时的沿途观感。所选二则，为乾道六年十月二十一日、二十三日两篇。　②石门关：在重庆奉节县东，两山相夹如门，接巫山县界。　③巴东县：今属湖北。　④秭归：今湖北秭归县。　⑤令廨：县衙门。　⑥茅茨：茅屋。　⑦王康年：事迹不详。秭归县尉代理秭归县令，右迪功郎是从九品的虚衔。　⑧杜德先：尉兼主簿，官衔是右迪功郎。　⑨寇莱公：北宋寇准，封莱国公，曾在这里做过官，故建有纪念他的祠堂。　⑩飗飘：寒冷多风。⑪间见：参差隐现。　⑫自吴入楚：作者沿长江西行，经过古吴地进入古楚地，即自江苏入安徽、江西、湖北等省。　⑬阙：同"缺"。

今译　乾道六年十月二十一日。

从船上观望石门关，只能通过一个人，是天下最险要的地方了。晚上船停泊在巴东县，这里的江山雄伟壮丽，远远超过秭归。但是城镇极其萧条冷落，城里只有一百多户人家，上自县衙下至百姓，全都是茅屋，连一片瓦也没有。秭归县尉兼县令、右迪功郎王康年，还有尉兼主簿、右迪功郎杜德先前来迎候，他们都是蜀地人。

拜谒莱国公寇准的祠堂。登临秋风亭，俯视大江和群山。这一天阴云浓重，飘着小雪，天气寒冷多风；再看看"秋风亭"这名字，令人惆怅，引发出贬谪沦落远方的慨叹。于是又登临双柏堂白云亭。庭堂前边原有莱国公寇准生前种植的松柏，如今已经枯死。但南面的山重重叠叠，秀美壮丽令人喜爱。白云亭便处在这天下最幽深奇妙的绝境之中：群山环绕在它的周围，层出不穷参差隐现；高大的古树一片阴森，都有二三百年的树龄；栏杆外面的两条瀑布，飞落到石涧中，溅起的水花像蹦跳的珠玉一样，飘出的寒气侵入肌骨。白云亭的下面是慈溪，奔腾而去流入大江之中。

我从吴地进入楚地，行程五千余里，经过十五个州郡，登临了许多有名的亭子，没有能与白云亭相比的；白云亭仅仅在县衙办公厅的后面。巴东县终日无事可办，县令十分悠闲，可以吃住在白云亭中，真有无限的快乐。尽管如此，可这个县的县令职位经常二三年空着无人愿意来填补，这是为什么呢？

二十三日。

过巫山凝真观①，谒妙用真人祠。真人，即世所谓巫山神女也。祠正对巫山，峰峦上入霄汉，山脚直插江中。议者谓太华②、衡③、庐④，皆无此奇。然十二峰者，不可悉见。所见八九峰，惟神女峰最为纤丽奇峭，宜为仙真所托⑤。祝史云⑥：每八月十五夜月明时，有丝竹之音⑦，往来峰顶，山猿皆鸣，达旦方渐止。庙后山半，有石坛平旷。传云⑧：夏禹见神女，授符书于此。坛上观十二峰，宛如屏障。是日，天宇晴霁，四顾无纤翳⑨；惟神女峰上有白云数片，如鸾鹤翔舞，裴徊久之不散⑩，亦可异也。祠旧有乌数百，送迎客舟。自唐夔州刺史李贻诗已云⑪："群乌幸胙余"矣⑫。近乾道元年⑬，忽不至。今绝无一乌，不知其故。泊清水洞。洞极深。后门自山后出；但黮闇⑭，水流其中，鲜能入者。岁旱祈雨颇应⑮。

权知巫山县、左文林郎冉徽之⑯，尉，右迪功郎文庶几来⑰。

①凝真：庙宇名。观：道教庙宇。　②太华：华山，在陕西渭南县境内，即西岳。③衡：衡山，在湖南衡山县西，即南岳。　④庐：庐山，在江西九江县南。　⑤仙真：神仙，此处指神女。　⑥祝史：古时司祝之官，此处指祠中住持。　⑦丝竹：弦管乐器。⑧传：《神仙传》。　⑨纤翳：微云遮蔽。　⑩裴徊：同"徘徊"。　⑪李贻：当作李贻孙。　⑫幸：庆幸，希望。胙：用以祭奠的肉食。　⑬乾道：南宋孝宗年号。　⑭黮闇：黑暗。　⑮祈雨颇应：祈求降雨，很有灵验。　⑯冉徽之：巫山县知县，官衔是从八品的左文林郎。　⑰文庶几：巫山县县尉，官衔是右迪功郎。

今译 乾道六年十月二十三日。

　　过访巫山凝真观，拜谒妙用真人的祠堂。这位真人，就是人世间所说的巫山神女。妙用真人的祠堂，前面正对着巫山，巫山的高峰直上云霄，巫山的山脚一直伸入大江中。人们评论说华山、衡山和庐山，都不如巫山奇伟。但这巫山十二峰，不能同时都见到。所见到的八九座山峰，唯有神女峰最为清秀瑰丽神奇峭美，正可作为巫山神女的化身。祠中的住持说：每当八月十五日的夜晚明月升起来的时候，便会听到弦管音乐缭绕在神女峰顶，山中的猿猴一齐鸣叫起来，直到早晨天亮时才逐渐停止下来。庙宇后面的半山腰处，有一方平坦开阔的石坛。《神仙传》中记载说：夏朝的大禹在这里会见巫山神女，接受神女给他的符书。在石坛上观看巫山十二座山峰，好像是一道屏障横陈在那里。这一天，天空晴朗，向四处望去见不到一丝云雾；唯有神女峰上有几片白云飘动，像鸾鸟和白鹤在飞舞，徘徊很长时间不肯散去，也是很奇异的现象。早年时祠堂里有几百只乌鸦，常常跟随江上过往的客船飞旋。唐朝夔州刺史李贻孙在诗中写道："群乌幸胙余"，这些乌鸦因能得到祭奠时的肉食为幸事。到了乾道元年，忽然不见了，如今一只乌鸦也没有了，不知道这是什么原因。泊舟在清水洞边，洞特别深。洞的后门从山的后面出去；但很黑暗，水从洞中流过，很少有人能进去。遇到干旱的年月到这里祈求降雨很是灵验。

　　巫山县知县、左文林郎冉徽之，县尉、右迪功郎文庶几前来迎候。

赏析 这是两篇优美的散文游记。

　　第一篇描绘了巴东县的壮丽江山，特别是白云亭的"幽奇绝境"，群山环拥，古木森然，双瀑泻石，一幅幅美妙的画面，引人入胜。尤为可贵的是，作者并没有一味地陶醉于秀丽可爱的景色之中，更为关切人世的变迁。

这首先表现在对莱国公寇准的缅怀，寇准曾在此地做官，人民便为他修建了祠堂祭奠他，因为他给人民做过不少好事。寇准生前种植的柏树，今已枯死，可见寇准的事业后继无人了。另一方面与此地壮丽的江山极不协调的是，井邑萧条凋敝，一个县城连一座瓦房都没有，县令的位置空缺二三年无人肯补。作者以满腔的忧国忧民意识，禁不住问道："这究竟是为什么呢？"

第二篇描述了"纤丽奇峭"的神女峰的景色及有关神女峰的优美传说。无论是西岳华山，还是南岳衡山，都没有巫山神女峰神奇。那八月十五夜神女峰上的仙乐，那天高气爽时神女峰上徘徊不散的数片白云，那幽深莫测的清水洞中的流水，无不触发人的遐想。那神女庙中的几百只乌鸦，近年来忽然不见，绝无一乌了，这是不是象征国运的衰微？作者只能发出一声"不知其故"的感叹！

对祖国大好河山的热爱与对祖国前途命运的忧虑交织在一起，构成了这两篇游记的特殊的意蕴。

百丈山记①

朱　熹②

登百丈山三里许，右俯绝壑，左控垂崖③；叠石为磴十余级乃得度。山之胜盖自此始。

循磴而东，即得小涧，石梁跨于其上④。皆苍藤古木，虽盛夏亭午无暑气；水皆清澈，自高淙下⑤，其声溅溅然⑥。度石梁，循两崖，曲折而上，得山门⑦，小屋三间，不能容十许人。然前瞰涧水，后临石池，风来两峡间，终日不绝。门内跨池又为石梁。度而北，蹑石梯数级入庵⑧。庵才老屋数间⑨，卑庳迫隘⑩，无足观，独其西阁为胜。水自西谷中循石罅奔射出阁下⑪，南与东谷水并注池中。自池而出，乃为前所谓小涧者。阁据其上流，当水石峻激相搏处⑫，最为可玩。乃壁其后⑬，无所睹。独夜卧其上，则枕席之下，终夕潺潺⑭，久而益悲，为可爱耳。

<hr/>

注释　①《百丈山记》：选自《朱文公文集》。百丈山，在福建建阳市东北。　②朱熹：(1130—1200年)，南宋理学家。字元晦，一字仲晦，号晦庵。绍兴进士，宋孝宗时上封

事，力说不可与金人言和。淳熙五年知南康军，天大旱，极力讲求救灾措施，许多老百姓因此得以活命。恢复白鹿洞书院，并立学规。光宗时，知漳州，奏除属县无名之赋七百万，知潭州，大兴学校。后韩侂胄擅权，禁道学，他被革除官职，两年后病死。理宗时，赠太师，追封信国公，改徽国公，从祀孔庙。著有《朱文公文集》等。 ③控：临。 ④石梁：石桥。 ⑤淙下：发出淙淙的水声流下来。 ⑥溅溅：流水声。 ⑦山门：通往寺庙的大门。 ⑧蹑：踏。庵：小庙，多指尼姑住的，俗称尼姑庵。 ⑨老屋：旧屋，年久的房屋。 ⑩卑庳：低矮。 ⑪罅：缝穴。 ⑫水石峻激：石峻水激。 ⑬壁：筑壁。 ⑭潺潺：流水声。

今译 登上百丈山三里远左右，右侧下方是又深又险的山谷，左侧的上方是垂直壁立的山崖；登上十多级石块叠压成的台阶才能过去。百丈山佳妙之处从这里开始。

顺着石阶向东走，就会遇到一道窄小的山涧，有石桥从涧上跨过去。到处都是苍苔藤条和古树，虽然是盛夏的中午却没有热气灼人；流水都很清澈，从高处淙淙地向下流淌，发出溅溅的声音。走过石桥，顺着两座山崖，在曲曲折折的山路上向上走，遇到一座山门，有三间小屋，住不下十来个人。屋前可以俯瞰山涧的流水，屋后靠近一个石头围成的水池，风从山谷中吹来，整天不断。门内又有一架石桥从水池上跨过。走过石桥向北去，踏过几级石阶进入一座小庙。小庙只有几间老房子，低矮狭小，不值得观赏，唯有西侧的小阁楼佳妙。流水从西边的山谷中顺着山石的缝隙喷射过来，又从阁楼下流出，南边与东边山谷中的流水也都一起流入池中。从池中流出来，便是前边所说的那道小山涧。小阁楼位居流水的上游，在石峻水激互不相让彼此搏击的地方，最值得玩赏。在阁楼的后边有一道墙壁，便看不到什么了。夜里独自躺卧在阁楼上，在枕席的下面，整夜潺潺的流水声不断，夜深时更显得悲壮，令人喜爱。

出山门而东，十许步，得石台。下临峭岸①，深昧险绝。于林薄间东南望②，见瀑布自前岩穴瀵涌而出③，投空下数十尺。其沫乃如散珠喷雾，日光烛之，璀璨夺目，不可正视。台当山西南缺，前揖芦山④，一峰独秀出；而数百里间峰峦高下，亦皆历历在眼。日薄西山，余光横照，紫翠重叠，不可殚数⑤。且起下视，白云满川，如海波起伏；而远近诸山出其中者，皆若飞浮来往，或涌或没，顷刻万变。台东径断，乡人凿石容磴以度⑥，而作神祠于其东，水旱祷焉。畏险者或不敢度。然山之可观者，至是则亦穷矣。

余与刘充父、平父、吕叔敬、表弟徐周宾游之。既皆赋诗以纪其胜，余又叙次其详如此⑦。而最其可观者：石磴、小涧、山门、石台、西阁、瀑布也。因各别为小诗以识其处，呈同游诸君，又以告夫欲往而未能者。年月日记⑧。

今译　走出山门向东去，十步远左右，遇到石头平台。下面紧靠着陡坡，深邃幽暗险要奇绝。从密林间向东南眺望，发现瀑布从前面山岩的缝穴中喷涌漫溢而出，从几十尺的高空投落下来。溅起的水沫像散落的珠子喷洒的云雾，经过日光的照射，光彩鲜艳耀眼，无法正眼相看。石头平台正对着百丈山西南角的缺口，前面与芦山相对，有一座山峰峭拔秀美高出群山之上；几百里内山峦起伏，也都清清楚楚看在眼里。落日接近西山，余晖铺洒在群山之上，紫色和青色的山峰重叠交加，无法数得清。早晨起来向下俯视，白云布满山川，像大海的波涛起伏汹涌；在云海中露出来的远远近近的群山，都像飞动浮游一样来来往往，有时涌出有时沉没，瞬息之间千变万化。石头平台的东边小路被峭壁截断，山乡的人们在石壁上凿出石级攀登过去，在它的东面修筑一座神庙，祈祷神灵保佑风调雨顺。惧怕危险的人不敢到这里来。但是百丈山值得观赏的地方，到这里也就到了尽头了。

我与刘充父、平父、吕叔敬、表弟徐周宾一同到此游览。都已经题诗记下游览中最美好的景观，我又记述了百丈山详细的情况如同这样。其中最值得观赏的有：石磴、小涧、山门、石台、西阁、瀑布等。依据各景点的情况分别题写小诗借以识别它们的所在，送给一同游览的各位，再以此告知打算到百丈山来而又不能来的人。写于某年某月某日。

赏析　这是一篇优美的游记散文。

作者对百丈山的景物，诸如涧水、瀑布、远山、日光和云雾等等，描写得既细致又准确。作者在对百丈山各景点逐一进行描写的同时，对于特点尤为突出的更加集中展开细写，特别是写出了作者独特的感受，使这些景物仿佛有了灵性，读后难以忘怀。如对"西阁"的描写，水从西阁下流过，石峻水激相互搏击，最值得观赏。尤其是夜间，独卧阁上，潺潺的流水声，就在枕席之下，夜深人静，悲从中来……这感受是奇特的。再如写百丈山早晨的云海，无数山峰在云海中时隐时现，如飘飞而来浮游而去，"或涌或没，顷刻万变"，真是将云海中的山峰写活了。

读这篇游记，能提高我们对山水景物的欣赏能力，进一步增强对祖国大好河山的热爱之情。

送宜黄何尉序^①

陆九渊^②

民甚宜其尉，甚不宜其令^③；吏甚宜其令，甚不宜其尉，是令、尉之贤否不难知也。尉以是不善于其令，令以是不善于其尉，是令、尉之曲直不难知也。东阳何君坦尉宜黄^④，与其令臧氏子不相善，其贤否曲直，盖不难知者。夫二人之争，至于有司^⑤，有司不置白黑于其间，遂以俱罢。县之士民，谓臧之罪不止于罢，而幸其去；谓何之过不至于罢，而惜其去。臧贪而富，且自知得罪于民，式遄其归矣^⑥；何廉而贫，无以振其行李^⑦，县之士民，哀其穷而为之裹囊以饯之^⑧，思其贤而为之歌诗以送之，何之归亦荣矣！

注释 ①《送宜黄何尉序》：选自《象山集》。 ②陆九渊：（1139—1192年），南宋哲学家。字子静，自号存斋象山翁，学者称象山先生，抚州金溪（今江西金溪）人。乾道八年进士。曾知荆门军，他以为荆门为四战之地，到任后即修筑城防。做官以安民为本，有政绩。他是理学中主观唯心主义学派"心学"的创始人，思辨深邃，影响很大。与兄九韶、九龄并称"三陆子之门"，至明代，陈献章、王守仁加以发挥，成为"陆王学派"。著有《象山集》三十二卷。 ③尉：副县长。令：县长。 ④东阳：三国时吴所置郡名，治所在今浙江省金华市。 ⑤有司：有关的上级官员。 ⑥遄：迅速。 ⑦振：整治。⑧裹囊：充实行装。

今译 老百姓认为县尉很称职，认为县令很不称职；县吏们认为县令很称职，认为县尉很不称职，这个县令和县尉谁贤谁不贤便不难知道了。县尉因得民心不能与县令友善，县令因得县吏们的欢心不能与县尉友善，这个县令和县尉谁正直谁不正直便不难知道了。东阳宜黄县尉何坦，与姓臧的县令关系不好，他们谁贤谁不贤、谁正直谁不正直，便不难知道了。县令与县尉两个人的分歧，报告给有关的上级官员，这个上级官员不问他们二人谁对谁错，便一律免职。全县无论是上层人士还是平民百姓，都说姓臧的罪过只是免职太轻了，但也为他的离去而庆幸；都说姓何的过失被免职太重了，为他的离开而惋惜。姓臧的贪赃枉法中饱私囊，而且自己知道在全县民众面前有罪，便急急忙忙地回走了；姓何的廉洁而又清贫，没有力量整治行李，全县无论是上层人士还是平民百姓，怜悯他的穷困帮他充实行装并备下酒席为他送行，思念他的贤德作诗赞颂他、欢送他，何县尉的免职回乡也是光荣的了！

比干剖心，恶来知政①；子胥鸱夷，宰嚭谋国②。爵、刑舛施③，德、业倒植④，若此者班班见于书传⑤。今有司所以处臧、何之贤否曲直者⑥，虽未当乎人心，然揆之舛施倒植之事⑦，岂不远哉？况其民心士论，有以慰荐扶持如此其盛者乎⑧？何君尚何憾！

鲁士师如柳下惠⑨，楚令尹如子文⑩，其平狱治理之善，当不可胜纪，三黜三已之间⑪，其为曲直多矣！而《语》《孟》所称⑫，独在于遗逸不怨，阨穷不悯⑬，仕无喜色，已无愠色。况今天子重明丽正⑭，光辉日新。大臣如德星御阴辅阳⑮，以却氛祲⑯。下邑一尉，悉力卫其民，以迕墨令⑰，适用吏文，与会俱罢，是岂终遗逸阨穷而已者乎⑱？何君尚何憾！

虽然，何君誉处若此其盛者⑲，臧氏子实为之也。何君之志，何君之学，遽可如是而已乎？何君是举亦勇矣！试率是勇以志乎道⑳，进乎学，必居广居，立正位，行大道，使富贵不能淫，贫贱不能移，威武不能屈，此吾所望于何君者。不然，何君固无憾，吾将有憾于何君矣！

注释 ①比干剖心，恶来知政：殷纣王时，贤臣比干被剖心，奸臣恶来专权用事。②子胥鸱夷，宰嚭谋国：吴王夫差时，忠臣伍子胥惨死，奸臣宰嚭专权用事。鸱夷：是子胥被杀投尸江中用的皮囊。 ③舛施：妄加。 ④倒植：错用。 ⑤班班：历历。 ⑥处：区处，对待。 ⑦揆：比。 ⑧慰荐扶持：同情帮助。 ⑨士师：古代法官。柳下惠：春秋时鲁国的法官。 ⑩令尹：执掌军政大权的官。子文：名斗谷于菟，春秋时楚国的贤相。 ⑪三黜三已：三次免职三次罢官。 ⑫《语》《孟》：《论语》、《孟子》。

⑬遗逸不怨，阨穷不悯：被遗弃不怨恨，遭穷困不忧愁。　⑭重明丽正：意思是宋朝的历代皇帝都英明，能治理天下。　⑮德星：贤人星。御阴辅阳：善于辅佐朝政。　⑯却氛祲：消除邪气。　⑰墨令：贪赃枉法的县令。　⑱终遗逸阨穷：永远不再任用。　⑲誉处：美德的名声传到皇帝那里。　⑳率：顺着，循着。

今译 殷纣王时，贤臣比干被剖心，奸臣恶来专权执政；吴王夫差时，忠臣伍子胥被投尸江中，奸臣宰嚭窃取国家大权。谁应该晋官爵，谁应该受刑罚，做了错误的施行；谁有贤德，谁有罪孽，做了相反的选用，像这些事情在史书里都有明确的记载。如今有关上级官员对臧县令与何县尉不分贤否曲直一律免职的处理，虽然不合乎人心，但与错误的施行和相反的选用比较，其谬误的程度不是还差得远吗？况且全县的民心和舆论，同情和帮助何县尉还能有比现在更盛大的吗？何县尉还有什么遗憾！

　　春秋时鲁国的法官柳下惠，楚国执掌军政大权的子文，他们公正执法治理国家做出很大成就，是记述不尽的，但是柳下惠三次被免职，子文三次被罢官，其中的是非曲直太多了！《论语》、《孟子》所称赞他们的，只在他们被遗弃不怨恨，遭穷困不忧愁，被任用时不分外欢喜，被罢免时也无不高兴的表示。况且如今国朝历代皇帝圣明，善于治国，光明有如红日普照万物一新。大臣怀有贤德，善于辅佐朝政，消除歪风邪气。下边一个小县的县尉，能全力保卫这个县的百姓，因此触怒了贪赃枉法的县令，致使上级下达任免文书，与县令一同被免职，这个县令岂不是永远也不会再被任用了吗？何县尉还有什么遗憾！

　　虽然这样，何县尉的美德已传到皇帝那里，使何县尉的名声达到像现在这样远大，实在是臧县令与他比较的结果。何县尉的志向，何县尉的学问，岂止这样吗？何县尉这样做也称得上见义勇为了！假如循着这种见义勇为的精神立志于道德，精进于学问，一定会身居要职，立身正位，施行圣人的大道，做到不被富贵所迷惑，不会因贫贱而改变心志，不会在威武面前屈服，这是我对何县尉寄予的期望。如果不是这样，即或何县尉本人无遗憾，我也会为何县尉而遗憾了！

赏析 宜黄县尉何坦，因为敢于保卫百姓的利益，触怒县令，彼此不和，有关上级不问是非曲直，将他们二人一齐罢免。本文是作者对何坦的临别赠言。

161

文章的第一段，作者从总体上记述了这件事情，强调指出，民心向背，才是为官好坏的标准。个人的升沉，不足介意，能够得到人民的爱戴，才是最大的光荣。

文章的第二段与第三段，作者以古喻今，先以比干与恶来、子胥与宰嚭那真善美与假丑恶完全颠倒的情况与现实作比，何坦还算幸运。又以柳下惠与子文这些古代贤人为例，与何坦的遭遇比较，以此来安慰何坦。

第四段对何坦进行勉励，肯定何坦的道德学问和志向，可以为国为民做出一番大事业，对此作者寄予殷切的期望。

文章感情强烈，爱憎分明。是否得民心是为官者好坏最重要的标准，以及处理官员之间的所谓"团结"问题，不应不分贤否曲直等，今天读来，仍有可借鉴之处。

正气歌序①

文天祥②

余囚北庭③，坐一土室。室广八尺，深可四寻④，单扉低小，白间短窄⑤，污下而幽暗。当此夏日，诸气萃然：雨潦四集，浮动床几，时则为水气⑥。涂泥半朝⑦，蒸沤历澜⑧，时则为土气。乍晴暴热，风道四塞，时则为日气。檐阴薪爨，助长炎虐⑨，时则为火气。仓腐寄顿，陈陈逼人⑩，时则为米气。骈肩杂遝，腥臊汗垢，时则为人气。或圊溷浮尸⑪，或腐鼠杂出，时则为秽气。叠是数气⑫，当之者鲜不为厉⑬，而余以孱弱俯仰其间⑭，于兹二年矣⑮，无恙，是殆有养致然。然尔亦安知所养何哉？孟子曰："我善养吾浩然之气⑯。"彼气有七，吾气有一，以一敌七，吾何患焉！况浩然者乃天地之正气也。作《正气歌》一首。

注释 ①《正气歌序》：选自《文山先生全集》。 ②文天祥：（1236—1282年），南宋末大臣。字宋瑞，又字履善，号文山，吉州庐陵（今江西吉安县）人。二十一岁时举进士第一，累官湖南提刑，改知赣州（今江西赣县）。德祐元年（1275年），元军大举南侵，恭帝诏天下勤王，文天祥在赣州任所起兵入卫。第二年，元军进逼临安，文天祥以右丞相兼枢密使往元营谈判被拘，乘间得脱；至福州，继续组织兵力抗击元军。景炎三年

（1278 年）十二月，文天祥在海丰（今广东海丰县）兵败被执，被押往大都（今北京市），拘囚三年，坚贞不屈，最后从容就义。著有《文山先生全集》。　③北庭：汉代北匈奴的住地，这里借指元朝的大都。　④可：大约。寻：古时的长度单位，相当于八尺。⑤白间：本来指窗边涂白，这里指未施油漆的窗户。　⑥时则为：这时就成为。　⑦涂泥半朝：污泥在太阳升起后。　⑧蒸沤历澜：被太阳蒸晒得发酵糜烂。　⑨炎虐：炎热的威力。　⑩陈陈：同"阵阵"。　⑪圊溷（qīng hùn）：厕所。浮尸：漂浮着动物的尸体。　⑫叠：合，混合。　⑬当：对，接受。厉：疾病。　⑭俯仰：低头或抬头，这里指生活。　⑮于兹：到现在。　⑯浩然：盛大的样子。

今译　我被囚禁在大都，坐在一间土屋里面。土屋宽八尺，高大约有四寻，单扇的房门又低又小，未施油漆的窗户又短又窄，污浊黑暗。在这夏天里，各种气都集聚在一起：雨水从四处流到一起，床和桌子都漂浮移动了，这时就形成了水气。污泥在太阳升起以后，被蒸晒得发酵糜烂，这时就形成了土气。天气初晴暴热，四面都不通风，这时就形成了日气。在屋檐下烧柴煮饭，更加助长了炎热的威虐，这时就形成了火气。仓中腐烂的粮食堆积起来发出难闻的气味，一阵一阵地扑人，这时就形成了米气。许多人肩并肩杂乱地挤在一起，汗液和污垢发出腥臊的气味，这时就形成了人气。有时厕所里漂浮着动物的尸体，有时腐烂的老鼠出现在这里或那里，这时就形成秽气。这各种气混合在一起，接触的人很少有不生病的，我以虚弱的身体生活在这样的环境里，到现在已经二年了，没有生病，这大概是因为我素日有修养才能达到这样。孟子说："我善于培养我的至大至刚的浩然之气。"那些气有七种，我的气只有一种，以我这一种气抵挡住七种气，我还有什么可忧虑的呀！何况这至大至刚的浩然之气是天地间的正气。为此作《正气歌》一首。

赏析　本文是作者著名诗篇《正气歌》的序文。作者于南宋祥兴元年（1278年）被元军俘获，次年十月被押送到元都燕京（今北京），囚禁在一个土室里，他在土室里写了许多充满爱国主义精神的诗文，《正气歌》是其中有名的一篇。

作者在这篇序文中，描述了他在那极为恶劣的环境里，以他那至大至刚的"正气"，抵御着七种恶气，充分显示了他崇高的民族气节和坚毅顽强的斗争意志。

作者以写实的手法，具体形象地描述了土室中的"水气""土气""日气""火气""米气""人气""秽气"这七种气，似乎只是在写作者所处环境的恶劣和所蒙受的苦难，但当作者写到以自己的浩然正气来抵御这七种恶气时，这七种恶气便有了深刻的寓意和象征，有了一种新的思想内涵。敌人的威逼诱降，汉奸的卑鄙无耻，都在这七种恶气之中了。以此更加突现出民族英雄文天祥的崇高品格、坚强意志和他那宁死不屈的爱国精神，这是中华民族最可宝贵的精神财富。

送秦中诸人引①

元好问

关中风土完厚，人质直而尚义，风声习气，歌谣慷慨，且有秦汉之旧。至于山川之胜，游观之富，天下莫与为比。故有四方之志者，多乐居焉。

予年二十许时，侍先人官略阳②，以秋试留长安中八九月。时纨绮气未除③，沉涵酒间，知有游观之美而不暇也。长大来，与秦人游益多，知秦中事益熟，每闻谈周、汉都邑，及蓝田、鄠、杜间风物，则喜色津津然动于颜间。

二三君多秦人，与余游，道相合而意相得也。常约近南山④，寻一牛田，营五亩之宅，如举子结夏课时，聚书深读，时时酿酒为具，从宾客游，伸眉高谈，脱屣世事⑤，览山川之胜概，考前世之遗迹，庶几不负古人者。然予以家在嵩前，暑途千里，不若二三君之便于归也。清秋扬鞭，先我就道，矫首西望，长吁青云。

今夫世俗惬意事，如美食、大官、高赀、华屋，皆众人所必争，而造物者之所甚靳，有不可得者。若夫闲居之乐，澹乎其无味，漠乎其无所得。盖自放于方之外者之所贪，人何所争，而造物者亦何靳耶？行矣，诸君！明年春风，待我于辋川之上矣⑥。

[注释] ①引：古代的一种文体，与序略同，也称赠序。　②略阳：古郡名，西晋泰始中置，治所在临渭（今天水东北）。　③纨绮气：纨绮子弟的奢华之气。　④南山：即终南山，在今陕西西安西南。　⑤脱屣世事：像脱掉鞋子一样摆脱世俗的纠缠。　⑥辋川：水名，在今陕西蓝田县南。唐代诗人王维曾隐居于此，筑辋川别业。

[今译] 关中的风土民情十分敦厚，老百姓质朴正直而崇尚义气，风教习俗，

歌曲谣谚，慷慨激昂，还保留有秦汉时的遗风。至于说山河胜景，值得游览的地方很多，天下没有任何地方能与它相比。所以，有志于游览四方的人，大都乐于在这里居住。

我 20 岁左右的时候，侍奉先父到略阳做官，因为参加秋天举行的乡试，在长安逗留了八九个月。那个时候，富家子弟的习气还没有消除，整天沉溺在酒席宴会中，知道秦中有许多美丽的风景而顾不上去游览。长大成人后，和关中人的交往越来越多，对关中的事情也越来越熟悉，每次听到人们谈论周朝的都邑镐京、汉朝的都城长安，以及蓝田、鄠、杜陵等地的风景，就禁不住高兴得喜形于色。

你们两三个人大都是关中人，和我交往，志同道合，意气相投。我们曾经约定，在靠近终南山的地方，寻找一块可以牧牛的田地，经营五亩庄园，像参加考试的文人夏季聚集在一起温习诗文那样，把书聚在一起，深入研读，经常带着酒食器具，跟着客人一道游玩，高谈阔论，摆脱世俗的纠缠，游览山河美景，考察前代留下的名胜，这样或许不辜负古人的一片苦心。可是，我家在河南嵩山前面，冒着酷暑要走两千里的路，不像你们几个人来往那么方便。清秋时节，你们扬鞭登程，在我之前踏上了归途。我翘首西望，禁不住对天长叹。

如今，世俗高兴的事儿，如美食、高官、富足的钱财和华美的房屋，都是众人努力争取的东西，但是，造物主却很吝啬，有些东西是不可能得到的。闲居的快乐，在他们看来是平淡无奇味，漠然无所得。大概只有自我放逐于世俗之外的人的贫穷，世俗才不会去争夺，何必去向造物主祈祷呢？上路吧，诸君！明年春天，在辋川之上等我就是了。

赏析 送别的文章有多种写法，但总归是抒写离情别绪，免不了凄凄切切，哀愁伤感。正所谓"多情自古伤离别，更那堪冷落清秋节"。元好问的这篇《送秦中诸人引》虽然也属于送别一类，但重点不在写离情别绪，而是盛赞关中山川形势、风土人情，并借此来表达自己向往田园生活、远离世俗喧嚣的心境。关中历来是"有四方之志者多乐居焉"之地，而风景秀美的终南山和辋川，正是作者理想的居所；"聚书深读，时时酿酒为具，从宾客游，伸眉高谈，脱屣世俗，览山川之胜概，考前世之遗迹"，则是作者理想的生活。文章由关中形胜和民风质直尚义入手，为其与秦中诸人"道相合而意相得"

作铺垫，表达了作者对关中风土人情的欣美之意，对秦中诸人的恋恋不舍之情；对世俗追逐名利和奢侈豪华，作者则流露出鄙夷之意。文章写来委婉曲折，情意绵绵。结尾对世俗"惬意事"的描述，似闲非闲，非关有无，透露出作者向往田园生活的现实背景。至于送别，虽仅"清秋扬鞭，先我就道。矫首西望，长吁青云"寥寥16个字，却是情深意款，胜似一篇长吁短叹的大文章。

《辋川图》记①

是图，唐、宋、金源诸画谱皆有评。识者谓惟李伯时《山庄》可以比之②。盖维平生得意画也。癸酉之春，予得观之。唐史暨维集之所谓竹馆、柳浪等皆可考③。其一人与之对谈或泛舟者，疑裴迪也④。江山雄胜，草木润秀，使人裴回抚卷而忘掩，浩然有结庐终焉之想⑤，而不知秦之非吾土也。物之移人观者如是，而彼方以为是自嬉者，固宜疲精极思而不知其劳也。

呜呼！古人于艺也，适意玩情而已矣。若画，则非如书计乐舞之可为修己治人之资，则又所不暇而不屑为者。魏晋以来，虽或为之，然而如阎立本者⑥，已知所以自耻矣。维以清才，位通显，而天下复以高人目之。彼方偃然以前身画师自居，其人品已不足道。然使其移绘一水一石、一草一木之精致，而思所以文其身，则亦不至于陷贼而不死，苟免而不耻。其紊乱错逆如是之甚也！岂其自负者固止于此，而不知世有大节将处己于名臣乎？斯亦不足议者。

予特以当时朝廷之所以享盛名，而豪贵之所以虚左而迎，亲王之所以师友而待者，则能诗能画，背主事贼之维辈也。如颜太师之守孤城倡大义⑦，忠诚盖一世，遗烈振万古，则不知其作何状，其时事可知矣。后世论者喜言文章以气为主，又喜言境因人胜。固朱子谓维诗虽清雅，亦萎弱少气骨。程子谓绿野堂宜为后人所存，若王维庄虽取而有之，可也。

呜呼！人之大节一亏，百事涂地。凡可以为百世之甘棠者，而人皆得以刍狗之⑧。彼将以文艺高逸自名者，亦当以此自反也。

予以他日之经行，或有可以按之以考。夫俯仰间已有古今之异者，欲如韩文公《画记》以谱其次第之大概而未暇⑨，姑书此于后，庶几士大夫不以此自负，而亦不复重此。而向之所谓豪贵王公，或亦有所感而知所趋向焉。三月望日记。

注释 ①《辋川图》：唐王维所作，为历代名画中的精品。维字摩诘，山西太原人，唐代著名诗人和画家。曾隐居辋川，并以其隐居地为题材，作有《辋川图》。下文的"是图"，即指《辋川图》。作者刘因：（1249—1293年），字梦吉，号静修先生，河北容城（今河北徐水）人。元代著名学者。性恬淡，不求仕进。著有《静修先生文集》。 ②李伯时：宋代著名画家。名公麟，号龙眠居士。工山水佛像。《山庄图》出自其手笔。 ③维集：王维的诗集；竹馆、柳浪：均为辋川风景。王维诗歌中有吟咏。 ④裴迪：王维的朋友，和王维有诗歌唱和。 ⑤结庐：建造房屋。这里用陶渊明"结庐在人境"诗意，表示隐居的意思。 ⑥阎立本：唐代著名画家，擅画人物、车马，尤精人物肖像。存世作品有《历代帝王图》。 ⑦颜太师：即颜真卿，唐代著名书法家。安史之乱时，颜真卿为平原太守，与兄长起兵抵抗叛军，河北诸郡群起响应。后官至太子太师，故称颜太师。⑧刍狗：草编的狗，用来祭祀。祭祀之后，刍狗就被扔掉。这里用来比喻弃置无用的东西。 ⑨韩文公：即韩愈，唐代著名文学家。著有《画记》，详细描述画中人物情状。谱其次第：按顺序叙述排列。

今译 王维的《辋川图》，唐、宋、金三代的各种画谱都有评论。有见识的人以为，只有宋朝李伯时的《山庄图》可以和《辋川图》相提并论。大概《辋川图》是王维平生最得意的画了。癸酉年（元世祖至元十年）春天，我看到了这幅画。有关唐代的史书和王维的诗集所说的竹馆、柳浪等景物，都可以从《辋川图》中找到。那个或是和王维谈论，或是和王维泛舟的人，我怀疑就是裴迪。《辋川图》描绘的山川景物雄奇美丽，草木茂盛，让人反复观览，忘记把它收拾起来，忽然生出在那里结庐隐居的念头，而忘记了关中并不是我的家乡。事物就是像这样能够改变人们的看法。而王维正是因为满足于辋川雄奇美丽的景物，才穷思极想，费尽心思，而不知疲劳。

啊！古人对于艺术，只是情感舒畅满足欣赏而已。譬如绘画，不像书写、计算、音乐、舞蹈那样，可以作为修身养性统治他人的资本，同时，又因为过于繁忙而不屑于去做。魏晋以来，虽然有人从事绘画，但也像阎立本那样，已经自己感到是耻辱的事情了。王维由于才能清俊，官位显达，所以天下人就把他视为高人。而王维却坦然地以前生就是画师自居，他的人品也就不值得称道了。然而，假如他能够把他描绘一水一石、一草一木的精力心思用到自身修养上面，他也就不至于陷身贼手而不殉义就死，苟且偷生而不知羞耻。他的为人是如此本末倒置错乱不堪。这难道是他在绘画方面如此自负，而不知道世上还有大的气节能够把他置于名臣的位子吗？这件事也就不值得再议论了。

我只是以为，当时之所以能够在朝廷享有盛名，豪门权贵之所以空出左边的位子恭敬地迎接，亲王之所以能够用师友之礼来对待的人，正是能够写诗作画、背叛主子、侍奉贼子的王维这些人。像颜真卿太子太师那样坚守孤城，倡义起兵反抗叛贼，忠诚超乎一世，勋迹震响万古，就不知道那些人该有怎样的表现了。从当时的情况来看，这些是不难想象的。后世的人论文，喜欢说文章以气为主，又喜欢说境界因为人的因素而变得高妙。所以，朱熹说王维的诗虽然清雅，却也委顿软弱，缺少骨气。程颐说，后人应该保存裴度的绿野堂，像王维辋川的庄园，即使是把它拿过来为己所有，也是可以的。

啊！人的大气节一旦失去，其他的事情就会一败涂地。凡是那些可以让人千百年后仍然怀念的东西，人们也就都可以像鄙弃刍狗那样鄙弃它。那些准备依靠文艺作品高逸不群而抬高自己的名声的人，也应该因此而自我反省。

在我看来，人们的经历或许可以从前人那里得到印证，但很快就会出现古今不同的情况。像韩文公《画记》那样将其顺序作一大概排列，恐怕就来不及。姑且把我的一点看法写在后面，希望士大夫不要因此而自负清高，也不要再重复这样的事情。而人们一向所说的豪门权贵、公子王孙，或许也会有所感触而知道应该怎么做了。三月十五日记。

赏析 唐代著名诗人王维在其诗中写道："宿世谬词客，前身应画师。不能舍余习，偶被世人知。"（《偶然作》其六）在绘画方面，王维的确取得了很高的成就。《新唐书·王维传》说："维工草隶，善画，名盛于开元、天宝间。豪英贵人，虚左以迎；宁、薛诸王，待若师友。画思入神，至山水平远，云势石色，绘工以为天机所到，学者不及也。"他的画，据《宣和画谱》记载，有126幅之多，其中最为有名的当数《辋川图》和《江山雪霁图》。

但是，由于他在"安史之乱"中曾受安禄山的封赠，继续做他的给事中，气节有亏，所以和后世画家赵孟𫖯、董其昌一样受到论者的诟病。刘因这篇《辋川图记》因人论事，认为绘画是小的技巧，只能"适意玩情而已"，与人的个性品质没有关系，无关"修己治人"的大节。文章先赞美《辋川图》，说它能"使人裴回抚卷而忘掩，浩然有结庐终焉之想"。接着用王维被俘降贼、失节求安一事，说明绘画虽然可以改变人的心绪情志，却对人的气节品质没有什么帮助。王维如果能够把绘画的精力哪怕仅仅是一点点用到修身养性上，也就不会陷入贼人之手而不死节，不会苟且偷生而不知羞耻。作者看重人的气节，更看重个人修养，认为人的气节品质是通过自身修养来提高的，所以，不能为了艺术而放弃个人修养，更不能因为在艺术上取得一点成绩就沾沾自喜，"以文艺高逸自名"。即使是取得了很高的成就，也要认真进行自我反省，看一看自我修养如何。因为，"人之大节一亏，百事涂地"。在文章的最后，作者表明了写作《辋川图记》的真正目的，那就是希望士大夫不要因为擅长某种艺术而自以为了不起，不要重复王维沉湎艺术而失大节的错误。文章以画入题，借画写人，层层推进，意味深长，富有感染力。

送天台陈庭学序

宋　濂

西南山水，惟川蜀最奇。然去中州万里①。陆有剑阁栈道之险②，水有瞿唐滟滪之虞③。跨马行，则竹间山高者，累旬日不见其巅际；临上而俯视，绝壑万仞④杳莫测其所穷，肝胆为之悼栗⑤。水行，则江石悍利，波恶涡诡，舟一失势尺寸，辄糜碎土沉，下饱鱼鳖。其难至如此。故非仕有力者，不可以游，非材有文者，纵游无所得，非壮强者，多老死于其地。嗜奇之士恨焉。

天台陈君庭学⑥，能为诗，由中书左司掾⑦，屡从大将北征，有劳，擢四川都指挥司照磨⑧，由水道至成都。成都，川蜀之要地，扬子云、司马相如、诸葛武侯之所居⑨，英雄俊杰战攻驻守之迹，诗人文士游眺、饮射、赋咏、歌呼之所，庭学无不历览。既览必发为诗，以纪其景物时世之变，于是其诗益工。越三年，以例自免归。会予于京师⑩，其气愈充，其语愈壮，其志意愈高，盖得于山水之助者侈矣⑪。予甚自愧，方予少时，尝有志于出游天下，顾以学未成而不暇。及年壮可出，而四方兵起，无所投足。逮今圣主兴而宇内定，极海之际，合为一家，而予齿益加耄矣⑫。欲如庭学之游，尚可得乎？

然吾闻古之贤士，若颜回、原宪⑬，皆坐守陋室，蓬蒿没户，而志意常充然，有若囊括于天地者，此其故何也？得无有出于山水之外者乎？庭学其试归而求焉？苟有所得，则以告予，予将不一愧而已也。

注释 ①中州：指当时全国的中心，古人一般指今河南一带。　②剑阁：在今四川北部与陕西、甘肃接境处，有大、小剑山，道路艰险。栈道：古人在悬崖峭壁间用木搭成的通道。　③瞿唐：即瞿塘峡。在今重庆市奉节白帝城至巫山大宁河口，江面狭窄，水流湍急。滟（yàn）滪（yù）：即滟滪堆，在瞿塘峡东口，是江中巨石，1958年已炸除。　④壑（hè）：山谷。仞（rèn）：古人以七尺为一仞，一说八尺。　⑤悼栗：因恐惧发抖。　⑥天台：地名，在今浙江。　⑦中书左司掾：官名。明代的中书省下设左右司，陈庭学是其左司中的属员。　⑧擢（zhuó）：升迁。都指挥使：官名。主管军事指挥。照磨：掌管文书档案的属员。　⑨扬子云：西汉思想家、文学家，名雄，蜀人。司马相如：西汉辞赋家，字长卿，蜀人。诸葛武侯：三国蜀丞相诸葛亮，封武乡侯。　⑩京师：指当时的都城南京。　⑪侈：多。　⑫齿：年龄。耄（mào）：年老，八十以上叫"耄"。　⑬颜回：字渊，孔子弟子。原宪：孔子弟子。两人都以安贫乐道为后人所钦重。

今译 我国西南地区的山水，只有四川最出奇。但那里距离中原有万里之遥，陆路上有剑阁栈道的险峻，水路上有瞿塘峡、滟滪堆的忧患。骑马走吧，则是竹林茂密，山高岭峻，一连走几十天，都见不到山顶，登到高峰俯瞰下方，陡峭的山谷深达几万尺，幽深得无法测定它的尽头，肝胆被惊吓战栗起来。乘船走水路，则是江水凶猛、礁石尖利，波涛险恶，漩涡变幻，行船有尺寸差错，就会被撞成粉末，像泥土般沉没，落入水底，让鱼鳖饱餐。路途竟然艰难到如此地步。所以不是有勇力的官员，不可以去游历，不是有才学的文士，即使去游历，也不会有什么收获，不是年富力强的人，大多老死在四川这个地方。爱好奇山异水而又想到四川的人，常常为此感到遗憾。

天台的陈庭学君，会作诗。他任中书左司掾，多次随从大将北征，建立功劳，提升为四川都指挥使司照磨，从水路到成都。成都是四川的重要之地。扬子云、司马相如、诸葛武侯居住过的地方，英雄豪杰们争战攻伐、驻扎防御的遗址，诗人文士游览远眺、饮酒行令、猜谜游戏，赋诗吟咏、唱歌长啸的处所，庭学没有不一一去游历观览的。游览之后，就一定抒发感慨，写成诗歌，用来记述景物和时世的变化。在四川写的诗歌就更加工稳精妙。

过了三年，庭学依旧惯例自己辞官归来，在京师与我相会。他的精神更加饱满，他的言谈更加豪壮，他的志向意趣更加高远，这大概是因为在四川山水中得到了很多的助益吧。

我很惭愧，在我年轻的时候，曾经立志遍游天下。只是由于学业未成，没有闲暇时间。到了壮年可以出游，却又四方发生战乱，没有落脚之地。到了今天，圣明天子兴起，天下太平，四海之内，合成一家，而我的年纪越来越老了。想要像庭学那样游历，还能做得到吗？

但是，我听说古代的贤士，如颜回、原宪，都坐守在简陋的屋子里，蓬蒿遮没了门户，但是他们的志向意气却是经常很充沛，好像具有囊括天地的精神力量，这是什么原因呢？莫非他们具有超出山水之外的神奇力量吗？庭学大概要回去尝试着探求这方面的奥秘，如果有什么收获，就请你把它告诉我，我将不会仅仅是有些惭愧就算了。

赏析　古代的文人往往认为历览山川奇景可以有益于文章。宋濂则进一步认为像蜀地这样道路艰险，而且有过许多政治和文化名人的地方，只要是有文学才能的人到此必能发为诗歌，使诗才更为精进。文中说到自己早年亦曾有志于游览，但因元末的兵乱未能实现。最后提到古代的颜回、原宪无力出游，而在道德修养方面达到了很高的境界，因此他认为"得无有出于山水之外者乎"？他这句话的意思很清楚，无非是要陈庭学在儒家的"正心、诚意"方面下功夫。这正是理学家的主张。但宋濂此文，仍不失为古代散文中的名篇。像文章的第一段，描写入蜀道路之险，不论水路还是陆路，都有种种艰阻，虽着墨不多，而读之令人惊心动魄，显出作者驾驭文词的高超才能。末段谈到自己有志出游而未果，感慨甚深，归结到可以求于山水之外，既为勉励陈庭学，亦所以自慰。文章写得层次井然，意思一层进一层，言有尽而意无穷，深可玩味。在宋濂的散文中，此文与著名的《送东阳马生序》都是后人常读的佳作。

工之侨为琴①

刘 基

工之侨得良桐焉，斫而为琴②，弦而鼓之③，金声而玉应，自以为天下之美也。献之太常④，使国工视之⑤，曰，"弗古"，还之。

工之侨以归，谋诸漆工⑥，作断纹焉⑦；又谋诸篆工⑧，作古窾⑨；匣而埋诸土。朞年出之⑩，抱以适市⑪。贵人过而见之，易之以百金，献诸朝。乐官传视，皆曰："希世之珍也！"

工之侨闻之，叹曰："悲哉，世也！岂独一琴哉？莫不然矣！而不早图之⑫，其与亡矣。"遂去，入于宕冥之山⑬，不知其所终。

注释 ①《工之侨为琴》：选自《郁离子》，是刘基隐居青田山时所作。《郁离子》是寓言故事集。郁是文采，离是光明，郁离子就是文明者。 ②斫（zhuó）：砍。 ③鼓：弹奏。 ④太常：原为掌管礼乐的官名，魏晋以后代指主管礼乐的官府。 ⑤国工：国内一流的乐师。 ⑥诸：之于，与的意思。 ⑦焉：于是，指琴上。 ⑧篆工：刻字、刻图纹的工人。 ⑨窾：同"款"，即款识。 ⑩朞年：一周年。 ⑪适：到，去。 ⑫图：打算。 ⑬宕冥：幽深昏暗，文中指虚渺高洁的境界。

今译 工之侨找到一棵上好的桐树，砍下来做成一张琴，装上弦一弹，如金属声和玉声应和，他自己认为这是天下最优秀的琴。于是把琴献给主管礼乐的官府，官府找国内著名的乐师来考评，说"不够古老"，还是退还给工之侨。

工之侨回来，找漆工商量，在琴上漆上残缺的花纹；又找来刻工，在琴上刻出上古文字；把琴装匣埋在土里。一年后挖出来，抱到集市上，有个路过的贵人看见后，用百金购了去，献给了朝廷。乐官传看后都说："真是世上少有的宝贝。"

工之侨听说此事，感叹地说："可悲呀，这个世道！难道这只是一张琴的命运吗？其他事物不都是如此吗？如果不早替自己打算，就跟这个世道一样丧失真诚了。"于是工之侨便离去，进入幽远的深山，不知最后怎样了。

赏析 这则寓言不过百四十余字，却生动而深刻地揭示了贵古贱今以至真假莫辨的虚伪和可笑。同一张琴，同是"金声而玉应"，却有如此不同的命运，其价值真的如此悬殊吗？关键是崇古的心态在作怪。崇古，就是认为什么都是古代的好，今不如昔，这种愚蠢的想法存在于不少人的心中，于是盲目追求古代的事，甚至闹出笑话来。这则寓言讲的就是这样一个故事，文中辛辣地嘲讽了国工的虚伪可笑，刻画了工之侨不与世俗妥协的高洁形象。这个寓言启迪我们要正确地对待传统文化遗产，实事求是地评估传统，不能盲目地文必典诰，器必鼎彝，礼必旧制，法必先王，而是要在合理继承传统的基础上，发展自己的新文化，这样才不至于被一个古字蒙住双眼，做出以假当真、真假不分的荒唐事。

这则寓言在艺术上很成功，一是语言精练，寓意深远，把丰富的哲理融汇在简括的故事叙述和人物刻画之中，读后耐人寻味，引人思考。二是很善于用对比的手法，前面是"使国工视之"，后面是"乐官传视"，语言上既不重复，又鲜明地衬托出同一张琴的不同际遇。而前一段里的"勿古，迁之"与后一段里的"稀世之珍也"更是把同一张琴做假前后的不同命运展现出来，也很自然地引出工之侨"悲哉，世也！"的感叹和"而不早图之，其与亡矣"的念头，对比手法的巧妙使用，对揭露崇古贱今的虚伪可笑和刻画工之侨不与世俗同流合污的性格都有非常直接的作用。

深 虑 论

方孝孺①

虑天下者，常图其所难，而忽其所易；备其所可畏，而遗其所不疑。然而祸常发于所忽之中，而乱常起于不足疑之事。岂其虑之未周与？盖虑之所能及者，人事之宜然，而出于智力之所不及者，天道也。

当秦之世，而灭诸侯，一天下。而其心以为周之亡在乎诸侯之强耳，变封建而为郡县。方以为兵革可不复用，天子之位可以世守，而不知汉帝起陇亩之中②，而卒亡秦之社稷。汉惩秦之孤立，于是大建庶孽而为诸侯③，以为同姓之亲可以相继而无变，而七国萌篡弑之谋④。武、宣以后⑤，稍剖析之而分其势，以为无事矣，而王莽卒移汉祚⑥。光武之惩哀、平⑦，魏之惩汉⑧，晋之惩魏⑨，各惩其所由亡而为之备，而其亡也，皆出于所备之外。

唐太宗闻武氏之杀其子孙⑩，求人于疑似之际而除之，而武氏日侍其左右而不悟⑪。宋太祖见五代方镇之足以制其君⑫，尽释其兵权，使力弱而易制，而不知子孙卒困于敌国。此其人皆有出人之智，盖世之才，其于治乱存亡之几，思之详而备之审矣。虑切于此而祸兴于彼，终至乱亡者何哉？盖智可以谋人，而不可以谋天。良医之子多死于病；良巫之子多死于鬼。彼岂工于活人而拙于活己之子哉？乃工于谋人而拙于谋天也。

古之圣人，知天下后世之变，非智虑之所能周，非法术之所能制，不敢肆其私谋诡计，而惟积至诚，用大德以结乎天心，使天眷其德⑬，若慈母之保赤子而不忍释。故其子孙虽有至愚不肖者足以亡国，而天卒不忍遽亡之。此虑之远者也。夫苟不能自结于天，而欲以区区之智笼络当世之务，而必后世之无危亡，此理之所必无者也，而岂天道哉！

注释 ①方孝孺：（1357—1402年），字希直，一字希古，号逊志。宁海人。明朝大臣，学者，文学家，思想家。因拒绝为发动"靖难之役"的燕王朱棣草拟即位诏书，牵连亲友学生870余人遇害。　②汉帝：指汉高祖刘邦。陇亩：田野。　③庶孽：指帝王的妾所生之子。　④七国：指汉景帝时诸侯王中的吴、楚、胶西、胶东、淄川、济南、赵七国。弑（shì）：古人把臣杀君、子杀父叫"弑"。　⑤武、宣：指西汉的武帝刘彻和宣帝刘询。　⑥王莽：（前45—23年），本西汉外戚大臣，篡汉自立，国号新，后为绿林军所杀。祚（zuò）：王朝的气运。　⑦光武：东汉的开国皇帝刘秀。哀、平：西汉后期的帝王刘欣和刘衎（kàn）。　⑧魏：指三国时统治北方的魏国。　⑨晋：指灭亡吴、蜀代魏自立的晋朝。　⑩唐太宗：即李世民（599—649年），唐代皇帝，在他统治时出现了"贞观之治"。这句指唐太宗时，曾有人预言有个姓武的人要杀唐朝子孙，代唐称帝，因此大肆杀戮有嫌疑的人。　⑪武氏：指武则天（624—705年）。初为官女，后成为唐高宗的皇后，唐高宗死后，她掌握政权，自立为帝。　⑫宋太祖：宋代的建立者赵匡胤（927—976年）。五代：指唐亡后出现的五个占据中原的王朝即：后梁、后唐、后晋、后汉和后周，前后共五十三年（907—959年）。　⑬眷：顾恋。

今译 考虑天下大事的人，常常谋划那些困难的事情，而忽略了那些容易的事情；防备那些他们以为可怕的事情，而遗忘了那些没有引起他们怀疑的事情。然而祸患常常萌发于所忽略的事情当中，变乱常常产生在不足以引起怀疑的事情上。难道是他们考虑得不够周密吗？原来人们所能考虑到的，都是人世间本来就应当如此的事情，而超出人们智力所不能达到的范围的，就是天道。

当秦国兴盛的时代，吞灭了诸侯，统一了天下。秦始皇的心中以为周朝之所以灭亡，原因在于诸侯的强大，于是把分封诸侯的制度改变为设置郡县制。正在他认为从此可以不再用兵甲进行战争了，天子的宝座可以世代相传的时候，却不知道汉高祖从田野之间崛起，最终推翻了秦朝的天下。汉朝吸取秦王朝孤立无援而失败的教训，于是大量封建子弟为诸侯王，认为同姓的亲族关系，可以依靠它世代相传而不会发生变故，但是吴楚等七国却萌生了篡权弑君的阴谋。武帝、宣帝以后，逐渐分割诸侯王的封地，进而分散他们的势力，认为这样就不会再有什么变故了，然而王莽最终夺取了汉朝的皇位。东汉光武帝吸取了西汉哀帝、平帝败亡的教训，曹魏吸取了东汉败亡的教训，晋朝吸取了曹魏败亡的教训，他们都各自借鉴了前代覆亡的缘由，而制定了防范的措施。但是他们后来的覆亡，却都出于防范的事情以外。唐太宗听说将会有姓武的人来杀戮他的子孙，就搜求所有值得怀疑的人而加以清除，而武则天天天都在他左右侍奉，他却没有觉察。宋太祖见到五代时期地方藩镇的势力足以挟制君主，就全部解除了武将的兵权，使他们的实力削弱而易于控制。却没有料到他的子孙最终因此受到敌国的困扰。这些人都有超人的智谋，盖世的才能，他们对于太平或变乱、生存或灭亡的微妙之处，考虑得非常详尽，防备得也非常周密了。但是他们在此处考虑恰当了，而祸患却从别处发生了，终于导致了变乱和灭亡，这是什么原因呢？原来人的智慧只能够考虑到人事，而不能够考虑到天意。高明医生的子女，大多死于疾病，高明巫师的子女，大多死于鬼祟。难道他们善于救活别人却不善于救活自己的子女吗？只是由于他们精于考虑人事，而拙于考虑天意而已。

古代的圣人，知道天下后世的变化，不是人的聪明才智所能考虑周全的，也不是法令权术所能控制的。因此不敢肆意地施展阴谋诡计，而只有积累最大的诚意、运用崇高的品德，来迎合上天的心意，使上天关爱他们的品德，如同慈母抚育婴儿而舍不得放下。所以他们的子孙虽然有特别愚蠢、不成材的，足以使国家灭亡，而上天终于不忍心使他们的国家立即灭亡。这才是考虑事情深远的人。如果自己不能迎合上天的心意，却想用自己小小的智慧，控制当今天下的事务，认为自己的后代一定没有危险和灭亡，这种事理是根本不存在的，难道还会符合天意吗？

赏析 历史上每当皇朝建立之初，统治者往往要考虑其子孙怎样能够长治久安的办法。但事实上他们往往借鉴了前代乱亡的教训而制定的新方针却又产生新的流弊，最终导致这个皇朝又走向灭亡。方孝孺生当明初，又面临着这样一个棘手的问题，更因为明太祖的太子朱标早死，孙子允炆（建文帝）继立，年龄较小，而明太祖诸子很多都封王，掌握兵权，在各地镇守，对中央集权构成威胁。方孝孺作为建文帝的谋臣不得不认真地考虑这个问题。他吸取了两汉魏晋和唐宋的历史经验，认为分封制之弊会引起同姓诸王的篡夺之心，威胁朝廷的安全；过分强调中央集权，亦会使国力削弱，招来宋代那种积弱之势，卒为金、元所灭，因此得出了"祸常发于所忽之中，而乱常起于不足疑之事"的结论。最后他只能把历代之亡归为天道，非人的意志所能左右。后来事变的进程证明了明初诸王确实成了战乱的起因，成祖朱棣终于以燕王的身份发起"靖难之变"，夺取了朱允炆的宝座，而方孝孺亦由此被杀。

这篇文章对所议论的问题虽未提出有效的办法（事实上也不可能有什么好办法），但综论史事，言之凿凿，文章简洁有力，说明作者具有高度的说理能力，足为古代论说文中的名篇。

项脊轩志

归有光

项脊轩，旧南阁子也。室仅方丈，可容一人居。百年老屋，尘泥渗漉①，雨泽下注；每移案，顾视无可置者。又北向，不能得日，日过午已昏。余稍为修葺②，使不上漏；前辟四窗，垣墙周庭，以当南日，日影反照，室始洞然③。又杂植兰桂竹木于庭，旧时栏楯，亦遂增胜。借书满架，偃仰啸歌，冥然兀坐④，万籁有声。而庭阶寂寂，小鸟时来啄食，人至不去。三五之夜，明月半墙，桂影斑驳⑤，风移影动，珊珊可爱⑥。

然余居于此，多可喜，亦多可悲。先是庭中通南北为一；迨诸父异爨⑦，内外多置小门墙，往往而是。东犬西吠，客逾庖而宴，鸡栖于厅。庭中始为篱，已为墙，凡再变矣。

家有老妪，尝居于此。妪，先大母婢也⑧，乳二世，先妣抚之甚厚⑨。室西连于中闺，先妣尝一至。妪每谓余曰："某所而母立于兹⑩。"妪又曰：

"汝姊在吾怀，呱呱而泣；娘以指扣门扉曰：'儿寒乎？欲食乎？'吾从板外相为应答……"语未毕，余泣，妪亦泣。余自束发⑪，读书轩中。一日，大母过余曰："吾儿！久不见若影⑫，何竟日默默在此，大类女郎也？"比去，以手阖门，自语曰："吾家读书久不效，儿之成，则可待乎？"顷之，持一象笏至⑬，曰："此吾祖太常公宣德间执此以朝⑭，他日汝当用之！"瞻顾遗迹，如在昨日，令人长号不自禁。

轩东故尝为厨；人往，从轩前过。余扃牖而居⑮，久之，能以足音辨人。轩凡四遭火，得不焚，殆有神护者。

项脊生曰：蜀清守丹穴，利甲天下，其后秦皇帝筑女怀清台⑯。刘玄德与曹操争天下，诸葛孔明起陇中。方二人之昧昧于一隅也，世何足以知之？余区区处败屋中，方扬眉瞬目⑰，谓有奇景；人知之者，其谓与坎井之蛙何异？

余既为此志，后五年，吾妻来归。时至轩中，从余问古事，或凭几学书。吾妻归宁⑱，述诸小妹语曰："闻姊家有阁子，且何谓阁子也？"其后六年，吾妻死，室坏不修。其后二年，余久卧病无聊，乃使人复葺南阁子，其制稍异于前。然自后余多在外，不常居。

庭有枇杷树，吾妻死之年所手植也，今已亭亭如盖矣。

注释 ①渗漉（shè lù）：渗水。 ②修葺（qì）：修理，修补。 ③洞然：明亮的感觉。 ④冥然兀坐：冥然，静默。兀坐：独坐。 ⑤斑驳：杂乱。 ⑥珊珊：美好，形容树影乱动时轻盈、舒缓的美好感觉。 ⑦爨：炉灶。异爨（cuàn）：各起炉灶，这里指叔父们分家。 ⑧先大母：去世的祖母。 ⑨先妣（bǐ）：去世的母亲。 ⑩兹：同此。 ⑪束发：古时男孩长到八岁，有说十五岁，束发为髻，表示成童，是一种未成年时的发式。 ⑫若：尔、你。 ⑬象笏（hù）：用象牙做的手板，古代文臣入朝持之，以记事备忘。 ⑭太常：太常寺卿，朝中掌祭祀礼乐的官。 ⑮扃牖（jiōng yǒu）关上窗户。 ⑯"蜀清守丹穴……怀清台"三句：巴蜀有个叫清的寡妇，发现一座丹砂矿，开采获大利，被秦始皇表扬，特制"女怀清台"，现坐落在四川省长寿区南。 ⑰扬眉瞬目：形容高兴得意时的情状。 ⑱归宁：出嫁的女儿回娘家探亲。

今译 项脊轩，就是早先的南阁子。屋里才一丈见方，只住得下一个人。百年老宅，灰尘泥土往下掉，雨水也渗漏进来。每逢挪动一下桌子，环顾左右，找不到可以安放的地方。老屋坐南朝北，不见阳光，一过晌午，屋里就昏暗起来。我稍加修理，使它不再掉土漏水。前面开了四个小窗，四周筑起围墙，用来承受南来的阳光。阳光反射过来，屋里才明亮了。在院子里种了些兰花桂花竹子和杂树，旧时的栏杆，平添了些美色。借来的书籍堆满了书架，仰躺吟唱或独自静坐，倾听大自然那细声微响。院子里的台阶，寂然无声，小鸟常来啄食，人来了也不飞去。每当十五日之夜，月色皎洁照亮了半边墙壁，桂影杂乱。风一吹来，影子轻移，婀娜轻盈，可爱至极。

然而我住在轩中，有不少可喜的事，也有许多事令人悲伤。原来院子南北相通连成一片，叔伯们分家单过以后，里里外外隔出了许多小门墙。东家的狗对着西家叫，客人要穿过厨房才能进餐，鸡也在厅堂里栖身。院子里开始是用篱笆隔开，后来又筑起围墙，已经几次变样。

家里有个老妈妈，曾经在轩中住过，她是我已故祖母的婢女，做过我家两代乳母，我去世的母亲待她很好。轩内西连内眷寝室，母亲生前曾来过一次。老妈妈常对我说："哪个哪个地方，是你母亲曾经站过的。"老妈妈又说："你姐姐小时候在我怀里哇哇地哭，你母亲用手指敲着门板说：'孩子冷了吗？是不是要吃东西呀？'我就在门板外回答她。"她的话还没说完，我就哭了，老妈妈也哭了。从童年起，我就在轩中读书。有一天，祖母过来看，对我说："孩儿呀，好久不见你的人影儿，为什么整天在这里不声不响，像大闺女一样呀？"祖母离去时，用手掩上门，自语道："我们家的人读书总不见出息，这孩子功成名就，总该是有望的吧。"过了一会，她拿来一块象牙朝板，说："这是我祖父太常公宣德年间上朝用的，以后你也该用它！"回顾往事，好像就在昨天，不禁让人想放声大哭一场。

轩的东边曾是厨房，人们去那里，是要从轩前经过的。我关着窗户住在轩里，久而久之，能够凭脚步声辨别出人来。这轩共遭遇过四次火灾，能不被烧掉，大概是老天爷在保佑它。

我觉得，巴蜀那位叫清的寡妇，靠着丹砂矿获利，成为天下巨富，后来秦始皇特地造了"女怀清台"来褒奖她。刘备跟曹操争夺天下，诸葛亮从隆中出山。当寡妇和诸葛亮无声无息地住在偏僻地方时，世上怎会知道他们？我住在这小破屋里，当扬眉吐气的时候，认为这老破屋自有非凡的内涵；了解我的人便会说，我与浅薄自大的井底之蛙一样。

我写这篇记事以后的第五年，我的妻子才嫁给我。她常来轩中陪伴我，询问一些远古的事情，有时伏案学习写字。我妻子从娘家探亲回来，转述几位妹妹的话说："听说姐姐家有个阁子，阁子是什么呀?"过了六年，妻子去世，屋子坏了我也没修理。又过了两年，我久病卧床，感到无聊，就找人重修南阁子，那式样与从前稍有不同。但从此以后，我多半在外地，很少来居住。

院子里有棵枇杷树，是我妻子去世那年亲手栽的，如今已亭亭耸立，枝叶繁茂，像个伞盖了。

赏析 这是一篇追忆性的记叙文，围绕着项脊轩叙述了相关的一些家庭琐事，抒发了作者对家道败落、亲人去世的无限惋惜和哀悼，充满了人生的感慨和对美好亲情的向往。

本文表现出很强的艺术功力和写作技巧。在选材上，作者善于通过几个生活小事来回顾往事，刻画人物，抒发挚情。文本涉及了外祖母、母亲、妻子、老妪几位女性，虽着墨不多，往往几句话，一件小事就把人的音容笑貌凸现出来。特别是写外祖母"吾儿……"那一段，亲切生动又极富抒情，很有感染力。

在结构上，作者围绕着项脊轩，或娓娓叙事，或款款抒情，或淡淡状景，看似散漫，随手拈来，但都由"项脊轩"这个文章之眼牵引着，随着作者的亲情之流，涓涓流淌，轻轻浸入读者心扉。因此，项脊轩是一条贯串全文的主旋律，这是一条有形的线索，而对逝去的亲情的哀思是一条看不见的线索，像灵魂一样萦绕着项脊轩，牵着读者的心。所以，本文无论叙事状景还是议论，都蕴含着深深的情思，使项脊轩这个破旧的老屋蒙上了一层感情的色彩，使之具备一种象征的意义，这或许是这篇写平凡老屋的散文能脍炙人口，千古流传的原因吧。

跋姚平仲小传[1]

陈继儒[2]

人不得道，生老病死，四字关，谁能透过?独美人名将，老病之状，尤为可怜。夫红颜化为白发，虎头健儿化为鸡皮老翁，亦复何乐?西子入五湖，姚平仲入青城山，他年未必不死，直是不见末后一段丑境耳。故曰：神龙使人见首而不见尾。

注释 ①姚平仲：(1099—?)，字希晏，五原（今内蒙古包头西北）人。靖康元年（1126年），他率部夜袭金营，因失误亡命西蜀，当时年仅二十余岁。待南宋乾道、淳熙间再露面时，已年逾八旬。 ②陈继儒：(1558—1639 年)，明代文学家。字仲醇，号眉公、麇公，华亭（今上海松江）人。所辑《宝颜堂秘笈》，保存了一些小说及掌故，又辑《国朝名公诗选》。有《陈眉公全集》传世。

今译 人不得道，生老病死，这四个字的关口，谁能逃脱？而独那些美人名将，老弱病残之状，更为可怜。红颜变为白发，如虎的健儿变为鸡皮样老翁，还有什么乐趣？西子随范蠡游于五湖，姚平仲隐遁于青城山，有一年未必不是死去，今天不见英雄末路的丑相。所以说：神龙让人见头而不见尾。

赏析 这篇跋文不足百字，却发了一个很大的人生感慨。在陈继儒看来，姚平仲作为一个出色的战将，一生军事天才被葬送于一次偶然的战斗并非不幸，而是一种不幸中的万幸，因为这就像西施随范蠡泛舟五湖，姚平仲虽败但遁迹川蜀，也躲过了英雄末路的丑相。在中国封建社会，好人没有好下场的悲剧时常发生，所以陈继儒这样的学人便难免发出独善其身以保善终的感慨，他们更注重人自身的完美和纯洁，乃至放弃为社会建功立业的名声，其中的消极是显而易见的，只是在那种英雄无用武之地的社会中，这种思想显得有些无奈和颓丧罢了。其实，陈继儒自己便是如此，他在二十九岁，正是风华正茂心气最盛时，烧掉儒衣冠，从此隐迹昆山。当然民间传说他常与达官显贵往来，并受到时人的讥讽。可见，人们虽明知显赫腾达也免不了生老病死，但还是追求善始善终，只是在陈继儒心中，那种"神龙使人见首而不见尾"的追求太过理想化了，一个人如果不想成为英雄，其悲剧的结局也许不会形成那么强烈的反差，但既然每个人都难逃生老病死，那么就不如坚强地直面人生，活的时候更轰轰烈烈，死的时候才能无愧无悔。

报刘一丈书①

宗 臣

数千里外，得长者时赐一书，以慰长想，即亦甚幸矣。何至更辱馈遗，则不才益将何以报焉②？书中情意甚殷，即长者之不忘老父，知老父之念长者深也。

至以"上下相孚③、才德称位"语不才，则不才有深感焉。夫才德不称，固自知之矣；至于不孚之病，则尤不才为甚。

且今之所谓孚者何哉？日夕策马，候权者之门④。门者故不入，则甘言媚词作妇人状，袖金以私之。即门者持刺入⑤，而主人又不即出见，立厩中仆马之间，恶气袭衣袖，即饥寒毒热不可忍，不去也。抵暮，则前所受赠金者出，报客曰："相公倦，谢客矣，客请明日来。"即明日又不敢不来，夜披衣坐，闻鸡鸣即起盥栉⑥，走马推门。门者怒曰："为谁？"则曰："昨日之客来。"则又怒曰："何客之勤也，岂有相公此时出见客乎？"客心耻之，强忍而与言曰："亡奈何矣，姑容我入。"门者又得所赠金，则起而入之。又立向所立厩中。幸主者出，南面召见。则惊走匍匐阶下。主者曰："进！"则再拜，故迟不起，起则上所上寿金。主者故不受，则固请。主者故固不受，则又固请。然后命吏纳之。则又再拜，又故迟不起，起则五六揖始出。出揖门者曰："官人幸顾我⑦，他日来，幸无阻我也！"门者答揖，大喜，奔出。马上遇所交识，即扬鞭语曰："适自相公家来，相公厚我，厚我！"且虚言状。即所交识亦心畏相公厚之矣。相公又稍稍语人曰："某也贤，某也贤。"闻者亦心计交赞之。此世所谓上下相孚也。长者谓仆能之乎？

前所谓权门者，自岁时伏腊一刺之外⑧，即经年不往也。间道经其门，则亦掩耳闭目，跃马疾走过之，若有所追逐者。斯则仆之褊衷⑨，以此长不见悦于长吏，仆则愈益不顾也。每大言曰："人生有命，吾惟守分而已。"长者闻之，得无厌其为迂乎？

注释 ①报刘一丈书：是作者给刘一丈写的回信。刘名玠，字国珍。是作者父亲的朋友，排行第一，又是长辈，故称"一丈"。作者宗臣：（1525—1560年），字子相，号方城，江苏兴化人。明代文学家，后七子之一。历任刑部主事，吏部考官等。 ②不才：作者自称，以示谦虚。 ③孚：信任。 ④权者：当权的人，指严嵩。 ⑤刺：名片。 ⑥盥（guàn）：洗脸。栉：梳头。 ⑦官人：指门者。幸：多蒙。 ⑧伏腊：夏天在夏至后第一个庚日算起，凡四十天，分"三伏"，初伏、末伏各十天，中伏二十天。腊，本指"腊祭"，古人在冬至第三个戌日举行腊祭。因在阴历十二月，故又称"腊月"。 ⑨褊（biǎn）衷：偏狭的心胸。

今译 在几千里之外，时常收到您的来信，来安慰对您的长久的思念，就已经感到非常高兴、幸运了。怎能再让您赠送礼物给我呢？那么我将用什么更好地报答您呢？信中情深意切，可见您未曾忘记我的父亲，我也更理解到老父亲对您的深深思念了。

至于信中用"上下之间要互相信任，才能品德要与职位相称"这样的话来劝诫我，我是深有体会的。我的才能和品德不称职，本来我是有自知之明的；至于说上下之间不能互相信任的毛病，那在我身上表现得十分严重。

况且现在所说的上下之间互相信任是怎么一回事呢？从早到晚骑着马在当权者的门前恭候，当看门人故意为难不肯进去禀报时，他就甜言蜜语的像妇人那样谄媚，并把藏在袖子里的钱偷偷送给看门人。即使看门人拿着名帖进去禀报，可是主人又不立刻出来接见，就只好站在马棚里仆人和群马之间，马棚里臭气熏着衣服，就是饥饿、寒冷或闷热、毒气的袭来已不可忍受，仍不肯离去。到了傍晚，那个先前曾接受金钱的守门人出来，告诉客人说："相公疲倦了，谢绝再会客，客人请明天再来吧。"即便到了明天，也不敢不来。于是夜里都披着衣服坐着，不敢睡觉，一听到鸡叫马上就起来梳洗，然后骑着马去推门拜访。守门人厉声喝道："是谁？"他便回答道："是昨天的那个客人来了。"守门人又怒气冲冲地说："客人怎么这么勤快呀？难道相公能这么早出来接见客人吗？"客人心里感到羞辱，更讨厌看门人，却极力忍耐着，低三下四地说："没有办法呀！姑且让我进去吧！"守门人又得到他送的钱，就起身领着他进来。于是又站在上次站的马棚里。幸亏主人出来了，面向南坐在尊位上召见他。他便诚惶诚恐地跑去爬在台阶下。主人说："进来！"他就拜了再拜，故意迟迟不站起来，起来后就献上进见的钱财。主人故意不接受，他就坚决请求接受。主人故意坚决不接受，他就又再三坚决请求。这样，主人才命仆人收下财物，他就又再拜，又故意迟迟不起来，起来后又连作五六个揖才出来。出来便对看门人作揖道："承蒙您多多关照，我下次再来时，希望不要阻拦我啊。"看门人向他还了礼，就欣喜若狂地跑出去。路中在马上遇见相识的人，就扬起马鞭，耀武扬威地说："恰好我刚从相公家出来，相公很看重我，很看重我。"并且夸大其词地描述当时情景。即使那些和他相识的人，也由于相公看重他而敬畏他了。相公又会偶尔随意对人说："某人是个贤才，某人是个贤才。"听到这些话的人也都会心里盘算着怎样附和，交口称赞他。这就是世上所说的上下之间互相信任了。您认为我能这样做吗？

前面所说的权贵人家，我从逢年过节投张名片之外，就整年不去了。偶尔路过他的门口，就捂住耳朵，闭上眼睛，快马急奔跑过去，好像有人在后面追赶我似的。这就是我狭隘的心胸，因此长久不被长官所喜欢，而我就更加不顾这些了。我常常夸口说："人生在世，是有命运安排的，我只是守着自己的本分就行了。"您听了我这番话，或许不会讨厌我的迂腐吧？

赏析 明世宗嘉靖年间，严嵩父子专擅朝政，招权纳贿。当时许多士大夫都奔走干谒，向他们献媚，连镇守边疆的武官，也不断向严嵩父子进赂。在这种情况下，朝廷的政治日趋腐败。宗臣作为一个正直的知识分子，对这种现象十分不满。正在这时，远在外地，对当时朝廷情况不太了解的"刘一丈"却向他提到了"上下相孚，才德称位"的话。宗臣就借此机会，向他介绍了当时官场中种种无耻干谒的状况。那些士人为了讨得严嵩的欢心，不惜一早到他门上，央求看门的人，遭到拒绝后，又不惜用贿赂的办法求进，为了等待接见，甚至在马厩之所等待，也在所不辞。等到见了严嵩，又献媚，进赂。种种无耻的行径，无所不用其极。但当他见到严嵩之后，一出门就变了一副面孔，对人宣扬起严嵩如何善待自己，绘声绘色，从此使许多人也就对他刮目相看。这种描写，深刻地揭露了那些人物的卑鄙灵魂。这是一篇绝妙的讽刺文章。宗臣此文显然受了隋卢思道《劳生论》的启发，但卢文着重写世态的炎凉，而宗文则着重写人们的奴颜婢膝。这两篇文章可谓各有千秋。

满井游记①

袁宏道

燕地寒，花朝节后②，余寒犹厉，冻风时作；作则飞沙走砾，局促一室之内③，欲出不得；每冒风驰行，未百步辄反。

廿二日④，天稍和，偕数友出东直，至满井。高柳夹堤，土膏微润⑤；一望空阔，若脱笼之鹄。于是冰皮始解，波色乍明，鳞浪层层，清澈见底，晶晶然如镜之新开，而冷光之乍出于匣也。山峦为晴云所洗，娟然如拭⑥。鲜妍明媚，如倩女之靧面而髻鬟之始掠也⑦。柳条将舒未舒，柔梢披风。麦

183

田浅鬣寸许⑧。游人虽未盛，泉而茗者，罍而歌者⑨，红装而蹇者⑩，亦时时有。风力虽尚劲，然徒步则汗流浃背。凡曝沙之鸟，呷浪之鳞，悠然自得，毛羽鳞鬣之间⑪，皆有喜气。始知郊田之外，未始无春，而城居者未之知也。

夫能不以游堕事⑫，而潇然于山石草木之间者，惟此官也。而此地适与余近⑬，余之游将自此始，恶能无纪⑭？己亥之二月也。

注释 ①满井：北京东北郊。其水面常高于井边，井中是个泉眼，是明清两朝京城人士游览之地。　②花朝节：旧俗以农历二月十五日为百花生日，名花朝节。　③局促：狭小或拘谨，这里引申为躲避之意。　④廿二日：明神宗万历二十七年二月二十二日。⑤土膏：沃土。　⑥娟然：姿态秀美。　⑦靧（huì）：洗脸。鬟鬟：环形的发髻。⑧鬣（liè）：马鬃，这里指低矮的麦苗。　⑨罍（léi）：古时的一种酒器。　⑩蹇（jiǎn）：驽马或弱驴，文中用作动词。　⑪毛羽鳞鬣：泛指飞禽走兽鱼虫的皮毛。⑫堕：贻误。　⑬适：恰好。　⑭恶（wū）：怎么。纪：通"记"。

今译 北京一带寒冷，花朝节后，严寒的余威依然猛烈，寒风经常刮，刮起来就尘土飞扬、碎石乱滚。人封闭在小屋里，想出去也不行。常常顶风快走，走不到一百步就又返回来。

二十二日那天，天气稍暖，我和几位朋友出了东直门，来到满井。高耸的柳树生长在堤岸两旁，肥沃的土地微微湿润；放眼望去，天野辽阔，心情愉快如鸟儿出笼。此时冰开始解冻，水波颜色发亮，呈现出一层层如鱼鳞状的细纹，清澈见底，亮晶晶如新打开的镜子，清凉之光像从镜匣里照射出来一样。山峦被晴云洗涤，秀美如刚拂拭过一般；鲜媚如美少女洗脸时刚梳理完发髻。柳枝嫩芽新发，尚未抽叶，柔嫩的树梢散开在微风里。麦苗像马鬃般一寸来长。游人虽不多，可汲泉水煮茶的、端着酒杯歌唱的、妇女浓妆艳抹骑着毛驴的，也时有所见。风虽然还挺猛，但徒步行走，汗水也顺着脊背流下来。那些在沙滩上晒太阳的鸟儿，吐着水波的鱼儿，悠然自得，在飞鸟走兽和鱼儿的毛皮和鳞片上，都充满了喜洋洋的气息。我才觉得郊外未尝没有春天，只是在城里住的人们没发觉啊。

能不因为游春而耽误正事悠闲地陶醉于山水草木之间的，只有我这个官啊。恰巧满井离我住的地方不远，我的游览将由此开始，怎么能够没有记游的文章呢？己亥年二月。

这是一篇清新优美的记游小品。全文分为三个层次：第一段写"局促一室"很想出游的心情，而这一切又与燕地寒冷的气候和风沙猛烈相联系。"冒风驰行，未百步辄反"烘托出出游之难。第二段写出游满井所见所感，笔触细腻隽永，描写生动活泼，把春光的明媚、生物的鲜活、感觉的欢欣自然而传神地表达出来。第三段强调自己写《满井游记》的意义。

袁宏道是明末公安派散文的代表作家，崇尚性情，主张文章要能展示自己独特的感受，富于创新，这篇小品很能体现其文学主张。本文主要在表现作者置身郊野时那种"若脱笼之鹄"的心情，所以整篇都围绕这个主题展开，写燕地的清冷、寒风之凛冽、一人憋闷在小屋里的烦躁，都是为出游之欣喜作铺垫；而对满井风物的描写更是性灵无限，时时令读者感到春天带着一种毛茸茸的质感来到我们身边，作者写的是春天里生命的欣喜，因此从冰到水；从植物到动物；从煮茶饮酒的游人到浓妆艳抹骑驴赶路的妇女，春风里的一切都闪烁着生命的灵光，最后作者也禁不住发出感叹，郊外未尝没有春天，是久居城里的人们没感觉到啊。

这篇散文语言清新流畅，富于展示性和感官体验的描述，好像春天一到，一切事物都活起来了一样。读起来有历历在目呼之欲出之感，作为语言艺术，这是《满井游记》的突出特点。

龙　　湖①

袁宗道②

龙湖一云龙潭，去麻城三十里③。万山瀑流，雷奔而下，与溪中石骨相触，水力不胜石，激而为潭。潭深十馀丈，望之深青，如有龙眠，而土之附石者，因而蔂缘得存④。突兀一拳，中央崎立，青树红阁，隐见其上，亦奇观也。

潭右为李宏甫精舍⑤，佛殿始落成，倚山临水，每一纵目，则光、黄诸山，森然屏列，不知几万重。

余本问法而来，初非有意山水，且谓麻城僻邑，常与屖陵、石首伯仲⑥，不意其泉石幽奇至此也。故识。癸巳五月五日记。

注释 ①龙湖：明著名思想家李贽晚年居所景观之一。距湖北麻城三十里。 ②袁宗道：明代文学家，字伯修，湖北公安人。与其弟宏道、中道齐名，并称三袁。创作倡导自然本色，反对模拟，世称公安派。宗道推崇苏轼，创作颇具灵性。有《白苏斋集》传世。③麻城：今湖北省麻城市，为李贽晚年活动的地域。 ④夤（yín）缘：过去指拉关系或向上巴结。 ⑤李宏甫：李贽，字宏甫，号卓吾。明代官员，思想家、文学家。精舍：旧时的读书、授徒之所。 ⑥屏陵、石首：地名，均在今湖北省。

今译 龙湖，也叫龙潭，离麻城有三十里。万山瀑布，如雷鸣般飞泻而下，与溪中的石骨相碰撞，水力抵不住礁石，激流聚而为潭。潭深十余丈，看上去深深的青色，如一条休眠的巨龙，而附在石上的土，因攀附于石得以存在。凸现一拳，在中央峙立，青树与红色楼阁，隐现于山上，亦是奇异的景观。

潭的右边是李宏甫的读书斋，佛殿刚刚落成，依山傍水，每每放眼望去，那光、黄诸山都森然排列伫立，不知有几万重。

我本是问法而来，当初并非有意于游山览水，况且都说麻城是偏僻的地方，常常把它与屏陵、石首排列在一起，不料此地泉石幽美神奇达到这般境地，因此把它记下来。癸巳年五月五日记。

赏析 《龙湖》一文，仅二百字，却摹物写景，抒情达意，景、情、趣圆融一体，文小而境阔，意蕴丰满。

文章第一段写龙湖的自然风光和优美神奇。写瀑写溪，写潭写石，写树写阁，都很能抓住其特征，简劲而传神。尤其是"雷奔"的瀑流，"深青"的潭水，展示得都很到位。第二段写李贽读书著文授徒之所与自然景观的关系，寥寥三十几个字，却写得气势开阔，读来很有韵味，把自然的美观与李贽人生境界的深广有机地融合在一起。如"纵目"的"纵"字，就很简劲有力；又比如"几万重"的"万"字，更显得气势非凡、意境阔大。第三段写此游记的缘由，再一次突出龙湖山水的与众不同和引人入胜。

本文很好地处理几方面的关系，一是简洁的语言与阔大的境界；二是自然的美景与人生的意蕴；三是文中主人公的思想倾向与作者自己的精神追求，袁宗道凭借高超的艺术功力，把这几个方面既有机地融合在一起，又能不露声色且恰到好处地突出主旨，在短短的二百字中，展示了美景奇观、人生境界和精神追求，把丰厚的社会意蕴融会到优美精练的山水描摹中，读来意趣盎然，极富回味的余地。

李卓吾先生遗言

李 贽

春来多病，急欲辞世。幸于此辞，落在好朋友之手。此最难事，此余最幸事，尔等不可不知重也。

倘一旦死，急择城外高阜[1]，向南开作一坑：长一丈，阔五尺，深至六尺即止。既如是深，如是阔，如是长矣，然后就中复掘二尺五寸深土，长不过六尺有半，阔不过二尺五寸，以安予魄。既掘深了二尺五寸，则用芦席五张填平其下，而安我其上，此岂有一毫不清净者哉！我心安焉，即为乐土。勿太俗气，摇动人言，急于好看，以伤我之本心也。虽马诚老能为厚终之具[2]，然终不如安余心之为愈[3]矣。此是余第一要紧言语。我气已散，即当穿此安魄之坑。

未入坑时，且阁我魄于板上，用余在身衣服即止，不可换新衣等，使我体魄不安。但面上加一掩面，头照旧安枕，而加一白布中单总盖上下，用裹脚布廿字交缠其上。以得力四人平平扶出，待五更初开门时寂寂抬出，到于圹所，即可装置芦席之上，而板复抬回以还主人矣。既安了体魄，上加二三十根椽子横阁其上。阁了，仍用芦席五张铺于椽子之上，即起放下原土，筑实使平，更加浮土，使可望而知其为卓吾子之魄也。周围栽以树木，墓前立一石碑，题曰："李卓吾先生之墓。"字四尺大，可托焦漪园[4]书之想彼亦必无吝。

尔等欲守者，须是实心要守。果是实心要守，马爷[5]决有以处尔等，不必尔等惊疑。若实与余不相干，可听其自去。我生时不着亲人相随，没后亦不待亲人看守，此理易明。

幸勿移易我一字一句！二月初五日，卓吾遗言。幸听之！幸听之！

注释 ①城外高阜：城外，通州（北京市通州区）城，当时李贽寓居于此。高阜，地势较高处。　②马诚老：马经纶，字诚所，家居通州。作者的好友。厚终之具，指厚葬的用品。　③愈：好。　④焦漪园：焦竑。字弱侯，号漪园，明代著名学者，李贽的挚友。

⑤马爷：指马经纶。

今译 春天以来多次生病，事态严重好像要离开人世。有幸此文，落在好朋友手中。这是最不容易的事，这也是我最幸运的事，你们不能不理解它的重要。

假如我一旦死去，请快点选择通州城外的高地，朝阳处挖一坑：长一丈，宽五尺，深六尺就行。挖好这么长、这么宽、这么深后，在坑中再下挖二尺五寸深，长不超过六尺半，宽不超过二尺五寸，用它安放我的灵魂。掘完二尺五寸深的小坑，用五张芦席垫平，而我躺在上面，这哪会有一丝一毫的不清净呢？我的心在这里感到安详，这便是乐土。不要太俗气，听别人的话而动摇，忙于美观，因此而损害了我原来的意思。虽说马经纶先生能为我准备厚葬的东西，但是到底不如安抚我的心意为好啊。这是我最最重要的话。只要我断气，就马上放置在这安魂坑里。

没把我安放在坑里时，暂时把我和我的魂魄放在木板上，就用我死时身上穿的衣服就可以了，不要再换新衣服等，让我的身体和魂魄不安生。但脸上要盖一块掩面布，头下照旧枕上枕头，用裹脚布如"廿"字形式缠住脚，以便于四个人平稳地能将我把住抬出，等到五更天第一次开门时，将我静静地抬出去，到了墓地，就可以把我放置在芦席之上，而木板抬回去还给其主人。安置完了我的躯体和魂魄，在墓穴上面横搁上二三十根椽子，然后在椽子上铺上五张芦席，接着培上原坑的土，压实使土平整，再加上浮土，使墓地一望可知这是卓吾先生的魂魄。墓的周围栽上树，墓前立一块石碑，上面题着："李卓吾先生之墓"。字四尺见方，可以拜托焦漪园来书写，我想他一定不会拒绝。

你们想要守墓，必须是真心实意要守。真是实心守墓，马经纶先生一定会安排你们，你们不必惊疑。如果确实与我没关系，就由他去。我生前不用亲人相随，死后也不需要亲人看守，其中道理显而易见。

恳望不要修改我遗言的一字一句！二月初五，卓吾遗言。恳望按遗言办理！恳望按遗言办理！

赏析 这是一篇安排自己死后事宜的遗言。李贽晚年，体弱多病，死亡成了他思想中的一个主题，他在多篇文章中或与友人的书信中谈及死亡，但他似已大彻大悟，一不颓唐沮丧，二不胆怯萎靡，相反却泰然处之。他在《与周反山》中说："今年不死，明年不死，年年等死，等不出死，反等出祸。然祸来又不即来，等死又不即死，真令人叹尘世苦海之难逃也，可如何！但等死之人身心俱灭，筋骨已冷，虽未死，即同死人矣。"卓吾先生对死的认识，于此可见一斑。就在明万历三十年（1602年）春，七十六岁的李卓吾病加重，他预感大限将至，于是写就了这篇《遗言》，对自己的后事做了安排。

从内容上看，这篇遗言表现出作者对死后的"俭""简"要求，前者是节俭，不要铺张，勿太俗气；后者是简单，反对烦琐，摒弃缛节；几张芦席，一身旧衣，这在当时是极其难能可贵，体现出卓吾先生的反传统意识和崇尚自然纯真的一贯主张。

从艺术上看，本文看似平淡，但平淡之中运行着一股放荡的真情，这与李卓吾倡导的"童心说"是一脉相承的，"厚终之具""终不如安余心之为愈"，"欲守者，须是实心要守""若实与余不相干，可听其自去"。语言质朴，追求的是意蕴的真诚；语气沉稳，崇尚的是纯情的流露。虽然卓吾先生对死已有了哲学层次的彻悟，对身体的现状也有深刻的直觉，但在直面死亡的时候，还是真情喷涌。对好友的感激、对陋法的拒绝、对安心乐土的追求，无不是真情体现。由此，读者也可以窥见这位反叛哲人的内心世界。

浣花溪记①

出成都南门，左为万里桥。西折纤秀长曲，所见如连环，如玦，如带，如规，如钩；色如鉴，如琅玕③，如绿沉瓜，窈然深碧，潆回城下者，皆浣花溪委也。然必至草堂，而后浣花有专名，则以少陵浣花居在焉耳。

行三四里为青羊宫④，溪时远时近，竹柏苍然，隔岸阴森者尽溪，平望如荠，水木清华，神肤洞达。自宫以西，流汇而桥者三，相距各不半里。舁⑤夫云通灌县，或所云"江从灌口⑥来"是也。人家住溪左，则溪蔽不时见，稍断则复见溪，如是者数处，缚柴编竹，颇有次第。桥尽，一亭树道左，署曰"缘江路"。

过此则武侯祠。祠前跨溪为板桥一，覆以水槛，乃睹"浣花溪"题榜。

过桥，一小州横斜插水间如梭。溪周之，非桥不通，置亭其上，题曰"百花潭水⑦"。由此亭还，度桥，过梵安寺，始为杜工部祠⑧。像颇清古，不必求肖，想当尔尔。石刻像一，附以本传，何仁仲别驾署华阳时所为也⑨。碑皆不堪读。

钟子曰：杜老二居，浣花清远，东屯险奥，各不相袭。严公⑩不死，浣溪可老，患难之于朋友大矣哉！然天遣此翁增夔门⑪一段奇耳。穷愁奔走，犹能择胜，胸中暇整，可以应世，如孔子微服主司城贞子时也。

时万历辛亥⑫十月十七日，出城欲雨，顷之霁。使客游者，多由监司郡邑招饮，冠盖稠浊，磬折⑬喧溢，迫暮趣归。是日清晨，偶然独往。楚人钟惺记。

【注释】 ①浣花溪：一名濯锦江，又称百花潭，流经四川成都西郊，两岸竹柏苍翠，风光秀美，为唐宋以来成都著名的郊游胜地。　②钟惺：（1574—1624年），明代文学家。字伯敬，号退谷。胡广竟陵（今湖北天门）人。官至福建提学佥事。与谭元春同为竟陵派的创始人，时人称其诗文为"竟陵体"。有《隐秀轩集》。　③琅玕（gān）：一种似珠玉的美石。　④青羊宫：官名，一名青羊观，相传老子曾牵青羊过此。曹学佺《蜀中广记》："《蜀本纪》云：'子行道千日后，于成都郡青羊肆寻吾，今为青羊观也。'"　⑤舁（yú）：抬。　⑥灌口：山名，又名金灌口，古称天彭门。相传汉代文翁任蜀郡守，穿渝江灌溉，故名灌口。　⑦百花潭水：杜甫诗《狂夫》中有一句："万里桥西一草堂，百花潭水即沧浪。"后人取其"百花潭水"题景。　⑧杜工部祠：即杜甫祠。杜甫曾为节度参谋校工员外郎，后人称"在工部"。杜甫祠是杜甫草堂的建筑之一。　⑨何仁仲：万历时为夔州通判。别驾：官名。明代通判的别称。通判，州、府辅佐知州或知府处理政务的官员。　⑩严公：严武（726—765年），字季鹰，曾官至剑南节度使兼成都尹，封郑国公。在蜀任职期间善遇杜甫，杜甫曾作《八哀》诗，表达悼念之情。　⑪夔：长江三峡之一的瞿塘峡，因地当川东门户，故有此称。杜甫曾居夔州两年，留下诗作三百四十余首。　⑫万历辛亥：明神宗三十九年，即1611年。　⑬磬折：磬为一种形如矩的乐器。磬折即折腰如磬，极表恭敬。

【今译】 出了成都南门，左边是万里桥，溪水向西宛转流出。放眼望去，溪水像玉环相连；像形近圆弧的佩玉；像款款玉带；像精美的圆形；像弯弯的钩子；像反光的镜子；像珍贵美妙的石子；碧绿的水，就像深绿色的瓜沉入水中，绿得幽远深邃。逶迤环绕城下的，都是浣花溪的曲流。最后一定会流经草堂，而后才有了"浣花"这个名字，那是因为杜少陵在浣花建草堂并客居于此的缘故。

走出三四里路是青羊宫，溪水宛转，好似一会儿流去，一会儿又流回，两岸竹柏苍翠，隔岸看见颜色阴森的，都是溪水。平视溪水，树木如荠，无论溪水还是倒映的树木，都清纯华美，表里形神，均清晰可辨。从青羊宫往西，溪流汇集而架有桥梁多处，相距都不到半里。抬轿子的人说是通灌县，也有人说"江水是从灌口流来的"。的确如此。溪左面住有人家，溪水被遮蔽而看不见，稍不遮断就又能看见了，像这样的地方有若干处。就像捆好的柴木和编结的竹子，很有秩序。数座桥完了，有一个亭子伫立在路左面，上面写着"缘江路"。

过了亭子便是武侯祠，祠前有一座跨溪的板桥，上面装有栏杆，能看到题着"浣花溪"的匾额。过了桥，有个形如梭状的小沙洲横斜在水中，溪水环绕着它，没有桥上不了小洲，上面有个亭子，题有"百花潭水"。从洲上小亭返回，度过桥，过梵安寺，就是杜工部祠。杜甫的画像清俊古朴，不需要追求逼真，符合想象而已。有一座石刻像，附有本传，是何仁仲管理华阳任职别驾时树立的。碑文已无法认读了。

钟某认为：杜老两处居所，浣花一处清纯幽远；东屯一处险峻深奥，各不相同。严武公倘若不去世，浣溪故居便可长久，患难之时，方见朋友真情的重要啊。可是老天爷又让杜翁人生中平添夔门东屯客居这段奇特经历。穷困愁苦、四方奔走，还能选择胜地客居，胸怀如此悠逸充实，从容应付世间的一切，就像孔夫子不穿官服住在司城贞子家时的状态一样。

此时为万历辛亥年十月十七日，出城时天阴像要下雨，一会儿就放晴了。特邀外来游客，大多由地方官员招待餐饮，官服和车篷到处可见，打躬作揖，喧声四溢，直到暮色沉沉，方乘兴而归。这天清早，我是偶然即兴，独自前往的。楚人钟惺记述。

[赏析] 浣花溪是成都西郊的名胜，这里的溪流、绿树，加上两岸的风光隽秀幽美，令人回肠荡气。更重要的是这里曾是千古诗圣杜甫结庐而居的佳所，也是诸多绝妙诗句的诞生地，所以秀美的自然风光中蕴含着丰裕的人文精神，这是阅读这篇散文时首先应当意识到的。

钟惺是明代竟陵派的代表人物，其论文强调"幽深孤峭"的风格，追求形式上的新奇。这篇《浣花溪记》就很能体现这一点。全文有五个自然段：

第一段是对浣花溪的概写，写出了下游溪水"纤秀长曲""窈然深碧"和"潆回城下"三大特征，其中连用了八个"如"字，这一连串奇峭的比喻，把溪流的全貌惟妙惟肖地展示了出来。第二段和第三段是景点展廊式的连珠描画，从青羊宫到杜工部祠，其中的名胜景点像溪水串起来的明珠，一个个展现出来，这样写既合乎游历的顺序，也自然有机地把自然风光与人文景观交叉融汇在一起，使整个浣花溪下游美景名胜像电影镜头一样，随着碧水的流淌，一幕幕映现出来，而且在自然的秀色中融入了深邃的文化韵味。第四段是由景思人的神思，由浣花溪想到了东屯，由杜甫的晚年生活想到了他一生的坎坷经历，由此表现出对诗圣豁达胸襟的赞叹。一位时隔八百余年的年轻文人对诗坛先哲圣手的敬仰，在这一段中以前人所未有的方式独特地表达出来，而这一切都寄托在这如诗如画的浣花溪中。最后一段作者通过对如此胜景中极不协调的景致——"使客游者"附庸风雅的嘲讽，又一次暗示自己对杜甫高洁阔大精神境界的肯定和追求。

《浣花溪记》全文不过五百余字，但展示的内容却很丰富：浣花溪的总体特征及近十个自然人文景观的描绘；对杜甫人生经历的追忆和其精神境界的体悟，这一切都能看出钟惺驾驭语言文字的艺术功力和独具一格的审美视角，作者对自然美景如诗如画的描绘，对人文意蕴含蓄深刻的体悟，以及艺术展示上的独特魅力都给读者留下了深深的印象。

西湖七月半

张　岱

西湖七月半，一无可看，只可看看七月半之人。看七月半之人，以五类看之：其一，楼船箫鼓，峨冠盛筵①，灯火优僮②，声光相乱，名为看月而实不见月者，看之。其一，亦船亦楼，名娃闺秀，携及童娈③，笑啼杂之，还坐露台，左右盼望，身在月下而实不看月者，看之。其一，亦船亦声歌，名妓闲僧，浅斟低唱，弱管轻丝④，竹肉相发⑤，亦在月下，亦看月而欲人看其看月者，看之。其一，不舟不车，不衫不帻⑥，酒醉饭饱，呼群三五，跻入人丛，昭庆、断桥⑦，嘈呼嘈杂⑧，装假醉，唱无腔曲，月亦看，看月者亦看，不看月者亦看，而实无一看者，看之。其一，小船轻幌⑨，净几暖炉，茶铛旋煮，素瓷静递，好友佳人，邀月同坐，或匿影树下，或逃嚣里湖⑩，看月而人不见其看月之态，亦不作意看月者，看之。

杭人游湖，巳出酉归⑪，避月如仇。是夕好名，逐队争出，多犒门军酒钱⑫，轿夫擎燎⑬，列俟岸上。一入舟，速舟子急放断桥⑭，赶入胜会。以故二鼓以前，人声鼓吹，如沸如撼⑮，如魇如呓⑯，如聋如哑，大船小船一齐凑岸，一无所见，止见篙击篙，舟触舟，肩摩肩，面看面而已。少刻兴尽，官府席散，皂隶喝道去。轿夫叫船上，怖以关门，灯笼火把如列星，一一簇拥而去。岸上人亦逐队赶门，渐稀渐薄，顷刻散尽矣。

吾辈始舣舟近岸⑰。断桥石磴始凉。席其上，呼客共饮。此时月色如镜新磨，山复整妆，湖复颒面⑱，向之浅斟低唱者出，匿影树下者亦出，吾辈往通声气，拉与同坐。韵友来⑲，名妓至，杯箸安，竹肉发。月色苍凉，东方将白，客方散去。吾辈纵舟，酣睡于十里荷花之中，香气拍人，清梦甚惬。

注释 ①峨冠盛筵：高冠盛宴。 ②优僰：优，歌妓。僰，侍从。 ③童娈（luǎn）：美童。 ④弱：小。管：管乐器。丝：弦乐器。 ⑤竹：箫管类乐器。肉：歌喉。 ⑥帻：头巾。 ⑦昭庆、断桥：昭庆寺、断桥均为西湖名胜。 ⑧嚣（xiāo）呼：狂叫。 ⑨幌：帷幔。 ⑩里湖：西湖苏堤以内的部分。 ⑪巳：上午9时至11时。酉：下午5时至7时。 ⑫犒门军：犒赏守门的军士。文中指官府或贵族人家的犒赏。 ⑬擎：举。燎：火把。 ⑭速：催促。 ⑮如撼：如东西摇撼。 ⑯魇：梦魇。呓：痴话、呓语。 ⑰舣（yǐ）舟：拢舟靠岸。 ⑱颒（huì）面：洗面。 ⑲韵友：风雅之士。

今译 西湖七月十五中元节，没有一样可看的，只有看七月十五中元节的人可看。看七月十五中元节的人，有五种人可看。其一，是乘着楼船，奏着音乐，衣冠严整，宴席盛大，灯火通明，优伶相伴，声光杂乱，名为看月，而实际上不等月出就回去的人，这一类人可看；其二，亦是坐着楼船，带着娇娃闺秀，携带娈童，娇娃娈童哭哭笑笑，环坐露台之上，左顾右盼，东张西望，人虽在月下而实际上不看月的人，这样的人可以看；其三，也是乘船而来，也有音乐相伴，有名的妓女，闲散的僧人，喝着小酒，听着唱曲，笙歌柔和，弦声轻柔，歌声音乐声此起彼伏，也是来看月，并且希望别人看他们看月的人，这样的人可以看；其四，是既不坐车也不乘船，不穿上衣，不戴头巾，酒醉饭饱，三五成群，挤在人群中，来往于昭庆寺、断桥之间，咋咋呼呼，装醉卖傻，唱歌无调，既看月，又看看月和不看月的人，而实际上什么人都不看的人；这样的人可以看；其五，是乘坐小船，小旗飘荡，围着干净的茶几暖炉，一面煮茶，一面品茗，好友佳人，对月而坐，或是藏身树影下，或是划船到远处的湖中，虽是看月，而人们却看不到他们看月的神态，也不是有意要看月的人，这样的人可以看。

杭州人游西湖，已时出发，酉时回去，躲避月亮像躲避仇人似的。中元夜好名头，人们争先恐后地出城，多给守卫城门的军士一些酒钱，轿夫举着火把，列队在岸上等候。看月的人一到船上，就让船夫赶快往断桥去，急于参加那里的盛会。所以，二更以前，断桥那里人声乐声喧哗不止，如鼎如沸，如梦如魇，如聋如哑。大船小船一齐靠岸，结果是什么也没有看到，只见篙碰篙，船撞船，人挤人，面碰面而已。过了不大一会儿，人们的劲头没了，官府的宴席也散了，衙役们喝道离去，轿夫大呼小叫招揽生意。船上的人很害怕，把船舱的门关上。岸上灯笼火把似繁星一般，簇拥着看月的人离去。岸上的人也一队一队地往家赶，越来越少，很快都散去了。

我们这些人这才把船靠岸。这时，断桥的石磴刚刚凉下来，我们在上面铺上席子，招呼客人纵情豪饮。此时，月亮如刚刚揩拭干净的镜子，山像是重新整过妆，湖面又恢复了平静。原来那些浅斟低唱的人出来了，藏身树影下的人也出来了。我们这些人和他们打招呼，拉他们一同坐下。高情雅致的朋友来了，名妓们来了，酒足饭饱之后，人们弹奏音乐，放喉歌唱。月色渐渐地变得苍凉起来，东方发出了鱼肚白，客人们才散去。我们这些人放舟西湖深处，在十里荷花丛中纵情酣睡，香气逼人，清梦甚是惬意。

〔赏析〕按照习俗，中元节属于鬼节，又叫盂兰盆会。这一天，白天人们焚烧纸钱，荐拔亡魂。夜晚厉鬼尽出，收拾冥钱。所以，杭州城的人是快到正午的时候才出去，而到酉时月亮还没有升起来的时候就急急忙忙往家赶。张岱说杭州人避月如仇，其实避月是假，避鬼是真。官府致祭厉坛，游人聚集山塘。风流名士则借机狂欢，饮酒放歌，召妓取乐。之后则纵舟荷花深处，倒头大睡，做他们的清秋大梦。正所谓"今宵酒醒何处，杨柳岸晓风残月"。祭鬼的日子，成了狂欢的日子。倘鬼魂有知，也许会撞破这些人的清秋大梦。仔细品味，本文写西湖七月半看见的风俗，流露出作者对那些纨绔子弟和豪富无赖放荡奢侈生活的嘲讽。

从艺术上看，本文很能体现张岱散文的语言风格，一是用意深刻，说是赏月，其实是观人，所以作者冷眼旁观，看透了各色各样的人，展示出各形各类的灵魂。二是语言精妙传神，就像给每种人一幅画像，生动揭示出其精神风貌。另外，在西湖赏月场面的描写，或闹或静，或俗或雅都栩栩如生，给读者以如临其境的审美感受。

濮仲谦雕刻

张　岱

南京濮仲谦，古貌古心，粥粥若无能者①。然其技艺之巧，夺天工焉。其竹器，一帚一刷，竹寸耳，勾勒数刀，价以两计。然其所以自喜者，又必用竹之盘根错节，以不事刀斧为奇，则是经其手略刮磨之，而遂得重价，真不可解也。仲谦名噪甚，得其款，物则腾贵。三山街润泽②于仲谦之手者数十人焉，而仲谦赤贫自如也。于友人座间见有佳竹、佳犀，辄自为之。意偶不属，虽势劫之，利啖之，终不可得。

注释 ①粥粥：谦卑。　②润泽：受到好处、恩惠。

今译 南京的濮仲谦，古圣贤的样子，谦卑如没有能力的人。然而他的技艺之高，巧夺天工。那竹器，帚刷一下，一寸的竹子，勾勒数刀，便以两倍计价。但是他所最喜欢的，又一定用盘根错节的竹子，并不以用刀斧为奇技，而是经过他的手略加刮磨，便能得到重价，真是不懂其中奥妙啊。仲谦名噪一时，得到他的雕刻，东西的价格便昂贵起来。三山街从仲谦手中赚到钱的有几十人，而仲谦仍一贫如洗。看见友人身旁有好的竹子和犀牛角，他都要主动为人雕刻。若是偶然不对他的性格，虽然以势力相要挟，或以利相诱惑，也是无用的。他淡泊名利，一生没有得到富贵荣华。

赏析 在一个追逐名利的世俗社会中，如果有人仅凭个人的爱好和兴趣做事，视名利如粪土，那么会有多少人对他表示理解呢？俗话说："无利不起早。"天下攘攘，皆为利往。有多少人忙忙碌碌，不是为了"名利"二字呢？有，但是却不多。濮仲谦或许可以算一个。他特立独行，我行我素，不把名利放在心上。他精于雕刻，竹子经过他的手随便收拾一下，就可以变成价值连城的艺术品。他不去刻意追求名利，但他却因他的竹雕而声誉鹊起，名声大噪。如果他想发财，自然会财源滚滚，富贵唾手可得。许多人借助他的名气已经发起来了。可是，他对财富没有兴趣。当许多人借助他的题款而大把大把地捞银子时，他却仍然一贫如洗，快快乐乐。若是意气相投，他可以不要任何报酬，主动给人家制作竹雕工艺品；若是偶尔不对他的脾气，就是威逼利诱也没有用。像濮仲谦这样全凭个人的兴趣爱好行事，而不把"孔方兄"放在眼里的人，实在是太少太少了。那些为金钱利益所驱使而失去个性和人格者，面对濮仲谦这样特立独行的人，自当为之汗颜。

游黄山记

徐宏祖①

初四日。十五里至汤口②。五里至汤寺③，浴于汤池。扶杖望硃砂庵④而登，十里上黄泥岗，向时云里诸峰，渐渐透出，亦渐渐落吾杖底。转入石门，越天都之胁而下，则天都、莲花二顶，俱秀出天半。路旁一歧东上，乃昔所未至者，遂前趋直上，几达天都侧。复北上，行石罅中，石峰片片夹起，路宛转石间，塞者凿之，陡者级之，断者架木通之，悬者植梯接之。下瞰峭壑阴森，枫松相间，五色纷披，灿若图绣。因念黄山当生平奇览，而有奇若此，前未一探，兹游快且愧矣。

时夫仆惧阻险行后，余亦停弗上。乃一路奇景，不觉引余独往。既登峰头，一庵翼然，为文殊院⑤，亦余昔年欲登未登者。左天都，右莲花，背倚玉屏风⑥。两峰秀色，俱可手揽。四顾奇峰错列，众壑纵横，真黄山绝胜处。非再至，焉知其奇若此！遇游僧澄源至，兴甚勇。时已过午，奴辈适至。立庵前，指点两峰。庵僧谓天都虽近而无路，莲花可登而路遥，只宜近盼天都，明日登莲顶。余不从，决意游天都。挟澄源、奴子，仍下峡路。至天都侧，从流石蛇行而上，攀草牵棘，石块丛起则历块，石崖侧削则援崖。每至手足无可着处，澄源必先登垂接。每念上既如此，下何以堪？终亦不顾。历险数次，遂达峰顶。惟一石顶，壁起犹数十丈，澄源寻视其侧，得级，挟余以登。万峰无不下伏，独莲花与抗耳。时浓雾半作半止，每一阵至，则对面不见，眺莲花诸峰，多在雾中。独上天都，予至其前，则雾徙于后；予越其右，则雾出于左。其松犹有曲挺纵横者，柏虽大干如臂，无不平贴石上，如苔藓然。山高风巨，雾气去来无定，下盼诸峰，时出为碧峤，时没为银海。再眺山下，则日光晶晶，别一区宇也。日渐暮，遂前其足，手向后据地，坐而下脱。至险绝处，澄源并肩手相接。度险下至山坳，暝色已合，复从峡度栈以上，止文殊院。

注释 ①徐宏祖：（1586—1641年），字振之，号霞客，明江阴（今江苏江阴市）人，杰出的旅行家和地理学家。从22岁到56岁去世的三十多年里，游历了华东、华北、东南沿海和云贵高原，每游一处，都把所见所闻记录下来，但死后大都散失。经后人搜求，辑成《徐霞客游记》，不仅是地理研究的珍贵资料，也是优秀的记游散文。　②汤口：镇名，位于黄山脚下，是游山的必经之地。　③汤寺：寺名，登黄山的起点。建于唐代，因靠近汤泉而得名，现已不存。　④硃砂庵：正名慈光寺，在黄山硃砂峰下。　⑤文殊院：寺名，在天都、莲花两峰之间。　⑥玉屏风：即玉屏峰，因秀峰横列如玉屏，故此得名。

今译 初四日。行十五里到汤口，再行五里到汤寺，在汤池洗了个澡。拄着拐杖眺望朱砂庵登去。行十里登上黄泥岗，这时原来被云雾笼罩着的各个峰峦，逐渐显现出来，也逐渐落在我的杖下。转入巨石搭成的门洞，越过天都峰的半山腰而往下，于是望到了天都、莲花两座山峰的顶端，都耸立在半空中。路旁一条岔道向东斜插上去，这是以前游山所未能到达处，沿着小路一直登上，几乎到达天都峰的旁边。再向北上去，走在石缝之间，那座座石峰夹路而立，山路在石峰间委曲宛转。堵塞的地方就凿通它，陡峭的地方就砌上台阶，隔断的地方就架上木桥使它通畅，悬空的地方就竖起梯子连接上。俯视峭崖深谷阴森森的，枫树和青松杂然而生，各种颜色交错缤纷，光彩艳丽像锦绣图画。此由想到，黄山堪称一生中游览过的奇景了，可是这般奇景，以前竟未曾探访，这回游览既感愉快而又觉惭愧啊！

这时下人们都害怕艰难险阻走在后面，我也停下来不再攀登。可是那一路上的奇景，又不知不觉地引诱我独自向前。登上了峰顶，一座小庵飞来眼前，这是文殊院，也是我两年前想登而未登的地方。左面是天都峰，右面是莲花峰，背倚着玉屏峰，那左右两峰的秀色，伸手就可以揽到。四面环顾，奇峰错落罗列，众多沟壑，纵横交错，真是黄山秀色绝胜之处。不是再次来到，怎能知道其神奇如此高妙。正遇上漫游的和尚澄源来到，他游兴更是浓烈。时辰已过午，仆人们刚刚到达，站在寺庙前，朝着两座山峰指指点点。寺庙的和尚说："天都峰虽近却无路，莲花峰有路而行程远，只能就近眺观天都峰，明天再攀莲花峰。"我不听从，决意游览天都峰。带着澄源和仆人，依然下了峡谷狭路，到了天都峰旁边，顺着山上的流石如蛇一般曲折而上。拉着草牵着荆棘，石块隆起，就登越过去；岩崖陡立，就爬行过去。每到手脚没有着落之处，澄源必定先上去，然后俯身接我。一想到登山既然如此艰难，下山怎么能挺得住？到底还是没顾及这些，经历了几次危险，终于到达峰顶。仅是一个石顶，峭壁耸起几十丈高，澄源探寻它旁边，发现了石级，扶着我登上去。千峰万峦都卧在下面，只有莲花峰可与天都峰抗衡。此时浓雾有时翻腾有时静，每发作一阵，就对面看不见人，远眺莲花等诸山峰，大多隐在雾中。我独立在天都峰上，走到石顶的前方，雾就流转到身后；我来到石顶右边，雾就腾移到左边。峰顶的松树有曲折的、挺直的、交错的；柏树虽长得像胳膊那么粗，却无不平贴在石上，像苔藓一样。山高风大，雾气来去不定，鸟瞰各个山峰，有时现出碧绿的山头，有时隐没成茫茫银海；再远望山下，日光闪耀，别是一番境界。太阳渐渐下沉，于是便向前伸出两脚，手向后按地，坐着向下挪动；到了极险之处。澄源同时用肩和手来接我。度过险境，下到山底，暮色已与山色融为一体。再顺着峡谷狭路度过栈道爬上来，当晚住宿在文殊院。

【赏析】这是一篇游记，着重记述初四日这天游天都峰的经历和见闻。文章的结构比较单一，完全按游览的路线及观景的顺序依次展开，给读者以简捷明快的大印象。在艺术上最突出的，主要有两点：

其一是作者把自己对大自然的热爱和游山的情趣圆融透彻地溶解的字里行间，甚至连攀爬的惊险，登行的艰辛都显得那么意趣盎然，作者很善于在写了惊险和艰辛之后，浓墨重笔写登临的愉悦、观览的欢快以及神奇景致带来的身心陶醉，把读者也带入到那出神入化的意境和荣辱皆忘的心情中，真正体会到、"四顾奇峰错列，众壑纵横，真黄山绝胜处！非再至，焉知其奇若此？"感慨的本意。

其二是作者用语精妙、表现力强，很传神地把大自然的造化和鬼斧神工展示给读者。写高峰则"云里诸峰，渐渐落吾杖底"；写众壑"峭壑阴森，枫松相间"；写山色则"五色杂披，灿若图秀"；写云雾则"予至其前，则雾徙于后；予越其右，则雾出于左。"把生动形象的描写与细致精妙的叙述有机结合起来，给人以如临其境的艺术美感。

徐霞客的游记以语言精妙传神，又以记述简捷生动和议论恰到好处而见长，这篇《游黄山记》颇具代表性。

原　君①

黄宗羲②

有生之初，人各自私也，人各自利也；天下有公利而莫或兴之，有公害而莫或除之。有人者出，不以一己之利为利，而使天下受其利；不以一己之害为害，而使天下释其害；此其人这勤劳必千万于天下之人。夫以千万倍勤劳，而己又不享其利，必非天下之人情所欲居也。故古之人君，量而不欲入者，许由、务光③是也；入而又去之者，尧、舜是也；初不欲入而不得去者，禹是也。岂古之人有所异哉？好逸恶劳，亦犹夫人之情也。

后之为人君者不然。以为天下利害之权皆出于我，我以天下之利尽归于己，以天下之害尽归于人，亦无不可；使天下之人，不敢自私，不敢自利，以我之大私为天下之大公。始而惭焉，久而安焉。视天下为莫大之产业，传之子孙，受享无穷；汉高帝所谓"某业所就，孰与仲多"者④，其逐利之情，不觉溢之于辞矣。此无他，古者以天下为主，君为客，凡君之所毕世而经营者，为天下也。今也以君为主，天下为客，凡天下之无地而得安宁者，为君也。是以其未得之也，屠毒天下之肝脑，离散天下之子女，以博我一人之产业，曾不惨然。曰："我固为子孙创业也。"其既得之也，敲剥天下之骨髓，离散天下之子女，以奉我一人之淫乐，视为当然。曰："此我产业之花息也。"然则，为天下之大害者，君而已矣。向使无君，人各得自私也，人各得自利也。呜呼！岂设君之道固如是乎？

古者天下之人爱戴其君，比之如父，拟之如天，诚不为过也。今也天下之人怨恶其君，视之如寇仇，名之为独夫，固其所也。而小儒规规⑤焉以君

199

臣之义无所逃于天地之间，至桀、纣之暴，犹谓汤、武不当诛之，而妄传伯夷、叔齐无稽之事⑥，乃兆人万姓崩溃之血肉，曾不异夫腐鼠。岂天地之大，于兆人万姓之中，独私其一人一姓乎！是故武王圣人也，孟子之言，圣人之言也；后世之君，欲以如父如天之空名，禁人之窥伺者，皆不便于其言，至废孟子而不立⑦，非导源于小儒乎！

虽然，使后之为君者，果能保此产业，传之无穷，亦无怪乎其私之也。既以产业视之，人之是产业，谁不如我？摄缄縢⑧，固扃鐍⑨，一人之智力，不能胜天下欲得之者之众，远者数世，近者及身，其血肉之崩溃在其子孙矣。昔人愿世世无生帝王家，而毅宗⑩之语公主，亦曰："若何为生我家⑪！"痛哉斯言！回思创业时，其欲得天下之心，有不废然摧沮者⑫乎！

是故明乎为君之职分，则唐、虞之世，人人能让，许由、务光非绝尘也；不明乎为君之职分，则市井之间，人人可欲，许由、务光所以旷后世而不闻也。然君之职分难明，以俄顷淫乐不易无穷之悲，虽愚者亦明之矣。

注释 ①《原君》：选自黄宗羲的政治论集《明夷待访录》，该书从多方面猛烈抨击了君主专制制度，乾隆年间被查禁，对近代启蒙思想的发展产生过深刻影响。《原君》为其首篇，意思是推究设立君主的道理。 ②黄宗羲：（1610—1695年），字太冲，号南雷，又号梨洲，余姚人。少年时便富有正义感和斗争性。十九岁时，曾进京为受魏忠贤迫害的父亲讼冤，并亲手推击仇人。明亡后，在家乡组织义军，反清复明。康熙朝时曾多次召他出仕，都坚辞拒绝。是明清之际著名的思想家、史学家和文学家。著有《南雷文定》《明夷待访录》等。 ③许由、务光：古代隐士。相传尧让天下给许由，许由不受，隐于箕山。汤让位给务光，务光拒受，投水自沉。 ④"某业"：刘邦称自己的产业。"仲"：刘邦的哥哥。此话见《史记·高祖本纪》，是刘邦大朝群臣，为父亲祝酒时的问话。 ⑤小儒：见识浅薄的文人。规规：拘谨之态。 ⑥无稽之事：无可考究的事情。 ⑦立：指立祭位。不立与前面的废对应，因明太祖曾下诏废除孟子的祭祀。 ⑧摄：收紧。缄：封存箱子的绳子。縢：绷带。 ⑨扃（jiōng）：关环。鐍（jué）：锁钥。 ⑩毅宗：明崇祯皇帝，谥号思宗，后改毅宗。 ⑪之语句：毅宗自缢前，用剑砍杀自己的女儿长平公主，悲叹："你为什么生在我家？" ⑫废然：颓丧态。摧沮：伤心态。

今译 人类社会初始，人们都各自顾自己的私利；社会上有公众的利益却没有人来兴办它，有公众的灾害却没有人来消除它。有的人挺身而出，不把自己个人的利益当作利益，却要让天下的人享受那种利益；不把自己个人的灾害当作灾害，却要使天下的人都免受那种灾害。这样做的话，那个人付出的辛勤劳苦，必然比天下普通人多千万倍。用超出普通人千万倍的辛勤劳苦，而自己又不享受这些利益，那必然不是天下的普通人所甘心情愿去做的。因此，对于当时的君主，思量再三而不想去做的，诸如许由、务光；当上了又离去的，诸如尧、舜；当初不想去做而最终还是做了的，诸如禹。难道说这些先民与普通人有什么两样吗？其实，他们贪图安逸，厌恶劳苦，也与普通人的心情一样啊。

后来做君主的就不是这样，认为左右天下利害福祸的权力都出自我手，把天下的利益都归于自己，把天下的祸害都归于他人，以为这样也没有什么不行。他们迫使天下的人不敢顾及自己的私利，却把自己暴涨的私欲，作为天下人的公利。一开始，他们还感到愧疚，久而久之就心安理得了。于是便把社会的一切当成是自家丰裕的产业，传给子孙，让他们享受无穷。且听汉高祖刘邦所言"我的产业，与二哥相比谁更多"，他追逐私利的心愿，不知不觉溢于言表。这没别的，原因是古时候视天下的人为主人，把君主视为仆役，通常君主毕生操劳、苦心经营，都是为天下人。如今呢，君主为主人，而天下人为仆役，普天之下，之所以到处都不得安宁，是因为君主。因此，后来的君主，当他未得到天下时，残酷屠杀天下人生命，离散天下人的子女，以此求取个人的产业，竟不感到悲惨，说："我是为子孙后代创业呀。"当他得到天下的时候，便敲碎榨取天下人的骨髓，离散天下人的子女，来供君主一人淫乐，并视为理所当然，还说："这是我产业的利息呀"。如此看来，成为天下人大祸害的，乃是君主罢了。假如一向没有君主，人们尚能各谋私利，唉！难道设立君主的道理竟是如此吗？

古时候，天下人民爱戴自己的君主，把他们比作父亲，视若天公，实在不算过分。如今天下人民怨恨自己的君主，视之为仇敌，称之为独夫，这是罪有应得。可是那些见识迂腐浅陋的儒生却认为，君臣之间的道义，于天地间无处不在，甚至对桀、纣这样的暴君，还认为汤、武不应该讨伐他们，并虚妄地传颂关于伯夷、叔齐的无稽之谈。他们视亿万民众残破的血肉如腐臭的死老鼠，难道说广袤的天地间，亿万民众恰恰偏爱君主一人一姓吗？因此说武王是圣人，孟子肯定武王的言论，是圣人的言论。后世的君主想用如父如天的空名来禁止他人窥伺其君位的，都对孟子的话感到不利，甚至废除孟子的庙祀，不立孟子的祭位。追根寻源，这些做法还不是来自那些迂腐的文人吗？

尽管如此，假如后世君主真能保住这份产业，把它世代无穷地传下去，也不必责怪他占天下为私有。可是，既然视天下为我的产业，那么人们想要得到产业的欲望，谁都赶不上我。虽说扎紧绳索，加固锁钥，可凭一个人的智力，胜不过天下众多想要得到产业的人。结果远的过不了几代，近的就在自身，那血肉飞溅的祸患，就落在其子孙的头上了。前人曾祈愿世世代代不要投生在帝王家里，明朝的毅宗皇帝，死前说自己的女儿："你为什么生在我家！"这话多么悲痛啊。回想创立之初的情景，那些想要夺取天下的野心，还有不颓废沮丧的吗？

所以说，明白了做君主的职责本分，就会形成唐尧虞舜的世道，人人都懂谦让，许由、务光也就不是超然尘世的人了。不明白做君主的职责本分，那么城镇居所，人人都欲望君权，许由、务光成为后无来者的绝世之人。然而，君主的职责本分是不容易搞明白的，凭短暂的快乐，去换取无限的悲哀，其中的道理就是愚笨的人也该明白。

〔赏析〕 这是一篇论辩性和批判性都极强的政论文，它一方面推究设置君王的道理，论证人性的私欲与君权形成的内在关系；另一方面毫不留情地对后世君主进行了猛烈抨击，有很强的借古讽今，鞭挞现实的特点。全文分五个层次展开：

第一个层次阐明人性的私欲与君权形成的内在关系，这是整篇文章的立论前提。作者认为古代人君是为天下兴利除害，而自己则要备受辛勤劳苦，这种纯尽义务而毫无回报的社会工作与人性的私欲完全相背。所以有的人不愿作君主；有的人作了君主却不愿自己的后代再受这种辛苦；还有的人实在没有办法只能硬着头皮干下去。因为"好逸恶劳，亦犹夫人之情也。"作者的立论起到了三个作用：一是奠定了本文论辩的理论支点；二是廓清了古代圣贤光环中的虚伪成分，许由和务光不接受尧舜的传位并不是因为他们多么崇高和潇洒，是因为当时的君主主要是为社会尽义务，为他人谋幸福，而自己却很少有什么福利；三是为下层次的批判做好了反面的映衬。在这个层次里，作者出语惊人，有鲜明的反传统性，其实也为全文的批判性和反叛性定了基调。

第二个层次"后之为君者不然"起，浓墨重笔，酣畅淋漓，集中批判了后之为君者的自私、丑恶和残忍。先是痛斥后之为君者以天下为自己的产业，把天下之利尽归于己，却把天下之害尽归他人；接着阐述后之为君者本末倒置，以己为重、民为轻，指出这是天下大乱、灾害无穷的根源；接下来集中揭露后之为君者使生灵涂炭、民不聊生的罪恶，义正严词，激情充沛，把后之为君者"未得之"和"既得之"天下的种种劣迹揭露无遗，其激烈程度，古今罕见。

第三个层次换了一个话题，用古今君主对民众的不同态度和民众对当权者也有爱戴和怨恨的不同现象，来批驳迂腐文人的荒谬言论。对汤、武讨伐桀、纣的肯定和对朱元璋可笑举动的嘲讽，都表现出作者独特的思想认识和强烈的批判精神。文章在这个层次凸现出鲜明的现实性和战斗性。

第四个层次以"虽然"作转折，换了一个角度，进一步论述"以天下为产业"不仅残害民众，也殃及自身或子孙。尤其是写到崇祯皇帝死到临头时无限悲怨而又无可奈何的发问，故国之思、亡国之痛油然而生。似乎令人看到了改朝换代的刀光剑影和权力更替中的血肉飞溅，而这一切都基于作者的立论前提——人性恶。

第五个层次是全文的总结，用"明乎为君之职分"与"不明乎为君之职分"来警戒为君主者，要弄清"君之职分"以免"以俄顷淫乐"造成"无穷之悲"，这也是作者写"原君"的用意之所在。

这是一篇不多见的论辩文，可见作者深邃的思想和大气的文笔。作者在选题立意上，敢于从君主这个古今永恒的重大话题切入，发惊天之语，破千古陋见，很有近代民主思想的启蒙意义。文章言辞精辟，用语冷峻，论辩严密，激情奔发，辞、情、理、意四者并茂，令人沉思、发人深省。

复 庵 记①

顾炎武②

旧中涓范君养民③，以崇祯十七年夏，自京师徒步入华山为黄冠。数年，始克结庐于西峰之左，名曰复庵。华下之贤士大夫多与之游，环山之人皆信而礼之。而范君固非方士者流也。幼而读书，好《楚辞》；诸子及经史多所涉猎。为东宫④伴读。方李自成之挟东宫二王以出也，范君知其必且西奔，于是弃其家走之关中，将尽厥⑤职焉。乃东宫不知所之，而范君为黄冠矣。

太华之山，悬崖之巅，有松可荫，有地可蔬，有泉可汲，不税于官，不隶于宫观之籍。华下之人或助之材，以创是庵而居之。有屋三楹，东向以迎日出。

余尝一宿其庵。开户而望，大河之东，雷首之山⑥苍然突兀，伯夷叔齐之所采薇而饿者，若揖让乎其间，固范君之所慕而为之者也。自是而东，则汾之一曲，绵上之山出没于云烟之表，如将见之，介子推之从晋公子，既反国而隐焉，又范君之所有志而不遂者也。又自是而东，太行、碣石之间，宫阙山陵之所在，去之茫茫，而极望之不可见矣，相与泫然。

作此记，留之山中。后之君子登斯山者，无忘范君之志也。

注释 ①《复庵记》：复庵：明朝太监范养民于明灭亡之后隐居华山时所建造的居室。顾炎武曾于登游华山时寄宿于此，故有此记。 ②顾炎武：(1613—1682年)，原名绛，字宁人，号亭林，昆山（今江苏省昆山市）人。生于官宦之家，十四岁时参加当时的政治性学术社团"复社"，1654年5月，清兵攻陷南明都城南京，顾炎武先后参加了苏州起义和昆山保卫战。失败后背井离乡，流浪四方，希望有机会实现复明大计。他两次拒绝清廷招聘，直到晚年定居华阴，恢复之志不减。他在文、史、哲、考古等方面均有建树，是清初大学者，著有《日知录》、《亭林诗文集》等。 ③中涓：太监，原意为宫中主持洒扫之事。 ④东宫：太子所居之宫，亦指太子。伴读：官名，负责王室子弟教育之事。⑤尽厥职：尽其保护之职责。厥：义同"其"。 ⑥雷首之山：首阳山，在今山西省永济市南，是中条山的南端。相传伯夷、叔齐反对武王伐纣，不食周粟，入首阳山采薇而食，终于饿死葬于山上。今尚存夷齐墓。

今译 前朝太监范养民君，在崇祯十七年夏天，徒步从北京来到华山当了道士。几年后，才有实力在西峰左侧建造房舍，取名复庵。华山下的贤良士大夫有很多与他交往，华山周围的人们都信任并尊敬他。然而范君却本非道士之流，他自小读书，喜爱《楚辞》，诸子及经史典籍也多有涉猎，是太子的教官。当李自成胁持太子和其他二位王子离开京城时，范君知道他必将向西方出逃，便离弃家人，急忙奔往关中，准备尽自己保护太子的职责。可是太子不知去何，范君也就当了道士了。

华山峭壁的峰顶，有可以乘凉的松树，有可供种菜的土地，有可供汲水的清泉。不必向官府缴税，也不作寺庙的财产登记。华山下有人提供建筑材料，才造了这个房舍居住。共有三间屋，门窗向东，以便迎接日出。

我曾在他的庵中住过一宿，开门眺望，黄河以东的雷首山，山色苍茫、凌然高耸，那是伯夷、叔齐不食周粟，采薇而食终于饿死的地方，他们好像仍在山间拱手礼让，他们正是范君所仰慕并效法的人啊。由此向东，能眺望见汾水的拐弯处，那绵上的介山在云雾表层时隐时现，似乎看见昔日的介子推随晋公子重耳流亡归国后潜居山中的情景，这更是范君心向往之却未能实现的啊。从这里再向东，在那太行山、碣石山之间，是皇宫、皇陵的所在，然而相隔遥远，即使尽眼力眺望也不能看到，只好伴着范君同落泪。

做这篇文章记述这件事，留在此山中，后来登华山的君子贤人，不要忘记范君的志向和气节啊。

赏析 顾炎武是一位政治倾向极强的学者，尽管在写《复庵记》时，清朝江山已定，但文中所暗含的故国之思和复明之志还是很明晰的，这与他终生的奋斗目标和日常言行很吻合。由于清初严格的文字禁锢，整篇文章写得比较隐晦，通过复庵的创建过程和作者临庵瞻望的感慨，赞扬了前朝遗老范养民的气节，以此抒发自己对故国的怀念。

文章在写作上主要有三个特点：

一是笔调曲折、用意深邃。这与顾炎武当时所处的政治环境相关，读完全文，读者就能深切体会到，作者对前朝遗民范养民是无限同情并赞赏备至的，范养民的情志，就是作者本人的情志。复庵不过是个话头，范君主要是寄情言志的载体，而真正要表达的是故国之思和复国之志。所以，作者写"大河之东"的雷首山，写"自是而东"的绵山，与"又自是而东"的太行、碣石，无不是上述深邃用意的抒发。当然，关于伯夷、叔齐的迂腐，本不值得如此称赞，但文中主要是借此典故以达到抒情言志的目的，作者所切入这一典故的点是很明确的，意在不食周粟，而不在对事情性质的辨析上。

二是记述、抒情和议论圆融一体，相互依托，突出了主题。文章的前半部分以叙事为主，主要是介绍复庵的营建和庵主的经历。从"开户而望"进入联想式的写景和反思式的抒情，遥望眼前、回想过去，终于"相与泫然"，无限的思绪，汇成了挚情的波澜，文章到这里，情、景、事、理奔涌交汇，形成了全文的高潮，前半部分的叙事到这也找到了归宿，为结语"无忘范君之志也"作了充分的铺垫。因此，这最后一句，既是对后来登斯山者的企望，也是对自己的激励，意味深远。

三是简洁明快，层次清晰，短短四五百字，不仅记叙了复庵和范君的诸多事迹，还回顾历史、思虑当时、勉励后人。交代清晰、述说简明，很有条理性和层次感。如从"大河之东"到"自是而东"再到"又自是而东"不仅仅是一种视线的延伸，更是一种思绪的飞动，而这一切都很有层次，由近及远，暗合人们眺望的规律和思绪的演进，使抒情的高潮很自然地凸现出来。这都体现出作者深厚的艺术功力和良好的审美素养。

论梁元帝读书①

王夫之②

江陵陷，元帝焚古今图书十四万卷。或问之，答曰："读书万卷，犹有今日，故焚之。"未有不恶其不悔不仁而归咎于读书者，曰："书何负于帝哉?"此非知读书者之言也。帝之自取灭亡，非读书之故，而抑未尝非读书之故也。取帝之所撰著而观之，搜索骈丽，攒集影迹，以夸博记者，非破万卷而不能。于其时也，君父悬命于逆贼，宗社垂丝于割裂；而晨览夕披，疲役于此，义不能振，机不能乘，则与六博投琼③、耽酒渔色④也，又何以异哉？夫人心一有所倚，则圣贤之训典，足以锢志气于寻行数墨之中，得纤曲而忘大义，迷影迹而失微言，且为大惑之资也，况百家小道⑤，取青妃白⑥之区区者乎？

呜呼！岂徒元帝之不仁，而读书止以导淫哉？宋末胡元之世，名为儒者，与闻格物⑦之正训，而不念格之也将以何为。数《五经》《语》《孟》文字之多少而总记之，辨章句合离呼应之形声而比拟之，饱食终日，以役役于无益之较订，而发为文章，侈筋脉排偶以为工，于身心何与耶？于伦物⑧何与耶？于政教何与耶？自以为密而傲人之疏，自以为专而傲人之散，自以为勤而傲人之惰，若此者，非色取不疑之不仁⑨，好行小慧之不知⑩哉？其穷也，以教而锢人之子弟；其达也，以执而误人之国家；则亦与元帝之兵临城下而讲《老子》，黄潜善之虏骑渡江而参圆悟者奚别哉⑪？抑与萧宝卷、陈叔宝之酣歌恒舞，白刃垂头而不觉者⑫，又奚别哉？故程子斥谢上蔡之玩物丧志⑬，有所玩者，未有不丧者也。梁元、隋炀、陈后主、宋徽宗皆读书者也，宋末胡元之小儒亦读书者也，其迷均也。

或曰："读先圣先儒之书，非雕虫之比，固不失为君子也。"夫先圣先儒之书，岂浮屠氏⑭之言，书写读诵而有功德者乎？读其书，察其迹，析其字句，遂自命为君子，无怪乎为良知之说者起而斥之也。乃为良知之说，迷于其所谓良知，以刻画而仿佛者，其害尤烈也。

夫读书将以何为哉？辨其大义，以立修己治人之体也；察其微言，以善精义之神之用也。乃善读者有得于心而正之以书者鲜矣，下此而如太子弘之读《春秋》而不忍卒读⑮者鲜矣，下此而如穆姜⑯之于《易》，能自反而知愧者鲜矣。不规其大，不研其精，不审其时，且有如汉儒之以《公羊》废大伦⑰，王莽之以讥二名待匈奴⑱，王安石以国服赋青苗者，经且为蠹，而史尤勿论已。读汉高之诛韩、彭而乱萌消⑲，则杀亲贤者益其忮毒；读光武之易太子而国本定，则丧元良者启其偏私；读张良之辟⑳谷以全身，则炉火彼家之术进；读丙吉之杀人而不问㉑，则怠荒废事之陋成。无高明之量以持其大体，无斟酌之权以审于独知，则读书万卷，止以导迷，顾不如不学无术者之尚全其朴也。

故子曰："吾十有五而志于学。"志定而学乃益，未闻无志而以学为志者也。以学而游移其志，异端邪说，流俗之传闻，淫曼之小慧，大以蚀其心思，而小以荒其日月，元帝所为至死而不悟者也。恶得不归咎于万卷之涉猎乎？儒者之徒，而效其卑陋，可勿警哉？

注释 ①《论梁元帝读书》：选自王夫之的笔记《读通鉴论》。文章针对梁元帝一生沉迷书籍，危亡时尽行焚书，最后国灭身亡而不悟的一段历史进行了反思，指出读书不能舍本逐末，只讲求文字技巧的"词章之学"，而要有"高明之量"和"斟酌之权"，要有益于身心和社会之用"辨其大义""修己治人"。表现了作者在读书问题上的见解。梁元帝：（508—554年），即萧绎，字世诚，梁武帝萧衍第七子。封湘东王，镇守江陵（今属湖北），552年平定侯景之乱后即位称帝。他"性好书，常令左右读书，昼夜不绝。虽熟睡，卷犹不释……作文章，援笔立就。"喜作诗赋，风格轻靡奇艳。554年11月，西魏围攻江陵，城陷，"帝入东阁竹殿，命舍人高善宝焚古今图书十四万卷，将自赴火，宫人左右共止之……遂降西魏，十二月为西魏所杀"。生平著作很多，今存《金楼子》辑本。②王夫之：（1619—1692年），字而农，号姜斋，又号船山。湖南衡阳人。与顾炎武、黄宗羲为明末清初三大思想家。早年曾反清起义，战败去桂林，桂林陷后隐遁。晚年归衡阳，于石船山筑土室，刻苦研究，勤奋著述近四十年。善诗文，也工词曲。著有《船山遗书》。　③六博：古代赌博游戏的一种，共有十二棋子，六黑六白，两人博，每人六个棋子，所以叫六博。投琼：掷骰子。　④耽酒：极其嗜好酒。渔色：猎取女色，享受腐化的行为。　⑤小道：儒家对宣扬礼教以外的学说、技艺的贬称。宋朱熹注："小道，如农圃医卜之属。"后又称不以谈义理为主的辞章为小道。　⑥取青妃（pèi）白：或云"妃青俪白"。比喻卖弄文字技巧。　⑦格物：推究事物的原理。　⑧伦物：人伦物理。　⑨色取不疑之不仁：表面上好像爱好仁德，实际却不如此，可是自己竟以仁人自居而不加疑惑。　⑩好引小慧：喜欢卖弄小聪明。不知：同"不智"。　⑪黄潜善句：宋高宗南渡时宰相。圆悟：北宋末南宋初僧人克勤。高宗建炎元年住持金山寺，高宗赐号圆悟禅师。《宋史·黄潜善传》："郓、濮相继陷没，宿、泗屡警，右丞许景衡以扈卫单弱，请帝避其锋，潜善以为不足虑，率同列听浮屠克勤说法。"　⑫萧宝卷：即南朝齐东昏侯。荒淫无度，梁兵围攻京城甚急，还在含德殿吹笙歌《女儿子》。当天夜晚被部下所杀。陈叔宝：即陈后主。在位时大建宫室，生活奢侈，每天与妃嫔、文臣游宴，制作艳词。隋兵攻入南京，被俘。　⑬程子：指程颢，字伯淳，北宋理学家。谢上蔡：名良佐，字显道，上蔡（今属河南）人。程门弟子，称为上蔡先生。　⑭浮屠：也作"浮图"，古时称和尚。　⑮太子弘之读《春秋》而不忍卒读：太子弘，唐高宗子，武后生。显庆元年立为太子。郭瑜教他《春秋》，当读到楚世子商臣弑其君，叹气说："圣人教诲，怎么写上这些内容呢？"郭瑜说："孔子作《春秋》，善恶必书，褒贬以诚，故商臣之罪，虽千载犹不得灭。"太子弘说："然所不忍闻，愿读他书。"　⑯穆姜：春秋时鲁宣公夫人，鲁成公之母。穆姜与孙侨如私通，想废掉成公，立成公的弟弟。成公死后，襄公继位，把穆姜迁到东宫。命卜史占卦，得《艮》之《隋》卦，有出走之象，卜史劝她快出走可以免祸。但她认为"有四德者，《隋》而无咎。我皆无之，岂《隋》也哉？我则取恶能无咎乎？必死于此，弗得出矣"，后遂死东宫。　⑰汉儒之以公羊废大伦：《公羊传》："立嫡以长不以贤，立子以贵不以长。桓（鲁桓公）何以贵？母贵也。母贵则子何以贵？子以母贵，母以子贵。"汉光武将原太子刘疆降为藩王，而立刘庄为皇太子，以其母贵为皇后之故，即依循《公羊传》中"立子以贵"之义。大伦：即是"人伦"。人伦："父子有亲，君臣有义，夫妇有别，长幼有叙，朋友有信。"　⑱王莽之以讥二名待匈奴：王莽上奏令中国不得有两个字的名派使者婉言劝告单于，应该叫一个字的名，汉必加厚赏。单于听从了，更名叫"知"，王莽非常高兴。　⑲汉高：汉高祖刘邦。韩、彭：韩信、彭越。　⑳辟谷：不吃五谷，以为可以长生。　㉑丙吉之杀人而不问：西汉宰相丙吉见到斗殴打仗却不问，但看被赶着的牛，口喘吐舌，却要问一问。有人不解地问丙吉，丙吉说："民斗相杀伤，长安令、京兆尹职所当禁备逐捕……宰相不亲小事，非所当于道路问也。方春少阳用事，未可太热，恐牛近行用暑故喘，此时气失节，恐有所伤害也。三公典调和阴阳，职当忧，是以问之。"

今译 江陵被西魏攻陷，元帝焚烧古今图书十四万卷。有人问他，元帝回答说："正因为读书万卷，才有今天的下场，所以烧了它。"听了这话，没有不憎恨他不悔悟不仁德，而归咎于读书的。驳斥说："书哪里对不住你元帝呢？"这不是真正懂得读书人的话。元帝是自取灭亡，不是读书造成的，但也和读书的错误方法大有关系。为什么这样说呢？拿元帝的著作阅读就可以看出，他的文章追求句式的对偶和文字的华丽，把所写的文章编辑成集，以显示知识的丰富不是读万卷书，不能写成这么多华丽文章。而在此时，君父梁武帝的生命攥在逆贼侯景手里，国家像垂着的丝线将被人割断的危急关头，而元帝从早到晚，在书籍中沉迷不返，正义得不到弘扬，巩固政权的时机不能把握，这与赌博、沉迷于酒色有什么两样呢？人一心沉迷于只求文字技巧的"词章之学"，那么，对圣贤的经典著作，也是舍本逐末，得到了文字技巧却失去了文章所表达的微言大义，书便成为使人糊涂的资料，况且各家小道，卖弄文字技巧的雕虫小技呢！

唉！难道只是元帝不仁德，而读书把他导向迷惑吗？宋末胡元的时代，名为读书人，参与推究考证事物的正确解释，而不推究文章为什么这样写。数《五经》、《论语》、《孟子》文字的多少而汇总分类，分析文章的段落结构，用词造句、总分、前后照应的巧妙之处，用来模仿。辛辛苦苦在那些无益的文字上下功夫，写成文章，在安排文章的结构和过多地运用排比、对偶方面，以为精通。这与身心健康发展有什么关系呢？与人伦物理有什么关系呢？与为政教化有什么关系呢？自以为专心文章，写得紧密而瞧不起别人文章的松散，自以为勤奋而看不起别人的懒惰，这与好像表面上似乎爱好仁德，实际行为却不如此，可是自己竟以仁人自居而不加疑惑，喜欢卖弄小聪明，有什么两样呢？当他们处境困难时，教育人家的子弟，把思想束缚在片面追求文字技巧方面；当他们得志时，掌了权就要误了国家；与元帝兵临城下而讲《老子》，黄潜善在敌人渡江打到近前而率同僚听和尚说法有什么区别呢？与萧宝卷、陈叔宝饮酒欢歌，荒淫无度，刀就要砍在脖子上而不觉悟，又有什么区别呢？所以程颢批评谢上蔡玩物丧志，玩物没有不丧志的。梁元帝、隋炀帝、陈后主、宋徽宗都读过很多书，宋末胡元的小儒也读过很多书，他们都被不正当的读书方法所迷惑。

有人说："读先圣先儒的书，不是雕虫小技可比，还不失为君子。"那些先圣先儒之书，哪里是和尚的书写读诵有功德的语言呢？读了先圣先儒的书，只重视书本，就自命为君子，无怪乎被主张良知之说的人批评。殊不知，在读书中迷于所谓"良知"，不知鉴别，其危害比专事"雕虫小技"者更甚。

那么，读书是为了什么呢？读书是为了分析书中大义，修己治人，仔细体会书中的含义，把精要之义融化在自己头脑里，融会贯通，学以致用。然而真正能从书中获得营养来规范自己的行为，恰当处理事务的人，却又很少。比这差一点的就像太子弘读《春秋》，读到楚世子商臣弑其君，不忍闻，这种人也很少。比这再差一点的像穆姜，做了错事不逃避处罚，能自己反省自己，为做错事而感到羞愧的，这种人也很少。不仅如此，不用书中大义规范自己，不研究书中的精华，不审视时宜，还专门从书中寻找根据来为自己的错误行为作辩护，如汉儒依据《公羊传》里的话废掉人伦，王莽用不能有两个字的名委婉劝匈奴，王安石变法用当地出产的产品当作青苗赋。他们妄用经义，犹如书蠹蛀食经文。或者径直照着错误去做，那就更错误了。读汉高祖刘邦杀韩信、彭越，以为就除掉了叛乱的祸根，那么对贤能忌恨、杀掉贤能的情况就得到发展；读汉光武帝刘秀废掉刘疆、另立刘庄，以为稳定了国本，就失掉了原来的太子，开启了偏私之心；读张良学习道引之术，不食五谷，以为可以长生，那么道家炼丹之术就发展；读宰相丙吉见到斗殴伤人却不管，那么怠荒废事的陋习就养成了。没有高尚明达的度量来把握事关大局的道理，没有独立思考仔细权衡的独到见解，那么即使读万卷书，也是越读越糊涂，反而还不如不学无术的人保持本色。

所以孔子说："我十五岁有志于学习。"先定下志向，为实现志向学习才有益处。没听说没有志向却把读书学习当成志向，即使立下志向，在学习过程中志向不坚定，经常改变，那么异端邪说，流俗的传闻，淫曼的小聪明，往大了说，腐蚀读书人的思想，往小了说，荒废了读书人的时间，这是元帝至死不悟的原因。怎么能不归咎于读万卷书呢？读书人要警惕，不要效仿他们的思想低下，见识短浅。

赏析 要欣赏这篇文章，先要弄清梁元帝的"读书"。据《资治通鉴》记载，梁元帝酷爱读书，夜以继日地手不释卷，也很会看文章，尤其喜好文风轻靡的诗赋，常常自夸“韬于文士”。后来被西魏围城，国家危在旦夕，他在夜晚巡防时，“犹口占百诗，群臣亦有和者”。最后城陷，走投无路，就命左右把所藏十四万卷图书全部烧掉。还想自己和燃烧的书同归于尽，左右阻拦他，他便用宝剑砍断了宫里的柱子，感叹说：“文武之道，今夜尽矣！”便降了西魏。后来有人问他说，干吗要烧书呢？他回答“读书万卷，犹有今日，故焚之。”最后还是被西魏所杀。对于梁元帝的愚蠢恶行，历史上屡遭谴责，而王夫之则独辟蹊径，写下了这篇脍炙人口的佳作。

梁元帝对中华文化的破坏，自是不言而喻，但王夫之却没有从谴责的角度立论，而是从认识和方法两方面入手，论证剖析，推究梁元帝把失败归咎于读书的荒谬。全文可分三个层次：第一二自然段为第一层次，着重剖析读书不知根本目的，以至舍本求末，只知“搜索骈骊，攒集影迹，以夸博记”的愚蠢及其危害，提出梁元帝之败不在读书，而在不知为什么和怎样读书所致的论点。第三四自然段为第二层次，进一步深入说明在读书中迷失人性“良知”的可悲。作者认为，读书的目的是“修己治人”，是获得有益的知识来丰富、提高自己，但这样的人太少了，于是对“汉儒”、王莽之流，不仅不在书中学好，反而用书为自己的丑陋辩解的行为，进行了毫不留情地抨击。最后一段为第三层次，总结全文，指出正确的读书目的和方法，说明“志定而学”方能学有所成，否则“大以蚀其心思，而小以荒其日月”，被后人耻笑。最后意味深长地告诫“儒者之徒”，休要“效其卑陋”，也是归纳全篇，向读者忠告一声，启人回味，发人猛醒。

这是一篇典型的议论文，全文以思想深刻，论点鲜明、论据丰富、论证严密见长。作者一上来，就用梁元帝焚书一事提出论点，接着一层层引经据典深入论证，从头到尾始终围绕一个论题展开，从历史上的种种现象，渐渐深入论题，使全篇形成一个思想逻辑周严紧密的整体，由此也可以看出作者清晰的思路和论证的技巧，使文章呈现出严谨深刻的特征。另外，作者文笔简劲犀利，气势逼人，读起来很有力量，尤其是对历代腐儒乃至小人在读书问题上的迂论或丑行的抨击，痛快淋漓、激情回荡，毫不留情面，这无疑强化了文章的冲击力和论辩的深刻性，也增加了论说的艺术感染力。

大铁椎传①

魏 禧②

　　庚戌十一月，予自广陵③归，与陈子灿④同舟。子灿年二十八，好武事，予授以左氏兵谋兵法⑤，因问："数游南北，逢异人乎？"子灿为述大铁椎，作《大铁椎传》。

　　大铁椎，不知何许人，北平陈子灿省兄河南，与遇宋将军家。宋，怀庆⑥青华镇人，工技击⑦，七省好事者皆来学，人以其雄健，呼宋将军云。宋弟子高信之，亦怀庆人，多力善射，长子灿七岁，少同学，故尝与过⑧宋将军。

　　时座上有健啖客，貌甚寝⑨，右胁夹大铁椎，重四五十斤，饮食拱揖不暂去。柄铁折叠环复，如锁上练，引之长丈许。与人罕言语，语类楚声⑩。扣其乡及姓字，皆不答。

　　既同寝，夜半，客曰："吾去矣！"言讫不见。子灿见窗户皆闭，惊问信之。信之曰："客初至，不冠不袜，以蓝手巾裹头，足缠白布，大铁椎外，一物无所持，而腰多白金。吾与将军俱不敢问也。"子灿寐而醒，客则鼾睡炕上矣。

　　一日，辞宋将军曰："吾始闻汝名，以为豪，然皆不足用。吾去矣！"将军强留之，乃曰："吾数击杀响马贼，夺其物，故仇我。久居，祸且及汝。今夜半，方期我决斗某所。"宋将军欣然曰："吾骑马挟矢以助战。"客曰："止！贼能且众，吾欲护汝，则不快吾意。"宋将军故自负，且欲观客所为，力请客，客不得已，与偕行。将至斗处，送将军登空堡上，曰："但观之，慎弗声，令贼知也。"

　　时鸡鸣月落，星光照旷野，百步见人。客驰下，吹觱篥⑪数声。顷之，贼二十余骑四面集，步行负弓矢从者百许人。一贼提刀突奔客，客大呼挥椎，贼应声落马，马首裂。众贼环而进，客奋椎左右击，人马仆地，杀三十许人。宋将军屏息观之，股栗⑫欲堕。忽闻客大呼曰："吾去矣。"尘滚滚东向驰去。后遂不复至。

　　魏禧论曰：子房得力士，椎秦皇帝博浪沙中⑬，大铁椎其人与？天生异

212 历代经典美文百篇赏析

人，必有所用之。予读陈同甫《中兴遗传》⑭，豪俊侠烈魁奇之士，泯泯然不见功名于世者又何多也？岂天之生才不必为人用与？抑用之自有时与？子灿遇大铁椎为壬寅岁，视其貌当年三十，然则大铁椎今四十耳。

子灿又尝见其写市物帖子，甚工楷书也。

注释 ①大铁椎：代称一位不知姓名的侠义人物。椎，同锤和链。 ②魏禧：（1624—1681年），字冰叔，又字叔字，宁都（今江西省宁都县）人。生活于清初。明之后，魏禧深怀亡国之痛，于是隐居家乡翠微峰，设堂讲学，授徒著述，绝意仕进，是当时著名的散文家。 ③广陵：今江苏省扬州市。 ④陈子灿：作者友人，事迹未详。 ⑤左氏兵谋兵法：指《左传》，因《左传》又名《左氏春秋》，其中多有军事谋略和战略攻防的文字。 ⑥怀庆：怀庆府，治所在今河南省沁阳市。 ⑦技击：原指战国时训练有素的兵士，后指搏击术、武术。 ⑧与过：一同拜访。 ⑨寝：丑。 ⑩楚声：两湖一带方音。 ⑪觱篥（bì lì）：笳管，一种号角类乐器。产生于西域地区，后传入内地。 ⑫股栗：两腿发抖、打战。 ⑬子房二句：子房：汉初政治家张良的字。其先世为韩国人，秦灭韩后，他以全部家产求人刺秦王。得力士，造铁椎百二十斤，秦王东游至博浪沙（今河南省武阳县境）时，遭袭击，未中。事见《史记·留侯世家》。 ⑭陈同甫：陈亮，字同甫，南宋词人。所著《中兴遗传》是一部为南宋忠臣、名将及豪侠之士所做的传记。

今译 庚戌年十一月，我从广陵回家，与陈子灿同乘一条船。子灿28岁，喜好武术，我把《左传》记载的古人用兵谋略讲给他听，并问他："你屡次遍游大江南北，可曾遇到奇异之人？"子灿对我讲述了大铁椎的事，我根据子灿所述写了《大铁椎传》。

大铁椎，不知他是何方人氏，北平的陈子灿去河南探望兄长，在宋将军家遇见他。宋将军是怀庆青华镇人，擅长武艺，河南周边七省武艺爱好者都来学习，人们都觉得他雄壮勇武，尊称他宋将军。宋将军的高徒高信之，也是怀庆人，力气大，善射箭，比陈子灿大七岁，二人是少年时期的同学，因此，子灿曾与他一同拜访宋将军。

当时座席上有一位很能吃的侠客，长得丑陋，右胳肢窝下夹着一个大铁椎，约四五十斤重，连吃饭喝水、打躬作揖也不放下片刻。椎的铁把折叠着，就像锁上的链子，打开有一丈来长。他和其他人很少讲话，讲话似乎是两湖的口音，别人打听他的姓名和故乡，他都不回答。

后来睡在一起，到了半夜，侠客说："我走了！"说完了就不见了。子灿只见窗户和门都照旧关闭着，非常惊讶，问信之。信之回答说："这位侠士

213

刚来时，不戴帽子也不穿袜子，只用一块蓝手巾包着头，脚上裹着白布，除了大铁椎之外，没有其他东西，但腰里有许多银子，我和宋将军都不敢盘问他。"子灿睡着又醒来时，侠士则已鼾睡在炕上。

一天，侠士向宋将军告辞说："我当初听到你的大名，以为你是英雄，然而看来不值得为你效力。我走了！"宋将军极力挽留他，他说道："我几次打死拦路抢劫的强盗，夺了他们的财物，他们与我有仇，留在这里时间长了，会祸及你们。今天半夜，他们约我在一个地方决斗。"宋将军听说，高兴地说："我骑马挽弓前来助战。"侠士说："算了！那些强盗本领高强而且人多势众，到时我还要照顾你，那会影响我痛快地杀贼。"宋将军向来自负，而且想亲眼见识侠士的身手，便极力向侠士请求。侠士不得已，就同意一起去。将要到达决斗地点时，侠士把宋将军送上一个空堡垒，告诉他："只能在这里观望，千万别出声，别让强盗们知道。"

这时鸡鸣月落，星光照耀旷野，百步之内人影可辨。侠士奔驰而下，吹了几声觱篥。不一会儿，二十多个骑马的强盗从四面包抄过来，还跟着步行的挽弓搭箭的百十来人。一个强盗提刀拍马冲向侠士，侠士大喊一声挥椎应战，强盗应声落马，马头被砸裂了。众强盗围拢着冲击，侠士奋力挥椎左击右打，强盗和马匹应声倒地，杀死了三十来个。宋将军见这场面吓得不敢吭气，两腿直打哆嗦，似要摔倒。忽听侠士一声大喊："我走了！"但见尘土滚滚向东面驰去。从此后，就再也没回来。

魏禧评论说：当初张子房求得力士，曾在博浪沙椎击秦始皇，这位大铁椎便是这样的人吧！既然老天造就了奇异卓越的人，就必有用他的地方。我读陈同甫的《中兴遗传》，看到其中豪侠奇伟之人，埋没尘世未见扬名的，又为什么那样多呢？难道上天造就了奇士异人，不一定被任用吗？还是任用他们必须有时机呢？子灿遇见大铁椎是在壬寅年，看样子他三十岁，那么大铁椎如今已经四十岁了。子灿还曾看到他写的购物清单，原来他还十分擅长楷书呢。

赏析 《大铁椎传》是一篇文学传记，作者用生动的语言，传奇般的情节塑造了一个民间侠士的形象。从这个人物和故事中，作者也表达了自己不被世用的感慨和希望离去的理想。

从内容看，全文八个自然段，可分为三个部分：第一自然段，是第一部分，它点明了本文写作的缘起和故事的由来，算是一个引子。第二至第六自然段是文章的主体，主要是记载大铁椎的传奇故事。其中最精彩的重头戏是第六自然段，着力展示大铁椎的神勇和绝技，这一节写得绘声绘色、精妙传神。先是交代时间地点："鸡鸣日落，星光照旷野"，渲染一种搏杀前的清冷肃穆，接下来便是一场惊心动魄的鏖战，"贼二十八骑四面集，步行负弓矢行者百许人"，面对大敌逼近，大铁椎挥动威力神奇的铁椎，众强盗是"应声落马""人马仆地"；此时作者笔锋一转，通过一向自负的宋将军的表现从反面烘托搏杀的惨烈，此时的宋将军是大惊失色，两腿战栗、摇摇欲坠；最后，随着一声大呼"吾去矣"，只见"尘滚滚东向驰去"戛然而止。作者似把这充满寓意的场景永远定格在读者的记忆中，这种泼墨大写意手法，痛快淋漓地展示了大铁椎的豪侠勇武，跃动着强烈的临场感。毫无疑问，这里充满了作者的艺术创造和审美理想。"不足用"，"吾去矣"是大铁椎最常说的一句话，文中三次出现"吾去矣"，可见作者是有用意的。第七第八自然段是全文的第三部分，所谓"论曰"是史传文学的惯例，但作者在这里结合天生我才是否有用，大发了一通议论，这无疑与作者当时的境遇和精神状态息息相关。作本文时，魏禧四十七岁，由于明之后隐居不仕，生命在渐渐流失，作者一方面流露出对社会现状的不满，一方面也对怀才不遇感到愤懑。所以，在全文的末尾又加了一句"甚工楷书也"说明大铁椎不仅武艺超群，而且文才出众，即使如此，"吾去矣""后遂不复至"。其中含义不言自明。

这篇传记在刻画人物方面极具魅力，把正面描述和侧面烘托相交织，宏观勾勒与细节刻画相结合，使大铁椎这个形象活灵活现地跃动在读者的脑海里，显示出作者圆熟的叙事技巧和高超的描绘功力。魏禧论文，强调"积理"和"练识"，前者注重体察生活，提高对社会的认识，后者倡导在积理的前提下，提炼出超凡的创意，形成过人的胆识，而《大铁椎传》一文，能充分地体现出作者的论文主张，也是他散文创作的代表性作品。

左忠毅公逸事①

方苞

先君子尝言②，乡先辈左忠毅公视学京畿③。一日，风雪严寒，从数骑出微行④，入古寺。庑下一生伏案卧，文方成草。公阅毕，即解貂覆生，为掩户；叩之寺僧，则史公可法也⑤。及试，吏呼名至史公，公瞿然注视⑥；呈卷，即面署第一。召入，使拜夫人，曰："吾诸儿碌碌，他日继吾志事，惟此生耳。"

及左公下厂狱，史朝夕狱门外。逆阉⑦防伺甚严，虽家仆不得近。久之，闻左公被炮烙⑧，旦夕且死。持五十金，涕泣谋于禁卒。卒感焉。一日，使史更敝衣草屦，背筐，手长镵，为除不洁者，引入，微指左公处。则席地倚墙而坐，面额焦烂不可辨，左膝以下，筋骨尽脱矣。史前跪，抱公膝而呜咽。公辨其声而目不可开，乃奋臂以指拨眦，目光如炬，怒曰："庸奴！此何地也？而汝来前！国家之事糜烂至此。老夫已矣，汝复轻身而昧大义，天下事谁可支拄者！不速去，无俟奸人构陷⑨，吾今即扑杀汝！"因摸地上刑械，作投击势。史噤不敢发声，趋而出。后常流涕述其事以语人，曰："吾师肺肝，皆铁石所铸造也！"

崇祯末，张献忠出没蕲、黄、潜、桐间。史公以凤庐道奉檄守御。每有警，辄数月不就寝，使壮士更休，而自坐幄幕外。择健卒十人，命二人蹲踞而背倚之，漏鼓移⑩，则番代。每寒夜起立，振衣裳，甲上冰霜迸落，铿然有声。或劝以少休，公曰："吾上恐负朝廷，下恐愧吾师也。"

史公治兵，往来桐城，必躬造左公第⑪，候太公、太母起居，拜夫人于堂上。

余宗⑫老涂山，左公甥也。与先君子善，谓狱中语，乃亲得之于史公云。

注释 ①左忠毅公：即左光斗（1575—1625年），字遗直，明安徽桐城人。官至御史，不畏权贵，仗义执言。太监魏忠贤专权，左上书弹劾，因此受魏阉陷害，受酷刑，死在狱中。死后追谥忠毅，故名忠毅公。作者方苞：（1668—1749年），字灵皋，号望溪。江南桐城人。清代散文家，桐城派散文创始人。 ②先君子：对去世的父亲的敬称，这里指方苞的父亲方仲舒。　　③京畿（jī）：京城及郊区。　　④微行：穿着平民的衣服出行。
⑤史可法：明末民族英雄，字宪之，一字道邻，河南祥符（今开封市）人。清兵入关后，
他任南明兵部尚书大学士。清兵南下，他到扬州督战，城陷殉难。　　⑥瞿（qū）：惊视
貌。　　⑦逆阉：叛逆的太监，指魏忠贤。　　⑧炮烙：用烧红的铁来烧烤犯人的酷刑。
⑨拘陷：陷害。　　⑩漏：用铜壶盛水滴漏来计时的计时器。　　⑪躬造左公第：躬敬造访
左家。造：到。　　⑫宗：同一宗族。

今译　先父曾经说过：同乡前辈左忠毅公在京城担任主考，有一天，刮风下
雪，天寒地冻，他带着几个骑警扮成平民出巡，来到一座古庙。廊下小屋
中，有个书生趴在书桌上睡着了，他的文稿刚写成。左公看完，就脱下貂皮
袍子盖在他身上，又给他关上门，向和尚打听，才知道他就是史公可法。到
考试时，差吏叫到史公的名字，左公惊喜地注视着，等到试卷交上来，就当
面批为第一名。又把他叫到家里拜见自己夫人，并说："我几个儿子都平庸
无为，将来能继承我的志向和事业的，只有这位书生。"

　　到左公被关进东厂大牢，史可法每天守在大牢门外。逆贼魏忠贤防守得
非常缜密，即使是家里佣人也不许接近。过了很久，听说左公受到烙铁烧
烤，死到临头。史可法拿了五十两银子，哭泣着请牢头帮助。牢头受了感
动，一天，让史可法换了破衣草鞋，背着筐子，拿着长把铲子，装作扫除的
下人，带他进了牢房，稍指了一下左公的位置。史可法见有个人靠墙坐在地
面的席子上，脸和额被烧焦腐烂，已经认不出是谁，左腿膝盖以下，筋和骨
都掉下来。史可法上前跪下，抱着左公的膝盖呜咽痛哭。左公听出谁在哭
泣，可睁不开眼睛，于是尽力抬起手臂，用手指拨开眼皮，目光如炬，怒吼
道："没用的奴才！这是什么地方，你跑到这儿来！国家境况糟糕如此，我
是不行了，你再冒险轻生而不明大义，天下事靠谁来支撑呢？还不快离开，
不要等奸逆来陷害，我现在就打死你算了！"说着摸起地上的刑具，做出投
击的姿势。史可法不敢出声，立即跑了出去。后来常常对人流着泪诉说这件
事，说道："我老师的肺和肝，都是铁石铸造的！"

　　崇祯末年，张献忠在蕲春、黄冈、潜山、桐城一带游击。史公因任凤庐
道职务，接到公文去防卫。每次得到警报，常常几个月不睡觉，夜里让战士
们轮流休息，自己却坐在帐外，挑选十个壮士，让两个人蹲着，靠在他们背
上，过一更换两个人。每次在寒夜中站起来，抖动衣服，战袍铁片上的冰凌

掉下来，发出清脆的声音。有人劝他稍事休息，史公说："我怕对上辜负朝廷，对下对不起老师。"

史公带兵，往来经过桐城，必定亲自到左公家里，向左公的父母请安，在堂上拜见左夫人。

我家族中的前辈方涂山，是左公的外甥。他与先父很有交情，他说关于监狱中的事情，是他亲耳听史公说的。

赏析 本文记述的是左光斗的两件逸事，一是对后辈史可法赏识和提拔；二是身陷囹圄，对史的激励和教诲。而贯串在这两件事中的，是左光斗以天下为己任的爱国精神和刚正不阿的高尚人格。

作为一篇人物杂记，本文在选材叙事上集中于两件事、两个人，左光斗的形象固然鲜明生动，而史可法的形象更是惟妙惟肖，如果我们把本文与后面全祖望的《梅花岭记》结合起来看，就可以有相得益彰的效果。人的一生中会有许多令人难忘的事情，但作者在选择这两件事时是独具匠心的，由此可以看出作者对文中两个历史人物的深刻理解。

本文在艺术上的成功首先表现在人物刻画上，前两个自然段重在展示左光斗的精神风貌和性格特征。尤其写寒天古寺发现史可法"即解貂覆生，为掩户"接下来是"吏呼名至史公，公瞿然注视"到后来是"呈卷，即面署第一"，把左公求贤若渴、选才独特都生动地展现在读者面前。而左公当着妻子的面赞扬史可法的那句话有画龙点睛之功，一方面说出了左公看人的政治眼光和深谋远虑；另一方面也为史可法的性格特征和精神境界定了基调。所以，下面写左公入狱后的宁折不弯、大义凛然与史可法的真诚忠厚、悲愤难言所形成的冲突，就很自然、水到渠成。左公怒斥史可法，甚至摸起地上的刑具"作投击势"，其实他心里明白，学生冒生命危险来探望自己，难能可贵。但左公对史可法有更高的要求，那就是成为国家济危救困的栋梁之材。因此，他骂走了史可法，有着更加深远的用意，这里对左、史两人性格的刻画又深化了一层。

第三、四自然段，作者的笔力落到史可法身上，实际上还是在进一步写左光斗，写他的遗志是否真的得到了继承。史可法的一句"吾上恐负朝廷，下恐愧吾师也"使读者实实在在地感受到左公后继有人了，左公的爱国精神和高尚人格还活在世上。文章的结尾，写史可法对恩师的尊敬、缅怀，又进一步展示了史可法的性格和人品，证实了左公选人用人的眼光。

　　本文在艺术上的另一个特点是语言生动形象、简洁精妙，传神之处令人叫绝。比如写左公与史可法在寒天古寺里的初次相遇；写师生在监狱中的会面，都是绝妙之笔。同时，方苞文笔历来以简劲传神而著称，而在本文中主要表现在叙事的简洁和人物对话的精妙上，作者善于把深邃的意蕴蕴含在简洁朴实的语言中，让读者在阅读中细细品味。比如史可法去狱中探望左公，左公"奋臂以指拨眦，目光如炬"中的"奋"字"炬"字，都很能展示人物的神态和性格，有强烈的艺术感染力。又比如前三个自然段的结语，都用左和史的原话，既用意深刻，又灵活自然，体现出作者圆润高超的艺术感觉。

穷 鬼 传①

戴名世

　　穷鬼者，不知所自起。唐元和中始依昌黎韩愈，愈久与之居，不堪也，为文逐去。不去，反骂愈。愈死，无所归，流落人间，求人如韩愈者从之，不得。

　　阅九百余年，闻江淮之间有被褐先生②，其人韩愈流也，乃不介而谒先生于家③，曰："我故韩愈氏客也，窃闻先生之高义，愿托于门下，敢有以报先生。"先生避席却行，大惊曰："汝来将奈何！"麾之去，曰："子往矣！昔者韩退之以子故，不容于天下，召笑取侮，穷而无归，其《送穷文》可复视也。子往矣！无累我。无已，请从他人。"

　　穷鬼曰："先生何弃我甚耶？假而他人可从，从之久矣。凡吾所以从先生者，以不肯从他人故也。先生何弃我甚耶？敢请其罪。"

　　先生曰："子以穷为名，其势固足以穷余也。议论文章，开口触忌，则穷于言；上下坑坎，前颠后踬，俯仰踽踏，左支右吾，则穷于行；蒙尘垢，被刺讥，忧众口，则穷于辩；所为而拂乱，所往而刺谬，则穷于才；声势货利不足以动众，磊落孤愤不足以谐俗，则穷于交游。抱其无用之书，负其不羁之气，夹其空匮之身，入所厌薄之世，则在家而穷，在邦而穷。凡汝之足以穷吾者，吾不能细数也，而举其大略焉。"

219

穷鬼曰："先生以是为余罪乎？是则然矣。然余之罪顾有可矜者，而其功亦不可没也。吾之所在，而万态皆避之④，此先生之所以弃余也。然是区区者，何足以轻重先生？而吾能使先生歌，使先生泣，使先生激，使先生愤，使先生独自往来而游于无穷。凡先生之所云云，固吾之所以效于先生者也，其何伤乎？且韩愈氏迄今不朽者，则余为之也。以故，愈亦始疑而终安之。自吾游行天下久矣，无可属者，数千年而得韩愈，又千余年而得先生。以先生之道而向往者，曾无一人，独余慕而从焉。则余之与先生，岂不厚哉？"

于是，先生与之处，凡数十年，穷甚不能堪，然颇得其功。一日，谓先生曰："自余之先生也，而先生不容于天下，召笑取侮，穷而无归，徒以余故也，余亦悯焉。顾吾之所以效于先生者，皆以为功于先生也，今已毕致之矣。先生无所用余，余亦无敢久溷先生也⑤。"则起，趋而去，不知所终。

注释 ①穷鬼：韩愈《送穷文》以为穷鬼有五种，一是智穷，二是学穷，三是文穷，四是命穷，五是交穷。 ②被褐先生：身穿粗麻制作的短衣的先生。戴名世一字褐夫，这里是以被褐先生自指。 ③不介而谒：拜访别人时穿戴随随便便，不特意打扮。 ④万态：各种世俗情态。 ⑤溷：搅扰。

今译 穷鬼这个东西，不知什么时候有的。唐宪宗元和年间，开始依附昌黎韩愈。韩愈和他处得时间长了，难以忍受，就写了一篇文章赶他走。穷鬼不仅不走，反而责骂韩愈。韩愈死后，穷鬼没有地方可去，流落到人间，想找一个像韩愈那样的人跟着，却是没有找到。

过了九百多年，穷鬼听说江淮之间有一个被褐先生，和韩愈是一类人物，就穿戴随随便便地去先生家拜见，说："我原来是韩愈的客人，私下听说先生道德高尚，希望能寄身在先生门下，但愿能够对先生有所报答。"先生离席而去，躲避得远远的，很是吃惊地说："你来了，该怎么办！"先生就赶穷鬼走，说："你赶快走吧！当初韩愈（字退之）就是因为你的缘故，为天下人所不容，招致耻笑和侮辱，穷困得没有地方可去，这从他的《送穷文》中还可以看出来。你走吧，不要连累我。实在没有办法，就请你跟别人去吧。"

穷鬼说："先生为何如此严厉地要抛弃我呢，假如别人可以跟从，我早就跟别人去了。我之所以要跟随先生，就是不肯跟随人的缘故。先生为何如此严厉地要抛弃我呢？请问我有什么罪过？"

先生说："你的名字就叫穷，这种情况就足以让我穷困。发议论写文章，一开口就触犯忌讳，就要在言论上穷困；人生路上坎坎坷坷，跌跌撞撞，小心翼翼，惴惴不安，左右不是，就要在行动上穷困；蒙受不白之冤，遭到讽刺讥笑，担心遭受众人的指责，就要在与人辩论上穷困；所作所为颠三倒四，乖戾错乱，才干显示出穷困；气势财物不足以打动众人，磊落的性格、孤傲的情致不能迎合世俗，就要在交往上遭遇穷困。抱着这些没有用处的书籍，身负豪放不羁之才，携带空空荡荡之身，进入鄙弃厌恶的社会，就会在家独处也穷困，出去为国效力也穷困。凡是你足以让我穷困的地方，我不能一一细数了，只是说一个大概而已。"

穷鬼说："先生认为这些都是我的罪过吗？这些情况的确是这样。但是，我的罪过也是可以同情的，而且我也不是没有一点儿功劳。只要是有我在的地方，各种世态人情都要回避。这大概也是先生抛弃我的原因。然而，这么一点小小的事情，怎么能够影响得了先生？我可以让先生歌唱，可以让先生哭泣，可以让先生激动，可以让先生愤慨，可以让先生独往独来，自由自在地游乐于无穷之间。但凡先生所说的，都是我要效力于先生的，这有什么妨碍呢？再说，韩愈能够至今不朽，就是我的功劳。因为这个缘故，韩愈是开始的时候怀疑，而最终归于安然。自从我游荡天下这么久以来，没有遇到可以依附的人，经过了几千年才遇到一个韩愈，又过了一千多年，才遇到先生。以先生这样的处世方式，却从来没有人向往，只有我钦慕您而跟随您，那么，我对先生的情谊，难道还不够厚重吗？"

于是，先生就和穷鬼相处在一起，总计过了几十年，穷困至极，不能忍受，但是却很是得益于穷鬼的功劳。一天，穷鬼对先生说："自从我跟随先生以来，先生不为天下人所容，给先生带来了讥笑和侮辱，穷困得无处可去。这些都是因为我的缘故，我也很同情先生。回过头来看一看我效力于先生的，都以为是对先生有功的。如今，我该效的力已经尽了，先生也用不着我了，我也不敢在这里长久的打扰先生。"于是就起身匆忙离去了，不知道他又到哪里去。

赏析 这是一篇很富情趣的寓言式散文。文章通过一个"不知所自起"的穷鬼始依韩愈，韩愈死后，流落人间，过了九百多年，看中了被褐先生，请求

221

归其门下的经历，借助穷鬼与被褐先生的对话，抒写了作者的不平之意和愤世之情。穷鬼虽穷，却不肯苟且附人，不是高义之人，想求其依附也不能。他之所以九百余年无处可去，是因为"求人如韩愈者从之"而不得。现在找到了，可是，被褐先生却是避之唯恐不及，害怕受到连累，要赶他走。的确，提到穷字，人人都怕。如果仅仅是物质的匮乏，尚且还可以忍受。但是，这个穷鬼带来的却是智慧、学问、文章、命运、交游等诸多穷困。这就难怪被褐先生要立即赶他走了。被褐先生之所以要赶穷鬼走，是因为"其势固足以穷余也"，害怕一沾上穷鬼，就会穷于言、穷于行、穷于辩、穷于才、穷于交，时时困窘，事事困窘，就会在家而穷，在邦亦穷。这里，作者通过被褐先生与穷鬼的对话，表达了其愤世嫉俗之情，磊落孤愤之意，对社会现实有一定的讽刺批判意义。文章的意义如果仅止于此，那就没能跳出一般的愤世嫉俗的框框，因此也就很平常了。可是，至此作者突然一转，借穷鬼之口，说明了"穷"对人生的重要意义。穷则思变。穷不仅对人无害，反而能磨炼人的意志，锤炼人的精神，锻炼人的性格，激发人的慷慨进取之气，最终坏事变好事，帮助有志之士成就伟业。看一看中国历史上那些成就伟业的人，哪一个没有经历过逆境的磨炼？司马迁《报任安书》已经给人们提供了成功的范例。文章以穷鬼成就了被褐先生之后"趋而去，不知所终"为收束，意味深长，启人深思。

游万柳堂记①

刘大櫆

昔之人贵极富溢，则往往为别馆以自娱，穷极土木之工而无爱惜。既成，则不得久居其中，偶一至焉而已，有终身不得至者焉。而人之得久居其中者，力又不足以为之。夫贤公卿勤劳王事②，固将不暇于此，而卑庸者类欲以此震耀其乡里之愚。

临朐相国冯公③，其在廷时无可訾④，亦无可称。而有园在都城之东南隅。其广三十亩，无杂树，随地势之高下，尽植以柳，而榜其堂曰"万柳之堂"。短墙之外，骑行者可望而见，其中径曲而深，因其洼以为池，而累其土以成山。池旁皆蒹葭，云水萧疏可爱。

雍正之初⑤，予始至京师，则好游者咸为余言此地之胜。一至，犹稍有亭榭；再至，则向之飞梁架于水上者，今欹卧于水中矣；三至，则凡其所植柳斩焉，无一株之存。人世富贵之光荣，其与时升降，盖略与此园等。然则士苟有以自得，宜其不外慕乎富贵。彼身在富贵之中者，方殷忧之不暇，又何必腴民之膏以为园囿也哉⑥！

【注释】①万柳堂：清康熙年间刑部尚书冯溥在京城的园林别墅。　②勤劳王事：为国家大事而操劳。　③冯公：即万柳堂的主人冯溥，康熙年间曾任刑部尚书。　④訾：指责。⑤雍正：清世宗胤禛的年号。　⑥腴民：剥削老百姓。

【今译】过去的人富贵到了极点，就往往建造别墅来自我消遣，大兴土木，挥霍无度，而毫不爱惜。建成之后，又是很长时间不能到那里去住，只是偶尔去一次罢了，有的人一辈子也不到那里去一趟。而那些能够长久在那里居住的人，他们的财力又不足以建造那样的园林。贤德的公卿大臣为国家的事而辛勤操劳，固然没有闲工夫在那里。而那些卑鄙庸俗之辈，却是想用这个向家乡父老来炫耀。

临朐的冯溥相国，他在朝廷做官的时候，没有什么可以指责的，也没有什么可以称道的。他有一处园林，在京师东南角上。那座园林有三十亩那么大，根据的地势高低，都种植上柳树，没有别的树木。他给园林起了个名字叫"万柳堂"。矮墙的外面，骑马行走的人可以看见园林里面，小路弯弯曲曲，幽静深邃。园林里面利用洼地挖成池塘，挖出的土堆成一座小山。池塘旁边长满了芦苇，绿荫摇荡，云水相映，十分可爱。

雍正初年，我刚到京师，喜爱游乐的人就都对我说，万柳堂那个地方风景宜人。我第一次到那里去游览，还稍稍有一点亭台楼榭的印象；第二次去观赏，原来建在水面上的亭台楼榭，都已经斜卧在水中；第三次去看，过去种植的柳树都被砍光了，一棵也没有留下来。人世间的富贵荣耀，随着时间的变化或高或低，大概就和这个园林的情形差不多。因此，士人假如有自得其乐之事，也不应该羡慕他人的富贵荣华。那些身在富贵之中的人，整天操心如何保有其富贵，又何必搜刮民脂民膏去建造什么园林呢？

【赏析】许多富贵人家，想的不是富起来之后如何提高自己的文化层次，如何为社会做出点贡献，如何帮助一下尚在贫困线上挣扎的人们，而是一旦家有

223

钱财，就大兴土木，以此来夸耀自己的财富。魏晋时期石崇、王衍斗富的事，已经让人们对富贵之家的所作所为有所了解。其实，这是很多人的坏毛病。正如作者在这篇文章中所说，人们一旦富贵至极，"则往往为别馆以自娱，穷极土木之工而无爱惜"。如果他们大兴土木确实有使用价值，那也罢了。但事实上，不少人只是为了向人们夸耀他们如何财大气粗，如何挥金如土。就连刑部尚书、文华殿大学士冯溥这样身居要职、高高在上的人物，同样不能免俗。他建造了一个30亩大的园林，里面栽的全是柳树，并附庸风雅称作"万柳堂"。里面亭台楼榭，池塘蒹葭，曲径通幽，云水萧疏，成为一方胜景。可是，结果怎么样呢？作者去游览三次，三次所见景物一次比一次破败。第一次游览时，还可以看到一些建筑物，第二次去看，那些建筑物已经东倒西歪，斜卧水中了，至第三次，连柳树也都被砍光了，一片破败景象。三次观看万柳堂，作者悟出了一个道理："人世富贵之光荣，其与时升降，盖略与此园等。"由园林的变迁，想到人生的荣辱穷达，以此来警示世人：贫穷之人不要美慕富贵荣华等外在的东西，富贵人家不要挖空心思搜刮民脂民膏，盘剥百姓。本文虽题游记，实则是夹叙夹议，叙议结合，以万柳堂的变迁针砭时弊，警示人生。

梅花岭记①

全祖望

顺治二年乙酉四月，江都围急②。督相史忠烈公知势不可为③，集诸将而语之曰："吾誓与城为殉，然仓皇中不可落于敌人之手以死，谁为我临期成其大节者？"副将军史德威慨然任之。忠烈喜，曰："吾尚未有子，汝当以同姓为吾后。吾上书太夫人，谱汝诸孙中。"

二十五日，城陷。忠烈拔刀自裁，诸将果争前抱持之。忠烈大呼德威，德威流涕不能执刃，遂为诸将所拥而行。至小东门，大兵如林而至，马副使鸣騄、任太守民育及诸将刘都督肇基等皆死④。忠烈乃瞠目曰："我史阁部也。"被执至南门，和硕豫亲王以先生呼之⑤，劝之降。忠烈大骂而死。初，忠烈遗言："我死当葬梅花岭上。"至是，德威求公之骨不可得，乃以衣冠葬之。

或曰："城之破也，有亲见忠烈青衣乌帽，乘白马，出天宁门投江死者，未尝殒于城中也。"自有是言，大江南北遂谓忠烈未死。已而英、霍山师大起⑥，皆托忠烈之名，仿佛陈涉之称项燕⑦。吴中孙公兆奎，以起兵不克，执至白下⑧。经略洪承畴与之有旧⑨，问曰："先生在兵间，审知故扬州阁部史公果死耶，抑未死耶？"孙公答曰："经略从北来，审知故松山殉难督师洪公果死耶，抑未死耶？"承畴大惭，急呼麾下驱出斩之。

呜呼！神仙诡诞之说，谓颜太师以兵解⑩，文少保亦以悟大光明法蝉蜕⑪，实未尝死。不知忠义者圣贤家法，其气浩然长留天地之间，何必出世入世之面目？神仙之说，所谓为蛇画足。即如忠烈遗骸，不可问矣。百年而后，予登岭上，与客述忠烈遗言，无不泪下如雨，想见当日围城光景。此即忠烈之面目宛然可遇，是不必问其果解脱否也，而况冒其未死之名者哉！

墓旁有丹徒钱烈女之冢⑫，亦以乙酉在扬，凡五死而得绝。特告其父母火之，无留骨秽地。扬人葬之于此。江右王猷定、关中黄遵岩、粤东屈大均为作传铭哀词⑬，顾尚有未尽表彰者。

予闻忠烈兄弟自翰林可程下⑭，尚有数人，其后皆来江都省墓。适英、霍师败，捕得冒充忠烈者，大将发至江都，令史氏男女来认之。忠烈之第八弟已亡，其夫人年少有色，守节，亦出视之。大将艳其色，欲强娶之，夫人自裁而死。时以其出于大将之所逼也，莫敢为之表彰者。呜呼！忠烈尝恨可程在北，当易姓之间，不能仗节，出疏纠之⑮，岂知身后乃有弟妇以女子而踵兄公之遗烈乎？梅花如雪，芳香不染。异日有作忠烈祠者，副使诸公谅在从祀之列，当另为别室以祀夫人，附以烈女一辈也。

注释 ①梅花岭：在江苏江都广储门外，是明朝扬州守将吴秀用疏浚的河泥堆成的，上植梅花，故称梅花岭。作者全祖望：（1705—1755年），字绍衣，一字谢山，浙江鄞县（今鄞州区）人。清代史学家。曾主讲绍兴蕺山、广东端溪书院，续修黄宗羲《宋元学案》。著有《鲒埼亭集》。 ②江都：即今扬州。 ③史忠烈公：即史可法，明末大臣，祥符（今河南开封）人。曾任南京兵部尚书。南明弘光帝时加大学士，赴扬州督师。扬州被清兵攻破后，为清军所杀，遗体下落不明。 ④马副使鸣騄：指当时都督扬州军务的副帅马鸣騄。任太守民育：指时任扬州太守的任民育。刘肇基：史可法的部将，当时奉命坚守扬州北门，率所部四百余士卒与敌死战，全部殉难。 ⑤和硕豫亲王：名多铎，清太祖第十五子。 ⑥英、霍山师：史可法殉难那年的夏天，张福寰率众起兵英山（今属湖北)，冯宏图、侯应龙等起兵霍山（今属安徽），以史可法的名义号召各地义军抗清。　⑦陈涉之称项燕：陈涉、吴广起义时，以为秦公子扶苏和楚将项燕最得人心，当时人们还不知道他们已死，就假借他们的名义，号召民众。　⑧白下：古地名，在今南京西北，后以之代指南京。　⑨经略：明朝为重要的军事事务而特设的职务，高于总督。清朝初年沿用。洪承畴：字彦演，号亨九，福建南安人。崇祯时任兵部尚书，调任蓟辽总督，与清军战于松山，兵败投降，后任七省经略。当时曾传说他战死沙场，崇祯皇帝还哭祭过他。　⑩颜太师：即颜真卿，字清臣，唐德宗时官至太子太师。传说他被叛军杀害，尸解得道。　⑪文少保：即文天祥，南宋大臣。南宋灭亡后，他在福建率兵抗敌，兵败被俘，宁死不屈，终被杀害。相传他遇害数日后，颜色如生，尸解成仙。　⑫钱烈女：名淑贤，清兵攻破扬州时，她年仅 16 岁，自杀五次才如愿。扬州人钦敬其节烈，将其葬于梅花岭上。　⑬猷定：字于一，号轸石。曾入史可法幕府。明亡不仕。黄遵岩：清初诗人。屈大均：字翁山，清初文学家。明亡后出家为僧，后还俗。　⑭可程：史可法的弟弟。李自成攻入北京，他投降了农民军。后南归，福王令其归家养母。　⑮纠：检举告发。

今译　顺治二年（1645 年）乙酉四月，清军围困江都，江都十分危急。督相忠烈公史可法知道江都已无法坚守，聚集众将，对他们说："我誓与江都共存亡，但是不能仓促之中落入敌人之手而死，到时候谁能替我完成这件尽忠尽节的大事？"副将军史德威慨然领受这项任务。忠烈公很高兴，说："我还没有儿子，你正好和我同姓，可以作为我的后人。我写信给太夫人，把你的名字列入诸多孙儿之中。"

四月二十五日，江都失陷。忠烈公拔刀自杀，众将领果然争着上前把他抱住。忠烈大声喊叫史德威，史德威痛哭流涕，不忍举刀，于是忠烈公就被众将簇拥着前进。到了小东门，清军蜂拥而至，副使马鸣騄、太守任民育及都督刘肇基等都已经死了。忠烈睁大眼睛，对清兵说："我就是兵部尚书史可法。"忠烈公被押到南门，和硕豫亲王称他为先生，劝他投降。忠烈公大声斥骂，终被杀害。当初，忠烈公留下遗言说："我死后要葬在梅花岭上。"到了现在这个地步，史德威请求收拾忠烈公的遗骸，没有得到允许，就把忠烈公的衣冠埋葬在梅花岭上。

有人说："江都城被攻破的时候，有人亲眼看见忠烈公穿黑衣，头戴黑色的帽子，骑着白马出了天宁门，投江而死，并没有死在城里。"自从有了这种说法，大江南北于是就说忠烈公没有死。不久，英山、霍山的义军纷纷而起，他们都假借忠烈公的名义，就像秦末陈涉打着项燕的旗号一样。吴中的孙兆奎起兵反抗失败，被俘后押至南京。经略洪承畴和他有老交情，问他说："先生在军中，应该确实知道原兵部尚书史公是真的死在扬州了？还是没有死？"孙兆奎回答说："经略大人从北方来，应该确实知道原督师洪公，究竟是真死在松山了？还是没死？"洪承畴恼羞成怒，急令部下把孙肇奎拉出去杀了。

啊！按照神仙怪诞的说法，颜真卿太师是因被乱兵所杀而尸解成仙，文天祥少保也是明悟了大光明法而尸解成仙，其实都没有死。这些人不知道忠义之人，以圣贤为榜样，他们的浩然之气长存天地之间，出世入世何需其真实形象呢？尸解成仙的说法，就是所说的画蛇添足。就像忠烈公的遗骸，不能追问其下落了。百年之后，我登上了梅花岭，和客人说起忠烈公的遗言，没有一个人听了不泪流满面的，人们又想起了江都城当年被围困的情形。这就是忠烈公真实的形象，好像又看见了似的。因此，就不必追问他是否真的成仙了，何况那些假冒他未死的名义的人呢？

忠烈公墓旁是丹徒县钱烈女的坟冢。钱烈女也是因为乙酉那年在扬州，总计死了五次才得以遂愿。她特意告诉她的父母，等她死后把她火化，不要把遗骸留在污秽之地。扬州人就把她埋葬在这里。江西的王猷定、陕西的黄遵岩、广东的屈大均都为她写了传记、铭文和悼词，不过还有没有表彰到的。

我听说忠烈公的兄弟自翰林史可程以下，还有好几个，后来都到江都为忠烈公扫墓。英山、霍山的义军被打败后，清军抓到了一个冒充忠烈公的人。大将把他押解到江都，让史家的男男女女都出来辨认。忠烈公的第八个弟弟已死，他的夫人年轻漂亮，在家守节，也出来辨认。大将贪恋其美色，想强行娶她。夫人自杀而死。由于她是受到了大将的逼迫而自杀，当时没有人敢于出面表彰她的节烈。啊！忠烈公曾经为其弟可程在北京，值改朝换代之际不能保持节操而深表遗憾，上书检举告发他。忠烈公哪里知道在他身后，竟然有一个弟媳妇以女子之身而学习他为国尽忠呢？梅花雪一样洁白，芳香四溢，一尘不染。日后若是有人建造忠烈祠，马副使等人大概应该在陪祠之列。同时，应该另外建造一座房屋来祭祀夫人，附带祭祀那些烈女们。

赏析 《梅花岭记》以后来人的口吻，讲述了在清兵围困扬州之际，史可法

227

率领众将士坚守扬州的情形和城破之时慷慨赴死的英雄壮举，以及围绕着史可法之死的种种传说，顺便讲述了与"扬州十日"有关的故事。作者在百年之后登临梅花岭，凭吊史可法衣冠冢，触景生情，往事历历，于是娓娓道来，时发议论。文章再现了史可法等忠臣义士慷慨就义的场面，歌颂了史可法等爱国义士，使人肃然起敬，油然而生英雄浩气永存长留天地人间之感。在作者看来，那些神化史可法的传说，实际上都是画蛇添足。因为，像史可法这样的忠臣义士，浩然之气就是一种永存的精神力量。有了这种精神力量，不论他们是否活着，都会给活着的人以极大的鼓励，极大的动力。为了突出史可法等忠臣义士的高贵品质和爱国精神，作者又附带介绍了钱烈女和史可法弟媳妇的事迹。二人都是节烈之女，一个因城破而殉国，一个为节操而殉难，表现出不同凡俗的胆识和气节。她们虽然不像史可法那样为国而死，但她们的高尚行为却和史可法等忠臣义士慷慨赴死相互辉映，表现出爱国之情和忠贞之志在华夏大地有着深厚的积淀和广泛的基础。"梅花如雪，芳香不染"，是对忠臣义士的颂扬，也是对民族精神的写照。

做大才不做粗才①

袁　枚②

　　人称才大者，如万里黄河，与泥沙俱下。余以为：此粗才，非大才也。大才如海水接天，波涛浴日，所见皆金银宫阙，奇花异草；安得有泥沙污人眼界耶？或曰："诗有大家，有名家。大家不嫌庞杂，名家必选字酌句。"余道：作者自命当作名家，而使后人置我于大家之中；不可自命为大家，而转使后人屏我于名家之外。常规蒋心余太史云③："君切莫老手颓唐，才人胆大也。"心余以为然。

注释　①《做大才不做粗才》：选自《随园诗话》。标题系编者所加。　②袁枚：（1716—1798年），清朝诗人。字子才，号简斋，别号随园老人，钱塘（今浙江杭州）人。乾隆进士，入翰林。曾任溧水、江浦、沭阳诸县县令。后任江宁（今江苏南京）县令时，推行法制，不避权贵，有政声。后不复仕，卜居南京小仓山随园，搜集书籍，创作诗文，优游其间五十年。诗主性情，反对清初以来拟古和形式主义风气。与蒋士铨、赵翼并称

"江右三大家"。著有《小仓山房集》、《随园诗话》等。 ③规：规劝，劝告。蒋心余：
(1725—1785年)，清朝戏曲家、诗人。名士铨，字心余、清容、苕生，号藏园。江西铅
山人。乾隆进士，曾任翰林院编修。著有杂剧、传奇十六种。诗主神韵，著有《忠雅堂
全集》。

今译 人称才大的人，就如万里黄河，与泥沙一起奔泻。我认为：这是粗
才，不是大才。大才就如同海水接天，波涛浴日，所见到的都是金银宫殿，
奇异的花草；哪容得有泥沙来玷污人的眼界呢？有人说："作诗的有大家，
有名家。大家不嫌弃庞杂，名家一定要字斟句酌。"我说：作诗的自己把自
己当作名家，而让后人把我放在大家之中；不能自己封自己为大家，而让后
人将我摒弃于名家之外。常规劝蒋心余太史说："您千万不要自以为老手而
堕落，自以为才人而胆大呀。"心余认为是这样。

赏析 有人自矜是大才，轻率动笔，不能字斟句酌、仔细推敲。袁枚认为这
不是大才，是粗才。他在《答兰垞第二书》中，将这种粗才比做"黄河之
水，泥沙俱下"，才大如同江海，"清澜浮天，纤尘不飞"。并说："善学诗
者，当学江海，勿学黄河。"在这则诗话中，袁枚还提到"老手颓唐，才人
胆大"问题，正因为是作诗老手，容易精神不振，意气衰退，于是所作诗文
新意不多；正因为有些诗才，便胆大心粗，很难写出精品。袁枚在《续诗
品》第十九首中写道："戒之戒之，贤智之过。老手颓唐，才人胆大。"这些
告诫，对于学诗者来说，是很有益处的。

田不满叱髑髅①

纪　昀

客作田不满，夜行失道，误经墟墓间，足踏一髑髅；髑髅作声曰："毋
败我面，且祸尔！"不满憨且悍，叱曰："谁遣尔当路！"髑髅曰："人移我于
此，非我当路也。"不满又叱曰："尔何不移祸尔者？"髑髅曰："彼运方盛，
无如何也。"不满笑且怒曰："岂我衰耶？畏盛而凌衰，是何理耶？"髑髅作
泣声曰："君气亦盛，故我不敢祟，徒以虚词恫喝也。畏盛凌衰，人情皆尔，
君乃责鬼乎？哀而拨入土窟中，君之惠也。"不满冲之竟过，惟闻背后呜呜

声，卒无它异。

注释 ①髑髅（dú lóu）：死人头骨，又叫骷髅。

今译 有一客人叫田不满，夜晚迷失了道路，误入了坟墓间，脚踩到一个髑髅；髑髅出声说："不要败坏我的脸面，你会有祸患的。"不满憨直强悍，怒斥他说："谁让你挡我的路！"髑髅说："是人把我放在这儿，不是我挡路。"不满又叱骂说："你为什么不嫁祸于他？"髑髅说："他气数强盛，我没办法。"不满笑着怒斥说："那我就衰弱的吗？你畏惧强盛的而欺凌衰弱的，是什么道理呢？"髑髅发出哭泣的声音说："您的气数也强盛，所以我也不敢害您，只是用虚拟的言辞恐吓您。恃强凌弱，人情都是如此，您就只斥责怪鬼吗？你哀怜我把我拨到土窟里，是您的恩惠呀。"不满冲过髑髅走了，只听到背后有呜呜的哭泣声，之后再没有异样。

赏析 实力悬殊的两方发生冲突时，人们常常同情弱小的一方，而指责实力强的一方恃强凌弱。这反映出一种普遍存在的同情弱者的社会文化心理。弱势群体不具有和强者抗衡的力量，理所当然地应该得到人们的同情。但是，如果不同情由，不分青红皂白，以为是弱者就应该同情，那对弱者并不是一种帮助，而是一种纵容，甚至会给弱者一种错误的信号，使弱者成为真正扶不起的阿斗。所以，与其哀其不幸，不如怒其不争。更何况恃强凌弱、畏盛凌衰是一种十分有市场的文化心理呢？你说阿Q值不值得同情，可他还要欺负小乙呢！田不满叱责的髑髅虽然处于弱者的地位，但它一开始却是盛气凌人，而当憨直强悍的田不满表示不吃他那一套时，它也只好如实招来，说他并不敢祸害田不满，只是用大话恐吓一下而已。倘若田不满一开始就对髑髅表示同情，焉知髑髅不会有恃无恐呢？所以，同情和怜悯应该用于该用的地方，该拿出点气魄和勇力的时候，不论退缩还是姑息纵容，都不是明智的选择。

观　渔

梅曾亮

渔于池者，沉其网而左右靡之①，网之缘，出水可寸许。缘愈狭，鱼之跃之愈多。有入者，有出者，有屡跃而不出者，皆经其缘而见之。安知夫鱼之跃而出者不自以为得耶？又安知夫跃而不出与跃而反入者，不自咎其跃之不善耶？而渔者视之，忽不加得失于其心。嗟夫！人知鱼之无所逃于池也，其鱼之跃者，可悲也。然则人之跃者，何也？

注释 ①縻（mí）：束缚。

今译 在池中捕鱼的，渔网沉入池里而将它左右束紧，渔网的口，浮出水面一寸左右。网口越是狭窄，鱼跳跃的愈多。有进去的，有跳出来的，有屡次跳跃而出不来的，都经过网的口而被看到。怎么知道跳出渔网的鱼不自以为得意呢？又怎知那些跳跃不出来和跳跃反而入网的鱼，不自责自己的技艺不精呢？而在捕鱼的人看来，鱼的进出都没必要以得失去认识。唉！人只知道鱼无法逃出池中，那些跳跃而不能出的鱼，是可悲的。然而人的跳跃，又能怎么样呢？

赏析 养于池塘中的鱼，虽然平时不愁吃的，活得也挺自在，但最终却逃不出渔人早就为它们准备好的那张网。捕鱼的时候，鱼儿也许知道属于它们的自在日子不多了，于是就拼命地跳跃，希望能够跳出那张网。所以，跳出渔网的鱼自鸣得意，暗自庆幸，而没有跳出者和那些反而从网外跳入者，就只有自责的份儿了：谁让你技艺不精呢！可是，在打鱼人看来，不论跳出者，跳入者，还是跳不出者，都是瞎跳白跳，都是无谓的挣扎，都是徒劳的。即便一时跳出了渔网，但还是在池塘里，还是逃不出那张早就为它们准备好的网。鱼儿如此，人又何尝不是呢？人生活在社会上，而社会实际上也是一张大网，一张无形的网，一张不论你怎样努力怎样拼搏都无法跳出去的网。这个社会不仅有疏而不漏的天网法网，还有人情网，关系网，世俗网，等等。个人不论有多大能耐，事实上只是那无数的网中的一个网结，想要跳出去，没那么容易！许多人不明白这个道理，拼命挣扎，试图挣脱人情之网、关系之网、世俗之网等的束缚，结果却碰得头破血流，最终还要被网进去，和池塘中的鱼儿没有多大差别。作者从观察捕鱼中悟出的人生道理，虽然相当深刻，相当有见地，但也有某种消极意义。这是阅读此文应该加以注意的。

登泰山记①

姚　鼐

泰山之阳，汶水西流②。其阴，济水东流③。阳谷皆入汶，阴谷皆入济。当其南北分者，古长城也④。最高日观峰，在长城南十五里。

余以乾隆三十九年十二月，自京师乘风雪，历齐河、长清，穿泰山西北谷，越长城之限，至于泰安。是月丁未，与知府朱孝纯子颖⑤，由南麓登四五十里，道皆砌石为磴，其级七千有余。泰山正南面有三谷，中谷绕泰安城下，郦道元所谓环水也⑥。余始循以入，道少半，越中岭，复循西谷，遂至其巅。古时登山，循东谷入，道有天门。东谷者，古谓之天门溪水，余所不至也。今所经中岭，及山巅崖限当道者，世皆谓之天门云。道中迷雾，冰滑，磴几不可登。及既上，苍山负雪，明烛天南⑦。望晚日照城郭，汶水徂徕如画⑧，而半山居雾若带然。

戊申晦五鼓，与子颖坐日观亭待日出。大风扬积雪击面。亭东自足下皆云漫，稍见云中白若樗蒱数十立者⑨，山也。极天，云一线异色，须臾成五彩，日上正赤如丹，下有红光动摇承之。或曰：此东海也。回视日观以西峰，或得日，或否，绛皓驳色⑩，而皆若偻。亭西有岱祠，又有碧霞元君祠⑪。皇帝行宫在碧霞元君祠东。是日观道中石刻，自唐显庆以来⑫，其远古刻尽漫失。僻不当道者，皆不及往。

山多石，少土。石苍黑色，多平方，少圆。少杂树，多松，生石罅，皆平顶。冰雪，无瀑水，无鸟兽音迹。至日观数里内无树，而雪与人膝齐。桐城姚鼐记。

注释 ①泰山：古称岱山，又称岱宗。五岳之一。因其地处东部，故称东岳。作者姚鼐：(1731—1815年)，字姬传，一字梦谷，室名惜抱轩。桐城人，清代诗人，散文家。②汶水：即大汶河，发源于山东莱芜东北原山，流经泰安。 ③济水：即沈水，发源于河南济源西王屋山，流经泰山北面。 ④古长城：指战国时期齐国修筑的长城，沿黄河修筑，是古齐国和鲁国的疆域分界。 ⑤朱孝纯：字子颖，号海愚，山东历城人，时任泰安知府，是姚鼐的好朋友。 ⑥郦道元：字善长，范阳涿县（今属河北）人。北朝魏地理学家、散文家。其所著《水经注》，是我国古代重要的地理学著作，也是优美的游记散文。 ⑦明烛天南：洁白的雪光照亮了南方的天空。烛：照耀。 ⑧徂徕：即徂徕山，在泰安城东南。　⑨樗蒱：古代的一种博戏，类似后世的赌博。用具类似骰子，视其得色定输赢。　⑩绛皓驳色：红白相夹杂。绛：红色。皓：白色。驳色：即杂色。　⑪碧霞元君祠：原名昭真祠，明代称碧霞宫，清乾隆时改称碧霞元君祠。供奉的泰山女神，俗说为东岳大帝之女。　⑫显庆：唐高宗年号。

今译 泰山的南面，汶水向西流淌。北面，济水向东流去。南面山谷中的水都汇入汶水，北面的都汇入济水。在南北分界之处，是古长城。泰山最高处日高峰，在古长城南十五里处。

我在乾隆三十九年（1774年）十二月，从京城出发，冒着风雪南下，经过齐河、长清，穿越泰山西北的山谷，跨越齐国古长城的门槛，来到了泰安。这个月的丁未日，我和泰安知府朱孝纯一道，从南面的山脚下开始登山，攀登了四五十里，一路上都是石砌的台阶，大概有七千多级。泰山正南面有三道山谷，中间一条山谷环绕泰安城而下，它就是郦道元所说的环水。我们开始是顺着中谷进山，走了一小半路的时候，翻越中岭，又顺着西边的山谷前进，登上了泰山最高处日观峰。古时候登山，是顺着东边的山谷进去，经过有天门。东边的山谷，古时候称作天门溪水，我没有到达那里。如今经过中岭，到达山顶上如同门户的石崖，这就是世人所说的中天门。一路上，漫山迷雾，石阶上结成的冰很滑，几乎没有办法攀登。到达山顶之后，只见山上都是皑皑白雪，雪光照亮了南面的天空。放眼遥望落日照射下的城郭，汶水和徂徕山像画一样美丽，半山腰还没有散去的雾气，像一条长带缓缓飘荡。

次日十二月戊申，是本月的最后一天。这天五更时分，我和朱子颖坐在日观亭中等待看日出。大风刮起的积雪扑面而来。朝日观亭东边看去，脚下云气漫漫，模模糊糊地看见云中有几十座小山像白色樗蒱似的立在那里。朝东面的天空极目望去，各种各样的云像一条线似的，不大一会儿就五彩缤纷，红红的太阳正冉冉升起，下面红光摇动，承托着升起的太阳。有人说：那里就是东海。回头看日观峰西面的山峰，有的已在旭日的照射下，有的则没有得到日光，红的红，白的白，红白相杂，都好像是弯腰屈背的样子。日观亭西面是岱庙和碧霞元君祠。皇帝出巡居住的地方在碧霞元君祠东边。这一天观看路途中的石刻，唐高宗显庆以来的还可以分辨，远古石刻的文字都已风化得不能辨别了。那些偏僻的不在路途上的石刻，都没有来得及去看。

泰山上石头多土少，石头都是苍黑色，平面的方形的多，圆状的少，杂树少，松树多。松树都是生长在石头缝中，顶部平平的。因为下雪结冰，没有瀑布，没有飞鸟野兽的声音和踪迹。距日观峰几里路之内，没有一棵树，雪却有人的膝盖那么深。桐城姚鼐记。

赏析 说起泰山，人们会很自然地想起杜甫的《望岳》，眼前就会出现绿意浓浓、生机盎然的泰山的景象，就会油然而生"会当凌绝顶，一览众山小"的豪气。但是，姚鼐这篇《登泰山记》却给人一种别样的景象，别样的感受。这篇游记，可以说是一幅泰山雪景图。在新年的钟声就要敲响的时候，辞官回乡的姚鼐，和好友一起，冒着风雪，开始了泰山之游。读者随着作者的足迹，由中间的山谷而入，越过中岭，进入西边的山谷，顺路而上，登上了泰山极顶日观峰。从日观峰上欣赏雪中的泰山和泰山雪景，则是别有一番景象，另有一种情趣。苍山负雪，明烛天南，落日夕照，云雾若带，冬日泰山的雪景是如此美丽奇幻！至于雪中观日出，更是奇异非常。在那遥远的地平线上，赤如丹砂的红日，在五彩祥云的烘托下，冉冉升起。在朝霞的映照下，泰山"绛皓驳色"，红白相杂，一片神奇景象。文章把义理、考证、辞章和自然景象有机地融合在一起，描绘了泰山雪景和泰山日出的瑰丽景观，景物旖旎，风格独特，堪称游记中的佳作上品。

病梅馆记①

龚自珍

江宁之龙蟠②，苏州之邓尉③，杭州之西溪④，皆产梅。或曰："梅以曲为美，直则无姿；以欹为美，正则无景；梅以疏为美，密则无态。"固也。此文人画士，心知其意，未可明诏大号⑤，以绳天下之梅也。又不可以使天下之民，斫直、删密、锄正，以夭梅病梅为业以求钱也。梅之欹、之疏、之曲，又非蠢蠢求钱之民，能以其智力为也。有以文人画士孤癖之隐，明告鬻梅者⑥：斫其正，养其旁条；删其密，夭其稚枝；锄其直，遏其生气，以求重价，而江浙之梅皆病。文人画士之祸之烈至此哉！

予购三百盆，皆病梅，无一完者。既泣之三日，乃誓疗之，纵之，顺之。毁其盆，悉埋于地，解其棕缚^⑦。以五年为期，必复之全之。予本非文人画士，甘受诟厉^⑧。辟病梅之馆以贮之。呜呼！安得使予多暇日，又多闲田，以广贮江宁、杭州、苏州之病梅，穷予生之光阴以疗梅也哉？

注释 ①《病梅馆记》：本文一题《疗梅说》，与《己亥六年重过扬州记》同写于 1839 年。这一年，正是近代西方列强对中国发动殖民战争的前一年。 ②龙蟠：即今江苏南京清凉山麓龙蟠里。 ③邓尉：山名。又称袁墓山、万峰山，在今江苏吴县（今已撤销）。因东汉太尉邓禹曾隐居于此，故名。 ④西溪：水名。在今杭州灵隐山西北。 ⑤明诏大号：公开宣传，大力号召。 ⑥鬻梅者：卖梅花的人。 ⑦棕缚：棕绳。 ⑧诟厉：责骂，辱骂。

今译 南京的龙蟠，苏州的邓尉山，杭州的西溪，都出产梅花。有人说："梅花以弯弯曲曲为美，枝干若是直的就少姿无态了；梅花以朝一边倾斜为美，若是十分周正就不成景致了；梅花以稀疏为美，若是稠稠密密就没什么可看的了。"这话固然有道理。文人画士心中明白这样的道理，而又不能公开宣传，大力号召，用这样的审美观念去规范天下所有的梅花，又不能让天下种植梅花的人砍去那些长得直的、剪除那些长得密的、刨掉那些长的周正的梅花，以种植残疾的、病态的梅花为业，用这样的梅来卖钱。梅花的倾斜、疏朗、弯曲，又不是那些愚笨的、靠卖梅花来挣钱的人的智力所能够做到的。有的人把文人画士这种孤僻的想法，明白地告诉卖梅花的人，让他们砍掉正直的，留下旁边的枝条；为防过密，把嫩枝剪去；铲除主干，抑制梅花的生长，以此来卖个好价钱。江浙一带的梅花因此都成了病态。文人画士造成的祸害，达到了如此强烈的程度！

　　我购买了三百盆梅花，都是病态的，没有一盆完美的。我为它们整整哭了三天，发誓要治疗它们的疾病，放任它们，顺从它们的天性，于是，就把盆全部砸毁，把梅花都种植在地上，解开捆绑它们的棕绳。我准备用五年的时间，一定要治疗好它们的病，让它们恢复原来的样子。我本来就不是文人画士，甘愿忍受人们的责骂，设置了一个病梅馆，来贮藏这些病态的梅花。啊！怎么能够让我多一些闲暇的时间，多一些空闲的土地，来贮藏南京、杭州、苏州的病梅，用我一生的时间来治疗这些病态的梅花呢？

赏析 龚自珍是近代中国第一个意识到中国正面临着空前危机的知识分子。在《己亥六月重过扬州记》中，他透过扬州虚假的繁荣，看到了别人看不到也意识不到的危机，尤其是文人颓废萎靡的心态，更让这位忧国忧民的有识之士感到阵阵揪心。在这篇《病梅馆记》中，龚自珍着重揭示了病梅产生的两个最重要的深层原因，一是畸形的审美观念和审美需求，二是文人画士和"蠢蠢求钱"之鬻梅人的推波助澜。前者是病梅产生的文化与心理土壤，后者是利益驱动下的市利之举。有如此文化心理土壤，又有如此市利之人，江浙皆病梅，也就不足为奇了。但是，这仅是作者写作本文的第一层意思。作者真正的目的，则是以病梅为喻体，讽喻社会，批判现实。在落后的、病态的传统文化的束缚下，在市利之心的驱使下，中国的民众，尤其是有社会良知和民族脊梁之誉的知识分子队伍中，有一些人已经陷入病态之中，他们消极颓废，醉生梦死，很少关心社会现实与民生疾苦，不仅如此，他们还以其病态的社会文化行为，影响了中国的民众。作者对此深以为虑，表示要穷其毕生之精力，救治社会，救治民生，哪怕是为此受到严厉的指责和辱骂，也在所不惜。作者对当时社会了解之全面，认识之深刻，是其他文人所不及的。作者的社会良知，救治社会的急切心情，以及英勇无畏的精神，令人肃然起敬。联系到这篇文章是写于鸦片战争爆发的前夜，作者的远见卓识和深刻用意，就更加不言而喻了。

原　才

曾国藩

　　风俗之厚薄奚自乎？自乎一二人心之所向而已。民之生，庸弱者戢戢皆是也①。有一二贤且智者，则众人君之而受命焉。尤智者，所君尤众焉。此一二人者之心向义，则众人与之赴义；一二人者之心向利，则众人与之赴利。众人所趋，势之所归，虽有大力，莫之敢逆。故曰挠万物者②，莫疾乎风。风俗之于人心也，始乎微而终乎不可御者也。

　　先王之治天下，使贤者皆当路在势③，其风民也皆以义，故道一而俗同。世教既衰，所谓一二人者不尽在位，使其心之所向，势不能不腾为口说④，而播为声气。而众人者势不能不听命而蒸为习尚⑤。于是乎徒党蔚起，而一时之人才出焉。有以仁义倡者，其徒党亦死仁义而不顾；有以功利倡者，其徒党亦死功利而不返。水流湿，火就燥，无感不讐⑥，所到之处从来久矣。

今之君子之在势者，辄曰天下无才。彼自尸于高明之地，不克以己之所向，转移习俗而陶铸一世之人⑦，而翻谢曰无才，谓之不诬，可乎？否也。十室之邑，有好义之士，其智足以移十人者，必能拔十人中之尤者而材之；其智足以移百人者，必能拔百人中之尤者而材之。然则转移风俗，而陶铸一世之人，非特处高明之地者然也。凡一命以上，皆与有责焉者也。有国家者，得吾说而存之，则将慎择与共天位之人；士大夫得吾说而存之，则将惴惴乎谨其心之所向，恐一不当，以坏风俗而贼人才。循是为之，数十年之后，万有一收其效者乎？非所逆睹已。

注释 ①戢戢：众多貌。 ②挠：使某物弯曲。 ③当路在势：有权有势，处在关键的位子上。 ④腾：升，流传。 ⑤蒸：逐渐形成。 ⑥讐：感应。 ⑦陶铸：陶冶，锻炼。

今译 风俗的淳厚浇薄是从哪里来的呢？来自一两个人心理向往的目标而已。老百姓的生活，平庸懦弱者比比皆是，有一两个贤明睿智的人，众人就会把他看作领路人而听从他的指挥。特别贤明睿智的人，尊他为领路人的人，也就特别多。这一两个人心中向往义，众人就跟随他向往义；这一两个人向往利，众人就跟随他向往利。众人所向往的，就是大势所归，即使有很强大的力量，也没有人敢于和它作对。所以说，能够让万物屈服的，没有比风更迅疾的了。风俗对于人们心理的影响，始于很微小的方面，但最终却是不可抗拒的。

三皇五帝治理天下，让贤明的人处在关键的位子上，有权有势，而他们则都是用义来教化民众，所以道义一以贯之，而风俗也就统一于道义。后来名教衰落，所谓的一二贤明睿智的人虽然不是都在其位，但他们心中所向往的目标，却不能不通过口头形式流传，以此来影响舆论和风气。而众人也就势必听命于他们，使之逐渐形成一种习尚。于是乎党徒纷纷而起，这个时期的人才也就出现了。有的人倡导仁义，其党徒也就为仁义而献身，虽死而不顾；有的人倡导功利，其党徒也就为功利而送命，至死不返。水往低洼处流，火朝干燥处烧，有所动就有所应，事情从来就是这样的。

如今那些当权的君子，动辄就说天下没有人才。他们自居于位高权重的

237

地位，却不能用自己向往的目标，来移风易俗，陶冶锻炼世人，反而说天下没有人才，说他们说的不是假话，可能吗？不能。十户人家的地方，有好义的人士，他的才智足以教化十人，就一定要从这十人中选拔最优秀的人，当作人才来培养；他的才智足以教化百人，就一定要从这一百人中选拔最优秀的人，当作人才来培养。这样的话，移风易俗，陶冶锻炼世人，就不是只有那些身居要职的人才能做的了。从最低级的官员算起，所有的官员都有培养人才的责任。掌有国家的人，听到我这种理论而加以留心，就应该慎重地选择那些和他们一起供职的人；士大夫听到我这种理论而加以留心，就应该十分小心谨慎地考虑自己追求的目标，恐怕一有不当之处，就会败坏风俗而扼杀人才。按照我说的去做，几十年之后，万中有一可以收到其效果，大概是可以预料的。

【赏析】 关于人才的培养和使用，古往今来有很多精彩的论述。但是，像曾国藩这样，把人才和风俗联系起来，从人才的得失和风俗的淳厚与浇薄这一特殊的视角，来论述人才的培养、选拔与使用，却是不多见。文章开篇就提出了风俗的淳厚与浇薄，与最为关键的一两个人的追求和向往有直接关系的命题，设问新颖独到，有引人入胜之魅力。接下来层层深入，步步推进，论述贤明睿智之人对世俗人心的巨大影响力。贤明睿智之人以其独具的领袖才能，有力地影响着身边和周围的人，他们崇尚什么，讨厌什么，都会有力地改变人们对事物的看法。"楚王好细腰，宫中多饿死""城中好高髻，城外高一丈"等俗谚，都可以说明少数有影响力的人物对世风民俗的强力影响。开明的帝王都深谙这一道理，让贤明睿智之人高居要路，通过他们来移风易俗，影响世人，教化世风。人们起而效之，人才也就脱颖而出了。若是让贪图功名利禄的人窃居高位，许多人就会跟着他们追逐名利，鄙薄道义，结果自然是风衰俗怨，世风日下，人心不古。因此，那些大权在握的权贵们，不要动辄就说世无人才，实际上是他们没有提供人才脱颖而出的条件和机遇，更不要说培养和选拔人才了。曾国藩设想了一套培养选拔人才的办法，所谓"十室之邑，有好义之士，其智足以移十人者，必能拔十人中之尤者而材之；其智足以移百人者，必能拔百人中之尤者而材之"。曾国藩很自信地以为，只要大小官员尽心尽力地这样做，用不了几十年，就会收到效果。曾国藩是否过于自信了呢？熟读此文，会有一个答案。

析　廉①

林　纾

廉者，居官之一事也，非能廉遂足尽官也。六计尚廉②。汉法，坐赃者皆不得为吏。鄙意此特用以匡常人，若君子律身，固已廉矣。一日当官，忧君国之忧，不忧其身家之忧，宁静淡泊，斯名真廉。若夫任气以右党③，积偏以断国④，督下以诿过，劫上以迁权，行固以遂祸，挑敌以市武，朘民以佐欲，屏忠以文昏，其人日怖然自直其直以为廉。夫公孙弘、卢杞之廉岂后欤⑤？君子不名之廉者，国贼也。贼幸以廉自冒，劫君、绝民、覆国，恶可因其冒廉而宽之？矧若人者⑥，吾又安知其不外糠覈而内粱肉也。贪财为贪，贪权势尤贪。权势所极，货由之入。官属者慑之矣，国人者慑之矣。暮夜之事，即知而谁言之？虽其人盛言黩财，而饷之财者，犹将饰之以义。矧起居酬应，廉不去口，又恶敢不归之以廉？呜呼！载金帛而即豺虎，宁舍人而取金帛乎？则亦将谓豺虎为廉乎？然则劫君、绝民、覆国之廉，直豺虎耳！吾恐无识方以豺虎为廉，故取而析之。

注释 ①析廉：解剖廉洁。作者林纾：（1852—1924 年），原名群玉、秉辉，字琴南，号畏庐，别号冷红生，福建闽县（今福州）人。近代文学家、翻译家、书画家，清末桐城派著名古文家。著有《畏庐文集》等。　②六计：古代考察官吏的六条标准。第一为廉善，所以说六计尚廉。　③右：偏袒，袒护。　④断国：处理国家事务。　⑤公孙弘：字季，齐地薛（今山东藤县）人。汉武帝时官居丞相。此人生活俭朴，事母至孝，但为官却是明哲保身，外宽内刻，恩怨必报。卢杞：字子良，滑州灵昌（今河南滑县西南）人。唐德宗时任宰相。以筹备军资为名，搜刮财富，后事情败露遭贬。　⑥矧：况且。

今译 清廉是做官的一个条件，但并不是只要能够清廉就都可以做官。考察官吏的六条标准，把清廉放在首位。汉朝的法律，和贪赃案有牵连的人都不能做官。在我看来，这些标准只是要求寻常人的，若是正人君子自身严格要求，原本就是清廉的人。一旦做了官，就为君为国分忧，而不是忧虑个人或家庭的事情，宁静淡泊，这样的人才真正可以配得上清廉的名声。假如只是凭一己好恶而偏袒同党，用固执的偏见处理国家事务，监督下属而是把过错推到他们身上，劫掠上司而把大权揽到自己手里，行为褊狭招惹祸端，向敌人挑衅以炫耀武功，剥削百姓来满足自己的私欲，屏弃忠良来掩饰自己的昏昧，这样的人每天愤愤然张扬自己是如何如何的正直，以显示自己清廉。公孙弘、卢杞之流的"清廉"岂不是不及他们了吗？正直的人不把清廉之名送给他们，因为这些人是国贼。这些国贼侥幸假冒清廉，劫掠君主，残害民众，颠覆国家，怎么可以因为他们假冒清廉而宽恕他们！况且，像这一类人物，我又怎么知道他们不是表面很清廉而实际上很贪婪呢？贪图财物是贪，贪图权势尤其是贪。权势达到了极限，贿赂也就跟着来了，属下害怕他了，国人也害怕他了。黑夜里接受贿赂的事，即使是知道了，有谁去说呢？即使是那个人大言不惭地说他接受了贿赂，而那些向他们行贿的人还要找一个正当的理由替他们掩饰。再说，这些人的日常生活以及平时和人交往，都是清廉不离口，又有谁敢说他们不清廉？啊！就好像用车拉着金银绸缎到豺狼和老虎那里去，豺狼和老虎难道会不吃人而要那些金银绸缎吗？那么，难道也可以因为豺狼和虎豹不要金银绸缎而说它们清廉吗？如此说来，那些劫掠君主，残害百姓，颠覆国家的人，才真正是豺狼和老虎。我恐怕自己没有见识，才用豺狼和老虎来比喻那些人的清廉，所以就拿它们解剖分析某些人所谓的清廉。

[赏析] 为官应该清廉，这是人们都明白的道理。所以，中国古代的法律规定，做官的人必须具备清廉的品格，贪赃枉法的人不能做官。可事实怎么样呢？不少人一旦做了官，高高在上，就贪财纳贿，然后再拿钱财贿赂更大的官，以便往上爬。等官做大了，也就无所顾忌了，表面上很是清廉，实际上却是上欺君主，下压僚属百姓，成为国家的蛀虫。这些人虽然个个都是大贪官，却是以清廉的面目示人，生活好像很俭朴，对人也装出一副清廉的样子，弄得下属害怕他，百姓更害怕他，他们那些贪财纳贿的丑行，人们即使知道了，又有谁敢说出来呢？不仅如此，如果有人揭发，那些行贿的人还会站出来为他辩护，给他找一个冠冕堂皇的正当理由，使得人们不敢不说他清廉。林纾把这样的人和汉代的公孙弘、唐朝的卢杞相提并论，以为他们是"外糠粃而内粱肉"，表面是清官，实际上是巨贪。他打了一个很有意思的比喻，说这样的贪官，好像是只吃人而不取财物的豺狼和老虎，你能因为豺狼和老虎不要财物而说它是清廉的吗？文章从一个"廉"字入手，层层深入，逐步剖析，剥去了那些假清廉的人的画皮，指出了他们贪婪成性的本质，认

为"忧君国之忧，不忧其身家之忧，宁静淡泊"的人才是真正清廉的人。这样的文章，这样的立意，即使在今天看来，也是很有意义的。

猫博雏雀

薛福成①

　　窗外有枣林，雏雀习飞其下。猫蔽身林间，突噬雀母。其雏四五，噪而逐猫，每进益怒。猫愤攫之，不胜，反奔入室。雀母死，其雏绕室啁啾②，飞入室者三。越数日，犹望室而噪也。

　　哀哉！猫一搏而夺四五雏之哺，人虽不及救，未有不测焉概于中者③。而猫且眈眈然，惟恐不尽其类焉。呜乎！何其性之独忍于人哉？物与物相残，人且恶之，乃有凭权位，张爪牙，残民以自肥者，何也？

【注释】①薛福成：（1838—1894年），清外交家、散文家。字叔耘，号庸庵。江苏无锡人。文章宗法桐城，是曾国藩四大弟子之一。有《庸庵全集》十种。　②啁啾（zhōu jiū）：许多小鸟的叫声。　③概：通"慨"。

【今译】窗外有一片枣林，刚出生不久的小麻雀在枣树下练习飞翔。猫藏在枣林中，突然咬死了麻雀的母亲。它的四五个小麻雀，狂叫着追逐着猫，气势强盛地每每逼近了猫。猫愤怒地去抓捕麻雀，不成，便返回跑进了房子里。小雀的母亲死了，它的孩子围绕着房子不断地叫着，多次冲进房中。过了很多天，还望着房子而鸣叫。

　　悲哀啊！猫一把夺去了四五个小雀的母亲，人们虽然来不及救母雀，但没有不同情母雀而为之悲慨的。而猫虎视眈眈，只恐不能将雀类捕尽。惨痛啊！难道猫的残忍性情与人有所区别吗？动物和动物的相互残杀，人尚且痛恶，那些凭借权势，张牙舞爪，残害百姓而养肥自己的人，是怎样的行为呢？

【赏析】物竞天择，适者生存，是自然界进化的基本规律。麻雀属于飞禽一类，不幸而成为猫的口中食，只能怪自己疏于防范，或是习艺不精，似乎不应该责备猫太过残忍，相反，还应赞扬猫的机敏和智谋才是。猫的长处是逮老鼠，可它竟然能扑食飞禽，如果没有灵性，或是智慧不及麻雀，它就不可能扑食到母雀。可是，那些雏雀见母亲被扑食，化悲痛为力量，抱必死之心，以弱小之躯与强大的猫相搏，终于靠集体的力量打败了猫，迫使猫"反奔入室"。在猫雀大战中，强势一方和弱势一方前后互换，正应了兵家常说的"哀兵必胜"这句话。然而，本文的作者却是从另一个角度看问题，他认为猫扑食雏雀的母亲，使一窝幼雏有丧母之悲，确实太过残忍，而其"眈眈然唯恐不尽其类"，就更为可恶。作者由此而联系到人世上许许多多恃强凌弱、弱肉强食的现象，对那些依仗手中的权力，张牙舞爪，残害百姓，中饱私囊的人，给予了应有的批判。"物与物相残，人且恶之"。作者的真正用意，在于通过猫雀相搏这一故事，对弱小者表示同情，对欺凌百姓者表示愤慨，并以此唤起人们对凭借权势欺压百姓者的反抗。其情可解，其意可嘉。